陈明 著

江山辽阔
立多时

中国文史出版社

图书在版编目（CIP）数据

江山辽阔立多时 / 陈明著 . -- 北京 : 中国文史出版社 , 2023.7
ISBN 978-7-5205-4389-7

Ⅰ . ①江… Ⅱ . ①陈… Ⅲ . ①中国文学 – 当代文学 – 作品综合集 Ⅳ . ① I217.2

中国国家版本馆 CIP 数据核字 (2023) 第 196884 号

责任编辑：方云虎

出版发行：中国文史出版社
社　　址：北京市海淀区西八里庄路 69 号院　　邮编：100142
电　　话：010-81136606　81136602　81136603（发行部）
传　　真：010-81136655
印　　装：北京新华印刷有限公司
经　　销：全国新华书店
开　　本：16 开
印　　张：23.75
字　　数：275 千字
版　　次：2024 年 1 月北京第 1 版
印　　次：2024 年 1 月第 1 次印刷
定　　价：88.00 元

自　序

　　原以为只是编一组休闲文字，表明自己"行有余力"，但收拢一看，内容却一点也不轻松。学者的思想互动虽非意识形态叙事之对峙，但唇枪舌剑的背后却也隐约折射出时代社会各种知识、利益与情绪主体的状态与关系，充满张力。

　　很高兴，我选择的立场是儒家的。虽然从五四以来它就处于弱势地位，甚至被妖魔化，但现在，其意义却被越来越多的人理解认同。我的进入相当偶然，留在中国社会科学院，阴差阳错办了《原道》，于是被符号化，成为媒体方便的联系人。

　　曾经以为自己是在为儒学辩护，是作为学者履行社会责任。现在不再这样理解，因为正是在这一过程中，我不仅打发了时光，兑现了学问，而且改变了自己：一个在故乡山岗上终日游荡的莽撞少年获得了生命的意义，成为一个文化的存在。

　　我的老师余敦康先生三十年前经常问别人，你敢说你自己是一个儒者么？没人接话。二十年前我问李泽厚先生"你愿意承认自己是一个儒者么"，他总是闪烁其词。去世前几个月他曾在微信电话跟我说他是。我有点惊讶，"你承认自己是儒家了？"在这样要他确认时，他却又改了口。

　　我这么说，并不是想表达或表现什么，而是这里的文字，或者说这些文字的主人，除了儒者，没有什么别的可能。相反，"看白云才看见我自己"，可见当时并没有太多的自觉意识。——前面那些颇有无病呻吟之嫌的文字，曾经有点小心动，现在却暗道惭愧，就当是为多卖几本书而派发的小广告吧。

这是我个人真实的心路历程，应该也是儒学在中国社会在遭受近代摧折后终于一阳来复贞下起元的曲折反映。

事情才刚刚开始，可我已经老了。编辑这样的集子，本就属于夕阳下的工作，行笔至此，还真有点悲从中来。夫子的榜样是"发愤忘食，乐以忘忧，不知老之将至"，看来我的境界，还停在"钟情正在我辈"一格。

世界于我其实很是温暖。譬如这个集子，责编千里三十年前看到我在《中华读书报》写的豆腐块，"不错啊！攒齐后我给你出一本吧。"华东师大方旭东教授在朋友圈看到我的零碎感想，问为什么不结集出版，"要不我帮老兄印吧？"还说古人之间经常这样。很巧，当时我正跟云山院夏总在潮州访茶，跟陈香白老人聊单枞。她说，"好事啊，我们云山院经常给会员送礼，加上老师的书，就真有文化了。"

也罢，在专业的研究之外，把面向大众的言说以及作为个体的思绪流露付梓出版，既是对自己几十年文字工作集外之集的拾遗，也是对朋友之盛情雅意的回报纪念。了断之后，一切重新开始。"世界无穷愿无极，江山辽阔立多时"，就以此梁启超、徐复观二先生合璧之诗作结吧。

对了，书名就是千里根据这里的诗句拟的。

是为序。

目　录

散文与随笔

乡愁是一种理念 …………………………………………… 2

等待陌生人 ………………………………………………… 5

孤独寂寞及其他 …………………………………………… 8

谁解陈寅恪 ………………………………………………… 11

"生命的意义在于爱" ……………………………………… 14

葡京记赌 …………………………………………………… 18

紫藤庐及其他 ……………………………………………… 23

《出塞曲》 ………………………………………………… 31

麻将如人生 ………………………………………………… 34

大马感怀 …………………………………………………… 37

重读吴清源 ………………………………………………… 42

印度散记 …………………………………………………… 50

狗狗二题 …………………………………………………… 56

云山悠远 …………………………………………………… 59

扫墓记险 …………………………………………………… 70

京郊翠湖　书院原道（二则） …………………………… 72

有缘无分书院情 …………………………………………… 79

儒教室旧事 ………………………………………………… 82

早　点 …………………………………………………………… 84

我与余先生 ……………………………………………………… 87

方克立先生与我 ………………………………………………… 92

晓波小记 ………………………………………………………… 96

李泽厚印象片段 ………………………………………………… 98

我的中小学老师 ………………………………………………… 100

书评与短论

反思一个观念 …………………………………………………… 108

多研究些问题　少谈些文化 …………………………………… 112

低调进入及其他 ………………………………………………… 117

英雄、豪杰与圣贤 ……………………………………………… 121

此身合是儒生未？ ……………………………………………… 128

《我们对"耶诞节"问题的看法》评点 ……………………… 136

为中国情人节辩护及其他 ……………………………………… 139

期待与疑虑：从清华国学院看人大国学院 ………………… 148

我看国学热 ……………………………………………………… 152

孔子像进北大小议 ……………………………………………… 156

关于儒学与民族主义 …………………………………………… 159

回到康有为 ……………………………………………………… 164

回归救亡主题　建构复兴叙事 ………………………………… 170

西方语境下的国学问题 ………………………………………… 178

中国精神、中国价值和中华民族：基于文明论的理解 …… 184

湖湘文化杂谈 …………………………………………………… 190

汉武帝昆仑山命名的文化意义与政治影响 ………………… 195

序与跋

《原道》第一辑开卷语 …………………………… 202

《浮生论学》自序 …………………………… 204

《文化儒学：思辨与论辩》自序 …………………………… 209

《儒教与公民社会》自序 …………………………… 212

《中华家训经典全书》自序 …………………………… 216

《原道》第四十四辑编后 …………………………… 224

《儒家文明论稿》自序 …………………………… 226

《易庸学通义》自序 …………………………… 230

序卢国龙《宋儒微言》 …………………………… 243

序廖名春《中国学术史新证》 …………………………… 254

序方朝晖《儒学与中国现代性》 …………………………… 258

序王文锋《从〈万国公报〉到〈牛津共识〉》 …………………………… 264

序袁灿兴《中国乡贤》 …………………………… 268

序周伟驰《太平天国与启示录》 …………………………… 271

序杨莉《民国时期天津文庙研究》 …………………………… 289

序赵峰《四书释讲》 …………………………… 293

《儒家经典十二讲》序 …………………………… 298

答问与访谈

废科举百年祭答《新京报》 …………………………… 302

所谓"丧家狗"之争 …………………………… 305

重拾回儒精神，推动中华民族文化体系整合

　　——答端庄书院 …………………………… 328

韩国将祭孔申遗不是坏事——答《新世纪》 ………… 337

炎黄祭祀答儒家网 ……………………………………… 340

祭祖问题答《新京报》 ………………………………… 342

李泽厚的重要性及与余英时异同 ……………………… 347

儒学、儒家、儒教：一个人的文化复兴（代后记）……… 355

散文与随笔

乡愁是一种理念

古往今来，反复为诗人所吟唱的主题，除开爱情恐怕就是乡愁了。

对于初恋者来说，爱情不只是一种生命意识的觉醒，而且也是一种关于生命之形式的设计。最初的异性，由于幻想的投注，成为光芒四射的偶像。如果说神是人的自我意识的异化，那么不妨说，初恋在某种意义上乃是一种自恋，一次具有形上学色彩的情感体验。

正是以这样一种超功利的本体属性为参照，婚姻才常常显得叫人失望，被戏称为"爱情的坟墓"。记不起是谁说过，只有经历一场深刻的恋爱，男人才能成熟起来。其道理即在于，受挫的初恋使年轻的心从浑沌未开的主观世界突围而出，转向真实的生活中确证自己。那么乡愁呢？

毫无疑问，乡愁首先是人在旅途对故国家园的思念之情。古代乡民社会，故乡作为一个地缘概念乃是血缘的投影。因此，这二个字在游子心中如雪夜的炉火，永远充满了盈盈暖意。且不说去国怀乡，忧谗畏讥的迁客骚人，即使不识愁之滋味，一腔豪气少年游的英俊弟子，当其"萍水相逢，尽是他乡之客；关山难越，谁悲失路之人"，亦不免怅然而叹："日暮乡关何处是？烟波江上使人愁。"

　　但是，乡愁似又并不只是因思乡而成愁。叶赛宁，这位俄罗斯最伟大也是最后的乡土诗人，一方面对生养自己的梁赞省那神秘的教堂、十字架以及布谷鸟的婉转啼鸣依依眷恋，另一方面又不得不承认，回到故乡，却"只有森林、贫瘠的土壤和小河对岸的沙荒……"这种情感与现实的矛盾，今天还常使我们陷入难堪的窘境。实际上，睿智的古人早就提醒大家，"未老莫还乡，还乡须断肠"。

　　也许，我们不得不承认，所谓乡愁本质上乃是旅愁，因旅途的风雨和孤单油然而生的渴望与怀想。并且，因着断肠人在天涯的特殊情境和距离感，故乡，千百年来被情绪化地大大美化，以致几如伊甸园般尽善尽美，神圣永恒。

　　既然如此，为何人们还是对乡思乡愁沉湎执着如斯，吟咏品味不止呢？可能的解释是，对浪迹天涯的游子来说，故乡是真切的慰藉，乡愁是触景所生之情；而对于那些以天地为人生之逆旅的智者而言，故乡又成为借物起兴的象征之物。当是时也，乡愁已虚化为一个空筐，所承载的是人生天地间，忽如远行客的顿悟，以及随之而起的复杂情愫：漂泊无根的无奈，随缘任运的洒脱，对酒当歌的狂放。——这次第，怎一个乡字了得！

　　"绿树村边合，青山郭外斜。开轩面场圃，把酒话桑麻。"诗中呈现的与其说是一幅田园生活图画，不如说是一种生命存在情调，禅意盎然。对田园恬淡的向往，即意味着对尘世浮华的厌弃。但孟氏之义应不仅限于此：田园之可留反衬出生命之无归；生命之无归又凸显出唯田园之可亲。龚定庵诗云"温柔不住住何乡"，其情趣虽异，而义旨却并无不同。

　　有人说，现代人是城市人，不知乡为何物，自无所谓乡愁。工业社会，钢铁的巨人踏碎了田间的小路。在接踵而至的后工业社会或曰信息社会里，人的丰富性更在各种形式的技术理性面前萎缩，数字化成为生存的标准样式和基本内涵。这一切使得蜗居都市的现代人越来越与环绕其身的高楼、公路以及快餐店相融为一，踏青与郊游构成他们关于自然的全部体验。但是，我并不怀疑，在一级一级阶梯般的登攀空隙，总会有一种莫名的情绪在不知不觉中侵入人们的不眠之夜，带来那个古老的问题：我是谁？从哪里来？到哪里去？

这就是乡愁，生命思乡的冲动。借此冲动我们或可知道自己的生命是否灵性尚存。

奥尼尔认为男人最大的悲哀是得不到自己最初的女人，女人最大的悲哀则是留不住自己最后的男人。我想，对许多人来说，不论其为男为女，也不论其爱情是否如愿，这样一种悲哀应该相同，那就是他们迟早将发现，那个令人魂牵梦萦的故乡，居然也只是一个心造的幻影。人生虽如寄，情仍一往深，这就是我们的宿命。

一九九六年

等待陌生人

有部叫《红鞋日记》的电影，用四重奏的方式讲述了四个主人公的情感生活片段。故事的不同寻常之处在于，四位性格、职业各不相同的主人公情感投注的对象，并非作为理想婚配标准的才子佳人，而都是在各种偶然场合凭直觉锁定的陌生人。

导演巧妙而执着的演绎似乎在引导每一位观众去思考陌生人与情感乃至与生命存在的关系。

确实，这并不是一个仅属于哲学家的问题。对于情感来说，有时熟悉反而显得十分隔膜，而陌生却叫你感到异样的亲切。白首如新，倾盖如旧，意思是说两个相处到白头的人实际互不了解如新识，两个只是马车相错一面之缘的人却如同旧交。可见古人已深知心灵的沟通取决于缘分而不是时间。很多人都有经验，在电梯里挤在一起的似曾相识的面孔，实际遥远得如同两座山上的岩石；而在机场、车站或码头某个转瞬即逝的身影，却常常被铭刻在记忆深处。

为什么会因误解而结合，却因了解而分开？一方面，这的确与人性的弱点或特点有关。本地的和尚由于成天见他如此这般地烧香念佛敲木鱼，所以很难想象他会如何法力无边，而外来的和尚则因多少带有几分神秘而常被赋予较高的期望值。另一方面，陌生人又颇似一帧大幅留白的写意画，可以让人按照自己的意愿和想象去加以诠释补充，完成自己本质力量的对象化。

都市的天空是拥挤的，从流行服饰到霓虹广告，无不给人扩张压抑之感。忙碌于衣食住行，沉沦于日常生活，现代人似已成为种种角色的集合体，而那不可方物的生命存在本身却似乎已被人们遗忘。为什么总是"不知何事萦怀抱，醒也无聊，醉也无聊"？这就是生命的力量在躁动，那不能为任何角色所同化的最后也最真实的生命本体，在提示着生活的可能与严峻。君不见，日午画舫桥下过，衣香人影太匆匆……

生命是一个偶然的事实，在四季的轮回中总渴望内心深处最隐秘的存在体验能够得到印证，有所寄托。但是，其内涵的个人化规定性又决定了其命运只能是被放逐，人，永远只能饮尽那份孤独。据说正是由于能够忍受这份孤独，将被压抑的"力比多"升华为某种创造力伟人才成就其伟大。不过伟人从来都是少数，芸芸众生大都愿意相信，总有一位陌生人是自己生命的归宿，从那里能够找到自己生命最充分的理解和表达。像《红鞋日记》中主人公们的一见钟情，根本就不是为了嫁汉吃饭或娶妻生子，而是用幻想的形式，自己给自己一些理解，自己给自己一些安慰甚至放纵——是的，人总不免有这样的时候。

大众传媒上的那些明星，某种意义上不正是各种刚刚意识到自己生命存在的追星族们心目中完美的陌生人么？我猜想，多数人对《午夜蓝调》之类广播节目的依恋，很大程度上大概即是基于这样一种情愫。当夜的潮水把白昼的喧嚣烦冗卷走，心灵的孤岛浮出海面，每个人似乎都有所期盼，都在等待着自己的陌生人到来，在倾诉与倾听的幻想与幻觉中完成一次生命的表达与肯定。

网虫的生活情形亦与此类似，"没人知道你是一条狗"很像是"等待陌生人"的正话反说。大家都隐没在显示屏的后边，给对方留下想象驰骋空间的同时，自己也获得了极大的放纵自由。有个叫《网上网下》的电视小品，讲在网上互相吸引的一对帅哥美眉，实际正是每天低头不见抬头见而又怎么看怎么不顺眼的冤家邻居恨男怨女！生活在别处，生活在别处，为什么？因为生命是一种指向未来的冲动，别处就是未来。曾经，刚经历了婚变的王菲，推出了一个新专辑《只爱陌生人》。词写得很一般，以它命名主打的唯一理由，恐怕只能是这五个字本身，颇准确地表达了这位歌坛天后的内心款曲：既有些失落，又有所期待。还有什么比这更煽情？

等待陌生就是拒绝平淡，渴望激情，就是努力去拥抱尚未展开的生活。但是，对生活了解越多的人，对世界的陌生感相应地也就越少，自然对陌生人也就要少一些幻想，少一些期盼。

只是，《红鞋日记》并没有告诉我们，这样的人，又是在等待什么？

一九九七年

孤独寂寞及其他

亚里士多德说："喜欢独处的人，不是野兽便是神灵。"人是群居动物，不仅生活中需要相互依靠，心理上也是相互支撑，相互依赖的。一旦被离析为个体，自不免有寂寞孤独之感。但是，现代社会的所谓现代性内核，恰恰是按照生命乃是原子形式的个体这一原则来对社会加以建构。政治哲学的自由主义，经济学的市场理论，莫不如此。这与人之天性以及天性的要求显然是存在一定距离的。我想，这大概也就是今天街头巷尾的书报摊上，以脉脉温情为卖点的"女友""读者"与那些以现代甚至后现代相标榜的"流行""时尚""互联网"同样走俏于白领和新新人类的原因吧。

不过，严格说来，孤独与寂寞并不是一回事。

寂寞是一种外在指向的情感体验，即有相对明确的外部对象。如"当我想你的时候，才知道寂寞是什么"中的"你"，以及可与"东方不败"这样的寂寞高手过招切磋的敌人或朋友。因此，它如烟云，随长随消。比较而言，寂寞的近义词可以选择冷清，反义词可以选择热闹，而这些均与孤独较少关涉。与寂寞相反，孤独属于一种内在指向的情感体验，是主体自身因生命意识的自觉而产生的对生命本体的追寻或建构，以及由此而产生的对于其他对象性存在的疏离或拒斥感。其典型的表现形式是这类问题的提出：我是谁？从哪里来？到哪里去？它一旦产生，虽强弱会有变化，但永远也无法消弥。因为这些问题都是无解的，用佛家的话来说，不可思议。所以，在我看来孤独既没什么近义词，也没什么反义词。

这二者也可以用来标识生命体的存在境界。极而言之，上帝总是很孤独的，但无所谓寂寞；魔鬼偶尔也会寂寞，但却永远也不会知道孤独为何物。《红楼梦》中的宝哥哥喜聚不喜散，相反，林妹妹则喜散不喜聚。在曹雪芹心中，所谓的上帝显然只能是林黛玉。为什么？喜聚不喜散多少近于耐不住寂寞，喜散不喜聚则似是要在孤独中咀嚼人生三昧。如果有谁一定要在大观园中追索曹雪芹的影子，相信人们会建议他把目光投向潇湘馆的月下竹林。"满纸荒唐言，一把辛酸泪。都云作者痴，谁解其中味？"这样一种精神气质，那位怡红公子显然是不足以成为见证的。

生活中，节日跟热闹联系在一起。尼采认为，人类是通过以理性对感性（动物性）的约束而进入到文明社会门槛之内的。但同时人们总是要扭头回望，怀念那些原始欲望能够自由表达的日子。这种努力，在古希腊人那里就表现为对酒神狄奥尼索斯的崇拜，借着酒劲以消解各种礼节秩序的桎梏，使生命的本质气象得以在醉态中尽情袒露。尼采之后，著名哲学家伽达默尔同样对节日的深意有所演绎。这位对现代人的孤独深有体会的哲学家认为，节日的本质是沟通，其功能是帮助人们克服生活状态的"个体性"形式，因为在节日里，所有的面具都被摘下撕碎，狂欢的人们不再分什么官员、商人、邮差，而是作为活泼泼的生命形式欢呼团契，从而获得某种归属感。不过，我认为这方面说得最好的还是赫尔德，也是一位德国智者，他说，乡愁是最高贵的一种痛苦感。这既可说是对前述亚里士多德政治命题的诗意补充, 也可以说是对孤独的哲学注释, 因为乡愁既是群体性的, 也是个体性的。

"大人盼插田, 小孩盼过年"。中国人眼中节日的意义不如彼重大或许是由于农耕生活过于平实或沉重。但古罗马的贺拉斯亦有诗云: "心灵的宁静, 由于理性与智慧 / 并非由于汪洋大海的旷观。" 言下之意, 节日的热闹可赶走寂寞却无从抚慰孤独。梭罗的感觉可资印证。在他看来, 再没什么比置身人流中的时候对孤独感受更真切强烈了。

身为中国人, 如果既不能在节日的狂欢里沉醉, 又无法像梭罗那样潇洒地自我流放于青山碧水之间, 则又当如何? 我的建议是——旅行。不知去哪儿? 没关系。人在旅途, 熙熙攘攘的车站, 炊烟袅袅的村庄, 素不相识的面孔, 还有呼啦啦一闪而过的路旁树木, 让人感到的是心灵与世界的距离。当此之时, 此行何往, 归程几时, 均已变得无足轻重。车里车外的一切, 是陌生的熟悉, 熟悉的陌生。在对这种熟悉和陌生的辨认里, 我们或许能更加清楚地了解世界, 了解自己, 了解古代诗人这样的咏叹: 光阴者, 百代之过客; 天地者, 万物之逆旅……

节日, 是日常有序而刻板生活的中断, 这一点旅途与之十分相似。其所异趣者在于, 它不是通过沟通去达成某种短暂的"共同性", 而是通过静观默识, 即贺拉斯所谓理性与智慧, 深化对真实的"个体性"之领悟, 从而使自我在独处中自成一世界。这种感觉, 就如同我们在某个春天的记忆, 偶然间, 从柳枝的折裂处嗅到了生命那苦涩的芬芳。

或许, 旅途原本就是孤独者的节日?

一九九七年

谁解陈寅恪

陈寅恪颇推重宋儒。宋儒论人有义理之性与气质之性的分疏，大致即是把人的存在分为自然生命与文化生命二个层面。我们不妨即以此尝试解读陈寅恪。

陈氏自谓，自己的"思想囿于咸丰同治之世，议论近乎曾湘乡张南皮之间"，即一个坚持以民族传统为本位，同时吸收外来之文化的中体西用论者。五四对陈似未造成什么影响。他最早的文字见载于所谓保守阵营的《学衡》，其家族与杜亚泉的《东方杂志》关系也颇密切。一九三〇年，罗家伦将所编记录"科学人生观"之胜利的《科学与玄学》一书赠与陈氏，陈随即口占一联，幽了他一默：不通家法科学玄学，语无伦次中文西文。

确实，陈氏的精神谱系与新派知识分子颇异其趣。其留美同学吴宓于二十世纪六十年代晤见陈氏后，记曰："寅恪兄之思想及主张毫未改变，仍确信中国孔子儒道之正大，有裨于世界。"幼承庭训确立的这种根器，决定了陈氏"以文化自肩，河汾自承"的人生定位。孟子说人"必先立乎其大者"，这种中华文化"托命人"的使命感应即陈氏人格中之"大者"。

细读陈氏著述及生平，其自然生命层面，冷、傲、悲三种性格特质凛然可感。冷，是洞悉世道人情而无所求的淡然超拔。傲，是建立在自信基础上的矜然自许。悲，则是从自己生命体验中迸裂出来的悲怆，以及由此而生的悲情。

前者当归因于其世家出身、天资聪颖和少年得志。后者与此虽同样相关，但主要是由于其祖辈政治生命的早夭、散原老人文人气质的熏染以及他本人少年时代的体弱多病。当然，最终还是时局的动荡将这种性格倾向整合成型。

性格即命运。不能否认，正是那份睥睨一切的傲岸为陈氏不事王侯的特立独行提供了意气上的支持；那份自伤自悼的悲情则为陈氏在困厄和磨难中提供了一个心理平衡的支点。自然生命与文化生命鼓摩相荡，成就了作为感性存在的陈寅恪，也成就了作为文化象征的陈寅恪。

就其一生而言，后者凸显于论学文字，前者则浸渗于诗歌创作，如二重奏然。但是，随着岁月推移，生命之悲渐渐压倒斯文之念，终至于"著书唯剩颂红妆"。——既要维持文化担待，又要安顿生命情怀，柳如是，一个有文化操守的弱者，自是他唯一可能的选择。

"春日酿成秋日雨。念畴昔风流，暗伤如许。"河东君的心曲，在这位世家子弟的心里激起强烈共鸣：想当年春风得意，以司马温公的事业相期许；七十五年沧桑，却成一部断肠史。"呜呼！此岂寅恪少年时所自待及异日他人所望于寅恪者哉？"陈氏以《寒柳堂集》名其诗文创作，与柳氏此咏寒柳词一样，自伤自悼之意甚明。可是，其伤其悼，又岂只是为个体生命之无寄而悲，实更为民族文化生命之花果飘零而长歌当哭也。

但我们似乎尚不曾领悟这一切。我觉得，近年来的陈寅恪热更像是在没有狂欢节的日子里的一场烛光晚会，陈氏所彰显的"独立之精神，自由之思想"，似乎理所当然地成为了每一位客人共同的慰藉与荣光。其实，支撑陈氏此"独立之精神，自由之思想"的性情与理念,陈氏人格的内在底蕴,数千年历史的文化积淀,于今日之我们已是恍若隔世,十分地陌生了。这种令人悲哀的陌生感可谓一言难尽。有趣的是,顾准,一位与陈在同样时间以同样理由被人纪念的学者,在精神气质上与陈适成对照,颇堪玩味。顾不掩饰自己倾心西方。在他看来,西方乃发源于"航海、商业、殖民"之上的"科学与民主"的文明,而中国,则是一种"史官文化",其内涵唯专制与愚昧,自须掊而击之,扫地以尽。我不知道我们的好学深思之士是否在这同工异曲的两尊思想雕像之间发现了某种紧张,并做出学理上的疏解?

余英时认为,通过对陈寅恪的研究,大陆年轻一辈人正重新考虑传统文化在现代世界的定位问题。这大概是一种希望,希望我们通过理解陈寅恪,重新理解我们的历史、我们的社会和我们自己。陈氏所期盼的"来世相知者",其此之谓乎?

一九九九年

"生命的意义在于爱"

　　费耶阿本德，有无政府主义者之称的科学哲学家，他认为搞研究是"怎么都行"（Everything goes！），因为在他看来，科学家们往往是出于各种主观的，甚至非理性的原因才去创造并坚持种种科学理论的。他给自己的自传取名《不务正业的一生》，颇能反映其思想主张与人生态度的某种风格。这本书的最后几页是他在临终前不久完成的，他留给这个世界的最后赠言是，生命的意义在于爱。这样的话从费氏笔底流出，既叫人稍感诧异，又格外地动魄惊心。我们不能从人之将死其言也善的人情之常，将它理解为某种宗教式的顿悟或皈依，如果从科学和哲学这两个费氏毕生关注的学科入手稍加探究，或许能够获得一些启示。

　　尽管有诺贝尔奖获得者指控精神分析学是"二十世纪最惊人的狂妄的智力骗局"，我还是倾向于把弗洛依德及其后学的思想主张理解为一种对人性具有科学性的解释。虽然自文艺复兴以来，人已被尊为理性的存在而与动物界区别开来，坐稳了万物之灵的宝座，但达尔文很快便证明了人与猴之间剪不断理还乱的渊源关系。今天，极端的达尔文主义者更把基因作为生命的核心，个体生命则被视为基因自我复制的实现手段或中介。这些颇具权威的生物学理论显然可以整合到支持弗氏思想的大背景中去。

　　另一方面，当我们躬身内省，人首先是一自然的感性存在物,这一观点也应是能够得到普遍的生活经验支持的。我们都知道,人格的形成从青春期开始,而自我意识的形成正是与身体的性成熟相伴而生,二者间的逻辑关系显然并不如鸡与蛋孰先孰后那么复杂,而是决定和被决定的关系。

按照道金斯的思路,可以说是基因向个体下达自我复制的命令后,爱的程序就启动了。于是少年钟情,少女怀春。但能爱须与所爱氤氲合和,才能化生万物,而以孤阴孤阳形式生存的个体只要不是生活在亘古洪荒,或者萨摩亚群岛的某个部落,就不能不由此陷入一种焦虑,轻轻吟起"关关雎鸠,在河之洲"……

青春期的这种焦虑源于性本能无法释放的紧张,但这种压抑正是文明的标志,因为它意味着性的追逐已建立了某种游戏规则,正如图腾崇拜禁止乱伦而成为文明之始。我以为这种游戏规则的本质是试图削弱性的自然属性,而强化它的文化色彩。爱,作为由性激起的情感形式,在这个规则系统中居于枢轴的位置。正是通过对爱之内涵、表达形式以及实现途径的塑造与规定,社会把性本能转换为一种文化的创造力量。当然,这一套系统就是我们所谓的文明,人之异于禽兽者之几希了。孔雀开屏,百灵宛啭,均是求其"偶"声。对于人来说,去爱,即意味着调动自己的全部激情、勇气和才智去创造,在社会中证明自己的过人之处。作为人学的文学所描绘的死亡、救赎、冒险等诸多原型主题都是在这一过程中展开,并获得人们的感动与回应。在这里,爱不再只是对优异遗传基因的炫耀或者作为合法性交的婚姻的铺垫,而具有生命的本体意义,贯穿人的一生,并由此彰显出人的丰富与尊严。尽管性的自然结果是生殖,但理性的狡计就这样使它衍生出文化的繁荣。

漂亮的女人总是相似的,漂亮的男人则各有各的魅力。因为女人的美是向作为自然形态的男人开放,而男人的美则须到作为文明形态的社会中求得证明。如果从某种意义上说女人只有被爱的与不被爱的两种,那么男人也只有敢爱的与不敢爱的两种,即能够创造与不能够创造的两种。所以拿破仑、鲁迅、比尔·盖茨都是他们时代的英雄。虽然对女人来说男人几乎是整个世界,而对男人来说女人永远只是其生活的组成部分,爱与被爱的区分在这里却没有高下之别。既然男人是通过征服世界征服女人,那么女人便是目的,作为一种牵引的力量,参与了对世界的创造,所谓没有母亲便没有英雄、永恒的女性引导人类上升的例子,文学史上不胜枚举,贝阿特丽丝之于但丁,当然是最为典型的一个。

市场经济对人性也显露出双刃剑的特征。有人用"滥情乏爱"描述今天的世界,一方面是性的压抑有了诸多的释放途径,另一方面是文化创造的冲动日趋疲弱。因为性与爱相比要轻松十倍百倍,所以爱情两个字好辛苦。那英唱道:

> 你给我一个到那片天空的地址
> 只因为太高摔得我血流不止
> 带着伤口回到当初背叛的城市
> 收容我的已只有自己的影子

到那片天空去,就是超越自我,更新生命,这自然不免炼狱之火的煎熬。女人是容易受伤的,男人却不能太脆弱。真正的猛士,敢于正视淋漓的鲜血,敢于直面惨淡的人生,坚决拒绝再回既已背叛的城市。极端的例子是梵高、尼采、齐克果。爱使他们生活在高度亢奋的意识刀锋上,生命在爱的追求中直接就燃烧尽净,因为他们所爱的已不再只是女性之美,而是精神之美的象征上帝。罗洛·梅说,"亲眼看见上帝的人必死无疑"。于是他们或者疯狂，或者伤残，但有一点则是相同的，他们都超越了自我，把自己的生命化作了自己的作品，在那里，灵肉相融，科学与哲学也达成了统一。莫非，这就是生命的目标，进化的极致？

我不否认精神分析学说具有强烈的抗议和批判色彩，但我更愿意将它理解为一种关于拯救的理论，一种关于人文与自然缠绕纠结的悲剧性理论。东方的圣贤虽然承认"道始于情，情生于性"，但其追求"发乎情而止乎礼义"的中和之美，今天看来似乎是太过乐观了一点。在弗洛依德本人和费耶阿本德身上我都隐隐感觉到了一种残酷的真实。他们让我意识到，人类关于世界的观念是非常脆弱的，生命在寒来暑往的时间隧道中生息繁衍并无一个终极的实在作为心灵的支点，人类注定只能在性与爱、自然与人文的矛盾倾斜中左冲右突。去爱，去创造，并体验到充实和愉悦，能觉得此生不虚，即当于愿足矣。

如果说文化的魅力或多或少与此悲剧性相关，那么留给我们的问题应该就是，当你面对自己的上帝或贝阿特丽丝，你是否有足够的勇气迈步追随？

一九九九年

葡京记赌

　　英国医生声称，他们已从生理解剖学角度证明嗜赌是一种疾病。也许。但我更倾向于相信这种症状人皆有之，区别仅在程度深浅，就像分裂症、闭锁症之类的精神疾患。不为无益之事，何以遣有生之涯？人无癖不可与交，以其无深情也。梁启超坦言，唯读书可以忘记打牌，唯打牌可以忘记读书。任公之通达磊落，正可谓名士风流英雄本色，非流俗可望项背也。

　　曾经赴澳门公干，驻地离赫赫有名的葡京饭店仅一箭之遥。七日勾留，五度造访，参与四局，一负三胜。同行的数学教授、经济学博士以及众多文人才子均输得灰头土脸，却是我这个以琢磨神灵虔诚显圣物为业的宗教学者为大家捞回些许面子。

　　初来乍到，兴致最高，但一盆冷水浇头，被制服严整的保安拒之门外。我的穿戴有问题，运动休闲短裤，不够严肃；安检门框旁边的告示写得很清楚。必也射乎？其争也君子？规矩面前，怏怏转身，一笑解嘲。赌场很大，进出口很多，没准能绕个圈混将进去？忐忑间又是一声断喝被吓得兀然心惊。正觉没趣，一张略带媚态的脸凑到眼前："要不要？"定睛一看，分明是一条长裤。敢情都配套产业化了啊！谢谢。无论如何我的赌瘾赌劲还不至于大到这个分上。况且，无论草民小赌怡情还是名士发飙任诞图的都是个痛快，糊里糊涂套着一条陌生的裤子别扭登场，哪还找得到感觉！

第二天有备而来，自是长驱直入。进到里面却有如刘姥姥进了大观园，两只眼睛颇嫌不够用。先看热闹，再找门道。老虎机名头最响，操作简单，就从它开练。三下两下，一点也不来神。梭哈、搓麻、斗地主无论什么都不只是比手气撞大运，还有斗智斗勇斗心理，是对自己生活或命运极限的挑战。老虎机不能发挥主观能动性，同时也感觉自己已经基本适应了这里的氛围已然热身，便转移阵地挺进大厅主战场——楼上的贵宾室当然不是我等所敢想象的。果然，这里的人员结构不似老虎机旁多是些悠闲的老头、轻松的妇女，而以抽烟的男子为主力。空旷的安静中，让人隐约感觉到某种紧张。

既然叫赌博，胜负心就是顺理成章的。但游澳门逛赌场的人多是游客身份，一般都是未虑胜先虑败，即先给自己定一条最多输多少钱的止损线。他们到这里赌博实际只是玩玩而已，一种特殊消费。我当然也不例外。电影里看到过百家乐，就是它了吧。挤到一个位置，便在从众心理的支配下，哪边下注的人多就把自己手里的筹码往那边押，揭盅之后无论输赢也都是先看看周围的人的表情。下注的人当然是有人欢喜有人愁，而一些看上去像老江湖的人也无非是三种，欣喜、失望和茫然。他们手里捏着纸笔，一会记着什么，一会思考着什么，好像是在记录计算，试图发现开牌规律并把自己的发现推销给下注的游人。姓罗的数学教授跟他们是思维上的同道吧，下注十分古怪：第一次一百，第二次二百，第三次三百，第四次六百，即从第三次开始，每注数目都是之前下注额度之和，并且每次都是押同一边"大"。"这样，只要赢一次，本就全回来了。"他说。但是，连续六次，出的都是"小"！面对这反常而残酷的概率，他边摇头边用广东话嘟囔"有冇搞错"!

我的状况也不比他好多少。早就想在输了这注大的之后脱身，但也就是在这时灵光乍现：一定有鬼！并马上想到，这个机关实际再简单不过：吃大赔小。于是摄定心神，从头开始，每次都挨到最后才出手，根本不考虑上一次开出的是大还是小，哪边下注的钱少就押哪边。终于，以手中仅剩的200元挽狂澜于既倒，不仅收复失地，而且获得了二倍于本钱的盈利。

乘胜追击。晚上再战，斩获虽有限，对于赌场机关的了解却大大深化。所谓的吃大赔小，简单说就是庄家根据大小两边所押筹码的数量多少开出骰子或大或小的点数。但这样很容易被看出，庄家必然设计一些手段方法，制造假象，使人不易做出判断甚至判断错误。一种可能的手段或许是安置托儿下注，从形式上改变大小两边筹码的比值结构，这样就可以制造出"多头"一边也是"机会均等"的假象。我在吃过亏后，把这种改变真实比值、内部下注的托儿戏称金融大鳄。我感觉每台赌桌都有一两个，必须注意剔除他们的游资之后再做两边实际大小的判断。再就是两边注额相差无几时，经常会开出"豹子"之类，庄家通吃。当然，这时也可能懒得启动机关，而授权老天爷根据概率公正地选择钱落谁家，在赌客心中培养童叟无欺的形象。

如果说金融大鳄是根据规则进场的白托，那么另一种小痞子可谓没有任何合理性的黑托。我在连战连捷的时候就遭遇他们骚扰：两三个小痞子靠过来挤挤蹭蹭，甚至向你索要赏钱……

太黑了！经济学家说。但是，他又质疑：赌场属于重复的博弈关系，按照理论，它应该导致交易各方行为的理性化。我半开玩笑说，这不是数学问题，也不是经济学问题，而是社会学问题甚至犯罪社会学问题。虽然数学家称赞我"知黑守白"，实际我已经开始有些同情鲁迅先生的"不惮以最坏的恶意去揣测中国人的心"了。经济学家虽然随后从澳门为度假区，不在意回头客，以及赌博行业属于垄断经营不能形成有效竞争而认为"黑"得有一定根据，但对我的有关描述和解释是否属实依然将信将疑。

于是，我带着他三进赌场。这次输了，输得一点脾气也没有。下注的人有限，两边的筹码多少差别不大。被胜利冲昏头脑的我心血来潮去押点数，铤而走险壮烈牺牲。但是，虽然经济学家认为自己的疑虑得到证实，我却一点也没动摇。这次失败除开客观原因，主观原因更关键。我的反思是，不能坐在椅子上——那意味着每轮都得下注，还有一点，不能边下注边说话一心两用，而必须是猛狮搏兔全力以赴。

第四次出征与其说是为了钱不如说是为了荣誉。抖擞精神，严格按既定方针办，恪守稳、准、狠三字诀。稳，就是只买押一赔一的大小，不贪买一赔多的点数，也不每轮跟进。准，就是对下注之人的身份稍加研判，怀疑有金融大鳄出手则袖手旁观。狠，就是一旦认定，就下大注——当然不至于大到使自己成为出头鸟进而成为冤大头。

结果，三大战役下来，昨天的损失悉数捞回之外，内定的盈利计划亦告实现。

回去之后，头件事就是给经济学家打电话，告诉他我总结的原则经受住了考验，并且补充了一点新心得：抛开庄家作弊的预设不论，这点一定要明确——去赌场不是与庄家赌，而是与那些跟你一样来玩的人赌，只有想方设法跟庄家站到一起才可能赢钱。事实上，昨天我就是瞄住一位衣着讲究出手大方的东北大姐，基本押她的反方。后来媒体也报道，赌王半开玩笑半当真提醒采访自己的记者说："别赌，你玩不过庄家的。"

他哑然失笑。并说这让他想起了一则小幽默:一位旅行者在经过森林时弯腰换鞋,他的同伴不解。他解释说这里有熊出没很危险。同伴问,换上鞋就跑得过熊了么?他说我只想跑过你。

——哈哈。

一九九九年

紫藤庐及其他

　　台北的精彩掩藏在街巷深处。当我在位于新生南路三段十六巷的紫藤庐坐定，婆娑的竹影把喧嚣和暑热彻底阻隔，似无还有似有还无的茶香把思绪向邈远的云峰溪涧牵引，我想起了这句不知从哪儿见过的话。这次来台湾大学开"儒学和东亚文化圈的形成"的学术研讨会，由于种种原因，如会议海报在将越南标注为 Annan、日本标注为 Nippon 的同时，台湾被蹊跷地标注为 Formosa，隐约散发出某种文化"台独"的气息，我的心情很有些郁闷。所以，友人们的议论风生没能激起我的攀谈兴致，倒是脚下因岁月流淌而变得色泽暗哑的檀木地板让我觉着十分地安静入神。

　　于是，隐然可辨的履痕带我缓步走过屋内的老照片、旧资料和古书案。

　　每到一个城市，我总是喜欢去它的迪厅、酒吧和茶馆，从中体会其居住者的活力、情调与情怀。人只有在游戏的时候才成为自己，是不是也可以说，休闲的方式最能折射一个城市的性格，它的记忆和怀想？挂老照片、摆旧资料是营造气氛提升品味的寻常手段，也的确能散发出些许趣味，让人体味到成都的拙朴、深圳的现代以及北京的时尚和上海的怀旧。但是，对我来说它们终究只是道具一件，因为照片中的图画、资料上的文字往往与彼时彼地的主人、客人以及环境并无太多内在的关联。

这回不同。虽然以岳阳楼拥有"先天下之忧而忧，后天下之乐而乐"的名联、滕王阁拥有"落霞与孤鹜齐飞，秋水共长天一色"的佳句来相比拟并不恰当，但紫藤庐却也的确拥有一份属于自己的文化积淀。建筑的风格，殷海光诸自由主义知识分子的讲学聚会，甚至奥斯卡获奖电影《喜宴》的拍摄借景等，使得它的内涵似已远非茶馆二字所能了得。一九九七年，房主原供职单位曾以紫藤庐茶艺馆属违法经营而欲将其收回拆建，就引起了台北文艺界所谓古迹自救的串联行动。后来，马英九主持台北市政，作家龙应台出任新设立的文化局局长，正是在紫藤庐设茶会邀请文艺界人士对提升台北市文化面貌提出建言。紫藤庐的文物身份大概也就是于焉而定。

当然，这一切我都是道听途说。较深刻的印象来自沪上某著名自由主义学人的文字，因为它提到了一副对联，同时有意无意地把紫藤庐描绘成了东方的"朝圣山"。朝圣山，瑞士地名。一九四七年，在哈耶克的推动下，三十九位著名学者集会于此，讨论自由社会的性质等问题，并成立所谓朝圣山学社。因此，朝圣山又成为自由主义思想圣地或大本营的代名词。对联很精彩，文章也很漂亮。但我总觉得，对联的意境与作者所刻意暗示的朝圣山意象之间反差有些大，不易融合。现在，房舍的主人，对联的作者，使紫藤庐成其为紫藤庐的精神象征就出现在我的面前：西式皮鞋，中式长袍，嘴唇微张，似笑非笑，目光内敛，似有所思考又似有所期待。这一切的背景，则正是他那如今已被人们广泛称引的"六十初度自撰"由衡山赵恒惕氏手书的十四个隶体大字："岂有文章觉天下，忍将功业苦苍生。"

儒生耶？自由主义者欤？这样两个面相，在这位既是伦敦经济学院哈耶克及门弟子并将哈氏巨构《自由的宪章》介绍到中国为中华民族的自由民主追求提供有力学理支持的留洋生,同时又是将自己的书房命名为尊德性斋的湖湘子弟(周氏撰文落款总是"长沙周德伟")身上到底是一种怎样的组合呢? 直觉告诉我,这是又一个陈寅恪式的知识分子。在我,所谓陈寅恪式的知识分子是指一种中体西用的文化立场,用陈寅恪自己的话说,就是在从事思想文化的建设时,"一方面吸收输入外来之学说,一方面不忘本来民族之地位"。

乡情和敬意使我和茶舍现任主人周渝的谈话轻松而深入。他从条形的书案上把他父亲的著作和他自己写的记念文章送给我。首先吸引我的自然是《自由的宪章》。数年前 *The Constitution of Liberty* 在大陆被译成《自由秩序原理》出版,颇为轰动。记得译者曾郑重其事地专文论述其以己之"秩序原理"代"汉语世界(实即长沙周德伟)习用"之"宪章"的种种理由。我提起这事,周渝说,当年他父亲是从《中庸》的"祖述尧舜,宪章文武"里选取宪章一词来与 consitition 对应的。我知道,周氏对 *The Constitution of Liberty* 的正式翻译始于一九六九年退休,四年后出版。一九七五年,又出版了对哈耶克思想进行系统介绍的《当代大思想家哈耶克学说综述》,由哈氏亲为之序,肯认嘉勉之情意跃然纸上。一九六五年哈氏抵台,周为老师翻译,即与哈氏就该书若干问题有过深入讨论。其时所作"哈耶克学派社会思想的研究"尚将 *The Constitution of Liberty* 译为《自由的构成》。可见其最终以宪章一词定稿付梓显然经过了一番斟酌推敲。是出于遣词造句古雅的考虑,抑或别有寓意追求? 似乎很难忖度。我知道的是,"尊德性"的斋名也同样来自《中庸》:"君子尊德性而道问学,致广大而尽精微,极高明而道中庸"。

　　《周德伟散文存稿》和《周德伟社会政治哲学论著》中的文字使我的直觉很快得到印证。这位一九〇二年出生的前辈乡贤少年时代即爱读《甲寅》这样的非主流刊物，自称从中"得了人民保障自身权利的观念及人民授权政府的观念"，而对《新青年》的狂飚突进，则"不太喜欢"。是的，五四运动诚然是当时最为重要的历史事件，但这并不意味着它就是当时历史的全部，并不意味着它就能够代替覆盖其他事件的意义——否则，五千年历史文化的气象和格局岂不是太过单薄偏狭？跟陈寅恪及其他许多人一样，周氏虽然对五四运动评价颇高，但他的文化主张并不属于这一谱系，而是另有宗旨，准确地说是与曾国藩、张之洞一脉相连。曾与李泽厚先生讨论过陈寅恪"自由之思想、独立之精神"的问题。他认为陈氏此语不具有自由主义的意蕴，因为他既怀疑传统文化具有自由主义的思想质素，也怀疑传统文化与自由主义存在接榫的可能。我认为，文化与其说是一个知识性的逻辑体系，毋宁说是一个以人为轴心的实践性符号集成，将彼此勾连整合的是其相对于作为主体之人的意义与功能。所以，传统文化永远是一个开放性系统，如果使用这一符号系统的民族还有生命力还有创造力的话。应该有什么，不应该有什么，根本的决定者不在文本自身，而在文本的根据人，即体现在文武周孔、朱子阳明以及曾湘乡张南皮甚至牟宗三徐复观他们身上的从利民出发而因时设教的创造性精神。

　　无疑，周德伟属于这样一个伟大的精神序列。

　　而立之年他意气凌厉，撰联明志云："修己期三立，何当理八埏"。儒家修身为本和立德立功立言的教诲决定了他一生的行事选择：先是因阅读《原富》痛感于儒家外王之学的薄弱而由北京大学的哲学系转到经济系，然后是因不满于混乱时局而寻机到英国投身于自由主义大师哈耶克门下。虽然后来的身份是经济官员（他是国民党在大陆的最后一任关务署长，是百年来在华帝国主义势力和影响的清除者。为此，曾招致美国人的抗议），其关于通货膨胀对一个社会靠长期积累起来的人文与道德系统之危害的议论却充满儒者情怀：货币贬值陷社会于不稳定的焦虑和盲目的投机之中，使人无法为更高的理想设计筹划，而社会诸多的价值均有赖于长期的努力与积累。我感觉这样的声音在今天的大陆虽然非常需要，但若真的出现，却恐怕十之八九会被讥为迂阔而远于事情。

因为与改组派和桂系的渊源及骨子里的书生意气，周氏在到台湾后地位颇为边缘化。由于很早就有翻译乃师《到奴役之路》的想法，一九四九年前后又正好在欧洲获得了该书的德文本（其博士论文系德文写就），于是从一九五一年冬天开始，他"在寓所每两星期约集若干学人讨论，参加的人有张佛泉、徐道邻、殷海光诸位先生，及台大若干研究生"。该讨论前后维持了大约半年。正是在这里，殷海光从周氏手中获得了《到奴役之路》原书，并由其译出分期刊载于胡适之所主持的《自由中国》。虽然这个小组讨论自由主义所直接针对的是所谓共产主义思想，但由于主人的身份特殊，左近的温洲街又是台大教授的麇居地，在离周府不远的一个木造小糖果店，常有国民党特务的监视。这些情节在一九九二年周渝为纪念父亲九十冥诞而写的文章里有所述及。书卖封皮，报卖标题。这篇原题为《通货膨胀会破坏文明的基础》，旨在凸显主人翁传统儒者情怀的回忆文章被发稿编辑改为"糖果店对面的春天"刊出。——当时，正是本土化浪潮下媒体的妖魔化国民党时代。

大概正是这样一段故事孕育激发了沪上那位先生的文思灵

感。但我觉得，还是以"修己期三立"这种标准的儒者人格设计作为统摄其人其事其思其想的大纲目，比较能够贴近周氏生命的内在律动。这不仅能够弥缝其文章中"岂有文章觉天下，忍将功业苦苍生"的意境与朝圣山意象间的扦格，更能由此彰显近代知识分子作为传统文化与自由主义之接口的意义与可能。他不是纯粹的学者，但他的文字与所谓纯粹学者相比，唯一的不同，是多了一种生命本身才有的光辉。对于其所欲昭示于世人者，这种光辉具有特别的说服力。我向来以为，自由主义只有融汇进传统文化才会有落实，传统文化只有接引进自由主义才会有展开。周德伟先生的典范性意义正在这里：作为自由主义者，他融汇进了传统文化；作为儒生，他接引进了自由主义思想。当我以此求证于周渝，他显得十分兴奋。他说，父亲的百年冥诞计划搞一个关于父亲生平事迹的资料展。在整理资料的时候，发现了一篇《西方自由哲学与中国圣学》的文章，主旨正是想在这二者间做一疏通。他补充说："这是他最后的手笔了。"

回到对联中的感慨。跟"自古圣贤皆寂寞，唯有饮者留其名"一样，那应该是千百年来无数怀有经纶天下之志的士人们所同叹息再三者。但遇不遇本质上并不只是儒者个体的时运问题，同时也是反映一个国家的政治状况是否清明，一个民族的生命形态是否康健的重要指标。在这种意义上，反对专制既是基于自由主义思想立场的理论诉求，更是民族生命渴求新形态的意志表达。在六十岁时"岂有文章觉天下，忍将功业苦苍生"的忿懑和怀疑、透悟或虚无之后，老人六十一岁再撰"宁无远志经天下，静守萧斋乐圣贤"，又完全是一派船山"儒者负道而行而无所待"及孟子"穷则独善其身"的自足和坦然。

真正让这位子若（周君字子若）老夫子叹息的，我想，应该是台湾社会现实中新生一代由于生命中中国经验的稀薄而产生出的相对于地域和文化意义之中华的疏离感吧。在他及他那一辈人身上，乡土情和文化心是重合的，每一篇文章甚至每一个文句都散发出浓郁的乡愁和强烈的民族责任感（即使说理文字也读得我激动不已）。但在现实中，由于种种原因，新一代的国家认同和文化认同处于纠结撕裂状态，轻重分合似乎不得不作一了断。一些曾以自由主义话语向国民党抗议的民进党人，成为国族主义的推波助澜者自是其狭隘政治情绪发作的必然结果。许多认同中华、珍视传统的台湾人在全球化、现代性和去中国化大潮裹挟冲击中的苦闷、彷徨以及无力感，却是真正必须面对的挑战。周渝在一篇文章中说他"没有深入搞父亲那一行"。确实，我在跟他交谈时努力寻找乃父之风，但我找到的只是一个很书卷的茶馆老板、一个很学究的茶叶专家。虽然他研究茶文化的文章被译成多种文字，到长沙老家支持湖南医科大学成立了"紫藤茶艺社"，还说父亲是儒者他想再了解了解道家，但看他拆信读报之澹定闲适如坐禅老僧，我怀疑面对特务他也能像他父亲那样用湖南土话骂一句："真是猪嬲的！"

我知道，这实在是有点太过难为他了。日子总是被日子代替，生活也总是被生活改变。如果说他父亲那一辈尚是根连皇天后土的老树虬枝，那么他们这一辈就已是秋日随风飘荡的蒲公英花簇了。儒道其理念，台北其乡土，二者分离疏远的人类学后果或许不难推知，但二者纠结撕裂的心内隐痛又岂是我这个湖南人所能想象体会！茶馆如是，台大如是……这是不是也正是周德伟老先生晚年离开台北移居美国直至客死他乡的深层原因？

是告辞的时候了，茶舍，连同覆盖着它的三棵紫藤都已被夜色悄然吞没。马路上的汽车亮着大灯，或停或行，拥挤、快速而从容。空旷中有些迷茫的是孟庭苇，她的歌声在静谧中清晰可闻：

冬季到台北来看雨，也许遇见你。

街道冷清，心事却拥挤，每一个角落都有回忆。

如果相逢，也不必逃避，我终将擦肩而去。

天还是天，雨还是雨，这城市我不再熟悉。

我还是我，你还是你，只是过了一个冬季。

二〇〇〇年

《出塞曲》

　　歌名，还有歌中的慷慨，都让人联想起唐朝边塞诗人为我们描述展现的昂扬情绪和明朗图画。但是，细细品味，似乎又不尽然。岑参、高适乃至李白、王维，他们笔下渲染的那份豪情主要是个体生命建功立业的书生意气。"长安少年游侠客，夜上戍楼看太白"，这里的英雄主义很大程度上是一种功利主义或功名主义。

　　《出塞曲》所唱与此不同。

　　"请为我唱一首出塞曲/用那遗忘了的古老旋律/请用美丽的簪缨轻轻呼唤/我心中的大好河山。"这里找不到"人生志气立，所贵功业昌"的自信潇洒，有的是一份孤怀独往的坚定执着。当然，这也是一种英雄主义，只是它的基础主要是理想主义。

　　我是在出租车上偶然听到这首歌的。蔡琴略带沧桑的歌喉和窗外的萧萧落木与歌曲的调子十分吻合，使人沉入怀想。"美丽的簪缨"在脑海里时隐时现，挥之不去。作为壮怀激烈之作，这个意象虽贴切美丽，但较之"秋霜切玉剑，落日明珠袍""登车一呼风雷动，遥震阴山撼巍巍"毕竟单薄了点。不过，这也是无法苛责的，"男儿本自重横行"的背后，原本是要有昌隆的国势以及国人对本民族文化的信心作为支撑的。中国近代备受摧折，读书士子倾心西化，李白、岑参复生今日，恐怕最多也只能成为陆游，甚至不免要英雄气短了吧！

但是，我还是强烈感觉到《出塞曲》与边塞诗词相同相通的精神气质，爱国——对文化，对河山有一份责任和担当。

> 那只有长城外才有的清香
> 莫说出塞曲的调子太悲凉
> 如果你不爱听那是因为
> 歌声中没有你的渴望
> 而我们总是要一唱再唱
> 像那黄河千里闪着金光
> 像那狂风呼啸过大漠
> 向着黄河岸那阴山旁。

究竟是谁，基于怎样一种感受，写下了这些令人怦然心动的句子和旋律？每当听到这里，我都不禁要这样问，这样想，直到不久前认识了陈昭瑛。

陈是台湾大学中文系教授，新儒家代表人物徐复观先生的女弟子。她近年工作重点在台湾与中国传统文化的研究，其对儒家思想在台湾近现代的启蒙及反对日本殖民运动过程中地位作用的阐释引起了广泛关注。众所周知，民进党的理论家们正是采取论证儒学与现代性不相容和指控儒学为殖民文化这两种叙事策略，以切断大陆和台湾在文化上的联系，为其"台独"主张张本。事实上，我正是通过阅读这方面的论战文字先熟悉了陈昭瑛之名，并油然而生"纤笔一支谁与似？三千毛瑟精兵"之叹。

真正见面是在澳门。"台湾意识与中国意识"的研讨会，话题敏感，有学术性，也有火药味。她的发言指向了郭正亮，东吴大学政治学教授，民进党宣传部部长。我已记不起当时的论题，只记得听着听着，突然眼前一亮：她不正是那歌者，作者，不正是那《出塞曲》歌中的主人翁？儒家立场，"唐裳"衣着，一切的一切似乎都表明，在这个黑头发黑眼睛黄皮肤的龙的传人的聚会中，没有谁比这位来自台湾嘉义的女子更中国。

"是吗？我可什么都不知道。"我知道台湾的学者都挺忙，陈昭瑛尤其如此。"回去找来听听，我儿子可能知道。"她说，"我这样的人，台湾挺多。"

那里有文化复兴运动，有徐复观这样的学者，只是已经过去很久了。所以，我有点相信，又有点担心。

整整一年过去，收到她新出的《台湾儒学》一书，很是高兴。但打开夹在书中的短签，我的心情又变得沉重起来："近况可好？台湾选举结果想必您已知道，未来的四年在台湾的中国文化保卫战将更为艰难。朋友们都非常忧心，有的已准备当遗民。"

默然。

歌声又起。

美丽的簪缨又开始在脑海飘荡，挥之不去……

二〇〇〇年

麻将如人生

游戏总是对生活某个方面的模拟。

战争紧张刺激而人又有攻击本能,故一般游戏均以之为模拟对象,以使心理能量得到宣泄或升华。象棋、国际象棋是对古代战争的模拟;陆战棋、海战棋则是对现代战争的模拟(虽然模拟得十分拙劣);扑克牌精巧抽象,但仍是遵循弱肉强食的战争逻辑而组合成局——均属于"战争中的游戏,游戏中的战争"。

但战争毕竟只是人类生活的变态。和平条件下,生活的丰富性可以得到更为充分的展现。这种丰富性增加了游戏的模拟难度,自然地,模拟难度的提高也使游戏的魅力大增。

麻将就是这种以人生而非战争为模拟对象的游戏。

战争时期大的是炸弹,小的是面包。但更多的情况下,还是靠钱来做社会转动的润滑剂甚至枢轴。二千年前太史公就指出:天下熙熙,皆为利来;天下攘攘,皆为利往。麻将可说没有丝毫火药味而浑身都充满"铜臭":筒是铜钱,索是穿铜钱的线,万则是钱的量度;东、西、南、北四合,构成市场;中、发、白则标示有的人好彩,有的人小发,有的人一无所有——活脱脱一幅世俗生活的"清明上河图"。

这种诠释或许有些牵强,但麻将的内在结构区别于以军阶高低或火力强弱的配置序列则毋庸置疑。每张麻将牌的价值乃是由游戏者随机选择或赋予的，呈相对性，即只有合用与否，决无大小之分。生活中人与人的关系远比战场上的两军对垒复杂，因为后者将关系简化为力量的对抗，而实际生活却常常是大路朝天，各走半边，三十六行，行行出状元。也许，正是为了模拟这一点，麻将的设计者抛弃了扑克、象棋那种机械的、单向的命名原则。

最能说明麻将之反战色彩的，是它以"和"为终局。与游戏的你死我活不同，"和"是游戏者将自己所有的十四张牌整合成为一个和谐的系统。如果这也可称作胜利，这种胜利不是将对手击败，而是达到自己目标的自我实现——生活本是一个追求自己目标的过程。

"和为贵，忍为高"。"和"是中国人生哲学的基本理念之一。麻将作为中国人的创造，自是以中国人的生活为模拟对象，并渗透着中国人对于生活的理解。西方基督教认为，世界的密码掌握于全知全能的上帝之手。中国人宗教意识淡薄，其对吉凶祸福的关切不是像西方人一样诉诸对上帝的祈祷，而是求签问卜打探其运气如何。这大概可解释为什么中国文化有一个巫术的传统，《周易》这部占卜之书为什么长盛不衰。

文化不易论优劣。但仅就游戏而言，桥牌之类的智力体操确乎不如麻将更近似生活而来得有趣。生活不是一组逻辑链条。"谋事在人，成事在天"既是生活的智慧，也是生活的经验。不是说扑克、象棋就不包含偶然性和相对性因素，而是说这些游戏的规则对偶然性和相对性基本持一种排斥否定的态度，其宗旨是力图使自身提纯为彰显人类智慧的手段。如麻将时常"歪打歪有理"，而扑克、象棋中的误算只会导致失败。这种倾向使它们与麻将大异其趣，成为一种"反生活"的游戏。俗话说得好，三分天注定，七分靠打拼。麻将的妙处就在准确地把握了天与人三七开这个关键的度。例如，通过扔骰子决定取舍和维持公正；手中的十三张牌可以且必须不断与外界进行交换（避免了一摸定终身）；规定最末的七墩牌不参与游戏（无用之用乃大用），等等。这种向偶然性和相对性倾斜的游戏规则设计，使影响胜负的参数系统大大丰富，从而使成功显得既远在天边，又近在眼前。

凡此种种，虽然让人觉得麻将在陶冶性情方面无足称道，却大大提升了其娱乐功能：不仅广泛地调动了人们的参与热情，也强烈地激活了人们的投机心理与冒险欲望；游戏者的神经始终都得绷紧，因为整个牌局进程都充满期待与防范、机会与风险。胡适之在美国当寓公时，偶入"方城"，几圈下来，竟连呼"麻将有鬼"！大概是他的逻辑思维受到了偶然性和相对性的捉弄。可他那位大字不识却深谙麻道的太太江冬秀则极可能不紧不慢地告诉他：有鬼，麻将才好玩咧！

卜、赌同源。越是自我意识强的人越是关心自己的命运，而每一个人的命运又永远只是一个说不定的三七开。所以，男人好赌，尤以聪明自负的男人为甚，胆子大。因为，赌，在很大程度上乃是与自己赌：赌自己的命究竟有多大，自己的运气究竟好或坏到什么程度！我相信，对许多人来说，麻将之所以"迷人不亚于酒色"，关键不在于所赌之钱，而在于这游戏本身帮人们预支了一份未来或未知的生活，使人天性中那了解把握自身命运的潜在欲求多少得到了几分满足。

麻将如人生，人生可如麻将？

二〇〇一年

大马感怀

新加坡人总是说"你们中国、你们中国",大马华人则总是说"我们中国、我们中国"。这是我在大马沙捞越州美里省觉得特别亲切的主要原因。曾经去那边参加莲花山三清殿的落成开光典礼,很多的感慨使我想写点什么。

首先是华人对中华文化的自豪感和热爱之情。

舞狮,在国内许多新新人类眼中恐怕早已是老土了吧?敲锣打鼓嫌吵得慌,张牙舞爪也没甚漂亮。但当我们一行步出机场,咚锵咚锵咚咚锵的声音扑面而来,四头神气活现的狮子在身边打滚撒欢时,我的感觉一下子回到了三十多年前的湖南乡下。我小时候在外婆家长大,每当逢年过节就可以看到玩龙舞狮划龙船,一帮小伙子,要么在禾坪里龙争虎斗,要么在爆竹声中一溜烟地钻进你家大门在堂屋里搅上几圈,又一溜烟地飞跑出去。外婆则一面往那拎着一个大竹篮的年轻后生手中塞香烟糖果一面豁着牙直乐。我也应该有所表示吧?但当时由于思潮涌动,只是傻乎乎地打躬作揖,然后躲在远处往这边静静地看。庆典晚会上,我又近距离看到了这支狮队,就像小时候在外婆家一样。他们在一个高低错落的大铁架上精彩表演,虽然比不得专业的杂技团,但也是一身需要苦练才会有的功夫。

后来我们去当地华校参观,了解到华语教学因华社处于非主流情境而起的种种艰难，了解到老师们传授中华文化的执着和学生们学习中华文化的自觉。活动室里摆的是各式民族乐器，板报栏上贴着书法作品，排练厅内一群女孩子跳的是扇子舞。她们的旁边，则是昨天在庆典上看到的那个大铁架，舞狮队原来也是出自这里。与在美里已有四十年校龄的培民中学不同，开智中学是刚从一个偏远的地方迁到民都鲁来的。由于华人向城市迁居，开智的生源数降到了维持学校生存所需的临界线以下。而对华校，当局原则上是不准迁址的，任其花开花落。开智的教师和董事们在全马第一次成功地争取到迁址许可，所付出的艰辛自不足为外人道。他们跟我们说，在当地华社的支持下，学校的硬件已很不错了，招生工作也很顺利，只是图书资料太过缺少。确实，我注意到书架上的中文书不仅稀稀拉拉，而且结构古怪字体不一，程度不一，旁边的标注"不准外借"则分外醒目。

当然，更醒目的，还是校门口的那块横匾，上面写的是"爱我中华"。

其次是华社内部的向心力及其凝结方式。

作为一个受过专业训练的研究人员，我对所有宗教及宗教活动都持冷静旁观的理性态度。但在美里，我有了第一次宗教或准宗教体验，那是在看到跟我一样黑眼睛黑头发黄皮肤的华人扶老携幼从四面八方向三清殿聚拢的时候，是在看到蒲团上阿婆阿公嘴里的祷词似有似无手中的香火忽明忽灭的时候，是在晚会进行中灯光骤暗老中青三代华人手捧莲花状烛火缓步登台齐唱庄学忠《传灯》的歌词由隐而显由低沉而昂扬的时候：

> 每一条河是一则神话，
> 从遥远的青山流向大海；

每一盏灯是一脉香火，

把漫长的黑夜渐渐点亮。

为了大地和草原、太阳和月亮，

为了生命和血缘、生命和血缘，

每一条河是一则神话，

每一盏灯是一脉香火，

每一条河都要流下去，

每一盏灯都要燃烧自己。

每一条河，

每一则神话，

每一盏灯，

每一脉香火，

为了生命，

为了血缘，

都要燃烧都要流下去。

开始，在只看到烛光只听到音乐时我还暗笑可真会煽情，但渐渐地，歌词所传达出的深厚情感把我一步步攫紧，直至裹挟而去。情不自禁中我也成为歌唱中的一员，在旋转的音符中分享着这一特殊群体的历史记忆，体验着他们那既陌生又熟悉的现实感受和未来憧憬。

但我相信自己仍然是清醒的，因为同时我还想到了两首歌，《我的中国心》和《美斯乐》，都是张明敏所唱："在遥远的中南半岛，有一个小小的村落，有一群中国人在那里生活，流落的中华儿女……关心它，美斯乐，看我们能做些什么？帮助它，美斯乐，看我们能做些什么？"

我应该感谢这次旅行，它带给了我许多的感悟。

曾有人说中国人就是中秋团圆、清明扫墓、除夕放鞭炮。在这里，正是这样一些平常被忽略的文化符码使我们超越山水的阻隔政治的分歧甚至经济的差异而心意相通。是的，文化的底色不会轻易如铅华般洗褪净尽，毋宁说只有在岁月的冲刷后它的美丽它的价值才会被人们真正发现并懂得珍惜。

我知道孔子与巫史是同途而殊归的，其所看重者是人文性的德与义而非宗教性的筮与数，但既然百姓需要某种神灵以崇其信，需要某种仪式以倾其情，故圣人仍之以神道设教。道教与此类似，虽主有神，却以劝善戒恶为其大本。惜乎为礼者唯玉帛是务为乐者唯钟鼓是执乃自古皆然，流弊所至，庙堂之事遂几为士人君子所不忍闻睹。今天，虽不能说是"失礼"复现于"野"，但因缘际会，圣人制作之意却是懔然有感于心。儒学是教耶非教耶网上聚讼争鸣，莫衷一是。我当然是反对坊间那些儒教说之论证与评议的，但是面对今天的情境，今天情境中个人与族群所面对的生存问题，中国文化结构中宗教仪容的模糊是不是可以长期接受？如果它的凸显是一种现实的需要，孔孟复生，又会做出何等作为？庄子说得好，"圣人因时设教，以利民为本"。美里莲花山三清殿在道庙里填装进大量儒学内容如忠孝仁义等，使之成为华社"歌于斯、哭于斯、聚国族于斯"的圣地，正是《礼运》所谓"虽先王未之有，可以义起也"的创举。

飞机就要起飞，就要载我回到遥远的黄河岸边长城脚下。

我没有挥手向主持操劳此事的黄益隆先生道别，从他的身影我想到了梁启超的两句诗，"世界无穷愿无极，海天辽阔立多时"。伤世忧时的徐复观说他的心胸不如世纪之初的任公来得博大，把它改成了"国族无穷愿无极，江山辽阔立多时"。而我，思潮涌动中又把它吟成了"国族无穷愿无极,海天辽阔立多时"!

二○○二年

重读吴清源

　　如果说中国真有什么国粹，我想围棋应该是最拿得出手的了。国际象棋，电脑"更深的蓝"可以战胜世界冠军卡斯帕罗夫。而围棋，"最深的蓝"恐怕也难奈棋臭如我者何！曾经有人因为围棋的玄妙和与其他棋类游戏规则的旨趣迥异，如落下的棋子不能再行调动，而断言它是外星人送给地球人的礼物。这当然是不能成立的。史称尧作围棋以教丹朱。那是什么时代？部落社会。部落社会的生存方略基本就是各占要津，党同伐异。后来西周的"封建亲戚，以屏藩周"，甚至战国时代的"合纵连横"，都可以看到这种"争城以战""争地以战"的农业社会战争样态的印痕。不过，如彼的光荣不能掩盖如此的尴尬：近代以来是日本这个冤家对头体现着围棋的智慧和魅力，并以丝毫不逊于推销其汽车和家电一样的热忱，承担着向世界传播围棋文化的责任。由于怨结太深，中国人面对这样的情境，心底可说是五味杂陈一言难尽。正因郁结着巨大的心理能量，二十世纪八十年代的中日围棋擂台赛才成为一个意义远远超越体育的社会事件，纹枰上的聂旋风也才被意识形态化地放大为抗日英雄。

　　如果把围棋与战争作为文化交流和地缘竞争的代名词，那么显然，综合二者，才是我们这几代人所经历的中日关系的全部。如果说这种缠绕纠结在聂卫平身上还只是某种历史的回声和投影，那么，在吴清源先生身上，则应该是十分残酷的真实，就像拉奥孔身上盘绕的蟒蛇一样。以常理推之，这样一种缠绕纠结，应该是全方位地体现在人格、行为以及经历诸方面的。吴先生是高人。照片上的老者，仙风道骨，鹤发童颜。平淡，平淡，还是平淡——这就是由绚烂归于平淡的那种平淡？我觉得不像。我总觉得，这份平淡后面潜藏着某种紧张不安，甚至冷漠荒凉。

　　我是在阳光灿烂的办公室收到这本叫《中的精神》的书的。很多年前我读过《以文会友》（它应该就是这本《中的精神》的前身），那是由一个围棋杂志内部印刷的，非常朴素的十六开本；与现在带腰封，多人作序，大量插图的精包装完全不同。但更大的不同是我的心境。当时我一气读完，印象深刻的是吴氏的天才与怪诞，外加对段祺瑞的失望。天才是吴横扫日本各路高手；怪诞是吴跑到天津加入红万教以及追随玺光尊。失望则是因为当时就在张自忠路的三号院即段祺瑞执政府内上班，公干之余经常"手谈"——我们原以为段执政儒雅棋高，非一般军阀可比，总爱争自己屁股下面坐的就是段氏的位子。现在，从吴书得知，他不仅好下无理手，还输不起。于是我们有了这样挤兑对方的口头禅："你怎么跟段祺瑞一样？"后来，北京的燕山出版社还出过一版，好像叫《天外有天》，编辑送我一本，内容大同小异，就搁在书架上一直没动。

　　使我的心境发生变化的是两本书，它们或多或少与围棋相关。

　　第一本是《围棋少女》。小说以一九三一年东北三省沦陷到一九三七年日本发动全面侵华战争为时代背景，在血腥的世界冲突中，"塑造了一角和平的天地：小小的千风广场，碧影绿叶中，男女主角在刻有棋盘的石桌旁相遇。男人是日本间谍，冷酷而痴情，女人是十六岁的中国少女，纯洁而不天真，聪明而残忍。一盘围棋，也是在感情的迷宫中失去自己。每一场棋的开始都是一场美妙的梦，每一场棋的结束都是无情的回归。"作者想表达的理念是，"在两种非常状态的敌对文化中，男性与女性在对立中相爱、探讨乃至达到升华的可能。"

这位叫山飒的所谓旅法女作家，让我想起了上海的卫慧。但又有根本的不同，卫慧是用她自己的身体写作，而这位山飒则是用民族的文化写作。她这样声称："我是中国人，代表一种遥远而神秘的文化。"——对法国人"遥远而神秘"，对日本人则是恨的溶解剂、爱的触媒。可是，有这样的文化么？都是些什么呢？围棋？用膝盖思考也不可能。记得二十年前读过一篇陈姓上海作家的小说——《最后一幅肖像》，主题、题材都与此极为相似，不过道具不是中国的文化围棋，而是西方的文化油画。当时就有人撰文批判，谁有空翻出来指向《围棋少女》应该大致不错。"在两种非常状态的敌对文化中，男性与女性在对立中相爱、探讨乃至达到升华的可能"？深刻的人从这里能找到许多理论的毛病（事实上，我根本就没弄懂这句话到底是什么意思）。我的直觉要简单得多，在人为刀俎我为鱼肉的围棋与战争的二重变奏里，只有日本人来这么瞎扯文化的超越性才可以解释。

另一本是《杨振宁文录》。据说杨是科学史上继牛顿、麦克斯韦、爱因斯坦之后最伟大的物理学家。但当有人问起他"您最大的贡献是什么"的时候，他回答说："我觉得是帮助中国人恢复了在科学上的自信。"显然，他心底认为自己是中国人，并自觉承担着一份作为中国人的责任。这一自觉源自乃父的教育与熏陶。"中国男儿/中国男儿/要将只手撑天空/睡狮千年/睡狮千年/一夫振臂万夫雄/长江大河/亚洲之东/峨峨昆仑/巍巍长城/古今多少奇丈夫/碎首黄尘/燕然勒功/至今热血犹殷红。"这是他父亲一生都喜欢的歌，也是他自己一生都吟唱的歌。

正因为"身体里循环的是父亲的血液，中华文化的血液"，当一九六四年，在美国生活了近二十年之后，杨氏决定申请加入美国国籍时心里感觉非常地不容易！因为他想到了传统，想到了近代中国所蒙受的屈辱，想到了父亲对自己的期望——回国，那是他"灵魂深处的希望"。是的，"父亲心底的一角始终没有宽恕过我"；一九九七年参加香港回归仪式时，杨氏仍为此耿耿于怀。他对"两弹元勋"邓稼先品格的钦佩，对其事业的感动，多多少少包含有欣慰和自责的成分——这位同乡好友完成的，是一份我有某种责任的工作！或许，直到退休后回到清华园定居，他才会真正有所释怀吧？

从杨书，我可以读到杨氏对中西文化既调和又抵触的体会，读到他在服务祖国与追求科学的紧张中的焦虑。吴书说他获赠香港中文大学荣誉文学博士称号是由杨推荐的。这使我很自然地想到将这二人作一对比。而最想知道的则是，在比杨氏所处更强烈残酷的矛盾冲突中，吴氏内在的心理过程与体验又是怎样一种景观？毫无疑问，吴的一生从根本上说应该从他与围棋的关系上去理解和评价。但是，我觉得，我们不能也不应忽略这一点，其与围棋的关系是被历史镶嵌在中日文化交流和军事冲突这一特殊社会背景之上的。

迄今为止，吴在国人中的形象曾有三种定位：文化汉奸、抗日英雄和不食人间烟火将围棋技艺和文化演绎升华到人生境界的高人智者。——他自己，则爱说是通过围棋致力中日友好的人。文化汉奸说出现在一九四二年间的南京。吴和老师濑越宪作、师兄桥本宇太郎应喜欢围棋的"大东亚大臣"青木一男之邀来到为日军所占领的中华民国首都;"桥本先生在南京市内看见了我的人头像和悬赏金。我的模拟像上写着——吴清源文化汉奸(文化奴)"。吴在书中也很清楚自己"成了日本人的工具";"要问我那时的感受,我总觉得很难回答……心情很复杂"。抗日英雄说分别出现在一九五二年的台岛和一九八五年的大陆:"台湾赠与我大国手称号",沈君山先生誉称其"匹夫而为异国师,一着而为天下法";"我访问中国的时候,听一位先生说:中国抗战战胜日本,是因为得到了美国的帮助。战胜日本的只有吴清源。只有在围棋上,他真正战胜了日本。——大约台湾对我的热烈欢迎,也是出于这样的心情吧。"

现在占据人们心目中位置的则是第三种形象:不食人间烟火,将围棋技艺和文化演绎升华到人生境界的高人智者。金庸说自己最佩服的"古人是范蠡,今人是吴清源","这不但由于他的天才,更由于他将这门以争胜负为唯一目标的艺术,提高到了极高的人生境界"。陈平原进一步开掘:"从儿时的痴迷围棋,到老来谈玄说道,吴先生性格中,有超凡脱俗、不食人间烟火的一面"。香港中文大学的《荣誉文学博士吴清源先生赞词》也是沿袭这一思路,但主要强调其人格中对所谓灵境的向往以及中日文化因素的平衡。

确实,从书中,我们不仅可以明白无误地看到吴氏在棋艺追求上的焚膏继晷、苦心孤诣、纹枰对弈的金戈铁马、气吞万里如虎(如战前战后的"升降十番棋"、耄耋之年探索"六合之棋"),同时也可以隐隐约约地看到,吴氏在伦常日用的小事方面并不缺乏计算能力(如为儿子计放弃中国国籍而第二次选择日本国籍），在有关民族国家情感的大事方面时昏着俗手迭出（如面对"支那人"的蔑称"不那么在乎"）。因此，前述两种针尖对麦芒的解读和评判以及高人智者的美化，分疏起来颇费周折，但它们的后面各有某种社会、心理及事实的依据在，却是确定无疑的。但是，我要说这三种判断都不过是管中窥豹，仅见一斑。如果说文化汉奸说太过偏激，抗日英雄说有些自作多情，那么，不食人间烟火将围棋技艺和文化演绎升华到人生境界的高人智者说则纯属浅薄的浪漫主义外加弱智式的简单化。

两极相通。显然，文化汉奸说在吴氏对自己行为的主动性程度这一判断上有误，抗日英雄说则不知吴氏同样也是日本棋界的光荣。此外，还有这两点错误是共同的：都将围棋与两国关系尤其军事对抗捆绑过紧；仅见其中国人的文化身份，无见其日本人的法律身份。否则我们无法理解周恩来、周至柔、梅兰芳以及杨振宁等这些英雄豪杰对吴氏的重视与推崇。与此相反，高人智者说则走到了另一极端，有意无意地几乎完全无视这两点。仿佛梅逢和靖菊遇渊明，在围棋与天才的因缘中，身处中日纠葛这一风暴中心的吴清源就和晶莹剔透的玉石围棋子一样，上上下下里里外外纤尘不染，丝毫没有折射属于那个时代的苦难煎熬风云变幻。

事实不是这样。大家应该知道郑孝胥，这可是个货真价实的汉奸。吴书九十二页记录了他与郑的交往："我记得郑先生对我说：任何事物都是自然的。对这句话我很有感触，一直记在心上。我觉得这其实就是《易经》中所说的阴阳的中和。"为什么"很有感触"？"同是天涯沦落人"。为什么"一直记在心上"？心里一直都受到身份认同的困扰折磨。至于将它说成"就是《易经》中所说的阴阳的中和"，则完全是为出于自我安慰需要的"六经注我"。在我看来，吴氏将自己的生命完全与围棋同一，既是自己自觉自愿的人生选择，也是时代别无选择中的逃避。可以说，其在围棋上之所以能够登峰造极，除开师良友益、资质超卓，别无选择的时代激逼未尝不是另一个值得重视的因素。将这说成蚌病成珠当然是不准确的，但平和恬淡只是吴氏生命的一个面相却可以肯定。由于生命不可能彻底围棋化，时代的因素必然渗入人格，这就使得他不能不去面对某些历史强加于自己的东西。

撇开所有道德的因素，身份认同的困扰应该是吴氏一生挥之不去的梦魇。晚年的他总爱说世界是个大家庭什么的，我就倾向于将这理解为其潜意识中为化解这一紧张而连续萌发的冲动。因为要形成这样的理念，对于经历了百年对抗的旅日华人，比任何其他地区的华人都要困难多多。虽然吴氏从未明言，但我想，他所谓一生中的"许多痛苦时刻"应该多少与此相关。他说，当此之时，我总是"背诵白乐天的诗"，以这样冲满庄禅意味的句子自我排遣："蜗牛角上争何事？石火光中寄此身。"人生如寄，岂不荒凉！

既然三种判断都不能一柱擎天，我的看法自然就是，三者综合方为吴清源完璧。

"春秋责备贤者"。解构高人智者说的神话，不是要以另外两种极端的说法哗众取宠，而是得知有文化公司兴师动众筹拍电影和电视连续剧，十分希望能从屏幕看到真实的回归。手翻我们的编剧、导演及演员等一干大腕众星捧月般环绕吴先生合影留念，我委实有些担心，担心其在文化追星的心态中，将吴与围棋的复杂关系，中日之间的恩怨情仇，以及人性在这一纠结中的顽强与软弱、压抑与升华，被抽象化理想化地叙述成一位天才和一种文化的传奇——无知恶俗一如山飒者流在《围棋少女》里的表现。倘如此，既遗漏戏眼、戏份，又糟蹋历史、感情，作为一个怀有期待的观众，能不既惧且忧？

于是，我写下这篇文章。

二〇〇六年

印度散记

　　克久拉霍性爱神庙，硕士时就从同学那里听说过，这次随团来到了现场。导游做神秘状煽情，女团员作羞涩状，男团员则表现出学术性求知欲。我怕晒，也是一贯把现场当情境，不愿相机或导游妨碍与风景和文物的交流，离得远远的。买了本画册，好像叫《爱经》吧，三十卢比合三十元人民币。导游问听说过印度神油没？没有！声音清脆童稚，是两个厦门来的小女孩。据介绍有人统计这里的性爱姿势有八十四种，估计是把人兽交算进去了，画册上连六十四也不到，广告说这是六十四的艺术，真是很八卦。

　　导游声称印度男人床上功夫主要来自香料而非神油加持。香料就是咖喱，咖喱并不稀罕。我猜，如果真有功夫，主要应该是晒太阳外加不想事吧。

　　有趣的是在各种姿势间闪转腾挪的那只小松鼠，干净纯洁如广寒宫里的玉兔。狐狸精修仙么？看来求学要闹中取静，修道也要红尘悟空。不过，谭崔修炼班还是建议大家不要参加。台湾访学时，骗财骗色的故事听得太多了。湖南有个老板据说四十万元台币学费学得金枪不倒，跟我说是真的。子弹呢？我问。他愣住了。记得哪个影片有句台词，没子弹，这枪还不如烧火棍呢。

　　《爱经》里面也没讲。以内养外，是道教法门。

有歌必有舞。有男必有女。舞者巫也，以悦神灵，以求福赐。

印度的神是造物者，也是贪恋感官欢乐的主。这也许就是印度歌舞的宗教性和所谓世俗性结合在一起，仁者见仁智者见智才子见缠绵芸芸众生满足偷窥欲的原因吧？

晚上导游带我们去看演出。记得父亲最爱印度电影，有舞蹈有武打，有男欢女爱，还有正义战胜邪恶，而且都结合在一起。当时很有点瞧不起这种简单的快乐，现在却觉得要真能这样还真是不错。高科技世界秩序让美国去操心好了，有个世界警察也不是太坏的事。中美共治的"G2"格局真要能维持达成，应该是可以接受的。美国会打压中国，但不会打压印度。不是因为民主制度同质，而是因为印度国民精神深处的休闲气质。眼见为实：到处是各种各样的活动，彩棚、彩旗，车顶坐着人的彩车，修了不知多少年竣工却遥遥无期的立交桥……

为什么会这样？一个是地理环境，一个是种姓制度。前者确保温饱无虞，后者框死未来的可能性，不仅这辈子，下辈子也一样。那还奋斗什么？不如跳舞。

这里有蔷薇，就在这里跳舞吧。

奥查古堡几公里外的皇家专属火葬场宫殿巍峨。在这里焚化尸体后由马车载往恒河抛送上路。

国人熟悉佛教的轮回观念，这应该是来自其所反对的婆罗门教。生死之际在印度人观念里不过是一种存在形式的转换，并不如汉人理解的阴阳两隔。因此，他们对死淡定达观许多，甚至可以说非常地理性。明乎此，则西藏的天葬逻辑也变得很好理解。

儒家论生死主要基于经验性的情感体验，各种礼仪制度都是于焉以立，如哭丧、守丧之类，都是关注体验及其教化功能发掘。相关的理性思维体现在魂魄观念上，有待激活。生死事大，理性感性的中和是一个实践问题，也是一个理论问题——甚至可以说是儒教发展的一个理论突破口。

前往 Jaipur。相比城市，印度的农村养眼多了，油菜花开始吐蕊，虽不灿烂却青嫩可喜惹人怜爱。牛或者猴子在房前屋后或院子里面，自在悠闲，跟在城市与人争地添乱或喧宾夺主大不一样。之所以那样，可能是因为印度的城市化缺乏政府统筹，贫富不均，穷人直接把农村的生活方式移植到城市里去了。实际印度幅员辽阔土地肥沃，稍微勤劳一点就可以创造出财富，获得舒适和尊严。但他们似乎并不这么想，他们的宗教观念影响了生活态度，觉得就这样也挺好的。

当然，种性制对发展空间的限制也使他们的动力供给不足。活得怎样无关紧要，只要临死能喝口恒河水或者爬到恒河边。

英国曾在官方文件中断定印度教不可定义。这反映了一神教思维的局限，也反映了印度教确实杂而多端，与生活方式同一。儒教理解和思考，除了要参考基督教，也有必要参考印度教，经验、教训或不足，对于思考的理性化都很重要。导游说婆罗门在今天也仍然扮演祭师的角色。祭祀在今天应该已经是比较边缘化的工作了吧？与早年政教合一或祭政合一完全不可同日而语了，但他们却仍被视为高等级身份，后面的支撑应该就是宗教观念。

这种状况能持续多久呢？中国最早应该也是"政祭合一"，但一直是政主祭辅。"政由宁氏，祭则寡人"之后，王权进一步主导社会。到汉承秦制，才最后确立起霸王道杂之的文明结构。政治主导实际比宗教主导要理性务实。印度抬高祭祀权力，实际是维护婆罗门种姓的政治地位。儒生被政治整合本身未必是坏事。一个可见的负面作用就是原来那些慎终追远的活计渐渐生疏，被应运而生的道教接手。与小传统的疏离使得儒教作为宗教的发展失去根基土壤，收获则是作为大传统对国家建构民族建构发挥作用，如文翁化蜀之类。得失之间真是殊难言之！

Jaipur 是宝石之城，夜色下标志十分亮眼；同样多的是医院标志。突然对这些现代性符号生出一种莫名的亲切感。

把口袋剩下的百元钞塞进了神庙的功德箱。

印度第二首富捐建的比尔拉神庙三位一体，由大到小分别是印度教、耆那教和佛教。三教主神湿婆、伐塔拿莫和佛陀位次也是如此。为什么三大建筑的体量分配不同？答曰它们在印度的信众人口比例历史关系就是如此。

虽然无法解释锡克教和伊斯兰教的缺席，但印度宗教和社会的包容还是得到有力见证。而这种物之不齐物之情也的落落大方，对于中国未来的公民宗教想象无疑也提供了某种启示。

该神庙由印度第二首富 R.D.Birla 私人捐建。但感觉它完全可以从公民宗教的角度定位解读：既是印度国家和社会之精神结构的历史反映，又是对这样一种精神结构的现实塑造和强化。每个重要的城市 Birla 基金会都捐建了一座，虽然其本人是出于求诸神保佑恭喜发财的动机，但客观上的影响显然远不止此。难怪圣雄甘地出席了神庙的第一场礼拜。

这理性的狡计啥时也在咱中国的富豪身上出演一次呢？

里面不准拍照，但制服男子好像睁一只眼闭一只眼，我并不很隐蔽地就把神像和做礼拜的印度教徒摄入手机。这也是我掏钱的另一个原因。

　　窗外山顶上是 Moti Dungri 城堡，好像是一家高档酒店。虽然也绿草花树环绕，但比起这里的人流如织，信众虔诚显然冷清许多。

　　是的，同是石头，神庙比宫殿更加不朽。

　　最后一站是德里的巴哈依神庙莲花庙。

　　曾经在华东师大参加过一个由巴哈依资助的宗教灵性会议，跟宗树人、江绍发有交流。他们都是巴哈依。从他们那里发现儒教跟巴哈依在组织形式和价值理念上颇多相同相通处。据说有人用大同概括其精神，并翻作大同教。漂亮的建筑模仿悉尼歌剧院风格，实际是莲花造型。里面空空如也，没有神，任你冥想。

　　二十世纪九十年代初博士毕业留宗教所工作不久，外语好、活动能力强的社会学所陈一筠研究员就把一个巴哈伊的联系人介绍给我，说可以去美国开会。我那时对儒教的理解都很不到位，阅读兴趣在哲学、人类学，就把他介绍给了所里另外一个人。据说后来有很多的合作，成立了什么中心。不过，现在虽然对宗教有了很多的思考，但兴趣点还是在儒教与基督教的关系上，因为它们代表着两大文明。从这个角度说，巴哈伊有点像柴门霍夫的世界语，没有历史，没有特定族群依托，即使有未来，也太过遥远。

　　至于印度，它的丰富、驳杂是历史的产物。随着经济和科技的发展，现代性应该也会带来宗教和文化上的变化，只是进程显得特别缓慢。美国历史学家、战略学家马汉在自己的《海权论》中曾将印度教文明与儒教文明并举，认为是基督教在亚洲的挑战，将其改造纳入基督教文明是基督教文明的历史使命。这应该也会是变化契机之一吧。

　　文明冲突论原来并不自亨廷顿始。不过印度学者对此并不敏感。可能他们原本就属于雅利安，并且，忙着跟伊斯兰的巴基斯坦"斗阵"吧。

二〇一五年

狗狗二题

来　福

　　一直就不怎么喜欢小动物，小崽那么想养只狗也编出各种理由拒绝了。这次到一棵香樟闭关赶稿，临到要走，却突然因为这里的来福而有了些感触。

　　来福是条再普通不过的土狗，刚进来时对我叫。每次出门去荷塘，都看见它趴在樟树下睡觉，一动不动。涛总说来福是晚上上班，白天休息。还说它挺高贵，不是什么都吃，跟人打招呼也很节制，没什么叫人讨嫌的行为习惯。

　　有次吃饭时我把不好啃的骨头扔给它，它静静地吃了，然后走开。从那一抬眼一晃尾，我感觉它对我还行，至少可以说是认识了。所以，今天晚饭有点晚，就走到它跟前，想给它拍张照。它不觉得我在打扰，也不觉得有什么开心，淡淡的。喊一声来福，它稍微抬下头，眼睛放出一线光亮，随后又暗淡下去了。我不好过于唐突，想着用编辑功能传达点神采出来。

　　一边的扫地嫂说，它很懒。我说涛总说它晚上上班咧。她说是的，不仅能看家护院，也会招呼客人敲门。看出我对狗有点维护，又说了句，He is lonely。扫地嫂以前是英语教师，今天刚好接待了几个老外，就跟我说了句英语。是的，涛总说的高贵我也觉得其实是寂寞，总是淡淡的。扫地嫂是看着来福长大的。她说以前有两只，那只黑色的后来不知怎么就不见了，就是从那以后来福性格变成了这样。

我无语。

来福是只公狗，要是有个伴你看它还会这样不？扫地嫂自顾说着，没注意到我已经离开。

妞　妞

妞妞是条狗，雌性，四岁了。莫娭毑说拴着养是因为它脾气暴躁，鸡鸭鹅猫狗猪都是见着就咬，赔过好几次了。另一个原因则是怕放出去整点什么绯闻外遇，一窝崽下来没法伺候。

它对我也很凶。在把桌上的骨头收拾送过去几次后，不仅不叫了，还总是眼巴巴地望着我。莫娭毑说它现在对剩饭剩菜都不爱吃了。但我总觉得它的眼神里还有另外一种东西。是什么呢？狗绳太短，还经常打结，使活动半径变得更小，由此而来的虎落平阳的落寞？好在网购方便，换根铁链，可以把尿撒远点，可以到凉快的地方休息。我也为它高兴。它见着我，摇尾示好连带着扭胯，夸张而真诚。

疫情期间来得多了，骨头却不是每餐都有，挺过意不去，那就带它出去放放风吧。原以为很休闲，像动画片里那样 walk dog，实际完全不是那样一回事。一会像拉犁的牛要往草里钻，一会像脱缰的马可劲飙。尤其第一天，好像带了寻宝图似的，很有目的又毫无规律地东窜西窜忽前忽后，一泡尿还分成好几次撒，大概是在做标记划自己的势力范围吧？

　　大王巡山难免面对挑战。有两户人家都养有两只狗，我自己遛弯的时候，这两组兄弟叫得特别煞有介事。妞妞自顾自地圈地，正眼也不瞧一下，可能从声音就听出是一对奶犬萌宠吧。另一对可能被当了对手。妞妞先是若无其事，等到了一个冲刺就可以扑倒对方的距离时，突然发力。链子捏在我手里，喉咙里的咆哮从项圈经铁链传过来，感觉真是一种荒原狼一样的野性，很有几分瘆人。

　　真正的高潮是与猫的对峙。一家子的鸡、鹅、猫在路旁菜园里，妞妞过去，鸡跑得最快，鹅撤得优雅，只有猫，似乎有自己的线路，跟妞妞狭路相逢。这猫躬起身子，眼神专注，防中带守，守中带攻，像极了老虎。妞妞一下子也愣住了，一秒两秒……我也想看一出好戏，但手一哆嗦，那猫嗖地一下冲到马路另一边的草丛里去了。

　　莫嫉驰说妞妞是用狼狗的价买回来的，一直觉得上了当。

　　我说那人没骗您呢。

二○二○年

58

云山悠远

宝古佬

"长沙里手湘潭票，湘乡嗯啊做牛叫。"小时候经常听到的这句话，据说毛委员都很爱说，以至邓小平同志到韶山参观时还专门打听到底啥意思。啥意思先不说，倒是可由此看出湖南各地当时的能见度，邵阳不在其列。

直到外面漂泊几十年后回到故乡，才注意到长沙虽还凑合，湘潭、湘乡却是确确实实地衰落了，异军突起存在感爆表的是邵阳。以前交道多的岳麓书院，院长、副院长以及新院长都是邵阳人；现在工作的湘潭大学碧泉书院那把我招进来的也是邵阳人。想想在北京的湘籍朋友圈，居然也是邵阳人居多，清华、北大、中央党校都有。据说湘籍院士全国排名靠前也是邵阳贡献最大。同济大学曾教授，我一直当他是长沙人，他在岳麓书院说自己是邵阳人时，我还说你妈长沙人你爸新化人怎么就邵阳了？他说新化划归娄底是五十年代的事。还真是，所谓宝古佬包括新化、安化这些梅山文化地区的民系。曾湘乡曾国藩出生地双峰荷叶塘，也曾长期属于宝庆府。

一位邵东朋友说邵阳本就长期是湖南第一人口大区，谦虚暗示贡献大点很自然。那么，是不是把几个地方加到人口超过大邵阳时，就会有比它更多的贡献呢？显然不是。这不只是个数量问题，还有人口素质、历史、文化等多方面原因。

首先是自然环境，"七分山地两分田，一分水路和庄园"。这不是很适合农耕，但却因煤炭、木材等资源丰富，加上资江水路畅通，由南向北，越洞庭而至九省通衢汉口，养成了外出经商的习惯。像汉正街的宝庆码头，那里的新化人数量就比新化县城还多。据说著名网球运动员李娜的母亲就是这一新化群体之后。因此有人以犹太人相比拟，但我认为称湖南的温州人才更准确。武汉道教协会的王秘书长跟我说，邵阳人把自己的信仰也带过去了，建议我安排学生去做调研。我则向一个做影视的朋友建议把《宝庆码头》的小说版权买下来，宝古佬与徽帮争地以战的三大战役跟《上海滩》的黑社会械斗味道不同，精彩一样，连湘军将领刘长佑、曾国荃也牵涉其中。

其次是人口禀赋。湖南称江西人为"老表"是因为很多都是从江西迁过来的。江西其实也只是经停之地，根子虽未必有大槐树那么远，但在江北却是确定无疑。湘北人口主要走修水、铜鼓这条线，"长沙客"就是由此而来。迁往邵阳的人则主要属于赣语区居民，从吉安、莲花进入，与"江西填湖广"相关程度更高。安化陶澍就认为自己是陶侃、陶渊明的后代。这些移民与当地苗瑶族群的混合是一个相爱相杀的过程，结果则是基因和人格同时升级的双赢：苗瑶对文化有了更多了解和接受，移民输入"野蛮之精血"变得更加强悍。汉口"打码头"既是强化，也是验证。

再就是历史机缘。这里曾是宋理宗赵昀的遥领之地，当他被推上帝位，便以自己的新年号宝庆为其命名，并将其升格为"府"，与长沙平级。这成就了邵阳，也成就了赵昀自己——要不是有宝庆府谁还记得他？自然环境和人口禀赋决定了邵阳人好学重商的行为习惯和重情重义的团队精神,现在又增加了一种心向政府的情感取向。与这种家国天下的认同感伴随而来的就是以天下为己任的责任感、使命感。我的同学北大法学院陈姓教授外语出身,英国、香港都待过,但在奉行程序正义的法学界,家国情怀堪称第一。跟魏源、蔡锷一样,他也是宝古佬。

前几年告老还乡,小学、初中、高中的同学都联系上了,但吃完饭叙完旧后就不知说什么了。也罢,看书写字个人事,下棋打牌无所谓谁谁谁。一位做民间儒学推广的朋友找我,说写了篇文章希望能推荐发表。文章不错,儒家网很快发了,我也很快忘了。有天他说请我吃饭,我说好。赶过去,却不是饭店,而是一座茶楼,并且还有好几个别的人,有点会讲的架势。吃饭就吃饭,弄这么复杂干啥？因此很有点不爽,虽然来的还有我的老朋友。因为带着情绪,在所有话题上我都直抒胸臆,从《周易》到《四书》到理学、湖湘学,把现在的人和作品数落了个遍。最近正好在写这方面的东西,虽放言无忌却也并非无的放矢。陈仁仁、张晚林和罗伯中都是专业人士在场,印象肯定减分了吧。

肚子开始咕咕叫,有位女士从一旁开口问,有什么办法可以提升茶馆的文化品位？低血糖的我没好气地说,很简单,多请些文化人来啊！她似乎还没反应过来。我说,你是老板吧？不是有贵宾卡么？这里的人,一人一张,自然就谈笑有鸿儒了。我是半开玩笑半当真,却只见她站起来,走出去,又很快回来,六张黑色金卡,一人一张往手里送,"老师,您的卡号567,可以么？"

仁仁告诉我,她叫夏丹,挣钱后让老公继续打理生意,自己则转行搞了这个叫云山院的文化茶楼。"一直支持孔子学会的活动,我在这里讲过好多次课了。你也要支持哈！"支持,绝对的啊。不说孔子，就冲这六张卡的诚意和气魄，也要回报以江湖道义的。吃饭时问"夏总哪里人？"答曰武冈，哈，又是邵阳人，宝古佬！

"长沙里手湘潭票，湘乡嗯啊做牛叫"，"里手""做牛叫"都有调侃之意，"票"应该也不会有什么特别褒奖之义。但是，如果湘潭人、湘乡人都属于宝古佬，那么勉强把它解为"勇猛"，至少字面上可以成立，古籍就多有"票帅""票雄"的用法。

一直都有办书院的情结，顺义的院子被强拆后有点心灰意冷。现在，是不是可以考虑在云山院传道受业再续弦歌？正瞎想，另一个声音在耳边响起：别想多了，先把六张卡的钱给人家挣回来吧！

宋韵云山院

可能因为"吾少也贱"，记忆里的喝茶就是在爸爸的搪瓷缸抿一口，然后皱着眉头跑开。或者，就是跟着外婆在铜官窑上串门，把豆子芝麻茶的茶水算掉，把豆子芝麻往嘴里倒，还会用手拍拍杯口，吃干抹净再闻一闻茶香豆香芝麻香。后来在大学教书，偶尔会被邀与雅集，不得不装模作样附庸风雅。但不管在北京、台北或者别的什么场合，坐在里面都找不到感觉。

让我把茶跟文化连上线的是一只茶壶，朋友送的。我不懂紫砂，但喜欢上面刻画的扫地僧背影，尤其是那句"布衣不脱书作枕，柴门独扫野狐禅"。这么好的诗，网上搜不到，真希望他自己也忘了，这样我就可以向外宣称这是自己的夫子自道了。有了这样的意境，喝起茶来慢慢也就品出了味道。曾经帮人请一诚大和尚题写"禅茶一味",现在有点后悔,为什么当时不让师父给自己也写一幅呢?

真正开始琢磨壶里乾坤,还是到云山院以后。

云山院被业界誉为城市茶馆的天花板,我更愿意把它叫作长沙的文化名片。以杭州宋韵文化为代表,最近几年民间和官方的"宋粉"越来越多。我对宋好感并不多,北宋有澶渊之盟,南宋更是东京开封府都丢了。但陈寅恪说中国文化"造极于赵宋",从审美的角度说还真是很难否认。云山院老板从杭州重金请来设计师,加上她本就是建筑起家,于是宋之神韵很快便在奎塘河畔溪悦荟重现。屋内,半卷闲书一壶茶;窗外,飞鸟或池边啄饮或枝头呢喃。

喜欢文人画的我自是一见如故。经常有游人被吸引进院,但多是转一圈后匆匆退去,表情里看得出赞叹和犹疑,地方真好,价格一定很高很高……

也有例外。一位衣着讲究得体的妇人进来,说是西湖鱼港吃饭,顺路进来转转。可能感觉不错,就在我们旁边的位子坐下,要了一壶老白茶。红泥火暖,白颊噪鹛,正是文人画调性。"吃饭了!吃饭了!"是同伴的声音。等人进来,可能觉得自己有点煞风景,压低嗓门"大家都等你呢。"那妇人则扭头问服务员,"我们一会再来喝可以么?"

领班说这人很有品位。品位意味着高价。茶为俭德,俭意味着节俭,意味着寡欲清心。怎么会有那么高的价格?八八青以及红印、蓝印以前虽也曾听说,但到这里才知道价格究竟多少。想象力为贫穷所限,我只是把它当作传说。传说之外,几千上万的茶杯茶壶成交,却是亲眼所见。

韩国人宋基珍的粉引瓷在日本颇受追捧,誉为更接近自然的禅味之器。每次冲泡，由于宝城素烧浸泡粉妆技法的缘故，茶具都会有不同的的颜色、图案呈现，可以唤起不同的想象，带来不同的体验。这应该就是那些坛子罐子标价上万甚至几十万的原因吧。

饮酒喝茶跟旅游一样，属于体验经济。体验很主观，因此，定价空间非常大，因为不同人的体验及其满足价值和价格是不同的。

抖音曾刷到一位著名小提琴家带着自己的瓜奈利琴在街头献艺。除开小朋友和大学生驻足观望，其他人都是匆匆而过。发布者可能是想嘲笑世人识浅，但这车水马龙的喧嚷中，除开纯朴的学生、儿童，再能被琴声打动的估计就只有星探了。心不在焉，视而不见，听而不闻。"视而不见，听而不闻"就是体验不到，因为体验是需要条件的。

茶具、茶叶的高价成交是不是也可以从这里给出解释？这里说的喝茶，跟解渴几乎没什么关系，而主要是一种精神体验的追求或享受，旨在走出日常的平庸和苟且，用卢仝的话说就是"清肌骨""通仙灵"。这一过程或可借音乐会作比，它的成功需要各种乐器的成功，一个环节不到位则可导致前功尽弃满盘皆输。不同之处则是，喝茶的时候，你自己既是演奏员也是指挥，同时还是听众。

某种意义说好的茶叶、茶具就是使追求或体验获得更大程度达成与满足的保证条件。首先，可以确保不会败兴；然后，还能像优秀演奏员和天才指挥一样互相激发，把每一个音符演绎到极致，听众在感染中一步步被带入高潮、陷入沉醉。此曲只应天上有，人间能得几回闻！

毫无疑问，这种体验属于精神奢侈品。从价格说，所谓奢侈品就是提供一丢丢特殊满足却需要付出很多很多钱的东西。关键或许是心底是否曾经有此一丢丢的念想，以及为之付出的冲动和能力？就像李白那样："五花马，千金裘，呼儿将去换美酒……"

夏丹问陈老师在想什么？我开玩笑说想挣钱呢。挣钱？买茶啊。不用不用，不是有卡么？你的朋友来了都可以刷。差点忘了当年一次拍出六张贵宾卡的旧事，这不是"与士大夫共治天下"的节奏么？

这么看，宋韵文化，云山院简直比杭州还要全乎了呢。

潮州访茶

说起潮汕，不同的人想起的东西会不同：牛肉丸、工夫茶，还有丰富的信仰，勤劳贤惠的女子、义气抱团的商帮。这次跟云山院当家夏丹过来就是到凤凰山看单枞茶林，向陈香白老爷子请教潮州工夫茶。但我发现茶实际是镶嵌在潮州人整体的生活图景之中的。

跟移民有关，跟定居边陲有关。移民意味着禀赋的优秀，边陲意味着国家公权的薄弱及公共品的缺乏。这在激发出社会自身活力的同时，也塑造了生活世界的自足性——帝力于我何有？于是，时间慢了下来，时间就是工夫，就是茶。

作为花甲老者，在海边或茶山坐下，都有此心安处是吾乡的闪念。但作为湖湘儒生，不免又要做些对照，为自己那必须回归的水土找点比较优势。最大的不同，也许就是天下为己任的冲动吧？湖南人可说是中原移民和当地苗瑶混合的后代，中原文化与苗瑶精血结合的结果就是文气中不失强悍,粗犷中又透着几分灵动。再就是,由于湖南东、南、西都是山,北边则是洞庭湖宽阔的水面,热气冷风在这里盘桓有如太上老君的八卦丹炉,养成了湖南人急躁又坚韧的脾气性格,也塑造了其天下意识、家国情怀。相对闽南人、客家人从中原一路向南奔流到海日久他乡是故乡,湖南人东南西都无处可去。小时候经常听说的"你这人出不得湖"和"他那是洞庭湖的麻雀见过风浪"这些贬抑和夸赞,背景就是指是否能够一苇渡湖到武昌闱场赶考博取功名。"骡子性格"与家国情怀结合,就有了从曾国藩、左宗棠到黄兴、蔡锷、毛泽东等一连串名字熠熠发光。

潮汕跟温州一样属于大闽南范畴。与国家公共权力稀薄相伴而生的是各种地方文化活跃繁荣,承担着各种公共功能。对我来说,儒、释、道之中当然是儒最熟悉亲切。陈香白老先生一见面就握着我的手说儒学需要传承,书房里国学大师饶宗颐给他写的对联就是"念兹小邹鲁,一室古唐虞"。山高皇帝远,老先生可说是"生活在别处",但对儒学,尤其《周易》,话匣子一打开就收不住。选堂老人可谓知人。他也是从潮州走出去的,他的《中国史学上之正统论》我认为是他最好的作品。

但工夫茶应该还是最突出最有统合性的潮州象征。端起、放下,仿佛抟气致柔的导引之术,是一种当下即是的自适,就此达成人与人、人与自然、人与自己的沟通、融入与和解。一壶三杯,就是一个朋友圈,就是一天又一天。

就要离开,去北京讨论帝国,讲四书与五经的断裂,然后要回到湘江,教室上课,云山院筹划书院。但是,潮州不会忘记,已经跟陈老约好秋天过来工夫茶碰杯。

品茗独坐

喝茶可以解渴养身，可以社会交际，还可以逞才炫富。当然，也可自斟自酌，一壶一盏一世界，或神交古人，或逸兴遄飞思接天外。

二十多年前在台北紫藤庐因与周德伟先生思想投契而与周渝相识。周兄江湖上传说不少，如老茶藏家，华人茶神之类。以前因为昭瑛教授的缘故，常去台大。左近的紫藤庐是风雅之所，各种雅集，各种大咖专家，各种时尚主题，从历史、哲学和文化到农学、市场和劳工，听得我云山雾罩，蒲团几如针毡。现在回想，记得的只有那些朴实而精致的茶点，跟小时候拐角铺子里的山楂片冬瓜条一样，回味无穷。

房子是日式的，茶道也依稀仿佛，龙应台说那里的服务员都衣袂飘飘宛若仙子。不过，茶文化在唐代由《茶经》总结成型，而陆羽本人纱巾短褐麻鞋独行，从"不羡黄金罍，不羡白玉杯，不羡朝入省，不羡暮登台，千羡万羡西江水，曾向竟陵城下来"的吟唱，可知其所对应的当是另外一种画风。

这种演变，可能是因为遣唐使将其带回东瀛，呈奉宫廷享用。贵族本就讲究，"南方之嘉木"又有上国光环加持，礼仪规矩自然平行移用按部就班甚至赋予形而上的意义，于是乎中土文人墨客儒释道的生活方式就此骎骎然由茶艺转进而升格为茶道了。

我曾以周德伟老先生的湖南性格调侃周渝从思想到气质都不似长沙夫子周子若。他点头同意，说他爸喜欢骂人，但也强调自己以前也曾参加党外运动，为姐姐事业上的公正对待赴美与洋人抗争。但现在从他的人和书法看，是佛是道虽很难分辨，不似儒则确定无疑。

茶，本就离儒远而离佛老近。

五道口著名的七道茶老板田园说名字就来自卢仝的《七碗茶歌》："一碗喉吻润；二碗破孤闷；三碗搜枯肠，惟有文字五千卷；四碗发轻汗，平生不平事，尽向毛孔散；五碗肌骨清；六碗通仙灵；七碗吃不得也，唯觉两腋习习清风生。"茶仙体验，自然道家。

佛家呢？皎然有诗："一饮涤昏寐，情来朗爽满天地；再饮清我神，忽如飞雨洒轻尘；三饮便得道，何须苦心破烦恼。"更有学究，把禅茶一味做成 PPT 一般：遇水舍己，而成茶饮，是为布施；叶蕴茶香，犹如戒香，是为持戒；忍蒸炒酵，受挤压揉，是为忍辱；除懒去惰，醒神益思，是为精进；和敬清寂，茶味一如，是为禅定；行方便法，济人无数，是为智慧……

在我，吃茶与喝水似乎没有区分。小时候偷吃老爸的搪瓷缸是苦，外婆家铜官窑的"包壶"里凉白开加几片烟火气十足的炒青园茶，满满当当，倒起来吃力，喝起来过瘾。据说，这种"包壶"的彩釉版现在已经成为古董价格还很高，只是铜官应该很难找到了。

对茶的文化意识应该说是半推半就的从紫藤庐开始。虽然也曾从周德伟老先生想象儒家之茶也许就是"寒夜客来茶当酒"的洒脱，或者"茶香铜碾破苍龙"的豪迈慷慨，可现在自己告老还乡，与热闹繁华渐行渐远，越来越多体会到的却是茶的陪伴意义。不过，淡然中仍有些许的执着。明明胃寒，岩茶黑茶普洱，却总是偏爱绿茶，为什么？想想应该就是水清叶碧连接乡村象征大地。轻摇茶汤，眯缝双眼，仿佛可以嗅到泥土的味道，听到雨滴的声响，还有春风拂过、阳光走近。

　　一方水土一方人，茶树茶叶同样如此。在天地有情容我老的感喟中，喝茶也就成为了一个茶香牵引下精神还乡的过程。突然想起约翰丹佛的"乡村路带我回家"：Life is old there, older than the trees, Younger than the mountains, Growing like a breeze 中，生命跟树和山交织在一起，像风一样悠然生长。我知道他唱的树很可能是橡树，但此时此刻把它想象成茶树，应该也是可以的吧？

二〇二二年

扫墓记险

　　每次清明行礼如仪之后都要等香烛差不多燃尽再下山。这次也是，但因天气干燥，地上松针太厚，在亲戚家坐下喝茶时想着那点点香烛心里依然有点不踏实，不时抬头往山里看。

　　不好！树梢上有烟雾升腾而出。

　　赶快招呼弟弟、堂侄往上赶。过火面积虽不大，但几根竹棍树枝也无法遏制火势。电话报警；加微信发地址；提醒弟弟他们避开正面，一起守住有民房的这边。但很快，自己就支持不住躺倒在地。火苗蹿上枝头，点燃树叶发出噼里啪啦的声响，叫人绝望。我闭上眼睛，想着最坏的结果会是什么⋯⋯

　　没想到很快听到救火车的警笛声。这么快？原来南边有条近路，近年成立的乡镇救火队清明时节都是一级戒备值班。指挥官模样的人拿着电话说着什么，可能是在跟上级汇报。看他神情淡定，我也缓过劲来。然后，橘红色着装的消防员出现，扛着消防水带。

　　警官问话，执法记录仪全程录像。

　　这是私家山。主人知道我是陈寿爹儿子后说，寿爹跟他父亲曾经是搭档，一起到城里学徒，退休后也来这里钓鱼，葬这里也没收钱。我问要不要赔偿什么损失？他说不用不用，"其实烧烧还有好处"。现在改烧气，小时候见过的柴刀，还有柴耙，就是齐白石画的那种，根本用不上，松针厚厚一层，他们自己也觉得非常危险。

下午到行政执法队完成手续程序，准备接受罚款。队长说我积极灭火、及时报警、主动配合，罚款就按最轻一格意思一下。

返程，发现屁股有点痛，一摸，原来是躺地上时有什么刺粘裤上了。同时清醒的还有对老话怕什么就会来什么的理解。

不过，体验了今天的绝望与转折，今后应再没什么想不通的了。

二〇二三年

京郊翠湖　书院原道（二则）

办一座书院，是多年梦想。《北京晨报》记者周怀宗说第一次采访就听我念叨，现在，2014年，就是十多年之后，才在北京西郊的翠湖上庄的农家院里正式开始。

周：为什么这么难？

陈：没钱。以前讲座的时候常被问到儒家文化复兴最需要什么，面对企业家，我说是最需要一个子贡；面对干部，我说是汉武帝；面对儒门，我说是李洪志——charisma。这当然是半开玩笑半当真。从我自己来说，觉得书院是一个实实在在的起点，因为现在办书院的政策空间是有的，charisma那玩意得听天由命没法把握，钱应该好办吧，又不是很多很多，但没想到那么难。

也曾有人邀请到外地去办，但我似乎有种执念。如果儒家文化的复兴必须有书院作为支撑，那么作为首善之区的北京更需要有自己的书院，无论从哪方面讲都是如此。京城米贵，居大不易。最近三年，开车跑遍京郊，最后都因为囊中羞涩饮恨作罢。

周：你估算大概需要多少钱？

陈：租房子的话，实际不需要多少，但租的房子总感觉不踏实，没法做长期打算，而一旦不能做长期打算，我就打不起精神，不愿投入精力了，这可能是我自己的性格问题。有个深圳朋友曾答应拿二百万启动，但那几年股市不好，最后提供了二十万——真是难为他了！我就到顺义、昌平看各种大棚改造的农家院，但终于没有落地生根。

现在这家书院，就是那点钱加上妻子的支持才得以启动，有吃软饭的的味道，但我还是愿意理解为天意。

周：书院启动了，未来如何维持，有什么计划构思？

陈：古代书院是有学田和捐赠或者政府资助的。现在的计划实施需要的经费不多，有些朋友表达了资助的意向。我想，只要自己做好了，得到认可和信任之后，是会得到承认和肯定的。退一步讲，即使啥也没有，我也有信心凭自己的力量维持几年，相信在做公益的同时总会积聚一些资源找到一些机会，进而形成造血机制。书院的纯粹性是我一直坚持的，即使关门大吉也不会非驴非马牵扯不清的。

周：就是一个讲学论道的地方？

陈：也可以听琴品茗，海阔天空。我在长沙湘江边长大，岳麓书院是我少年记忆的重要片段。随着专业浸染日深，年纪越来越大，办书院的愿望也越来越强，除开传承传统，也有终老于斯的念想。岳麓书院是千年前的读书人留下来的，我们这一代能不能也给千年后的子孙留下点什么呢？二十年时间办《原道》，再花二十年时间办一间书院，然后在里面从容老去，伴着古圣先贤、琴棋书画、梅兰竹菊，那将是多好的事业和人生！

周：你刚才在书院的门口说古代读书人以参与编修国史为生平志向，今天的儒生应该把兴办书院作为自己的一大理想。可见还是有一些抱负的吧？

陈：贺麟先生曾说，民族的复兴虽不以文化的复兴为全部内容，但绝对以文化的复兴为最高标志。现在儒学虽然比较热，但我觉得它不应只停留在学术研究和经典阅读这些思想理论的层面。四书五经是一种文本，更是一种弥散渗透在私人和公共领域里的文化价值和行为方式，与伦常日用结合在一起。与敬天法祖崇圣的基本理念相对应，这样一个文化系统有天坛地坛、祠堂宗庙和文庙书院等多种多样的社会存在形态作为活动平台，支撑着先人的生活世界。

近代以来的社会变迁使这一切受到冲击，现方方面面走向新常态，社会的内在秩序和需求也逐渐恢复呈现，这应该是儒家文化重现活力并得到认知接受的根本原因。由价值上的肯定到社会实践的落实，是一种逻辑必然，标志着我们社会的成熟和文化发展的提升。我一直有这样的判断，也一直有这样的情怀。

周：湖南人是不是一直注重经世致用？

陈：儒学一直强调经世致用。宋代，北宋五子也是这样。只是到南宋，偏安东南一隅，儒学趋于守势，由经略天下转向经营内心，把佛道当成了主要对手。这其实是很可悲的。作为湖南人，我们没有这种心性学的包袱。湖湘学被朱子批评，我对理学也素无好感。原道书院门口的对联，"翠湖有雨吟洙泗，云过西山诵舞雩"，还有"尊改良在启蒙救亡外，通经权于即用见体中"，对仗虽不太工整，但却是我心中所想要的境界、所想要追求的目标。翠湖边，西山下，这是地望；洙泗、舞雩都是儒家符号。选择舞雩二字，一方面有对夫子吾与点之境界的向往，表达的是我自己的个性气质，另一方面则是有对天之神圣性的信仰和崇敬。至于在启蒙和救亡之外寻找第三种可能，以及对传统采取即用见体的方法态度，表现得都是我自己的一贯立场。

书院在宋以后繁荣起来，理学的色彩很重，像岳麓书院、白鹿洞书院就都有"学达性天"的匾额。天与性、与理结合没有错，但天本身实际是绝对自足的，不能经由概念化去知解的。张栻定位岳麓书院是"传道济民"，而不是应付科举。我办《原道》就是这样，与先人暗合，现在更是有了自觉。文化的传承真是很神奇，我把这叫做性格，但心里则相信冥冥中自有天意。

周：现在和以前不可同日而语了吧？

陈：尽管儒学的生存状态在今天已然好转，但对于普通人来说，谈儒论道，其实还是很陌生遥远的事情，否则我也不会这么艰难。我的目标和规划都是为了建立起儒家文化与社会生活和个体生命之间的联系。这方面我不乐观但也不悲观。现代社会是多元的，我只希望帮助儒家做到它能够也应该做到的份额。在这样的过程中，双方都应该是开放的，调整好心态也许比做什么更重要。

《开放时代》对原道书院的介绍说明*

应该从社会重建和文化重振这样一个自然而内在的宏观视角来理解和推动当今的儒学热潮。那种将其意识形态化的或左或右的阴谋论猜测是肤浅可笑的。这从大陆儒学对公共领域如政治重建、文化认同、身心安顿诸问题的强烈关注，对书院、宗祠各种社会实践活动的热情参与中可以得到某种印证。

儒家文化固然离不开四书五经，但敬天、法祖、崇圣才是更为基础也更为核心的实质内容；它们直接渗透体现在古人的

　＊　《开放时代》杂志主编吴重庆提供扉页版面在2015年第三期介绍原道书院，这些文字即是对图片的背景说明。

公私生活诸领域。天坛地坛、文庙书院和宗庙祠堂正是实现这种连接和塑造的组织平台和运作形式。古代读书士子以能够编修国史为荣耀，今天有志复兴儒学的人则应以创办书院、兴建宗祠为自己的一大理想和责任。

也许因为小时候常到岳麓书院游玩，童年的记忆美好而深刻，也许因为看到今天的书院虽然名目繁多、煞有介事但总感觉更像私塾或蒙学班，只是 MBA 或 EMBA 难尽如人意，在《原道》创办二十年成为所谓 C 刊（CSSCI 来源期刊）后，我就有了腾出手来办一所"原道书院"的念头。讲学论道、祭祀圣贤、教化乡里是传统书院的基本功能，我希望今天的北京也能有一个这样纯正的儒家道场。好几年前苗元一先生就为我提供了启动资金。但直到认识小谭，才因缘际会艰难上路。

定位明确后，书院的活动以一年为周期这样规划：

春秋两季祭祀夫子；寒暑二假培训中学国学师资；春夏秋冬四次儒门会讲；每月一次公众国学讲座。

教化乡里。

所有这一切均公益免费——合作伙伴热切招募中！

"原道书院"，原道就是体道、求道、行道。这是《原道》辑刊的宗旨，也是原道书院的理念。

"翠湖有雨吟洙泗，云过西山诵舞雩"是山门门联。书院大方位是西山下、翠湖边；洙泗作为鲁国的两条河流因孔子开坛讲学于其间早已成为儒门代称；舞雩是求雨祭天之所，也在鲁国。值得一说的是对舞雩二字的选择，一方面出于对夫子"吾与点"之境界的向往，表达的是我自己的个性气质；另一方面则有对天之神圣性的信仰和崇敬，也可以说是对大陆儒学的宗教学话语范式的呼应吧。

"刚柔相济，经史互发"挂在西厢课室门口。曾国藩说"刚日读经，柔日读史"，冯友兰反用其语，以"刚日读史，柔日读经"书赠李泽厚先生。《原道》一开始就强调经世致用，书院课堂讲经论史自然希望能像船山的《读通鉴论》一样，互相参证，互相发明，而区别于理学笼罩下的主敬穷理袖手心性；刚柔相济作为对人格素质的期待正与此相通。

"尊改良在启蒙救亡外，通经权于即用见体中"则是我个人的学术主张和风格了，悄悄地挂在自己书房内。其实，真正比较个人化的只是下联。上联实际是陈寅恪先生所概括推崇的曾湘乡张南皮的著名议论。它不仅是近代变革中儒家士大夫的主流旨趣，现在，在革命叙事与启蒙规划两种曾经压倒一切的现代性方案渐露疲态之后，回到康有为实际也就是回到近代的儒家士大夫的改良道路与思维。

"彼黍离离彼稷苗，谁家君子为心焦？愿做青青原上草，随风沐化附舜尧"是教师节收到的学生礼物，很感动，很喜欢，让学生写下放在教室，作为激励和向往。

在今年3月28日，距二月上丁相对最近的那个周末举办书院开张仪式，相当偶然。但那天会讲的主题，如何看待李明辉教授对大陆新儒学的批评却颇为应景，因为同一天远在台北南港的中研院文哲所也在讨论这一话题。到场的学者很多，媒体也很关注。基本的共识是，大陆儒学的存在是个事实；这个存在还只是初级阶段，小荷才露尖尖角，接天莲叶映日荷花的风光还有待明天。

偶然中的另一个天意是，书院落脚的这个村庄拆迁的议论很快变成现实。兴奋的是村民，失落的是谁呢？为这书院我已经白了中年头，现在，染黑的头发是不会再白了，朋友说可以到阳山书院村看看，还有人说西四那边也有政府"招文"，只是名字要改为"文津"……

天之将丧斯文也，后死者不得与于斯文也。天之未丧斯文也，一个院子、几间屋子还会找不到？

二〇二三年

有缘无分书院情

　　文人理想过去是"与修国史"，现在应该是办书院吧？至少我是这样。

　　不仅因为小时候生活的地方一边是城南书院、一边是岳麓书院，爬山躲雨在"半学斋"听雨打芭蕉，又从麻石板上流走叫人遐想印象深刻，也因为有了儒生标签后被各种新型书院邀请但几圈下来感觉并不是自己理解的模样，或者地方太偏僻，或者不过另类补习班，或者只是个人开宗立派的私家道场。

　　我想象的书院首先是传统的"左庙右学"，读诗书、敬孔子、育人才。儒教敬天、法祖、崇圣，是中华文明核心理念的提供者。"天地君亲师"牌位表征的是一个中华文明的世界图景，一个生生不息的生命共同体。书院与学校不同的地方就是不仅传授知识，也传承理念。这种理念一般情况下是很难被观察到的，但一旦天下有事，其基础功能就会呈现出来，提示生活的意义，激发生命的能量。曾国藩《讨粤匪檄》的道统论述，我认为应该从他的岳麓书院背景解释。

　　其次是在城市，至少不能太远。文化自信、文明自觉，首先就是对儒家传统的重新理解评估与功能激活。城市是现代人主要的生活场景，书院应该嵌入其间。现代人需要文明的灵根，传统文化也需要现代的存在形态。北京有国子监、以及大学的国学院，但外人，外国学者或基督教、伊斯兰教人士寻求了解和对话，或者什么事情发生媒体想听儒家的声音，很多时候都是来找我，而不会去那些地方。

再一个，就是作为线下平台，将《原道》刊物多年来集聚的资源实体化落地，"但使书种多，会有岁稔时"。甚至曾在作者QQ群跟大家说：书院开放，密码锁，一群人来喝茶、一个人来改稿都可以；米缸有米，冰箱有菜，自己动手，丰衣足食。

书院梦越来越强烈。以致曾对有点积蓄的妻子说出这种十分过分的话，"无书院，无婚姻"。她做了努力，"原道书院"的牌匾在翠湖岸边的常乐村还真挂了一阵子。但种种原因，风吹云散，许多的牌匾、对联如今只能到《开放时代》的扉页上回望缅怀了。

转机有点突然。孩子要去国外读书，理由很充分："爷爷要你把我培养成博士，我严重偏科高考危险，只能去国外。读文科需要大量阅读，大学就得去。"那就卖房呗，虽然就此一套。还好，四年学费之外，还有点余钱。于是，京郊到处逡巡，终于相中京承高速十三出口东方爱心体育俱乐部旁边的"凤凰小筑"。

靠边角的两个小院，一次付清全款。别的院子还没竣工就急匆匆联系装修队进场，挖地下室，装新风系统，甚至还吊来一株大银杏树，以副杏坛之名。甚至嘱咐学生，百年之后，就将老师就此树葬，"化作春泥更护花"。很快，微信转账记录就超过了六十万，眼都不眨。别笑，当时真有种感觉，自己是"北京变态房价的唯一受益者"。

"财悖而入者，亦悖而出。"怎么装修进度慢下来了？工头告诉我，听说要拆！有点发凉，不为花出去的银子，只为实现不了的书院梦想。难友邻居先是说找政府陈情，又是说联合抗拆，最后又说法院起诉。我都点头，但也都没参与。二百多万在宽沟相对的位置买两个院子，本就只能是赌。

愿赌服输。反正又不是吃饭的钱，不是孩子上学的钱。堆在那里的东西，书打包给一个广西的朋友，他支持过《原道》，现在也有个会所改书院的计划。其他家具电器，还有别人送的茶与酒之类，都送给看工地的老头。去北京的时候是一口箱子，回长沙时仍是箱子一口。

朋友说，这些钱要是在长沙这边搞一个肯定没问题。我这性格，专爱搞一些搞不成的事。回来的地方叫"碧泉书院"，从学统上说，还可说是岳麓书院的祖庭。实地考察，当时应该十分简陋，现在也是如此。作为唯一见证的石碑，突兀地杵在泥路边。第二次见到，已被拖拉机之类的机动车撞掉了一只角。我说自己出点钱，搬到湘大先保护起来。与村长认识的朋友说没有可能，各方扯皮，村民也不干。碧泉书院湘潭大学校内重建的计划，也因最初倡导的校友，一位负责文化教育口的省领导腐败事发无疾而终。

退休之后再发愿吧。合同规定要干到六十五岁，还有几年。现在，找点关于书院的诗读读也挺好：苔藓花侵础，蒲芦叶拥门。青春深雾潦，白日老乾坤……

二〇二三年

儒教室旧事

　　快递小哥送来的中国宗教学会理事聘书把思绪带回到三十一年前。

　　博士毕业留中国社会科学院世界宗教研究所儒教室，上班没多久就在办公桌看到一张 A4 纸，是中国宗教学会入会登记表，主要是填一些性别年龄学历的资料。虽然连住的地方都没有，心气却不是一般的高，瞄一眼就捏成团扔进了字纸篓。

　　除开少不更事，另一个原因是对宗教缺乏了解。儒教室上下除开任继愈先生嫡系李申，几乎都没太把儒教当回事，觉得哲学高多了。李申的《中国儒教史》出来，上下卷两大本送出，换回的却是严厉的批判与否定。师兄师姐中，陈咏明跟李申关系还是最近的，但"豆腐渣工程"五字定性就是出自他的文章题目。那时的学术立场与态度真是跟青春一样激烈单纯。

　　几次聚餐都被撺掇加入批判队伍。但这时我已经有点怀疑冯友兰门下传承而来的儒家文本之哲学化解读方式。导师的魏晋玄学著作《哲学研究》约书评，我也放言只是从汤用彤先生处走出了半步，一次喝酒时被骂"欺师灭祖"。

　　不过，另一方面又觉得任先生将宗教负面化，知识上愚昧，价值上反动，提出儒教说乃是为了学术性地否定"文革"和儒学本身，与自己意欲肯定的儒学的历史文化功能尖锐对立。在一次访谈中问任先生，您认为自己最大的学术贡献是什么？他说是提出儒教说。从理性狡计角度，我高度肯定这点。要不是他当所长，宗教所怎么会有儒教室？要没有儒教室，我怎么会到社科院读书并留下工作？"黑夜给了我黑色的眼睛，我却用它寻找光明"。

后来，在跟别人说起自己不参与这场笔战的原因是，如果哲学是女人宗教是男人，那么任、李他们是说儒学是坏男人，师兄师姐他们是说儒学是好女人，而我想说的则是儒学是男人、好男人……

社科院也有年终考评。我几乎都是白卷。余先生当时是主任，总是为我圆场，"大家都过都过。陈明嘛，寄以厚望吧。"时间过得真快，余先生之后，又经过了李申、邹昌林、卢国龙几位主任。儒教的论题渐渐也不再敏感，我不仅写了"中国文化中的儒教问题：起源、现状与趋向"，二〇〇四年的时候，还游说香港孔教学院汤恩佳院长在所里成立了"儒教文化研究中心"。第二年跟信孚集团合作在广州举办了首届全国儒教研究学术讨论会。再后来，因为种种原因，我自己也离开了儒教室。但是，对"好男人"的论证却是一直都不曾懈怠。到首都师范大学，也成立了一个"儒教文化研究中心"。告老还乡的今天，被当作儒教系统神学来写的《易庸学通义》终于杀青，希望年内就能够付梓供学界坊间评说。

天意君须会。郑会长的聘书也许是对儒教室老员工的新期待吧？

二〇二三年

早 点

早饭变成早点，可能有做和买或者在屋里和外面吃的区别。

很小的时候记得大人都是头天晚上多做点，留些第二天早上热着吃。洗衣做饭都是老妈的活，但酸菜经油炸后加入豆腐脑汤这工艺却属于老爸，特别香。

上学后，怕迟到会在马路边买包子吃。当时是用荷叶做包装，看上去黑乎乎却有种草的芬芳，今天看也十分低碳。至于葱油粑粑，主要是当过嘴瘾的零食，就像麻团一样。在十七中时的快事之一就是利用课间操时间跑到沙河街口子买一个大快朵颐。

大学时株洲向阳村的葱油饼在焦香之外又多了一种甜味，并且分量更足，很是适合十八九岁的年轻人胃口。

北方食材不如南方丰富，但也有惊喜，小米粥就是。洪家楼现在车水马龙，八十年代教堂的建筑虽然巍峨，但死气沉沉跟仓库一样。外面一排都是卖早点的，主要以学生为对象。济南口音的大叔大婶一口一个老师，听得我很不好意思。据说是圣人家乡以老师为尊称。

读博时位于六公坟或曰西八间房的研究生院一日三餐全负责，外面也没什么可吃。要说摊贩，一个是门口卖冰棍的，再就是在汽车站临时搭的西瓜棚。那时候还没有机场高速，老机场路两旁的柳树枝叶相接，绿荫绵延很有意境。它与京顺路之间，仿佛街心花园，我们的体育课就曾是在里面跑步。晚饭后也三三两两结伴散步聊学问和时政。高大的钻天杨，黄色的迎春花，现在都沉入历史。

毕业后的那段日子可谓人生低谷。社科院研究生院有学术黄埔之称，至少感觉良好。但毕业后住的地方也没有，所里给的房补很难租到暖气房，就先在雨儿胡同一四合院的东厢房住下。有人说前门厂桥地安门，最好的地方呢！确实，至少对早点来说选择很多。但各种风味没吃完就搬到有暖气的酒仙桥去了。南方人，怕冷。

但终于发现跟人合住是比冷更难受的事，虽然房东友善，有时还会分一个馒头啥的共享早餐。

有了孩子，吃啥随他，或杭州小笼包，或味多美。从望京花园搬到唐宁 one，楼下有家杨运祥老长沙米粉，终于找回儿时的味道。北大中文系李杨是老乡同学，他说每次从国外回来都不是先回家，而是到这里嗦碗粉。可是没多久杨运祥就挪到了五道口的易初莲花去了。解个馋还行，每天早上吃它路未免有些远。

兜兜转转，花甲之年又回到了长沙。杨裕兴、和记之外，又认识了易裕河，寒菌和墨鱼排骨的码子都有。但是，油水实在太重了点，吃完连中饭都可以省了。其实长沙粉面都有重口味的问题，疫情期间发福后，便改吃福建品牌的馄饨。

昨天，闻到隔壁店里的擦菜子很香，就跳槽过去，没想到还有彩蛋。邻桌几个跟我上下年纪的老头聊天很有点北京出租车司机的范，从俄乌战争到巴以战争再到李总去世。老伙计的争执上纲上线却不伤感情。旁边趴着一只泰迪的帽子哥批对面光头哥内心阴暗充满仇恨，不像自己"生在红旗下长在新社会"，如何如何。光头哥也不恼，只是端起塑料杯自顾自咪酒。

今天本想吃回馄饨，看到他们，早点铺成为茶馆，便就近坐下来。断断续续中听出光头哥爷爷是个什么帮主之类角色，选了他爹接班，然后就被打成了四类分子，他因此而受到冲击。泰迪主人说你那些叔叔伯伯都没事嘛！光头哥说他爹确实要优秀一些，言下很有些骄傲。这地方以前是水泥厂，大王山旅游城的核心项目冰雪大世界就是在那个矿坑基础上建成的。有物流人流，就会有组织帮会。我外公是铜官窑上的，据说也是个什么类似组织的头领。

第三位一直只是听而不语。这时突然举手跟谁打招呼，原来是一位半老徐娘经过。于是话题转换，三人都发出快活的笑声。

二〇二三年

我与余先生

　　余敦康先生是我的博士研究生导师。老师七十岁的时候一些朋友就有出个集子庆贺一下的意思，但终因得不到先生的认可而作罢。一晃十年过去，重提此事，先生态度依旧，但拗不过我们的坚持和师母的撺掇。于是我就给师友们发邮件，并最终编成了。

　　也许我首先应该在这里给方方面面的朋友道声感谢——确实应该，但我心里真正想到的却不是这些，而是一种对文化和命运的陌生感。是的，陌生感。

　　我记得开始时余先生的反应，"不要搞不要搞！说什么？有什么可说的？"我当时不是很理解，在把集子编好交给出版社的时候，我有点理解了，就像理解古人的"前不见古人，后不见来者。念天地之悠悠，独怆然而涕下"一样。先生说完无语的那会，我就想到了这样的诗句。

　　我感觉自己跟先生的关系比较特别。二〇〇八年社科院研究生院三十年院庆晚会上，朱绍文和樊纲作为师生代表被邀请上台。主持人朱军问朱绍文："您觉得您跟樊纲像是什么关系？"八十多岁的老先生稍稍沉吟，说："父子关系！"

　　虽然老话说"师父师父，一日为师，终生为父"，但现代社会是商品经济，知识是产品，学费是价格，也逐渐成为事实和共识。我现在在高校教书，就经常在这两种定位间困惑游移。但在余先生这里，没有这个问题。

我跟先生初见是在一九八七年冬天的济南。当时有个全国周易研讨会，我作为硕士研究生帮忙会务。在参观李苦禅故居万竹园的时候，我跟先生碰到了一起。因为当时人道主义是热门话题，我对刘大杰、李泽厚等对魏晋玄学的一些论述比较有兴趣，又因为记得这位先生大会发言说到王弼时气势很足，就攀谈起来。

记得当时他说自然和名教的矛盾是理想和现实的矛盾，而我则遵从流行的说法是感性与理性的矛盾。先生很认真但并不生气。后来我就给他写信继续纠缠，他不仅不以为忤，还调侃说我们两个书呆子谈起学问来居然如此煞有介事。快毕业的那年，我在《光明日报》看到中国社科院研究生院的招生广告，先生的名字赫然在列——我一直以为他是南京大学思想家研究中心的，于是就写信说我想报考，而我此前是一直没想过读博士做学问的。先生很高兴，说注意注意外语就行了。结果我不仅外语过线，而其他成绩更是高得出奇。据孔繁老师女儿透露，阅卷的牟钟鉴老师还曾专程到时任所长的孔老师家推荐我这个考生。我猜牟老师很可能仅仅是履行余先生的委托而已，因为专业课试题就两个，其中一个就是我们煞有介事讨论过的郭象。

师母不止一次地说起我像先生，像他年轻的时候。从每次去东单小平房请益时都给我做吃的，我感受到了这点；从有次在太湖学术会议上因我放言无忌惹恼了某教授，而某教授又是先生师兄并以此身份对先生啧有烦言，因此先生在大庭广众对我大声呵责，我也感受到了这点。除开那次骂我，我只能打落牙齿肚里吞，在平常我们师徒间不断发生的争论中我可是睚眦必报、未遑多让的。我很愿意将此宏大叙事比作两代思想者的相遇；这是我们关系的另一层面。相同的是气质、关切，不同的是经历、学术范式。

我把文章给先生看，他总是青眼有加，而他老人家不耻下问地把稿子给我看时，我却经常是大言不惭提意见。他总是问我："你办《原道》，原出个什么道了没有？"好像道是个概念或命题。开始还有激励的意思，后面就颇有些不满了。我反问他："您自己呢？"他开始是说冯友兰的"极高明而道中庸"，后来又提出自己的"中和"二字。我想起李泽厚也问过我同样的问题，不过他只是想引出自己的结论，我顺杆子捧哏，他就抖出"巫史传统"四个字的包袱。他们是一代人，对道的理解有一致之处。而我理解的道则是不可说的，只是一种追问和阐释的对象。这是黑格尔与现代哲学的区别；知识论的与价值论的、理念论的与历史主义的区别。背后，则是时代的区别，问题意识的区别。

另外印象深刻的一次是他写玄学，虽然他挺重视名教与自然的关系，但总脱不了有无本末的概念框架，我说这文章只是从汤用彤先生那里迈出了半步，"应该乾坤大挪移，从自然名教关系理解本末有无，政治而不是什么哲学才是玄学的主题"。先生有点生气："汤先生是我的老师，你以为我像你啊——欺师灭祖！"呵呵，喝酒喝酒。

这个问题实际跟我们一九八七年的讨论联系在一起。不过我已经不再扯什么理性感性了。做博士论文的时候我实际是在先生的指引之下确立了玄学作为政治哲学的定位，但感觉理想与现实虽然可以把政治哲学内涵很好地导引过去，但这种表述可能还是有点问题。

一是这个词本身不严密，不是描述而更像评价——所谓的理想具体是指什么呢？第二，如果是理想，那就隐含着一个更大的问题：政治是利益和权力的博弈，只有通过这个关系才能进入社会语境，才能获得正义或道德的具体把握。而理想则意味着对这种关系的终极解决方案。这样一种绝对的义和善，以对某种集团的绝对性预设为前提，而实际这不过是一种信念和幻觉。它可能导致理性主义，导致对某种执政和行政的绝对正当性论证。

而先生受黑格尔的《精神现象学》影响很深，对历史和政治都是一种观念论的思考方法。最近我把一篇写王弼政治哲学的文章送呈先生，文章认为王弼是从现实出发追求一种更大的合理性和更好的操作机制，是一种基于自身政治文化背景的现实努力。先生对此不以为然。

再就是对儒教问题的态度。我认为相对于哲学，宗教是一个解读儒家文化的更好的框架，因为它可以把天、仁这些儒家思想理念由知识的范畴转换成存在的范畴，在生命和生活的具体情境中对其价值和意义进行把握。但先生认为这是一个"伪问题"。我知道他的老师冯友兰先生坚持哲学高于宗教，知道他是基于对任继愈先生提出这个问题的背景的了解而做出如此判断的。但我认为假戏真做、弄假成真的事也在在多有，所谓"理性的狡计"者是也。

大概也就是在这些议题上话不投机吧，我们这对性格、性情相似的师徒的聚首肉照吃，酒照喝，但谈话却不再那么书呆子，也不再那么电光火石，而是关于北大国学班讲课的逸闻趣事等闲话似的云淡风轻。* 先生颇有兴致，我也跟着乐呵，老有所乐

---

* 八十七八岁的时候，有次老人家突然对我说"陈明，你是对的"，我认为就只指这个问题。具体时间等，要检索日记。这篇文章是先生八十寿诞纪念文集的"编序"。

啊！不过我从很多渠道知道这实际只是一个商业操作的项目，它的广告不仅短信发到我手机上，电话还直接打进来要我接收传真，说导师中有余敦康等大师级学者！

黑格尔的话很好地解释了一个人的作品就是这个人生命的全部。先生对纪念文集的漠然态度，或许包含着对自己作品的不满吧，而我借着酒劲又依稀看到了他那份不知老之将至的壮心不已。那么，我的陌生感又是什么呢？似乎因为这些，又不完全因为这些。

什么时候专门写写这个？

二〇一〇年

方克立先生与我

方先生去世了，刚从朋友圈看到，有点意外。他比余先生、李先生都要小好几岁呢。

我跟他还真有些渊源。

一九八七年山大读研时给周易会议跑会务，因为买过他的书，又是湖南老乡，就去房间拜访。聊了很多，印象非常好。后来跟他带去的两个研究生，杨庆中、余新华还有些联系，他本人作为前辈就没敢多作叨扰了。

没想到再次相遇居然那么地不美好。两年后我考到中国社科院研究生院，毕业后留在宗教所。大概也在那时候，他也被院里主持工作的滕姓领导从天津调到北京做研究生院的院长。一九九四年，我跟几个同学创办的《原道》出版，引起一些反响，也是方先生的南开学生郑家栋说我暴得大名。不虞之誉常常伴随不虞之毁或祸。有天，接到所里电话，书记要我到办公室谈话。原来是方先生写信给他的同学，指控《原道》有问题，点了辛岩、李泽厚和我三个人的名，分别涉及湘军、"大跃进"和"中华文化复兴运动"三篇文章。他的郑姓同学是中国社会科学出版社社长，可能觉得兹事体大，转所里来了。谈话之后是写检查，戴康生书记看后提醒我今后注意文章把关，刊物还是可以继续出。事后这位江苏人说自己一直是进步青年但一直被上级批评有小资产阶级的温情主义，然后哈哈大笑。这笑声感觉现在还余温犹存。当然，学术委员会已经通过的副高职称报到院里被拿下，那就不是所级领导的他所能改变了。关掉一扇职称、课题的大门，我只好追随儒学之窗的风景，渐行渐远，不再回头。

大概也是那时候，偶然地在一份《要报》上看到方先生的文章以及与张岱年先生的通信，对李泽厚和我都有批评。著名的综合创新论，马魂、中体、西用的三结合，可能也就是在那里萌芽拔节。李自创西体中用，我继承中体西用，见到李时他总是说张之洞的"教忠"多坏啊，快向我的西体中用投降吧！我反驳说，在体用概念的使用上，你还不如方克立呢。方的梳理中规中矩，体是实体、主导，用是功能、辅助。李将"用"动词化为"引进使用"，颇有新意，渊源可能是鲁迅的拿来主义。我认为，作为启蒙派，他对近代史的理解是普遍主义或进步主义式的，因此，对"用"的主体没有也不可能措意关注。这就导致其命题有意过滤掉了这组概念原本具有基础地位的主与辅这一义项。我的中体西用虽仍然保留主导和辅助的意义，但通过明确"中"（中国、中国人、中华文化等）的主体地位，将这种意志主体性彰显强化，把"用"诠解为"为我所用"，实现新时代里对前人的继承和发展。

若干年后，跟方先生提到这些，是为了营造气氛。这次见面挺喜感或荒诞。当时网上传言方先生利用导师和院长的资源权力非礼女学生。他怀疑是郑家栋为泄私愤而恶意构陷。为此，门下弟子还吹响集结号，联合声明谴责驳斥。可能是知道我对郑学问虽认可，对其个性私德却颇有保留，同时跟郑学术理念相近却与方分属不同思想阵营，如果出来发声澄清肯定能收到事半功倍之效吧，我成为"统战对象"。

干春松好朋友，他出面是必须到场的。他说方老师虽然自己持那种观点，但对学生怎么写从不干预。确实，方门跟我好待我不错的一大串。有次到苏州大学，周可真居然一见如故，力邀加盟，他就是方学生。调碧泉书院，一手操办的陈代湘院长，也是方先生南开弟子。开放之外，识人用人也有过人之处。早期殷鼎崭露头角，后来的郑声名远播，无疑都有他的奖掖提拔之功。

只是这种奇葩事，还是太过无趣了点。但看得出老先生是真的很在意。见面他先是说我们都是湖南人，然后又说他父亲清华国学院出身认同传统，还搬出一堆主编的书送我。如此盛情，不说几句显然是无法脱身也无法向干教授交差了。于是我憋住劲，用一种轻描淡写的口气说，方先生，您都六十好几了，要闹点绯闻多不容易啊，他要真这么说你就当成一种嫉妒一种祝福吧！

一半开导一半解构，也不管他怎么理解，然后就拉着干教授逃之夭夭了。

另一件事，就是二〇〇五年他提出大陆新儒家业已成型出现的著名书信了。当时我在海口，炎热中突然接到一个电话：陈明，你们是大陆新儒家了！语气急促兴奋，好像时间开始了。我很有些愕然，甚至有点担心，方先生这么说是福是祸还很难预料。他曾在文章里说新儒学在海外是学术问题，在国内是政治问题。但几个月过去，并没什么后续动作，但媒体学界议论纷纷，大陆新儒学似乎已是三人成虎了。回到北京，我也开始认真思考这个概念，它的内涵是什么？应该是什么？又意味着什么？这种追问的感想在一次座谈发言中公开，文字登在《原道》，随后被安靖如教授翻译成英文在国外发表。几年前《新京报》文化版专题约稿，也是以它为基础。

干春松说方先生的思想敏感性在学术界是一等一的，这也可以作为佐证吧？港台新儒家对方也有点感情复杂，不管怎样，它们这个群体在大陆的传扬是从方申立的国家课题开始。所召集的罗义俊、蒋庆就此成为"老水还巢"甚至更上层楼的先驱。我也承认，方先生最先提出的"大陆新儒家"五个字对我有"唤醒迷途英雄"之效，促成了我儒学活动由自发到自为的转变。这五个字不仅是荣誉，你要配得上；更是责任，接力棒到你手中了，不要再以为还会有高个子顶着。

算命先生说者无意，莽撞少年听者有心的事，还真有点神秘神奇讲不清。没来由的突然想起一句《圣经》里的话，"我来不是要废掉，乃是要成全"。艰难困苦，玉汝于成，方先生于我是不是多少也有点这个意思？

二○二○年

晓波小记

　　年纪大了经常会得到一些熟人朋友去世的消息，一般都是用各种宗教的道理去应对化解。但那天，从朋友圈看到台湾大学王晓波教授病逝的消息却不仅心有戚戚隐隐作痛而且久久不能释怀。

　　我跟他只是有过两次交谈，却有相知甚深之感。一次我带着崇敬。一九九七年在澳门由夏潮基金组织的台湾意识与中国意识研讨，统派的声音成为主旋律，晓波黄钟大吕义正词严气势如虹，郭正亮等"台独"的主张显得难以招架。我很欣赏晓波写的韩非子，觉得作为儒家能对法家的制度设计做出必要肯定，表现出的是一种超越学派而以中华文明之运作维持为出发点和目标的思维方式，难能可贵。但会后交谈时聊的却是"家常"——母亲共产党父亲国民党各种折磨苦难；而他自己，首先是"匪谍崽子"，然后保钓、党外运动，再然后又与"台独"化的民进党对抗……我问，您不红不蓝不绿不孤独么？一路走来到底是怎么想的呢？他淡淡地回道，我想的只有中国——中国不是他们的，是我们的！后来我在多个场合重复过这个话，每次都会浮现出他的面容，皱纹如刀刻，白发如乱草。

　　一次他带着期待，二〇一三年，北京燕山大酒店的夜市。他来人民大学开会，我和干春松、唐文明、陈壁生几个请他剥花生喝啤酒。看得出他很开心，可能是当时国家经济还比较好，我们几个人跟他也比较对味。他把自己的发言稿给我看，我说支持一下《原道》吧，也不知后来到底发出来没。夜深作别，他紧紧握着我的手，陈明，你们要加油啊！皱纹白发如故，眼神有点迷离。因为酒也因为年岁不饶人。我知道，他也知道，所以我把另一支手也搭上去，说您注意身体！实际我从他的声音里还听到了一种东西，像鼓励嘱托又像委托交接，迷离的眼神后面分明还有泪珠在打转，跟夜市的氛围似乎格格不入，但我知道，儒者的家国天下与百姓的伦常日用原本就是浑然一体的人间情怀。

不知道在最后的弥留时刻晓波教授想的是什么？从他国家统一民族复兴的心心念念推断，我想很可能是陆游的著名诗句：死去元知万事空，但悲不见九州同……

二〇二〇年

李泽厚印象片段

李泽厚先生那天九十一岁生日。电话过去，他还是关心学术界，关心别人对自己新作的反响。我说现在关心伦理学的不多，就此打开了他的话匣子，感觉他似乎认为自己的最高成就在这一领域，原因则可能是他将伦理学当成了中国文化本质或精神。我说这可跟你的现代主义思维不太一样啊。他说自己二十几岁到现在一直没变，并认为还是自己正确。我说不能这么讲吧？老先生提高声调反问你难道相信上帝造人、基因突变？还用他的西体中用批我主张中体西用与即用见体，并嘲笑我的政治关注——可能是有朋友把我关于国家国族建构的文字转他而留下这样的印象。我继续反驳，他懒得听，话题转向养生、风月。

他说昨天电话说了八十分钟，现在还累，也是跟一个学生争论——他认为是调侃人家，从辈分说这可以成立。他认为世界从东到西都在倒退。我觉得西方是不是我不知道，中国的调整有其内在逻辑和必要性，在启蒙话语和革命话语之外寻找新的可能，不能说是一种倒退。

这是一种基础性分歧，谈不拢很正常，粽子还是要吃，家乡味道特香。他说没航班回不来，甚至情绪性地说也许这就是最后一次通话了。我说放心，明天一定打给你。几天后的电话，他要我帮他在儒家网发一篇别人写他的文章。

再然后，就是他的一个微信电话我没接着，打过去，他又说没什么事。十天之后就传来去世的消息。八十四岁时他有点压力，我说没事没事，过了八十四，一马平川！他问一马平川什么意思？我说就是直接九十！他一点也不开心，说："那也很快啊。"

跟他聊的很多，死也是话题之一。一般性讨论之外，也有自己的"老康宁"问题。设想过很多种死法，共识是都相当肯定自我了断。既然"安乐死"一时半会难以合法化，就都想到了氰化钾，觉得快速，也不大会造成什么困扰或麻烦。这似乎很不儒家，又似乎非常儒家。

本质是很快乐的一个人。"为赋新词强说愁"的伤春悲秋乃是基于对美好事物的热爱，所谓生的执着，然后才会生出对人生短暂地无奈，进而获得对美好事物的更深理解。最后一次回国，我陪他见老友。从乐黛云先生家出来，未名湖畔有一位热裤少女十分惹眼，我指给他要他快看。良久，米寿老翁喃喃地说了一句，可惜只是背影啊。

他想得不仅多，也非常快。转到五方院吃湘菜，剁椒鱼头、小炒肉以及紫苏黄瓜等，都是最爱。坐下就喊干杯，我说我的是茶咧。他笑着说：端杯就好、端杯就好。

酒杯茶杯的叮当一声，于今已成绝响。

二〇二一年

我的中小学老师

　　发蒙好像是一九七〇年，长沙南区的沙湖桥小学。父母都在自来水厂工作，住在南站道坡宿舍。从家里到学校走路大概需要二十分钟。从坡上下来的拐角有一个小铺子。瓶子罐子里装着梅子、蚕豆、冬瓜糖之类的零食，现在又都复活了，但不再是从前的味道。同样叫人怀念的还有铺子里的蚊香，皮纸裹着木屑和药粉，蛇一般盘成一圈在墙角堆得很高。

　　也不记得是谁带着去报的到。到班里分座位时，有几个人印象比较深，王方、胡冰、谢异玲。王方、胡冰是男生，有股机灵劲。谢异玲是女生，漂亮秀气，暗暗希望闵老师能把我安排与她同桌。闵老师是第一位班主任，脸上有些麻粒，戴个帽子，人很和善，当时年纪应该已经有点大，有个女儿，好像下乡当知青了。有次放学打扫完卫生回家时曾见闵老师蹲在地上生火做饭，用废纸点煤炉，烟很大。

　　那时成绩不错，语文算术都是满分，成绩单还有"毛泽东思想"一栏，估计相当于现在的"思政"，一二年级没有考试，我曾在那一栏也填上"100"，看上去就是全满分了。但带回家后又悄悄抹掉才拿出来。有虚荣，但也不完全是。当时正值"文革"，学校经常会有"毛泽东思想讲用会"，我总是被安排发言，甚至妈妈在单位活动的发言稿也会要我写，当然主要是东抄西抄。大概也就是从那时开始养成了读报的习惯，以至于后来放学回家，总是先要在传达室看半天的报纸再回去吃饭，搞得老妈很生气，说黄花菜都凉了。

进入三年级换成了林老师带班。她叫林翠娥，应该是师范毕业的，很有热情。这时因为跳绳、出黑板报我可能有了些存在感，比较受林老师关照。有次抄写课文被红笔批"传观"二字，但却十分惭愧，因为是蒋小方帮我抄的。她的也是"传观"，林老师难道没看出来么？有意思的是蒋家是三姐妹，分别叫蒋小东、蒋小方、蒋小红。跟我要好的到底是小方还是小红，也不是很确定了。

父母工作调动，三年级没读多久就要转学，主要是舍不得林老师。记得自己后来教中学有一篇写老师的课文，老师说作者"心清如水"，我想我当时应该也是这样吧？

王方、谢异玲后来没什么交往，倒是胡冰、蒋小方，一直都会时不时想起。更多的时候还是会想起林老师，眼睛、嘴巴都很大，还有一颗美人痣。据说后来她也离开沙湖桥，调到了湖南开关厂子弟学校。我有个同学师范毕业后也分到那里教书，问他，却说想不起有这样一位林老师。

刘老师叫刘如意，是我从沙湖桥转学到郊区新开铺的红卫小学时的班主任。可能因为教语文，我语文成绩又比较好，所以她给我的肯定是最多的。教育学有个罗森塔尔效应，可能我就是这一爱的效应的受益者。

有次数学朱老师气得告状，说陈明交作业不交草稿，问演算过程在哪里时居然回答"在我心里"。刘老师当然批评我，可我又清楚地听到她跟别的老师说，那么简单的题目还要什么演算过程，难怪陈明要说"在我心里"了。这话听得我"窃喜"，也能够解释高考数学只得二十几分。

刘老师对我发过一次大火。她给我安排的同桌都是她老公单位长沙机床厂的子弟，都是美女，一个叫钟理，一个叫张霞。我们学校在郊区，长机子弟比渔场子弟显得洋气一点。有次，张霞带了一本《烈火金刚》到学校，早自习时我就看了一下，一下子就被情节所吸引，史更新的命运生死让我听不进课，并且，书那么厚，一上午无论如何也读不完，咋办？趁课间操拿着书就回家了！

第二天一进校门就被刘老师一把薅进了办公室。虽然这种凶悍有点意外，但内心还是比较淡定，好汉做事好汉当，况且，书已看完，不仅史更新的队伍有了下落，还过了一把肖飞买药的瘾，甚至还记住了吕正操的名字。很多年后，从北京回来去看刘老师，说起这事，她说她那凶神恶煞也是装出来的，其实心里矛盾，这孩子这么胆大妄为，不镇一镇将来真要闯出什么祸来可就麻烦大了。

刘老师、朱老师都是长机家属，到五年级都把自己的女儿从子弟学校转到了红卫。毕业的时候，两个二中的名额，分别就给了这两位老师子弟。我作为"出席郊区"的"三好标兵"则被分配到一中。二中就是现在的长郡，新开铺转一趟车就到，一中则要跨过整座城市，而我从住的黑石铺走到新开铺就要四十分钟。拿着通知书去了一趟，感觉每天这样长征太辛苦，就改派到十七中了。十七中就在四路车终点，相当于到红卫后再坐一趟车。

刘老师给我的评语给初中班主任带来很好印象。"百尺竿头，更进一步"，于是胡琳老师将我安排为一二七班的班长。但是，没多久，又被调整为宣传委员，说我作文好，适合出黑板报。真正的原因则是给文东让位，文东是文校长的儿子。当然，我当时没有把这一切联系起来，跟文东一直就是很好的朋友。他考到南京工学院后我们一直书信往来，现在还记得信封上的信箱号码是四四〇四。

我们那一届主要是六二六三年出生，苦日子后生的人比较多，教室教师都不够。教室问题用"二部制"方法，即两个班共一个教室，各读半天。教师问题则是从小学抽调解决。胡老师是磨盘湾小学上来的，感觉她是憋着一口气要把中学生教好以证明自己。热情非常高，各种活动，课间操、眼保健操比赛都要争第一，文艺会演更是各种创意各种获奖，也确实形成了一种凝聚力。她说文东、于雷、杨扬和我是一二七班的四块盖面菜。这四人后来也确实都考上了大学，文东成了大亨，于雷成了将军，我成了学者，杨扬成了大官——很遗憾临近退休被"双规"。

胡老师上课也很有激情，跟一二六班的向老师有的一比。向比较左，经常穿一套绿军装，活脱脱一红卫兵干将。有次广播体操比赛，她发现一个同学穿的裤子裤腿比较小，俗称港式裤，她居然拿着话筒严厉呵斥学生站出来，大庭广众之中把裤腿给剪了。相比之下，胡老师人情味很浓，每次集体留校，都会放我先回去，因为知道我下了车还要走四十分钟才能到家。至于教学，印象深刻的是有次上课，读到"历史的车轮岂能倒转"，有同学问"岂"字什么意思？她说："岂能倒转就是不能倒转，岂就是不的意思。"

初中毕业进高中，新的班主任叫李安照，是个印度尼西亚回来的华侨，很有气质，头发有点卷，戴副眼镜，抽烟的时候很投入，像艺术家。从他那里学到的一个词是"缠绵"，他用于概括小说《牛虻》的特点。我后来读了这书，一点也没感觉到缠绵，坚韧、决绝似乎才是主人公亚瑟的精神气质。

我是语文课代表，应该说李老师还是比较认可的吧？所以，当他要我把作文本交给他时，还以为是要找范文。实际则是他在自己的备课本上发现了一行字:"李安照大草包,鸦片烟鬼。"他怀疑是我,要对笔迹。不知为什么,他还真就认定是我了,并将问题上交教务处。不是我当然不能承认,但看到好歹也是一厂书记的老爸每天都被叫到学校配合教育也不是个事,就认了下来。

然后就是记大过处分,就是发配到慢班。在这个过程中,我曾到胡老师家里寻求帮助。她说,既然不是你写的,就到公安局做鉴定好了。

确实如此。但我当时是希望她相信我,然后跟李老师和学校协调一下。我有点失望,她可能更失望。因为,在初中阶段,也曾发生过与小学几乎一样的事情。有次到文东家吃饭,在他家又看到了一本书,间谍小说《国境线上》,我又是被情节吸引,不告而带走,第二天才还人家。文校长或文同学可能把这事也跟胡老师说了。

慢班就到慢班,十七中的快班学生我几乎全认识,尤其文科,作文比赛我得奖,他们还名落孙山,所以满肚子不在乎。记得题目是《攀》,奖品则是一本《敌后武工队》。

慢班最后一学期没课,经常跟着南门口、燕子岭一带的同学混,也有一位女同学给我写信,自比《第二次握手》里的丁洁琼。我懵懂,主要是跟着陈泽安几个街上的满哥看电影,唱歌弹吉他之类。我这样有恃无恐地浑浑噩噩,是因为我妈重男轻女,姐姐下乡,留城名额给了我,爸爸也给我找了公司最好的柳电工做师傅,毕业就能上班。

班主任罗松武老师觉得这样下去不行。他把我爸找过去,说您家孩子是颗读书种子,不要急着去学徒,至少让他试着考一次。然后,又帮我联系文科班的班主任周畅达,说你的优势是语文,到文科班,补补历史和地理就好。慢班没开历史和地理,在周老师班上主要就是听这两门。然后就是报名、考试，因为数学、外语都极差，数学二十几分，英语十几分，总分三百二十几分，那年本科录取线好像是理科三〇五分，文科三二〇分，我喜欢哲学，就报了兰州大学哲学系，没有一个师范院校。第一批落选，招生办电话问接不接受调剂？我想旁听就可以考上，复读一年应该可以学哲学的。但我妈可吓坏了，这次狗戴帽子好不容易碰中了，明年哪还有这样的运气？求着我千万千万凑合着有个书读就可以了。二部制读书的那半天如何她不清楚，不学习的那半天她可知道，不是河里游泳钓鱼就是山上打鸟采蘑菇偷桃子，虽然喜欢看书看报，课本作业却是从来不曾打开书包摸一下的。再读一年？会把她急死。

罗老师也认为先找个地方待下来，还可以考研究生嘛。于是就调剂到了株洲师范专科学校。再见已是四十年后了。说起陈年旧事，罗老师说你还真不算顽皮的，然后翻出一首当年填的《沁园春·三十八班》。

乌合之群 / 睁眼之盲 / 看追男逐女 / 鼠窜楼阁 / 爬墙上屋 / 游戏操场 / 弄石玩沙 / 搜铜拣铁 / 时有弹弓处处张 / 尤堪恨 / 有鸳鸯一对 / 扒手一双

低级粗野荒唐 / 卖汤圆何止柳德方 / 叹诸科作业 / 秋蛇春蚓 / 课堂秩序 / 酒馆茶坊 / 徐某声嚣 / 曹君鼻息 / 彭氏临场舞弊忙 / 何时了 / 众疑难杂症 / 已结膏肓

里面的人物事迹，似乎都有点模糊印象。后来他们这些人怎么样了？师母在一边说，一个也没处理，都被他保下来了，还经常来看呢，"下次你可以跟他们一起来。"

二〇二三年

书评与短论

反思一个观念

　　在二十世纪八十年代以来的文化热中，学界普遍接受了这么一个解释中国近代史进程的理论框架，即传统社会在外力冲击下向现代社会变迁，对应于文化由表及里的器物、制度、价值三个层面，洋务运动、戊戌变法和五四运动构成该变迁的三大阶段。这种描述最早出自晚清的曾廉："变夷之议，始于言技，继之以言政，益之以言教。"后来，殷海光、金耀基、庞朴等当代学人先后在台湾、香港和大陆三地对此加以阐释。当然，与曾氏所担忧的"变于夷"不同，殷、金、庞诸氏均旨在论证，西化乃是出自文化科学本身之内在逻辑。于是，整个近代史就被整合成一个认识越来越深刻、行动越来越正确的现代化过程，潜台词则是，当今文化讨论的任务仍然是"打倒孔家店"，拥抱"蓝色文明"。

　　尽管立论者的动机应给予充分肯定，但不能不指出这种逻辑在理论上是难以成立的，在现实中也会带来一些消极影响。

　　首先，这个理论框架所隐含的文化结构说前提不能成立。诚然，文化在外部描述中呈现为物质文化、制度文化与精神文化三个板块。但三者并非由表及里的同心圆，更不是铁板一块，它们只是经由人这个文化主体才获得其统一性或结构关系。物质文化对应于人的物质生活需要；制度文化对应于人的社会分工与合作的需要; 精神文化对应于人追求理想渴望永恒的需要。因此, 三者间并不直接决定彼此间的互相影响, 均需通过人这个中介环节才能展开完成。从经济决定论到价值决定论, 均因忽略了活生生的人之"轴心"地位, 而把复杂的社会存在和历史运作过分简单化了。尤其制度一维, 某种程度上乃是一种由社会强势集团支配的对现实利益关系的划分, 又怎么能够笼统地以(传统)文化目之并寄望于通过文化的批判或建设即可予以改变或改造呢?

其次, 对于个体来说, 文化塑造其个体人格, 对于民族来说, 文化反映该民族之气质, 但我们却不能据此推出文化宿命主义, 得出"借思想文化以解决问题"的结论。佛经是佛陀所说之法, 先于众沙门而存在, 但作为净饭王太子的乔答摩·悉达多对于所谓佛法而言显然又是逻辑在先。道者生于心, 法者因于事, 器者应于物。如果道、法、器可以对应于前述文化诸要素, 那么这应该是作为特定文化主体(如民族、人类)与诸文化符号之间的真实关系。正因每一文化首先只能是"为人的存在", 它就必然内在地包含着自我更新的必要与可能, 构成该文化面向未来的生长点。在我看来, 关键在于受此文化熏染浸润之人能否挺身而出, 承担起自己的责任和义务, 法圣人之所以为法, 回应挑战, 继往开来, 而不是从知识的完备性预设出发对古人求全责备, 把现实的困境误解成传统的危机。文化的发展从来就有如接力赛, 每一代都须尽其所能跑出自己的最大速度, 一代一代的成绩就构成一个民族整体的文化景观。前述以变教为寻求富强之前提的观点, 则正犯了钱穆先生所谓"指生原为病原"的错误。

此外, 即使该理论框架逻辑上能够成立, 也与历史事实不尽相符。因为戊戌维新本身并未获得成功, 康、梁他们做出的制度安排并未通过实践验证出其效果究竟如何，能否富国强兵或现代化。因此，按照该理论框架，接下来的应该是新一轮制度变革的努力与尝试，否则，变教的五四运动仓促登场显然就有点师出无名了。——戊戌变法与五四运动之间有一辛亥革命，但总不至于有人把五四运动作为辛亥革命的接班人或后续手段来加以定位吧？相反，辛亥革命不在其解释场域之内正是该理论框架存在内在缺陷的明显标志。

应该说，这个理论框架从曾廉的《与友人书》中脱胎而出，依次席卷台、港地区及中国大陆并非偶然。它孕育于知识分子对政治不满而又无能为力的五四时期，既是由此而来的文化激进主义的产物，又为这种文化激进主义提供了知识上的合法性支持，强化了这种心理定势。

文化热的思维特征是以文化为纲，不论什么问题，似乎不"上升"到文化层面即不可谓之深刻。实际上离开对人与人的诸种关系的探讨，将特定社会结构变迁的问题化约转换成观念文化变迁的问题，只会导致对问题之真实性的遮蔽，可能永远也找不到问题的症结。当然，兹事体大，这里无法展开，而只能简单指出该解释框架导致的某种影响，最直接的一点就是对洋务运动、戊戌变法的整体评价过低，对它们的指导思想与具体措施没有足够估价。实际上张之洞、康有为均属于代表民族文化生命力的"圣之时者"，正是他们，将民族的危机化作了一次重构传统的机会。半个世纪以来，解释近代史的理论框架均以科学性相标榜，实际近代史的主题与数千年来的主题与每一代人的生活主题并无根本的不同，首先应该从存在的人文性角度来把握。即每一代人总是从历史给定的情境中，从有限的生命存在中，调动自己全部的心智力量，使自己所属的生命共同体战胜挑战，蓬勃生长。和谐，公正和效率则显然是以此为出发点和终极目标的文化所必然追求的。站在某种特别设定的终极立场，给历史人物的生平与志业评分排座次，不仅在理智上显得狂妄，情感上也有些轻佻，因为古圣先贤之名作为文化符号既是一个历史事件，更是一份精神遗产。扪心自问，我们之于时代，是否也有所作为有所贡献因而足以傲视古今？

陈寅恪先生认为文化的发展须一方面接纳外来之学说，一方面不忘本民族之地位。而该文化之主体以"日新，又日新，日日新"的精神，立足现实，沉潜以对，则不仅是成功实施这一发展战略的前提，我想，也应是陈氏所归依的张南皮曾湘乡中体西用说之真谛。

一九九八年

多研究些问题　少谈些文化

众所周知，从洋务运动、戊戌变法到辛亥革命和五四运动，中国近代史的进程始终围绕着救亡图存的主旋律展开。五四运动的基本精神，就是"抛弃旧传统，创造一种新的现代的文明以挽救中国"（周策纵）。

确实，胡适认为，"新思潮的根本意义只是一种新态度。重新估定一切价值，便是评定的态度的最好解释。"陈独秀则直截了当："欲图根本之救亡，所需乎国民性质行为之改善。"有人正确指出了这是一种"藉思想文化以解决问题"的思维方式（林毓生）。我觉得这种思维方式的确立与新文化运动领导者对文化的两点理解有关，值得讨论。

其一，是把器物、制度、价值理解成一环环相扣之自足系统的文化整体主义。据梁启超《五十年中国进化概论》的描述，"觉得社会文化是整套的"实际几乎是辛亥革命后知识界的共识。陈独秀在《吾人最后之觉悟》中总结了晚清以来中土在西方冲击下关于言技、言政、言教的变革过程。他从三者实为一整体的前提出发，认为如果对于"教"不能觉悟，"则前之所谓觉悟者，非彻底之觉悟。"

诚然，从外部视角看，一国或一族之文化明显地呈现出某种共同的风格特征。但是，这决不意味着物质文化、制度文化、伦理价值观念即是三位一体。文化乃人类在生存活动中为满足自己的物质需要、社会需要和精神需要而创造出来的功能性符号系统。器者应于物，法者生于事，道者得于心，三者只是通过人这一枢轴而获得某种相关性。尤其制度一维，乃是对现实中各种权力与利益的规定和划分，而在这些方面社会群体间充满了对抗和紧张。

制度一维尚且如此，三维之间又怎么可能如铁板一块，进而希望通过变"伦理"而革"制度"、新"技术"，收纲举目张之效呢？

陈独秀、胡适在联合答《新青年》读者问时说，"旧文学、旧政治、旧伦理本是一家眷属，固不得去此而取彼。"儒学确实讲"为政以德"。但它的意思是政治权力及其运作，必须以社会固有的道义及人生固有的权利为基础。"天下之本在国，国之本在家，家之本在身"，这里的"国""家"都是自然形成的血缘家庭性组织，个体之"身"更是生命最基本的存在形式。

以修身作为政治起点，就是作为主体的人将内在于己的"德"彰显出来，推己及人。对于政治领导者来说，它要求"兴天下之同利，除天下之同害"。这种政治学说的社会历史背景，是以家庭作为基本生产和生活单位的小农经济时代。这样一种生产方式、生活方式与生存方式属于客观存在，在某种意义上具有不可选择性，很难简单地以文化视之。

准此以观，倒是可证明儒家所提倡维护的"教化秩序"，不仅在发生学上是自然的，在适应性上也是有效的。按哈耶克的说法，它属于"自生自发的秩序"，乃"适应性进化的结果"。但是，以暴力为基础的秦汉帝国所确立的秩序，却是以皇权为轴心自上而下的专制政体，其功能是保障帝王"独享天下之利"。

汉武帝鉴于秦二世而亡，故听从董仲舒的建议"推明孔氏"，在"霸道"体制中引进某些尊重社会组织原则的王道政治因素。面对以暴力肇始的政权，董氏呈现出二重性，即妥协地承认"王者受命于天"，在换取王者对天之权威的承认后，将民心转换成天意，以图对现实政治动作施加影响。这也就是历史上"政治"（或谓治统）与"伦理"（或谓道统）的基本关系。

近代中华民族的危机，根本上在于服务于统治集团利益的专制制度，无法将民众有效地组织调动起来，以适应近代以民族国家为单位进行的生存竞争。胡、陈诸人以偏概全地指"旧政治、旧伦理本是一家眷属"，不仅不符合历史事实，也掩盖了现实中问题的症结所在。

其二，为文化决定论。这实际是将文化整体化的逻辑必然。物竞天择、适者生存的社会达尔文主义刺激了志士仁人的爱国热情。

从胡适、陈独秀到鲁迅，均认为中国近代的失败是因为"国民性"的问题，而国民性又是受文化决定。陈独秀说儒家"支配中国人心二千年，政治上，社会上，学术上遂造成如斯之果"。"如斯之果"就是胡适说的"百事不如人"。

鲁迅更说，"要我们保存国粹，先得国粹能够保存我们。"把传统文化视为陷民族于生死存亡之地的关键，打倒孔家店自然也就成为克服危机的首选方案。

人作为生物体来到这个世界，经过文化的涵泳才成为社会群体一分子，因而可以说文化相对于个体乃是被给定的，是一种"决定性"的存在。但是，这并不能动摇群体之人相对于文化的主体性。人之对效率的要求，决定了物质文化的进步；对正义的渴望，推动了制度文化的变迁；对精神需要的憧憬，导致了观念文化的发展。

"天行健，君子以自强不息"，不难发现，历史上的文化系统均呈现为一个与时俱进的开放性系统。文化决定论的错误在于只看到了文化对人的决定性的另一面。当一个文化不再能够应付挑战，文化的变革就是必要的了。但是，这种变革只能是在回应挑战的实践活动中才能真正完成，因为文化有效性的丧失从根本上说并不是文化本身出了毛病，而是使用该文化的人遇到了麻烦，即意志力的羸颓和创造力的沉沦。当此之时，传统文化既是"拐杖"又是"包袱"。对其消极因素加以清理批判是必要的，但这种批判不等于解决问题本身，更不意味着问题本身的解决。

很不幸，五四新文化运动的领导者正是陷入了这一误区。

他们把"存在"的问题化约成"文化"的问题，一方面是因为知识分子在现实中对社会进程本身的影响作用有限，一方面是由于近代中国的危机，很大程度上来自中华民族与诸实现了工业化的帝国主义国家之间的实力对比。这种化约论与社会发展阶段论相结合，中西之争就成了封建社会与资本主义社会的古今之争。于是对立二者，抑此扬彼在理智上变得更加自负，情绪上变得更加决绝。实际上，这个理论框架既无法解释历史上宋明之败于游牧民族的骑兵，其所包含的西方中心的单线进化论预设在学理上也没有合法性。循此思路设计民族的未来，按海德格尔的说法，是依从他人预先给定的可能性而不是从自身的可能性中领会自己。至于《剑桥中国晚清史》把近代殖民主义者与其他民族的利益冲突说成"文化冲突"，即使不是自我美化，也属于误导他人。

我们当然无意贬抑五四运动及其领导者，但必须指出，其爱国情怀与虚无主义话语之间是存在某种矛盾紧张需要加以疏解的。

我认为，对历史采取纯粹知识论态度是不能把握历史的，因为作为历史观察者的我们原本就是这一民族生命的内在组成部分，并正因此才进入历史。如果不是对种种哲学观点滥加引用，历史在经验的直观中，首先便呈现为生命体在特定情境中以实现自身发展自身的左冲右突。五四运动即是中华民族内在生命能量在促迫之中的勃发。

陈独秀、胡适、鲁迅诸人的历史意义首先应当定位于此。至于他们的思想主张，则是生命活动这一抽象进程的具体呈现，属于第二义的存在。胡适晚年撰文谓自己提倡"全盘西化"的用意乃是为了使"古老的中国文化重复活力"。情怀与话语不加分疏，胡、陈、鲁的激烈批判就失去立场而无法理解；有此分疏，我们则可在抽象继承的原则之下，"法圣人之所以为法"，最大限度地开拓民族生命发展的可能维度。对于过去无知的人，命中注定要重复其错。本文挑剔五四新文化运动之领导者在文化观念上的谬误，主要是有感于今天不少人仍在"重复其错"。流弊所至，便是有的文化获得了过多的荣誉，有的文化则蒙受了过多的羞辱，现实的问题却反而很少触及。

为了唤醒自己的主体意识，承担起建设的责任，也许我们应该提倡，多研究些问题，少谈些文化。

一九九九年

低调进入及其他

——读《草根的力量》

在我的阅读范围内，《草根的力量》是这些年来唯一能叫人读得下去的本土文化研究著作。因为这些年出的大多数书稿，正如傅谨在引言中所说，总是过于自信地以为自己有资格直接告诉他的研究对象"应该是怎样的"，而对其"实际是怎样的"又"为什么是这样的"这两个逻辑上显然更加重要的问题却忽略不顾。这种轻狂产生的原因有很多，其中两点我想指出，一是学界流行的话语对事实的傲慢，一是研究者个人的幼稚无知。

傅谨不是，至少在《草根的力量》他是低调进入。

虽然他认为自己所以如此是为了从整体上对对象有所把握，找出能够使一些碎片事件获得意义的所谓构型，但我并没在书里读到什么具有人类学意义的答案。当然，我并不失望。事实上吸引我读下去的并不是台州戏班的生存状况，而是傅谨面对研究对象所选取的低调进入的姿态和心态。因着这种姿态和心态，在书中我看到文化符码与人心、与生活需要之间的本体论意义上的连接被重置，看到文化作为一种产品被生产进入市场并被人们消费的真实流程。我认为，对任何一种文化的理解和评价，首先都应该以其与特定情境中特定群体的生活需要的相互关系为参照系展开。有一种对文化的发生发展的解释叫地理环境决定论。当然，它是有片面性的，但它至少告诉我们，文化不是从什么抽象的逻辑平台中演绎出来的。环境既是创造的条件也是创造的制约，人的努力只能在给定的参数系统中展开，对于他无从选择也无法改变的许多东西，是不能也不应苛求的。比如建筑，有的用石材有的用木材，由此形成的审美差异，首先并不是什么文化观念决定的。我的意思是说后人对前人留下的文化遗产在给出否定的评价之前，先对其不得不如此之苦心孤诣的历史条件加以了解。对此卑之无甚高论的东西强调再三，只是希望作为后来者的我们对他人的文化成果有更多同情的理解，同时以接力棒交在自己手里的责任感，跑出此时此刻的最好成绩，以更好的替代方案代替居高临下指手画脚的批评。傅谨对此显然有着清醒的自觉。他说："在这项研究中，我试图超越以往戏剧研究比较关注的艺术层面，更逼近人性的基本面，通过对民间戏班自然形成的经济运作规范的描述让戏班回归它的逐利本性。并且拂去过于文人化和理想化的知识分子话语的迷思。"

主体的意志和历史的条件被凸显之后，文化就变得真实可感。而真实不仅是理解的起点，也是去进行创造更新的前提。胡塞尔说，文化科学的研究方法是"看，而不是想"。为什么？看，生成的是存在者的感受；想，产生的是知识分子的解释。前者是诉诸经验，后者诉诸知性，它很可能是概念对事实的肢解、霸权。——我觉得用"看，而不是想"来对我所理解的傅谨的低调进入，不仅准确而且传神。傅谨说本书在他的"学术生涯里占据特殊的位置"，我认为其在学术上的意义可以也应该放在近代尤其是这二十年文化热的脉络里面来论评。

我感觉，过去的二十年里我们所谓的文化研究基本上是以中外比较视域、政治批判诉求、形而上学思辩、西方话语参照为整体特征。工业革命的成功使得世界史的一体化成为必然，各民族间文化的交流融合亦当随之展开多姿多彩的图画。非常不幸，在由此而来的民族国家的博弈互动中我们处于弱势位置并因此遭受重创。个中缘由自是十分复杂，但在知识分子观念中相因成习的解释则是文化不如人。大概也就是由此开始，中西文化比较便成为了中国知识分子无法遏止的冲动和无法解开的心结。且不说以文化说事是否周全成立，这一解释至少在两个层面存在问题或负面影响：一是将利益的争夺转换成为文明间的较量乃至递嬗；二是扭曲了文化理解和评估的参照系。遗憾的是，这种理论上的先天缺失在近二十年的文化热中不仅没有得到有效纠正，反而因特定情境里的现实需要而被恶性发展。"文革"积聚起来的忿懑与睁眼看世界后的焦虑，使人们急欲展开一场"大炼钢铁"般的政治跃进。于是，或者出于指桑骂槐的策略考虑，或者出于"思想深刻"的理论追求，文化二字成为绝大多数文稿的的关键词，获得了许多原本不属于它的荣光与羞辱。因为在形而上学的思辩中，在西方话语系统的参照下，文化成为了干瘪的没有个性的离体游魂或七巧图块，任人拼接赋值。可以说二十年的文化热更像一种情绪的发泄或表达，不仅离真正意义上的研究距离颇远，甚至可说与因焦虑而至进退失据的知识分子内心的真正目标，国家强盛，民族振兴，亦是背道而驰。

其实傅谨自己的心路历程就是这二十年的真实写照。傅谨是我的老同学，至今我还清晰记得他峥嵘岁月里挥斥方遒的那份书生意气。他给《原道》第一期写的稿子即烙有时代打下的清晰印记，认为鸦片战争之起，在于尚处农业文明的清王朝不能理解大英帝国所代表的工商文明的游戏规则。但在他分配到基层工作，做过一些田野调查后，我感觉到某种变化在他身上悄然发生。到《草根的力量》，愤怒的青年已是一位成熟的学者。最近，他又跟我说，也许我们需要通过无数个类似的个案研究，见证我们与自己身处的文化之间的血肉联系，走出近二十年不无虚妄的"文化热"。

由文化与人的连接悟出自己与社会与传统的连接，是低调进入的境界的提升。认知人类学所谓 emic 的方法可为之诠解：明确意识到自己的需要，在给定的情境中厘清自己的可欲与可求，坚定意志，去努力创造。

二〇〇一年

英雄、豪杰与圣贤

——读《唐浩明评点曾国藩家书》之一

如果说，以吉字营区区之众围城数年并最终将南京这个太平天国的所谓首都一举攻陷的曾家老九曾国荃是一豪杰，抬棺西征新栽杨柳三千里引得春风度玉关的左宗棠左季高是一英雄，那么，文正公曾国藩在人们心目中的形象则主要是一圣贤。这不仅因为他的《讨粤匪檄》从道统立论，指斥洪、杨长毛行天父天兄之教，"举中国数千年礼义人伦，诗书典则，一旦扫地荡尽"，也因为他作为所谓理学名臣，以正心诚意功夫行修齐治平事业，在立德、立功、立言诸方面均创下远过常人的成就。一般而言，豪杰者气势雄浑，英雄者文武秀异。那么圣贤呢？是禀性与天地合德日月合明的既仁且智？抑或格物穷理变化气质然后粹然纯儒？《唐浩明评点曾国藩家书》里的文字在既使这种印象得到某种程度证实的同时，又使循此而展开的思考不免有些惶惑：我们究竟应该怎样去理解曾国藩这样的圣贤？

与曾老九、左季高立身行事元气淋漓一气呵成的流畅相对照，曾氏的规行矩步遇事瞻循多少给人一种拘谨滞涩甚至矛盾虚伪的感觉。从书中我们可以看到曾老九富贵还乡将沿途药房高丽参收购一空"人被创者则令嚼参以渣敷之"的憨戆、自恃功勋盖世不满晋抚之授而借病拒诏的率性、履鄂抚之新不足半年即严词参劾党羽甚众且为满籍身份的湖广总督官文的执拗（当年胡林翼

"怄气反思十倍"最终也不得不以容忍妥协收场)、以及后来将秉笔直书颇得士林嘉评的王闿运所撰《湘军志》毁版而另聘才具德行均难孚众望的王定安再作《湘军记》以自我粉饰的蛮横。

至于"以诸葛亮自比,人目其狂也"的左宗棠,更有惊动天听并颇为后人津津乐道的所谓殴樊案。官居二品的永州总兵樊燮到湖南巡抚衙门公干,身为师爷的左氏其时深为湘抚骆秉章所倚重,故与其并肩坐听樊的汇报。看到见面和告辞都不与自己打声招呼,憋着一肚子无名火的"今亮"左宗棠在樊燮退至门口时大声将其唤回,故意刁难了几个问题,樊答不上,于是这位左师爷雷霆大发,抬脚便踢:"王八蛋,滚出去!"小小幕府师爷竟敢打骂二品武官,朝廷尊严何在?皇帝接到参折后,朱笔一挥:若查实无误,就地处决!就在左师爷命悬一线之际,胡林翼、郭嵩焘等一干在朝士大夫基于对其脾性和才具的赏识而为之上下奔走纾祸。潘祖荫一段乍看不无夸张细想却又合情合理的文字使得当初龙颜大怒的咸丰也不禁为之一震:"国家不可一日无湖南,湖南不可一日无左宗棠!"就此逃过一劫的左宗棠本人当然是这一保折最直接的受惠者,但现在如果有谁要再在后面加上作者潘祖荫和大清江山,应该也不能说是特别过分。

曾国藩对左宗棠的才能是非常佩服的,但对他的性格却很不以为然。左对曾又如何?史称"中兴诸将帅……皆尊事国藩。宗棠独与抗行,不少屈,趣舍时合时不合"。个中原因一言难尽,我觉得有一点似乎应该可以肯定,就是左觉得曾的性格太缺少魅力。孟子曾用"以志帅气"来描述他所谓的理想人格。这里的"志"主要是指理念目标和意志能力,"气"主要是指情感或情感需要,所以,转换成弗洛依德精神分析的理论,"以志帅气"就是强调"超我"对"本我"的控制性。宋儒讲的"变化气质",

则是这一价值取向的另一表述形式。《清史稿》称，曾国荃"少负奇气"；左宗棠"喜为壮语惊众，……刚峻自天性。值军机、译署，同列颇厌苦之"。而曾国藩，则是"以学问自敛抑"，"为政务持大体，规全势。善任使，所成就荐拔者，不可胜数"。由此，我们可以根据"以志帅气"和"志以气立"的框架，把英雄、豪杰与圣贤划分为两种不同的人格类型。英雄、豪杰属于后者（英雄豪杰的细分兹不赘），圣贤则属于前者。

这样一种判断和区分可以从家书的材料和唐浩明的评点得到支持。从事业的起点说，曾国荃是在功名不顺的曲折中选择了六兄温甫的路，在吉安府的危急中应黄冕之请，就地筹饷募兵驰援，可以说具有相当的偶然性。左宗棠同样如此：他是激于旁人的"纸上谈兵"之讥而萌亲领一军之念；但当其欲借曾国藩之力开始这一冒险时，却被曾氏拒绝。也是闻鼙鼓而思良将，在胡林翼的力荐下，朝廷很快任命已有东山之志的左氏以候补四品京官的身份募勇五千。波澜壮阔的左文襄传奇就此轰轰烈烈展开！而曾国藩之办团练则迥异于二人的偶然和激逼。他是在皈依倭仁、唐鉴诸理学大师并接受了他们的人生哲学后，不忍"中国数千年礼义人伦，诗书典则，一旦扫地荡尽"，而思有以为之，是激于道义之感。这种区别的后面，则是人格类型和生命意识的差异。所谓生命意识是指作为主体的人对（自然性的）生命自身和（文化性的）人生意义、人生目标及其相互关系的反思和自觉。从家书中"师友夹持""屏除一切，从事于克己之学""君子之立志也，有民胞物与之量，有内圣外王之业，而后不忝于父母之所生，不愧为天地之完人"这样一些句子看，曾氏这一全新的生命意识之确立，当在进京不久的道光二十二三年期间。曾氏自字涤生，不仅意味着其早期浮生若梦观念的悄然淡出，也意味着其文化生命之自觉的赫然凸显。而与"国藩以学问自敛抑"相呼应的"国藩事功本于学问"之史臣论断，不仅道出了曾氏在事业根基上的特点，也进一步确证了其在人格结构上的特征。

事实上曾国藩对变化气质颇有心得。他以自身为例写信开示儿子纪泽："人之气质，由于天生，本难改变，惟读书则可变化气质。求变之法，总须先立坚卓之志。"这种改变既有性格上的，也有习惯上的，可说兼具社会和生物的双重属性。所以，如果"以志帅气"即是意味着某种文化理念对心理结构或行为模式的介入的话，那么，它的直接结果就是新的生命意识的诞生，以及由此而来的新的心理体验和行为的出现。拜"家书""日记"保存完好之赐，曾氏这一心路旅程清晰可辨。曾有智者感慨：人禀五行之气，难得五性之全。由于生物性个体乃是历史情境中的有限存在，动静出处不可能与作为理想性、观念性的文化价值观念完全重合，故总不免在心理和行为诸层面表现出对规范的偏离。于是，人们在阅读其私人性的书信的时候，曾国藩的二重性格就在字里行间清晰地浮现出来：一方面爱民如子"居江南久，功德最盛"，另一方面又杀人如麻人称"曾剃头"；一方面声称不望富贵愿代代有秀才，另一方面又分别以甲科鼎盛为子侄乳名排行、以张升李升王升呼其门房司阍；一方面将湘军定位为勤王卫道之师，另一方面又下意识地将其视为私家产业；一方面总是提醒众兄弟谦抑退让，另一方面自己又时不时好勇斗狠犟倔逞强；一方面阐程朱之精蕴"为人威重"，另一方面却又慕庄陶之高淡神游物表；一方面以理学自负标榜民胞物与，另一方面却被指"横征暴敛、剖克民生、剥削元气"；一方面训导诸弟"明德、新民、止至善皆我分内事"，另一方面又处心积虑配合老九将克服金陵之功留在曾家……此外，还有矫情责梦、无情嫁女、绝情葬妾诸不尽人情的细节，读之令人愕然不已！

评点者唐浩明对曾身上的文化负载既重视又推崇，在客观冷静地点出其人格二重性的同时，不禁感慨："他这一辈子，实在活得太累！"我们，又应该如何来理解诠释这里的人性、文化及其相互间的紧张呢？

西谚云：虚伪是野蛮向文明表示敬意。这种幽默和睿智所调侃的应该是这样一种情形：文明仅仅只是一种形式上的装潢，那些价值观念（文明）并没真正嵌入其内心，对行为发生实质性的影响作用。显然，曾国藩这里的情形与此不同。简单地将那些听来的确不太和谐的"双重变奏"理解为一种道德上的虚伪未免失之肤浅。以矫情责梦为例，其道光二十二年十月初十日日记记曰："昨夜梦人得利，甚觉艳羡，醒后痛自惩责，谓好利之心至形诸梦寐，何以卑鄙若此！"这种矫情可以说是愚昧，却难说是虚伪。在我看来，体现在他身上的二重性，不应理解成某一行为与某一价值互相背离，而是崇高与庸俗两种行为同时并存。这两种行为，一种是基于"德性"发动，一种是基于"气性"发动。德性、气性和天理人欲一样，是理学家用语，相当于精神分析学说中的"超我"和"本我"。精神分析学说认为，每个人的"自我"都是"超我"和"本我"的混合，因此，每个人的行为都不可避免地表现出二重性特征。英雄、豪杰与圣贤，概莫能外。不同之处在于，作为所谓圣贤的曾文正与作为所谓豪杰的曾家老九和作为所谓英雄的左宗棠相比，其行为基于"德性"发动的比率远远高于其基于"气性"发动的比率。

文明的本质就是"化性起伪"。左宗棠亦有过这样的议论："天下之乱，由于吏治不修；吏治不修，由于人才不出；人才不出，由于人心不正，此则学术之不讲也。"既然曾国藩身上的二重性并不意味着人格的分裂，就像反映在他身上的人性的顽强、意志的薄弱并不意味着文化的错谬和理想的虚幻，那为什么人们又会对此特别难以接受？我想，除开前面述及的那种将其理解为虚伪的简单思维，很大程度还由于曾氏地位太高、风头太甚，由于性善论是深入人心的中国文化主流的人性学说（且来自曾所服膺的儒家）；这使人不禁由然而生出求全责备之心。性善论的理论之失是对人太乐观太宽容，而实践之祸则是对人太悲观太严苛。如果我们调动自己的社会阅历和内心体验，对人性作一冷静观照，同时注意拒斥克服曾氏是先天就高人一筹的圣贤的预设、暗示和期望，那么，一切都应该也能够变得心平气和起来。现代人的思维以理性为特征。就事论事，首先值得追问的应该是，曾氏基于"德性"发动的行为比率较他人为高究竟是好还是坏？是促进还是禁锢了其生命形态的发育成长？是帮助还是阻碍了其对人生目标的追求实现？对社会历史的发展是做出了贡献还是造成了损害？虽然资质不低，但曾氏论才，不如左宗棠高；论气，也不如曾国荃足，然而，其成就却较"汉之诸葛亮、唐之裴度、明之王守仁，殆无以过，何其盛欤！中兴以来，一人而已。"答案不言自明。

生命是一种意志，圣贤是一种事业。成为圣贤，就是追求"博施于民而济众"的事业；而追求"博施于民而济众"的事业，任性使气是不可能有所成就的。梁启超居日本时，"读曾国藩家书，猛然自省：非学道之人，不足以成大事"。当然，灭人欲以存天理的矫枉过正也会物极而反。存在先于本质，气性先于德性。本质不离存在，德性也不离气性。学道全要英灵汉子。文化之树的生长，也必须将其慧根深植于生命的沃土，因为作为观念系统的文化并非封闭、自足，而须与生命互动。文化与生命的互动，一方面是理念对人性的升华，另一方面则是人性对理念的滋养。如果说作为理想人格的代称，圣贤意味着天人合一的最高境界，那么，对于一般人来说，能够追求的应该就是文化和生命之间具有张力的平衡了。事实上，你、我、他，都处于这一链条的某一环。"非曰能之，愿学焉！"一个灿烂的文化，必然是出自一个英雄、豪杰和圣贤辈出的民族。

在曾国藩、左宗棠和曾国荃之间，私心对左文襄公确实更有亲切感，但我的理智十分清楚，与英雄、豪杰相比，圣贤不是少一些东西，而是多一些东西。

二〇〇三年

此身合是儒生未？

——读《唐浩明评点曾国藩家书》之二

　　"家书"是曾国藩思想和人格的倒影。成功和追求成功的人士所十分关心的立志、为学、处世、治兵、从政、持家、教子诸曾氏心法，均详其内。与洪应明的《菜根谭》相比，它或许略输文采，但其所议所论却有曾氏昆仲的成就、子孙后嗣的出息及其本人的道德文章和事功作见证，亦非《菜根谭》所能比拟。不过，如果一定要将两书并举，最大的不同应在思想风貌上：《菜根谭》是儒、释、道、佛兼综并列（遂初堂主人认为它"属禅宗"），"家书"则对应于儒士大夫人格结构的标准模态，是以儒为体，以道、法为用。

　　这也正是我要提出向唐浩明先生请教的地方。他的"评点"认为，曾国藩一生的思想经历了一个"由程朱到申韩到黄老"的转进。这一说法有所本，本于与曾氏相交甚久相知甚深的朋友欧阳兆熊所著《小窗春呓》中"一生三变"的文章。该文以贴身观察者的口吻叙述道："文正一生凡三变。其学问初为翰林词赋，既与唐镜海太常游，究心儒先语录，以程朱为依归。至出而办理团练，又变而申韩；尝自称欲著《挺经》言其刚也。咸丰七年，奔丧回籍，得不寐之疾。予荐曹镜初诊之，言岐黄可医身病，黄老可医心病，盖欲以黄老讽之也。此次出山后，一以柔道行之，以至成此巨功，毫无沾沾自喜之色。"欧阳似是按照自己的理解，直观地描述其所看到的发生或出现在曾氏身上的某种现象。其意义，是把曾氏思想和人格的复杂性强烈醒目地彰显出来了。而它的不足，则在于其以"其学问"三字统摄全文，不自觉地把解读的视角定位于认知层面，从而给人以这样的暗示："一生三变"是线性地趋向真理的弃旧图新替代超越。认为"这是众多研究曾氏的材料中最值得重视的一份"的唐氏，其评点同样给人这样的印象。请看：

"一生凡三变，指的是从词赋之学变为程朱之学，再从程朱之学变为申韩之学即法家，后从申韩之学变为黄老之学即道家。欧阳拈出的这三变，真可谓对曾氏生平轨迹的一个既简练又深刻而准确的概括。……欧阳认为，曾氏后来之所以成就巨功，靠的就是这种黄老之学。就笔者看来，这第三变的确是曾氏整个人生链条中至为重要的一环。（正因此）曾氏就成为传统文化的最后一个集大成者、（成为）中国传统文化的缩影。……由于儒家学说长期以来占据统治地位，不少人将中国文化与儒家学说等同起来，其实这是一个大误区。儒、道、法三家是鼎足而立的……将其中的精华恰到好处地运用在不同的时候、不同的事情上，才可以称得上一个完整意义的中国文化的掌握者。"

"完整意义的中国文化的掌握者"？这是老庄申韩，尤其是孔孟程朱与曾国藩一生及其事业的全部、真实的关系么？这一判定不仅与人们粹然儒臣的图象不合，与文正公本人立身行事的宗旨不合，即使置于"评点"那极富文化阐释学意趣的整体脉络之中，也颇显突兀。因为，这一定位意味着文化与曾氏只是一种外在的关系，知识性工具或手段。如果我们承认一个汉学家与一个儒者对孔门义理的知识掌握与生命体认之间存在某种区隔，那么，我们就不能不指出，它没有揭示事情的本质、要害。跟欧阳兆熊的叙述一样，唐的议论仍给人一种虽道其然却未尽其所以然的遗憾。

曾氏在追随唐鉴、倭仁憬然有悟之时，给四位老弟谈心得的信写得很明白："盖人不读书则已，亦即自命读书人，则必从事于《大学》。《大学》之纲领有三：明德、新民、止至善，皆我分内事也。若读书不能体贴到身上去，谓此三项与我身了不相涉，则读书何用？虽能文能诗，博雅自诩，亦只算得识字之牧猪奴耳，岂得谓之明理有用之人也乎！……《大学》之三纲领皆己身切要之事，明矣。"

从人格心理学角度说，这次由词赋之学转向程朱义理的心力投注之关键，是将一种对情感的表达技术的琢磨，反转为对生命存在本身之意义的反思与重构。如果说为仕进诵读八股试帖闱墨文字是谋生所需的别无选择，吟风弄月伤春悲秋是青春难免的无病呻吟，那么这一次，则是自然生命在外部因缘作用下冲破混沌的文化自觉。人格心理学家艾里克森在对路德、希特勒、甘地等历史人物的研究中，都观察到了这一以"内部发展与社会发展之结合"为特征的人格重建。与动物的行为模式先天地决定于基因不同，作为社会性和文化性存在，人的生命必须超越自我才能求得其价值的最终完成。艾氏认为，这种"内部发展与社会发展之结合"对一个人的命运和事业具有十分重要的影响作用。

"士尚志，志于道。"人格作为一种结构、一种行为控制机制，其支点是人生目标。正是以此为轴心，意识才得到整合，行为才获得某种同一性（用曾自己的话说就是"义理明则躬行有要而经济有本"）。在这个意义上，儒、法、道三足鼎立的格局是不可能成立的（"集大成"云云只在学问层面存在可能）。会不会随着岁月推移，这种身份的"三变"次第展开？从日记和书信材料，尤其曾氏一生的立身行事看，曾氏前面提到的具有转折性的"意义重组"未见再现。显然，儒、法、道诸家思想相对于曾氏之立身行事的意义，以及它们相互间的位置关系，只有从人格及其与社会的互动中才能获得清晰透彻的疏解说明。

在《英雄、豪杰与圣贤》中，我们对曾氏与儒门的关系已有讨论，这里，且把重点主要放在如何理解曾氏的申韩之变（"欲著《挺经》言其刚"的亢进）与黄老之变（"丁巳戊午大悔大悟"的危机）上。先看几条材料。

"臣之愚见，欲纯用重典以锄强暴，但愿良民有安生之日，即臣身得严酷之名亦不敢辞""四境土匪发，闻警即以湘勇往。旬月中，莠民猾胥，便宜捕斩二百余人。谤讟四起，自巡抚司道下皆心诽之，至以盛暑练操为虐士""余平生制行有似萧望之、盖宽饶一流人，常恐蹈祸机。故教弟辈制行早蹈中和一路，勿效我之褊激也""吾自信亦笃实人，只为阅历世途，饱更事变，略参些机权作用，把自家学坏了。实则作用万不如人，徒惹人笑，教人怀恨，何益之有？近日忧居猛省，一味向平实处用心，将自家笃实的本质还我真面，复我固有。"

申韩之法，申韩之术，为什么不叫申韩之道？因为它是讲法（驭下以法）讲术（应事以术）不讲道，没有形上学的价值追求，或者说只讲工具理性，不讲价值理性。《汉书》认为其功能是作为"礼制之辅"，因为主张教化的儒家长于道而短于术。熟读《汉书》的他，在奏折中放言治乱世用重典的时候，心底或许正是以盖宽饶、萧望之等社稷之臣自相期许。而其"以诸生起"，欲"效法前贤澄清天下之志"，除开干云豪气，事实上也只有凭借申韩法术以应缓急之施。"工具（理性）"是没有"阶级性"的，就看掌握在谁手里（酷吏对暴力的过度使用，是另一问题）。从盖、萧的儒臣身份，以及"只为阅历世途，饱更事变，略参些机权""用重典以锄强暴，但愿良民有安生之日"的自我解释可知，申韩之法或申韩之术的引入在曾氏尚属手段性的，而谈不上"以程朱变而为申韩"的身份性转换。

"从申韩之学变为黄老之学即道家"的情形稍微复杂一点。其同治六年正月初二信直接谈到了所谓"丁巳戊午大悔大悟"："自从丁巳戊午大悔大悟之后乃知自己全无本领，凡事都见得人家有几分是处。故自戊午至今九载，与四十年以前迥不相同，大约以能立能达为体，以不怨不尤为用。立者，发奋自强，站得住也；达者，办事圆融，行得通也。"

反映这一"悔"的书信云："圣门教人不外敬恕二字。天德王道，彻始彻终，性功事功，俱可包括。余生平于敬字无功夫，是以五十而无所成。至于恕字，在京时亦曾讲求之。近岁在外，恶人以白眼藐视京官，又因本性倔强，渐近于愎，不知不觉做出了许多不恕之事，说出许多不恕之话，至今愧耻无已！"

反映这一"悟"的日记云："静中思古今亿万年无有穷期，人生其间数十寒暑，仅须臾耳！大地数万里不可纪极，人于其中寝处游息，昼仅一室耳夜仅一榻耳！古人书籍近人著述浩如烟海，人生目光之所能及者，不过九牛之一毛耳！事变万端美名百途，人生才力所能办者，不过太仓之一粒耳！知天之长，而吾所历者短，则遇忧患横逆之来，当少忍以待其定；知地之大而吾所居者小，则遇荣利争夺之境，当退让以守其雌；知书籍之多而吾所见者寡，则不敢以一得自喜，而当思择善而约守之；知事变之多而吾所办者少，则不敢以功名自矜，而当思举贤而共图之。"

这些文字清楚表明，所谓悔，是由头脑中已有的儒家的"恕"

等观念思想在宁静中凸显而发生的反思、检讨。所谓悟，则是由道家的人生短促而造化无穷、认识有限而知也无涯等智慧启示而产生的新思维。曾氏这里对道家思想的体认有两个层面的意含：一是作为手段引入，以柔济刚，变得刚柔相济（唐在"评点"中说曾"借黄老之谦抑来换取融洽和谐的人际环境"，就是例证）；二是作为信念接受，以虚静旷远之境抚慰生命不可思议难以至诘的藐藐之思。因为，"道法自然""以物观物"对于"取义成仁"的执着和"舍我其谁"的自负，无疑具有一种对症下药的化解作用。

儒与道是不是一种反对性、替代性关系？是，又不是。说"是"，是从逻辑上讲。因为儒家从"天之大德曰生"的人文立场出发，对宇宙、社会、人生的意义与价值持一积极肯定的态度，反映在人生观上，就是"天行健，君子以自强不息""立德立功立言"的三不朽；而道家从"天地不仁，以万物为刍狗"的自然立场出发，对宇宙、社会、人生的意义与价值持一消极怀疑甚至否定的态度，反映在人生观上，就是弃圣绝智、非毁礼乐、小国寡民，上焉者逍遥游世追求精神解脱，下焉者炼丹修行幻想肉体成仙。说"不是"，是从实践上讲。因为在这些基本的立场和判断上面，并没有谁是绝对的正确或错误，虽然或偏于独断论或偏于怀疑论，但对于人类社会组织运作的维系却是各有贡献。个体层面，二者的互补特征更加明显：一方面，职场如战场，爱拼才会赢——儒家精神必不可少；另一方面，死亡以及理势冲突、德位分离等现象，又使理性的执着从根本上被动摇，生命的安顿不能不寄望于情感——道家智慧同样重要。"得意之时，积极进取，则归孔孟；失意之时，逍遥放旷，则归庄列。"古代士人就这样在进退出处之间维持着一种行为和心理上的微妙平衡。

逻辑矛盾，实践统一，其间的理论关节，早在魏晋玄学中就由郭象以独化论打通了。

曾国藩这里的特异之处，一是其对道家智慧的接受主要不是起因于仕途本身的挫折，那通常表现为圣上不明或政敌陷构所致的怀才不遇、贬谪放逐。从字面知解到实践体悟这一飞跃之所以发生，首先是因为他在江西政事、军务均"郁郁不得意"，使他意识到个人力量的限度；而由父丧触发的死生之感，又使他的反思提升到宇宙人生的广阔背景。死生之事大矣哉！对生命的意义越执着，对事业的期望值越高，死，对他的震撼就越大，造成的幻灭感就越强。自然，其所引起的思考也就越深刻，其思考所得的智慧对行为的影响力也就越持久有效。二是在经此淬火修炼之后，他很快获得机会的垂青："饬即赴浙办理军务""以尚书衔署两江总督"。

要知道，居京为官见不到升迁之象的时候，他写出的诗句是这样的："好栽修竹一千亩，更抵人间万户侯。"既已儒道互补双剑合璧，他自是"闻命即行"，从此不仅在沙场宦海举重若轻游刃有余，而且在情感内心高怀远志淡泊从容。"以能立能达为体，以不怨不尤为用。立者，发奋自强，站得住也；达者，办事圆融，行得通也。"难道能说以此为结果的"丁巳戊午大悔大悟"，对曾氏的儒者身份具有颠覆性影响？

在我看来，"由程朱到申韩到黄老"恰似草蛇灰线，一脉相引。"一生三变"所真正意味的，表面看似乎是学术兴趣的转移或者价值理念的更迭，而深层却是一个传统士大夫人格结构随着年龄的增长，阅历的丰富，在与社会的互动中一步一步的丰富、成熟和完成。生命如四季。从懵懂的举子到自负的翰林，从谨悫的理学门徒到强悍的团练大臣，在诸事不顺的屯蹇之时因缘凑泊，终于一跃成为炉火纯青的湘军统帅，曾氏在改变着晚清历史的同时，自身也被历史改变。

当然，不是变得越来越好或越来越坏，而是越来越像他自己。

二〇〇三年

《我们对"耶诞节"问题的看法》评点

　　基督教在中国的传播究竟是一个自然的文化交流过程还是一种有组织的文化侵略谋划？两种观点一直针锋相对，并且都能列举大堆事实和经验支持论证。不久前到山东青州，漂亮的益都中心医院就是在一八八二年英国基督教传教士武成献博士开设的青州广德医院的基础上建立起来的。而同样在青州的英国传教士库寿龄在那里留下的却是盗卖甲骨的恶名；至于直接导致义和团运动兴起的巨野教案发生在山东更是众所周知。就我个人来说，耳中嗡嗡作响挥之不去的是马汉在《海权论》发出的"基督教文明的重任就是将中国、印度和日本的文明纳入自己的胸怀并融进自身的理念之中"的宣言，以及亨廷顿在《文明的冲突》中的强化和升级。

　　但是，对于圣诞节的论述似乎还不能就此简单直接地过渡延伸。这不仅因为时移世异国际关系结构发生了变化，也因为圣诞节与基督教并不是一而二二而一的事。对于大多数在小康道路上的白领蓝领或其他寻常百姓或忙碌而枯燥，或平凡而平淡，本就怀有将时光细加雕刻以尽可能丰富的姿彩声色遣此有生之涯的冲动：电游玩腻了、麻将搓累了，把圣诞节信手拈来给心情一个放松的理由，何乐而不为？又有何不妥？至于耶稣是谁？圣诞老人是谁？如果不是完全不在乎至少也并没太当一回事。应该看到，这不仅是一个现代社会公民应有的生活权利，它后面还有一股朴素而自信、有力而健康的生命之流绵绵涌动！

那么，十博士说的"走出文化集体无意识，挺立文化主体性"是不是就纯属无的放矢、小题大做、杞人忧天呢？答曰不然，因为问题还有另一个方面。虽然圣诞节虽不等于基督教，但二者之间的关联却是不言而喻的，由过圣诞节到信基督教的假戏真做在现实中屡见不鲜。进一步就应该看到，宗教不只是个人身心安顿的问题。当某一宗教的信众数目递增到一定数值的时候，它就具有了超溢出个人性之外的意义，而衍生出社会、政治和文化诸问题。

"骆驼是被最后一根稻草压垮的"这个警语用在这里或许不是十分准确但也不是完全没有启发意义。例如因强烈的现实性和实践性而成为当代政治哲学中心议题的文化认同，就与宗教密切相关。事实上，从马汉到亨廷顿的基督教扩张战略并没因时代变迁而归于歇绝，约瑟夫·奈的 soft power 概念更将其赋予了战术的色彩。如果早期传教士在中国"每一个山头和每一个山谷中都设立起光辉的十字架"的美梦成真，这些战略家肯定比那些传教士更开心。任何的节日都不只是一个自然时间单位，而总是跟特定群体的生活方式、生活经验勾连在一起。而生活方式、生活经验又总是积淀凝聚着某种记忆某种价值，作为该群体之意义保证、认同维持和历史绵延的基础与目标。什么是中国人？就是中秋团圆、除夕守岁、清明节扫墓！套用柏林的话说，丢失了这些节日也就是失去了保护人们的民族性存在、民族性精神、民族性习惯、民族性记忆和忠诚的盾牌。斯节斯教如火如荼对于这些节日究竟是一种补充还是一种消解替代？在圣诞铃声中是不是也存在这样一种可能，渐渐地"只把杭州作汴州"呢？我想答案应该是肯定的。如果承认对于神圣性的需要形成了一个精神产品的市场，如果圣诞节可以理解成基督教的产品，那么我们凭什么进入并展开竞争？这才是更加根本的关键所在！

毫无疑问，《看法》谈的表面是圣诞节，实际是基督教。所以它涉及的本质上仍然是我们民族和我们文化自身的问题。我从公民宗教角度讨论儒教的复兴，实际就包含激活祠堂孔庙书院、激活传统节日中的思想情感与信仰，使社会结构和社会生活的有机性得到恢复和提升的用意。文化的生长是自下而上由内而外的。只有自己的生命顺畅日子红火了，我们的文化才会流光溢彩。但我们似乎尚没意识到，我们目前尚处于文化的空心状态——这是我们工作的真实起点。如果对此有了足够清醒的认识，相信十位博士对圣诞节的拿捏分析会更加细致到位，对问题的应对解决也会更加平和成熟。

"君子务本，本立而道生"，谨以《论语》此言共勉。

二〇〇六年

为中国情人节辩护及其他

跟春节、清明节越来越受到重视一样，近年的七夕也表现出十分红火的势头。这后面既有国际国内的思想文化因素（如文明冲突论、民族复兴及和谐社会等）的影响投射，也有厂家商家基于利益动机的推波助澜，但根本原因却是国人在现代社会心理需求日趋丰富以及传统意识在经济宽裕后日趋回归。从目前来看，它们之间的互动关系比较良好积极。正因此，刘宗迪先生以专家身份指出"把七夕当作情人节来过不合乎传统"，引起轩然大波十分正常。刘文《七夕故事考》主要观点有三：七夕与爱情婚姻无关；三月三更适合情人节；把七夕当情人节是以西律中、"数典忘祖"。下面就简单地逐一讨论。

七夕与爱情婚姻无关？

刘说："传统上七夕根本没有青年男女聚会联欢、谈情说爱的习俗，因此我们不能因为牛郎织女的爱情故事，以及由这个故事引发的关于爱情的想象和创作，就想当然地把它当成情人节"；"出土的秦代占卜文献《日书》，就明确把牛郎织女视为对婚姻不利"。这里的关键是：所谓"传统七夕"在时间上指什么时代？它的具体内容又是什么？它与牛郎织女爱情故事是什么关系？古人在其生活中是否把它作为一个爱情主题节日对待？刘认为七夕是"完全是一个农时节日"。上古道朴，先民为最基本的生计奔忙，几乎所有的节日都与祈禳和劳作相关；男欢女爱也指向生儿育女的人自身的再生产。所以，在最初的意义上讲七夕"完全是一个农时节日"错不到哪里去，因而完全可以将作为时序节点的七夕这个日子首先系属于农事劳作主题。但这并不意味着对其他主题的关闭。如果把七夕节结构中的农事劳作和爱情婚姻两个主题解析为天象—人格化—女红和天象—人格化—爱情两条线索，进而对两条线索之交叉重叠发生在什么时段、其组合和谐度及互动性如何等考察梳理，那么刘文结论是否成立可以看得十分清楚。

在湖北云梦睡虎地秦简《日书》里有"牵牛以娶织女"的语句，表明刘氏所谓的"自然天象"被人格化、性别化、夫妇化早在战国时期就开始了（至于其作为占卜之词对于问婚姻不吉利，那是另一回事。事实上，人们在七夕仅限于祈求幸福宣示真贞而并不谈婚论嫁。因为正是在悲剧性的极端情境中爱之美、情之深才得到更为充分的演绎和展现；圣瓦伦丁的故事有三个版本，无一例外都是悲剧性的。据此从技术上质疑七夕作为情人节的资格，并不成立）。汉代《古诗十九首》中的"迢迢牵牛星，皎皎河汉女。盈盈一水间，脉脉不得语"，更将其浪漫化。白居易《长恨歌》有"七月七日长生殿，夜半无人私语时。在天愿作比翼鸟，在地愿为连理枝"的名句将其诗化并广布民间。这实际是写实：唐明皇和杨贵妃"避暑骊山宫，秋七月，牵牛织女相见之夕，夜始半，妃独侍上，凭肩而立，因仰天感牛女事，密相誓心，愿世世为夫妇"。到宋代秦少游吟出"两情若是久长时，又岂在朝朝暮暮"，再到诸城、滕县、邹县一带把七夕下的雨叫作"相思雨"或"相思泪"，爱情主题无论是与作为日子的七月初七还是与作为节日的七夕，均已经是我中有你你中有我并且深入人心不可摇撼。

二者结合的时间最迟在汉代。根据在韩鄂《岁华纪丽》卷三引汉末应劭《风俗通》逸文："织女七夕当渡河，使鹊为桥，相传七日鹊首无故皆髡，因为梁（注：梁即桥）以渡织女也。"织女星人格化后，在把她想象成牛郎之妻的同时，从女性角度把她想象成织出彩霞云锦的高手，希望她在一年一度的鹊桥会时给地上的姐妹们启示一二，既可以使爱情故事更加生动，也能使乞巧习俗更加神奇，难道不应该是合情合理水到渠成么？因为织女的人格化，七夕所乞的内容也越来越丰富，由手巧到心通、貌巧，到姊妹和好、父母安康，当然更有郎君如意瓜瓞绵绵。毕竟，巧慧和贤淑，对于郎君的选择、对于家庭生活的和谐，在现实中具有相当重要性。今天看来，这二者的双重变奏表现在宋代乞巧的主题比较突出，而现在，情感的主题被强调。这都是历史发展的结果，因为生活方式、生产方式的改变改变着人们的精神需要、审美趣味和价值理念——但这一切属于同一个意义链条却毫无疑问。

也许是以为指控别人错就可以证明自己对吧，刘文说"三月三是古代情人节毫无疑问"，却并没有给出什么论证，只是说"万物盛开、摇荡性灵的春天才是滋生爱情的季节"。这似是而非。首先，他提到的春社、清明和上巳什么的，即使在历史上曾与所谓爱情主题沾边，但在历史的演变中已经被排除改写或淘汰了。上巳最初是宗教性的驱邪祈福活动，今天几人知道？清明是众所周知，但已经成为追忆先祖的日子。春社，祭的是土地神。男女对歌的三月三倒是有些春意，但主要已不再属于汉文化圈。举苗、黎诸族为例，欲以明其古则可，欲以证其新则适得其反——方言中古音多，难道就要以它为普通话？日语中的汉字古意浓，难道就要依它作文？文化本就是层层累积起来的峰峦，每一代人都是根据自己的需要和条件移沙运石。前人的工作只是后来者的基础和参照，而不等于其范围和目标。

退一步从实际操作讲，三月三和七夕，究竟哪一个在当代中国人的感受和意念中占有较大比重和影响呢？国务院颁布的首批非物质文化遗产目录应该能够在某种意义上说明问题。传统节庆有基础可以更新，现代生活有情绪有待释放。七夕情人节主题的强化可以说是一个利多弊少甚至可以说两全其美的好事，在它刚刚开始的时候，从学术角度建言当然是学者的权利和责任。但学者也应该清醒，自己是阐释者而不是立法者，对待民风民俗，还是采取"从众"的态度为好。穆哈默德知道山是不会走向自己的，所以他选择走向山。这是一种智慧。

但刘不是这样，不仅摆出一副"众人皆醉我独醒"的架势，而且明明是刻舟求剑、胶柱鼓瑟、泥古不化却洋洋自得、自以为是、自以为高。这是因为他不仅认为自己在知识上有深度，而且价值上有高度。从其知识论思维出发，他先是根据节令农事叙事先于爱情婚姻叙事（实际他根本就否认二者间存在任何关系），而把前者定义为七夕"原貌"，然后再根据后者"不是原貌"而否定其在这一节日中的地位从而否定其对于人们情感生活的意义联系。看来他不仅相信第一推动的绝对永恒，而且相信自己是拥有上帝密码的唯一先知，拥有对离经叛道者兴问罪之师的法官统帅。所以他进一步宣称外国的情人节同样也搞错了："其实，西方的情人节，原本也就是古希腊罗马的春节，即农神节或牧神节，圣瓦伦丁的故事只是基督教窃取了这个节日后强加给这个节日的（就如同屈原投江的故事是后人强加给端午的一样）。"——如此学术如此求真研究天体物理或许值得称道，用以理解历史理解文化选择和活动却简直叫人笑掉大牙！

再看价值高度："好多人以为过过中国的七夕情人节就为复兴中国传统作出了贡献，简直是自以为是、自作多情的胡扯。其实这样做的结果，恰恰是进一步斩断了传统的命根子，让西化的触角进一步伸展到了七夕。"——即使情人节的讨论是由二月十四日的圣瓦伦丁节而起，难道以此为助缘就意味着七夕的西化？进一步讲，文化的命根子难道不在民族的生命力创造力而在一个节日的名称？这难道就是数典忘祖？不孝有三，无后为大。发前德之幽光、继先贤之伟业应该比空守千年纸上尘要更加艰难也更加值得称道吧？鲁迅曾痛惜国人的自信力之丧失，我不知是不是指向义和团，但刘氏脆弱如此，把文章找来读一读应该会有所感悟有所帮助！

或曰：鲁迅是以反传统著名的五四运动中的著名代表，你陈明不是被称为文化保守主义者么？为什么要把一个已经有着完整内涵的中国节日强行与一个纯粹的西方节日概念叠加在一起，并反复论证其可行，意图何在？这里"强行叠加"一词预设的七夕与情人节的本质区隔是知识性的，前文应该已经给出了解说；"意图何在"则是意义性的，不妨再啰唆几句。

首先，我不是一个章句意义上的文化保守主义者。虽然不至于如魏晋玄学家一样以六经为圣人之糟粕，我却也不至于像原教旨主义者一样冬烘地将文献里的各种方便说法与"圣人之所以为法"直接等同。虽然生命因文化的滋养而茁壮，另一方面文化也因生命的创造而发展开放；圣人与常人的区别就是心量更大、更富于责任感和创造性。在我看来关于仁的最佳定义是"博施于民而济众"，因为它意味着某种活动性，可以使儒学的理论之树常青。而"施"与"济"，在现代的最佳原则莫过于"因民之利而利之"。百姓称便喜闻乐见，我不知怎样的儒者能用怎样的理由去反对？其次，与前一点相关，我不认为东方人西方人存在什么本质上的差别，东方文化西方文化是同样的人性在不同情境中应付不同问题挑战的过程中发展形成的，爱喝茶和爱喝咖啡的口味区别是非本质性的，因为它后面是同样的生理心理需要。孟子说口之于味有同嗜而心亦有其所同然者，应该即是立基于此。因此，文化的流动与传播在历史上才正常而普遍。

中国的文化保守主义者对传统的特别持护，对外来文化的特别警惕是与列强入侵的特定情境或问题意识联系在一起的。它的种种论述，其对仁义礼智信的褒扬，对坚船利炮以及基督教的贬抑，从对国人文化信心的维持（这是文化认同的基础。而文化认同对于社会凝聚力的提升、对于应对挑战能力的激发，均具有巨大意义。所谓的软力量，从这里也可见一斑）这样一种努力来说，它是有效的因而也可以说是"理性的"。但是，它毕竟属于某种修辞和叙事，而不等于认知意义上的知识系统。对于我们来说，重要的是体会其用心，承继其情怀，而话语形式则要有重新探索创造的自觉和追求，因为今天的语境和问题已经有了极大的改变。对于所谓的文化保守主义者来说，其面临的挑战或问题是双向的且二者之间存在某种冲突制约：在全球化语境里，应该强调的是传统的一贯性、内在性——这需要对其固有价值系统及其逻辑结构进行论证强化，以为文化认同、社会凝聚提供必要的情感和精神支持；在现代性语境里，应该强调的则是传统的历史性、开放性——这需要对其固有的价值系统及其逻辑结构进行创造性诠释转换，以为现代社会、现代生活当下的需要（如自由民主、公平正义及个性解放等等）提供本土资源。如果说文化的激进主义者只看到了后者所以主张全盘西化，那么文化的原教旨主义者就是只看到了前者而认为历史上有效的四书五经足以应对今天的各种问题。还有一种人，由于对政治问题不满而产生了逆反心理，凡是某某赞成的他就坚决反对；凡是某某反对的他坚决拥护。这一切，在刘宗迪的文章以及由此引起的讨论中也可以窥知一二。

《南方都市报》署名长平的文章认为，这年七夕节的声势"不是源自民间社会对于欢乐节日的需求，也不是像宣传中所声称的对于忠贞爱情的渴望——如果是这样，那么既已风行的西方情人节足矣——而是出自民族主义文化对抗的需要，由一些传统文化学者提供理论支持，一些青年大肆鼓吹，逐利商家和地方政府参与表演。它的重点在于'中国'二字，去掉这二字它就什么也不是。这样一来，这个'节日'被涂抹上了浓重的民族主义色彩，肩负着对抗西方文化的使命，而不是像它表面宣称的那样轻松浪漫。它的本质是口蜜腹剑——一只手高高挥舞着爱情的鲜花，一只手紧紧握着反击的匕首；看起来像一个情人，其实是一个斗士。"这种分析符不符合事实取决于个人的经验判断，但是，在节日中突出本民族及其文化的元素以强化模塑国人的文化意识和文化认同本身在作者笔下似乎是一件道德羞耻、政治错误的事，则实在是一种偏见。布尔斯廷指出，西方民族往往将本民族神话当成自己的历史，在这样的叙事中，这些民族都被塑造成具有独特品性的神的宠儿。以色列人如此，没有多久历史的美国人同样通过上帝将自己的存在和使命无限拔高。当然，这些长平应该是不知道的，否则就不会那么轻巧地说什么"圣诞节本来是基督徒纪念耶稣诞辰的节日，现在几乎全球共享"了——但也没准，这样的主儿再多几个的话！

与前文的幸灾乐祸不同，《环球时报》"西方的情人节击垮了中国的七夕节"的文章对七夕节的"冷清"充满悲情和哀怨："千年相思的爱不敌一枝轻佻的玫瑰"；"……'相思'是东方人表达爱的方式，暗示有距离才有真爱，相思，爱才能持久；'相爱'是西方人的爱情观，预示撞击才会有火花，才有选择"。作者"留住传统节日这块最后阵地，传统节日是保持民族文化认同感的最后一块阵地，是一个民族血脉延绵不断的象征"这个立论前提我是赞同的。

但是，以"相思""相爱"切割东方西方、指玫瑰为轻佻等却大谬不然。相爱而不能相聚，西方人就没有相思之苦相思之痛？——去听听格里格的"索尔维格之歌"吧！相思是因为命运的安排或条件的阻隔，明明同在屋檐下却设想一个王母娘娘来秀牛郎织女，难道中国人都是自虐狂？现代社会节奏加快，交通资讯发达，尤其是婚姻承载的社会功能越来越少，而感情生活因个性化程度加深而变得越来越难以满足越来越需要沟通。如此这般，应该可以解释为什么七夕之夜的乞巧主题会日益淡化而爱情主题则很容易在人们心底找到共鸣。宋代是乞巧节的黄金时段，那是与它生活承平、儒学繁荣紧密相关，二者的后面则是男耕女织的生产方式——而这一切都已经成为历史！当然，这与刘宗迪的指责人们把七夕当情人节过是数典忘祖不是同一回事。刘在知识上或许比这两位作者专业，但思想上却要混乱许多。跟他们一样刘对传统尤其对儒学十分厌恶（在别的文章里可以看到他许多无知而轻佻的议论），不同的是还偏又要把"祖""典"挂在嘴上作为议论评价的基础和依据……

我认为，节日作为文化符号，是鲜活的历史，预支的未来，生命的摇篮，精神的家园。它使我们当下的经验直接与古人的生存模式、意义世界勾连贯通，使我们在不知不觉的时序更替中猛然间唤起一种"我是谁？从哪里来？又要到哪里去"的自觉和追问。伯林说，"人们称为迷信和偏见的东西只是风俗习惯的外壳，通过它可以显示证明一个民族漫长生活过程的荣枯盛衰；丢失了它们也就是失去了保护人们的民族性存在、民族性精神、民族性习惯、民族性记忆和忠诚的盾牌。"但这并不排斥我们将洋人的东西拿将过来——实际七夕的爱情主题无可置疑——丰富自己的生活。只要统摄于自己的主体性和创造性，那它就是属于我们自己的东西，就成了文化的更新和创造。中国，不只因为孔孟老庄、李白杜甫，也因为他们除夕守岁、清明扫墓、中秋团圆。如果我们能够再加上七夕传情，那我们子孙后代的日历日子岂不更加饱满充实五彩缤纷值得期待？

　　这就是我写这篇文章的原因。

二〇〇六年

期待与疑虑：从清华国学院看人大国学院

北京大学成立中国传统文化研究中心的时候，就声称要"在条件成熟的时候，筹建北大国学研究院"，但是十几年过去不见有什么动静。高亢响亮的声音来自中国人民大学，"国学研究院"成立、今年秋天就要正式招生的宣示在各路媒体连篇累牍，不仅商业广告的市场诉求昭昭然，文化情怀和理论追求的自期自许也十分显豁。这叫人自然而然地联想起八十年前的清华国学研究院，联想起清华国学研究院那风格独具影响深远的学生和导师、成果和思想。

"国学"这个词在清季民初曾经是知识界的热门话题，反映着传统文化在与西方思想相遇时的尴尬境遇。大致说来，清季以褒为主，作为"中学为体，西学为用"模式里"中学"的同义语，"国学"被视为"国魂"之所系（排满的章太炎寄望"以国粹激动种性"）。五四新文化运动后则是贬多于褒，被视为阻碍国家富强民族振兴的"国渣"，激进人士（如钱玄同等）要将它们扔进茅厕；平和一点的（如胡适等）则将它视为"国故学"的省略语，属于知识研究的对象和材料。后来，随着新式学堂的建立，西方学科分类在中国现代教育体系中生根定型，经、史、子、集的中国文化有机体系结构被分别划归哲学、历史学和文学诸知识结构。

如此这般是否丝丝入扣若合符节？问题并不是习惯上所以为的那么简单那么理所当然。作为工具性存在的文化，其整体上乃是一个集应物（所谓器）、治事（所谓制）、立命安身（所谓道）诸功能为一体的复合系统，如西方文化就是自然科学、社会学科和宗教神学三足鼎立支撑。经史子集之经，即儒学，是不是宗教另说，但千百年来主要是由它作为民族生命之意义提供者、作为文化认同之标志则毋庸置疑。将经学化约为哲学、文字学或者历史学、人类学，结果是造成方法的错乱、意义的遮蔽。

清华国学院是另一种风气。

四大导师除了语言学家赵元任，梁启超、王国维和陈寅恪都属于"中体西用"主义者，对于传统文化对于民族生命的价值意义深有体认。他们并没有因为近代军事政治上的挫折而失去文化上的信念，反而将文化命脉的维系视为民族振兴的途径和希望。主张以历史激发爱国心的梁启超对国学教育的理解是，让学生懂得"中国历史的大概"和"中国的人生哲学"。王国维昆明湖自沉后，陈寅恪反对"一人之恩怨、一姓之兴亡"的汹汹之论，而高标其"承续先哲将坠之业，为其托命人"的人格，以及其"关系于民族盛衰、学术兴废"的志业。这其实也是陈寅恪本人的夫子自道。他是主张吸收输入外来学说的，但更强调"不忘本来民族之地位"。在清华国学院论述史学于民族之意义、大学于学术之责任时，他说："国可亡而史不可灭。今日国虽幸存，而国史已失其正统……学术之现状若此，全国大学皆有责焉，而清华为全国所最属望，故其职责尤重。此实系吾民族精神上生死一大事者！"在这样的论述里，清季国学与民族的内在关系被自觉不自觉地得到重构。正是有这种"道之将废也，文不在兹乎"的理念和担待，短短数年，清华国学院"几个导师培养出了很多人，开

出了一个辉煌的历史阶段""他们的治学精神影响了中国人近百
年的学术走向。"

　　很遗憾，人们似乎很难从人大国学院的开张锣鼓声里听出那
样一种使人振作、令人期待的精神传承生命脉动。现代性深入、
全球化推进和意识形态调整等使社会对文化产生了新的自觉和
需要。从中国式社会主义道路的选择到中华民族先锋队之定位，
中国共产党可谓与时俱进。但上头有想法，下面没办法。种种迹
象表明，人大国学院的成立不会是偶然的，但大山分娩，诞下的
却更像只耗子。那位校长对国学的理解畸轻畸重：国学可以理解
为是参照西方学术对以儒学为主体的中华传统文化与学术进行
研究和阐释的一门学问；狭义的国学，则主要指意识形态层面的
传统思想文化，它是国学的核心内涵，是国学本质属性的集中体
现，也是我们今天所要认识并抽象继承、积极弘扬的重点之所
在。在第一种理解里，国学是胡适所谓国故学的同义词，是英文
sinology（所以他敦请一位八十多岁的红学家出任院长，这位院
长也合乎逻辑的建议将敦煌学纳入教程）；至于第二种理解，请
原谅，我不知道它是什么意思，因为那完全是一种非学术性的话
语方式，按照这样的思维进路办国学院培养学生，套用网络语
言，一个字叫晕，两个字叫晕死！

　　可贵的转机，稀缺的资源；宏伟的目标，尴尬的现实。这样
一个极具象征意义的事件，一种兴废继绝踵事前贤的文化事业，
以这样一种方式启程实在有点啼笑皆非。中国是一艘大船，只要
方向找准了，达到目标是迟早的事。如果传统文化的复兴也是人
大国学院倡导者的愿望，我想指出，如果说计划经济是低效的
话，计划学术就是弱智的。大学是体制内的，其所承担的使命却
属于整个社会和民族。礼失求诸野；圣人学于众人；学术乃天下

之公器；天下事当与天下人共谋之。人大国学院的存在时间超过清华国学院不成问题，但其所成就者究竟能有几许却迄今不见乐观的理由。遑论乐观？如果将国学院当成资源争夺意义上之校际竞争的筹码，山头门户意义上之学术建设的手段，则其影响恶劣，所伤害者也绝非一时一校，而是整个社会和民族，因为，文化的振兴虽不是民族振兴的全部内容，却绝对是民族振兴的最高标志。

酷评并非刻薄，只因清华国学院的风格和成就使人寄望太深太多。

二〇〇七年

我看国学热

国学，我看可以从广义和狭义上理解。广义的国学是相对西学而言，指中华民族在几千年传统文化中创造出来、积淀下来的学术、学问、学说。狭义的国学则是相对国族或国民而言，指民族文化的意义系统及其论述。王国维说学无中西古今或新旧，是指前者而言，张之洞也许还可加上曾国藩等的"中学为体西学为用"则是指后者而言。由于国学概念广狭二义之间有区别也有纠结，所以一直以来人们的相关言说使用都比较模糊。

一般来说，自由主义者是普遍主义者，倾向于从广义的角度理解国学，进而从知识论出发贬抑排斥国学的价值和地位；文化保守主义者是历史主义者、"民族主义者"，倾向于从狭义角度理解国学，进而维护推崇国学的价值和地位。

其实，王国维也是所谓文化保守主义者，以后者为自己的安身立命之所。这样一个意义的系统如果也可以用学来称呼，其在西学的框架里应该是对应于犹太教、基督教、伊斯兰教及其论述即神学。高旭《南社启》说："国有魂，则国存；国无魂，则国将从此亡矣！"又说："然则国魂何寄？曰：寄于国学，欲存国魂，必自存国学始。"这虽然出自晚清国粹派之口，但后面的理论逻辑与"欲亡其国，先亡其史"一样，可谓其来有自。如果这不难理解，那么，"欲兴其国，先兴其史"——关于中华民族之自我表述自我期许的宏大叙事,是不是也在某种程度上成立、合理?约瑟夫·奈的"软力量",可谓这一逻辑的反向注脚。

凝聚、建构进而发挥"软力量"以实现目标,除开立足于传统,我们还能立足于什么?传统中抛开儒学,我们又还能寄望于什么?我认为,在这个意义上儒学显然构成国学的核心。梁启超说:"……研究儒家哲学,就是研究中国文化,诚然儒家之外,还有其他各家,儒家哲学,不算中国文化全体;但是若把儒家抽去,中国文化恐怕没有多少东西了。"牟宗三说得更准确:"儒家是中国文化的主流,中国文化是以儒家做主的一个生命方向与形态。"这不仅因为事实上我们相当长时间内都是以圣贤的教诲范导自己的生活世界,也因为这种影响虽然近代以降趋于式微,但却依然可说是绵绵若存,不绝如线。否则就不会有国学名号之提出及其意义之阐释,就不会有亨廷顿在其后冷战时代的文明冲突论的论述里仍将中国表述为儒教文明,就不会有改革开放社会重获生机后被五四与"文革"一再打倒的儒学、国学如凤凰涅槃浴火重生。

水静流深。这后面的深刻动因或根据在于,我们的国家社会和民族在经历一定发展阶段后,自我意识开始觉醒或成熟——此前是在对富强的追寻中执着于"全盘西化"和"走俄国人的路",现在"仓廪实而知礼义",开始追问"我是谁?从哪里来?到哪里去"这样一些所谓关乎生命存在的意义的问题,并且渐渐意识到答案的寻找必须另辟蹊径。具体说,民间的"读经"活动是不满足于体制教育重知识轻人文的偏失,使年轻一代在有知识的同时,也知道怎么做人(在麦当劳、迪斯尼之外,也应该知道一点《三字经》《弟子规》),以维持身体、心智与精神的人格均衡;"小康社会""和谐社会""中华民族的伟大复兴"

等口号是在由革命党向执政党的转变中对过去那种基于所谓科学理论的意识形态话语进行调整以重建政治合法性基础和社会动员能力;所谓大陆新儒家的振兴儒学、重建儒教等诉求则是试图对后冷战、现代性或后现代社会中的文化认同、身心安顿等问题作出自己的回应尝试。这三者各有其出发点、目标以及资源依托和表现形式,但毫无疑问也存在共识和交集,属于同一个大的趋势。它们之间的良性互动,以及它们与其他思想流派之间的良性互动是值得期待的,因为那意味着我们的文化发展和民族生长的真正健康。

"心,永远憧憬着未来,现实却总是阴沉。"虽然不少人都曾向我问询关于儒学和国学的问题,但我真的觉得自己对这一切实际上十分的隔膜。我创办《原道》原本就是试图推动这样一种进程,但当时确乎更像是一种盲目的力量在后面驱使,现在的状况更是十分陌生。关于人大国学院我已经写过不少文字,现在看来真是大山分娩生出耗子:一开始高调宣扬国学的"意识形态"品质——我认为某种意义上文化乃是民族的意识形态,最后却是以敦煌学、文献学什么的狸猫换太子收场。北京大学、武汉大学的国学班或大师班,更属于搭顺风车消费国学——这些事不是不可以干,而是不适合这些重点名牌干,至少是不适合这些重点名牌在这个时候用这样的方式干。它们应该承担更多的责任、表现出更高的趣味并胸怀更为远大的追求。北大、人大、武大如此,遑论其余?

相比之下还是民间社会的读经比较值得期待。在我眼里,它们传递着更为真实的信息,体现着更为真实的生命。国学热的目标应该不在于出现或诞生什么国学大师,而在于陶冶模塑国人的文化意识和文化认同。这本质上就是某种教化过程,它仿佛春雨润物，是在不知不觉中发挥影响显示效果的。我甚至认为传统节日法定公假化就应该划入这样的国学热潮或运动之内，因为它使得物理的时间获得历史的意义、自然的生命获得文化的蕴含。我欣赏这样的说法：中国人就应该清明扫墓、中秋团圆、除夕守岁。伯林说，"人们称为迷信和偏见的东西只是风俗习惯的外壳，通过它可以显示证明一个民族漫长生活过程的荣枯盛衰；丢失了它们也就是失去了保护人们的民族性存在、民族性精神，民族性习惯，民族性记忆和忠诚的盾牌。"民族性存在、民族性精神，民族性习惯，民族性记忆和忠诚，不正是国学的内涵和精魂么？

古人说"先立乎其大者，则其小者不能夺也"，这里所谓大者，应该就是指国学对于国人生活生命的这样一些意义。在这个意义上复兴国学，决不是发思古之幽情，也必须超越敝帚自珍的阿Q心态，而应该把它视为一个深化自我理解拓展生活世界的实践和创造的活动和过程。它不仅意味着传承，同时也意味着发展。只有在这一点上达成了澄澈的共识，广义、狭义的国学及其复兴才是可谈的、值得谈的。譬如中医地位的岌岌可危，这固然是因为西医日新月异冲击巨大，但也与其自我更新不足，不能在人们的生活健康及其保障方面发挥更加积极有效的作用有关。同样的问题，儒教、儒学以及汉服等问题上也程度不同地存在，我个人对此比较关注，并且不敢乐观。

"文化传薪火，实干创未来"，但愿每个人都尽自己的努力吧。

二〇〇七年

孔子像进北大小议

　　不管承认与否北京大学都可以说是一个具有某种象征性的符号，京师大学堂、五四运动、"文革"、学潮以及方兴未艾的政治家演讲无不说明或强化着这一点。在这个时候讨论一下孔子与北大的关系也许是适合的。

　　我对北大这个符号的注意是在一九九八年北大百年庆典的时候。当时刘军宁主编了一本《北大传统与自由主义》，李慎之写序——有人称之为"自由主义的破题之作"。大概是说北大的传统是自由主义的传统。显然，在他们笔下这个符号象征着自由主义。毫无疑问，这是可以找到许多事实依据的。但是，一代一代北大人提倡民主、科学的目的是什么？是寻求富强，是救国救民——科学救国、教育救国、个性救国等各种主张于焉而生。那么，是不是也可以把爱国主义当作这个符号的象征意义？事实上我当时就觉得主流话语把以天下为己任的爱国精神或爱国传统说成北大精神或北大传统不仅同样成立，并且更有解释力。因为任何主义作为方案都是历史的、具体的，不免随着世事变迁而需要做出损益调整，能够为这种损益调整作依据的只能是人的"未被规定的需要"。爱国主义正是与此对应的这样一种精神、情感或意向。社会主义同样与北大源远流长，那是因为存在"只有社会主义才能救中国"认知，而随着改革开放的推进，实现中华民族的伟大复兴又成为上上下下的新共识。自由主义同样如此——陈独秀、胡适诸先生不是就有宪政爱国主义之说么？

自由主义、社会主义、爱国主义孔子与这一切关系如何？

那个把北大精神定义为自由主义的李慎之先生断定"中国传统文化就是封建专制主义"。如果这样，那么孔子与北大是格格不入的。但刘军宁对传统、孔子的理解则相当正面，认为"儒教与自由主义之间一直存在着某种互动关系，并在实践层次上呈现出相互结合的趋向"。社会主义，在主流话语中，中国共产党已经不只是工人阶级先锋队，更成为中华民族的先锋队；在由革命党到执政党的角色转换中，合法性基础已经由历史唯物主义的知识论论证转换为对小康社会、和谐社会和中华民族伟大复兴的价值承诺。这样的转换无疑是值得肯定的，但要想收到预期的效果，成为社会共识的凝聚点却似乎还缺少配套措施。怎么解决"上面有想法，下面没办法"的尴尬？到未名湖找个地方给孔子立像吧。这应该比在人大办国学院、在山东建"标志城"要投资少许多许多，收效好千倍万倍。

爱国是具体的，爱祖国的山川风物、历史文化。创办于国势衰颓新旧交替之时的京师大学堂不免带着先天的焦虑，而表现为对西学的崇隆和对传统的轻忽。王国维"可爱者不可信，可信者不可爱"的矛盾冲突实际是时代症候的折射。事实上，可爱者与可信者自有其学科归属和价值领域，不能也不必强求同一。在意识形态话语弃旧图新、文明冲突论甚嚣尘上的今天，孔子作为一个符号，自有其不可替代和磨灭的意义。实际上，在塞万提斯、苏格拉底、李大钊、老子什么的之外——听说下一个是莎士比亚，实际我觉得胡适似乎更迫切，把孔子请进北大，并不意味对历史的改写颠覆，而只不过表明我们对现实和未来有了比较健全均衡的理解。

从根本上讲符号的意义是赋予的，它更多的是表达一种期望。这就不免导致文化话语权的争夺。各方显示的能量可以显现文化权力真实的结构状态——这事的意义也许就在于帮助我们看清楚这一点。

二〇〇八年

关于儒学与民族主义

　　民族主义这个概念本身就很模糊：是一种论述还是一种情感？是描述性的、规范性的还是评价性的？实际使用中三种情况都存在，但在定义上并无共识。有时是把它作为种族主义的同义语，有时是把它作为沙文主义的同义语，有时是把它作为爱国主义的同义语。在中国近代以来的语境里，我认为首先应该将它与种族主义、沙文主义区别开。血缘共同体、社会共同体是先天和历史的形成的，本身就意味着比较多的共同利益。由此产生出以自我肯定为主题的有关论述具有必然性和正当性。有民族就有民族主义，只要不演变成诸神之争，而限定在一定范围内，并不会导致文明的冲突。

　　近代中国产生的民族主义实际是以民族救亡为中心、宗旨，对内讲是一种民族自尊心和责任感的觉醒，对外讲是一种防御、学习和平等的诉求。它的代表者是孙中山的理性，而不是义和团的狭隘。社会主义、自由主义甚至国家主义等，都是作为"救中国"的手段才被引进中国的，或延续发展或唾弃衰亡，其原因就是看能不能有助实现"寻求富强"的目标。那种认为民族主义妨碍了进步的说法是肤浅的。主流意识形态将民族复兴作为自己的执政承诺，仍然是民族主义积极作用的显现——当然，承诺能否兑现还需拭目以待。在当今所谓全球化时代，文化认同等问题日益凸显，需要认真面对。美国人提出文明冲突论，它的后面是民族主义的极端化即种族主义、沙文主义。

据我所知，中国的自由主义者们基本是反民族主义的。我很不理解。他们不是说美国好么？可美国是最民族主义的——李泽厚承认这点，但他反对我讲民族主义。我说那应该怎么办？他说都反，美国的也反。我说你反得了么？更重要的是你用什么去反？我认为抽象谈民族主义的好坏是没有意义的，重要的是现实中它究竟意味着什么，就像核武器一样，只要人家的战略导弹对准你，你就要研制出来对准他。这不是你可以选择的，也没什么好坏可言。道理就这么简单。

我认为民族不是什么想象的共同体，而是历史中凝结而成的事实。我们的文化是建立在封建制的基础上的，从三代的邦国到秦汉的帝国，其族群特征鲜明突出。欧洲游牧民族，民族、国家的成型是很晚近的事。所谓民族与政治单位同一是它们语境里的对于政治权力建构问题的解决方案，是一种叙事，并无普遍意义。我们不要将其知识化、规律化——很多所谓的自由主义者就是这样瞎嚷嚷的。照这种理论，中国还属于所谓帝国，属于所谓文明而不是现代国家，下一步的发展是民族国家化。这岂不是要中国大卸八块——不，五十六块，五十六个民族五十六个国家么？这日子还有得过么？！这种谬说国内好像是从余英时那里过来的，而余英时又可能是从二十世纪九十年代初企鹅出版社一本 *The Tyranny of History：The Roots of China's Crisis* 或者白鲁恂那里贩来的。按他们的说法，中国是一个"伪装成现代统一国家的帝国"或"文明"。马英九在就职演说中用了中华民族这个概念，我觉得非常好！它突出了近百年两岸作为生命共同体的共同经验，是指在这一过程中形成的作为政治实体的自觉及其意义。它侧重者的是政治之"同"，而不像汉族、满族这个层次的概念所侧重的是语言、宗教等文化之"异"——事实上大家都是西方列强侵略压迫的受害者。民族主义本身政治意涵较重，nationalism 实际是国族主义。费孝通说的多元一体，这个"一体"就是指中华民族。它需要我们进一步去建构。马英九的演说、还有汶川抗震救灾，都是难得的契机、资源和机会节点。以前只讲多元，不讲一体倾向、效果都是不好的。这是个大问题，应该调整。

自由主义者否定民族主义如果不是出于买办心态，估计就是因为将它视作了自由、民主的对立面。前者其心可诛，毋庸赘述；后者属于误读，完全可以讨论。从历史看，自由首先就是跟民族自由联系在一起。个人权力本身是相当晚近才出现的概念，它长期从属于共同体——之所以如此，因为特定历史条件下作为共同体一分子比作为个体可以有更好的社会发展。至于民主，作为更多的正义实现可能、更大的政治参与可能，更是民族主义的内在要求——它不是独夫主义，要求把国家、民族的整体利益、长远利益放在首位。因为不这样就无法整合族群无法达成共识，因此也就无法实现民族主义的最终诉求。内部问题和外部问题相纠缠或许使情况变得稍稍复杂，但五四"内惩国贼，外抗强权"的口号表现了青年知识分子民族主义的智慧和彻底性。普通法宪政主义中法律制度都是在传统习俗的温床上培育出来的，更为今天的社会正义及其保障提供了新的思考方向。而所谓自由主义作为一种现代性论述，其价值的正面性毋庸置疑，但在如何操作上是需要认真反思的。

最后，我不赞成那种极力撇清儒学和民族主义关系的说法。首先它不符合事实，其次它试图把儒家理想化实际却导致儒家的荒谬化——血缘、文化上的自我中心是任何文化都不可避免的现象，因为强化认同、促进凝聚对于族群生存概率的提升是必须和必要的。夷夏之防、"非我族类，其心必异"的说法就不说了，等差之爱本身就是"我族中心"的。关键不在是不是有"我族中心"，而是在于如何处理与异族的关系、如何对待异族。儒家强调"推己及人"，认为"仁者以其所爱及其所不爱"。这两者综合起来，才是儒家对于民族关系的完整论述。盛洪、蒋庆——可能还有赵汀阳，用天下主义论述来超越民族主义，我觉得有失片面，太过理想主义化了。天下主义至少包含有（一）"同质性"预设——所谓"天之所覆，地之所载，凡有血气，莫不尊亲"，农耕文明，合作是最佳相处方案，这个社会结构的同质性预设预设实际是利益关系模式的预设；（二）华夏实力占优预设——这只是一个条件，并不是自明的、必然的。今天看，它们几乎完全不成立。如果把朝贡体系理解为天下体系，那就更是民族主义甚至沙文主义了，美国应该最喜欢——弱者向强者朝贡，今天还有谁比美国更富有强大呢！中国又愿意纳贡称臣么？

当然，我认为儒家的民族主义是比较温和的、有人情味的。它对"我族"即"华夏"的理解也不是狭隘地单纯强调血缘、基因——这么大一个族群怎么可能有单纯的血缘？！而是注重各种元素的综合统一，在历史之中作具体的对待和处理。那种种族主义的"皇汉主义"与掏空了血缘、利益元素的文化决定论都是偏颇的。它们的历史基础，前者是因为中原常常受到游牧民族的侵扰，后者是因为农耕环境中中原社会在力量和文化在长时段和总体看都相对占优。不是说中国人"一盘散沙"么？就是指民族主义意识相对比较弱，利益关系相对分散使得凝聚力相对缺乏，在殖民这样的现代性语境中不足以应付。当时在反满的时候一些革命派祭出的就是种族主义旗号。现在，儒家民族主义论述如何升级换代是一个理论性、现实性都很迫切的问题。

简单说，坚持自由民主、维护国家利益、认同传统文化既是自由主义的发展方向，也是民族主义的发展方向。这里面理论上或许有矛盾，但现实中并不必然冲突，更不是不可以解决。

二〇一〇年

回到康有为

　　大陆新儒学的特征,问题意识上说是关心国家建构和国族建构,而不是现代新儒家的民主与科学,那是一种随西方文化冲击而来的被动反应;从学术范式来说是采取宗教话语或视角,而不是现代新儒家的哲学、伦理学话语或范式。

　　很多人都反对我们的"儒教"说,其中一种论调就是受基督教影响云云。这也未免太小看了我们,太高看了基督教,太高看了自己对儒家经典与历史的理解掌握。其实,儒家经典有明确的上帝信仰,例如《尚书》《诗经》里的上帝就既是创造者也是主宰。正是在这样一个悠久传统的基础上,孔子刺破混沌,在《易传》中指出"天地之大德曰生",将那种面目模糊、自然宗教色彩浓厚的传统转成为人文色彩主导的儒教,由以卜筮为重点的天人沟通模式转向则天而行、以德行修炼为重点的天人合一模式。儒家实践作用于世道人心,天地君亲师的牌位现在在很多地区依然存在。如果不对宗教作基督教式的狭义理解,儒教作为宗教的属性无可置疑。秋风坚持的"文教"说其实是五四以来既要区别于基督教又要对儒教的社会功能做出描述的尴尬说法。分析地说,文教的"教"是动词,以文为教,相对的是以法为教、以吏为师。儒家的文正是司徒之官所掌,是顺阴阳以明教化即神道设教,最高根据则是仁,董仲舒说得很清楚,"仁者天心",即宋儒说的"天地生物之心",也即孔子说的"天地之大德"。由此可知,文教之教也许不能作宗教解,但文教之文却很难说不是宗教。汉武帝独尊儒术,赋予儒教以政治功能,塑造了儒教的特点,对儒教本身来说影响很大,例如现实关注太过强烈,但这应该视为儒教的特点而不能据此否定其宗教品格——各宗教特点的形成显然无法在这里展开。简单说,从宗教视角理解、解读和描画儒家传统,不仅是出于对国家建构与国族建构的关注,出于对现代社会儒家传统如何重建社会基础的焦虑,也是对五四以来将儒家经典哲学化的拨乱反正,是对其内在属性品格的客观尊重和价值回归。

这也是正确理解康有为的一个基础。前阵子我在上海、北京的会议上反复讲过回到康有为的问题,这里还想再强调一下。

第一,回到康有为是回到康有为问题,即国家建构与国族建构。革命党的救国论、共产党的救国论以及自由派的启蒙论是近代以来最主要的政治叙事。它们分别以排满、共产主义、个人解放作为自己的政治目标。它们是随着内忧外患的激化和国际共产主义运动的介入而逐渐生长起来的。心理的失衡、情绪的激化使得人们将近代的挫折归因于文化,形成了启蒙主义的古今中西叙事。国际共运的历史哲学与此本质相通。这种思维上的澄清使中国问题真正得到凸显,中国道路和目标真正变得清晰。正是在这样的澄明中,五四的局限性被揭示,也正是在这样的澄明中,康有为被发现、被理解。在康有为处理的中国——这个由满族经武力征服而成的清帝国在维持其疆域规模、族群结构的前提下如何实现其向现代共和国过渡转型的问题面前,左派、右派的论述显得疲弱无力。

近代我们面临的挑战是西方列强侵逼下的生存危机,领土、主权的完整和生命财物安全的维持，所以救亡、寻求富强成为上上下下的共识。在这里，政府的绩效有效性成为衡量其执政合法性的最主要、最重要的指标。这与基于工业革命成果的社会重组及其由此而来的政治正义理解和追求是不能同日而语、等量齐观的。重要的差异就是个人权利，这是启蒙叙事的中坚范畴，在新文化运动中也借着一些文艺作品以易卜生主义之名大行其道，而实际上它与近代中国的当务之急存在某种紧张和冲突。由此可知，将启蒙方案神化是十分幼稚的。具有国际共运背景的共产主义原来也是作为"救中国"的方案引进来的。但是，无产阶级专政下的继续革命不仅导致全国政治内斗，国民经济也濒临崩溃。

因此，对这一康有为问题的强调不仅意味着儒家政治哲学的立场和智慧，也意味着儒家政治哲学的承诺和挑战。事实上，近代在这一轨道上工作的改良派、立宪派甚至更早的洋务派及其中体西用的思想主张，都是属于儒家思想的系统，代表着中国社会内部的主体的诉求和主张。回到康有为就是回到康有为问题，回到这样一个思想谱系，这样一种诉求和主张，并由此建构起关于近代和当下中国政治叙事的框架。这首先意味着一种新的制度安排。在作为帝国转型之政治与法律的起始点——《清帝逊位诏书》里，权力的受让双方达成了"五族共和"的郑重承诺。作为制度的共和相对于家天下的帝制具有公、共、和的不同性质。公，意味着天下为公、人民主权；共，意味着共同目标、共同参与；和，强调公民美德，节制、协商、公益。某种意义上可以说，与儒家的政治哲学价值和原则若合符节。除了"大道之行也天下为公"，《礼记》里还有"均、富、安、和"的具体表述。如果说国家建构主要表现为一种制度安排的话，那么，国族建构则可以理解为国家建构的社会、文化和精神、心理的方面，即对这个国家的认同感与归属感。由于其性质、作用和渊源都具有独特性而不能为政治、法律等所化约，有必要专门讨论。这意味着社会文化层面的系统努力，即达成一种对于国家的认同感。儒教的国教论主张，应当从这一角度寻求理解。

第二，回到康有为是回到康有为思路。其特征是中庸之道，理性务实，即兼顾国家格局维持和制度正义落实，兼顾个人权利与国家认同，即不忘自强初衷，以清朝而非明朝的疆域范围和族群结构，均衡处理国家与制度，现实与理想，一元的政治、法律与多元的文化、宗教诸关系。因为康有为思考问题时对情境的把握是清楚的：外力冲击、少数族群主政、地域广阔、族群复杂。这注定了转型的艰难困苦，注定了只能渐进改良而不能幻想一蹴而就。康有为的中庸之道、理性务实就是不忘初衷，尊重事实、注重实效而不偏执理念、逻辑。

国家建构和国族建构是为了实现帝国的现代转型，而实现帝国的现代转型则是为了实现国家制度与社会结构的匹配，确保在丛林化的国际环境中维持自身存在，在社会治理中实现国民福祉。在这里，国家的保全、民生的维持是历史地优先于个人权利、宪政民主和信仰自由等启蒙方案中的价值排序。个人本位、程序决定不能接受，斗争哲学、乌托邦导向同样必须严拒。换言之，首先不应从所谓现代性事件来理解定位国家建构和国族建构，它首要的目标是本能的，"保国、保种、保教"。启蒙方案与乌托邦叙事只能作为救亡方案而被选择使用，不应也不能让理论吞并事实，手段变成目的——非常不幸，这是今天最大的问题之所在。

康有为思路体现在这样一段话中："为国之道，先求不乱，而后求治。……今者保救中国之亟图，在整纲纪，行法令，复秩序，守边疆。万事之本，莫先于弥暴乱以安生业也。"这些可谓卑之无甚高论，但左派、右派之所以被称为老路与邪路，多少都是因为忘记了这一点。

第三，回到康有为是为了超越康有为。首先，康有为的"国权重于人权"在当时或者在实现次第上有其合理性，在今天，国家理性也仍然需要给予足够的重视，但人民主权的理念必须确立。尤其是在国内政治中"民权高于国权"的逻辑关系需要明确。治权的有效性永远需要保证，但主权在民的原则也绝对不能含糊。因为今天我们在工业化、城镇化等方面已经取得了长足的发展，"文明、平等、自由、自立"的问题能够也应该作为长期受忽略的短板加以补足完善。"中国梦"最现实的内容就是人民生活幸福，而幸福生活除开物质丰富就是心情舒畅，因此个性表达、政治参与自然也就是题中应有之义。其次，儒教的国教论主张有必要调整为公民宗教思路，以更好地实现共和国的同质性建构，促进国族塑造。康有为看到了共和国至文化同质性建设的重要性，看到了儒教在这一过程中的重要地位和作用。但以国教论作为着手处却值得商榷。共和取代君主立宪，自然意味着公民身份第一，意味着政治法律之外的文化同质性问题需要在现代的政治法律框架及其原则之下进行。公民宗教或许是一种比较稳妥的替代方案。传统社会，中国人是通过儒教的教化、认同获得文化—国民的同质性的，儒教同时也经由这样的路径在政治价值奠基、社会整合凝聚等方面发挥重要作用。随着社会和制度的变迁，儒教已经很难获得当年那样的支持力度和基础，需要适应性更新，具体而言就是要借助现代政治原则和结构，将政治共同体由不甚清晰的利益关系基础导向明确的法律、经济关系的基础上来，既化解新的国家政治建构、公民身份建构与儒教间的张力，又在国家认同、社会凝聚上维持其积极功用。公民宗教思路，意味着将这个儒教的系统从历史上的政治性存在转换为当代的社会性存在，让它在公共领域通过开放性的竞争博弈，通过"文化市场"的选择获得自己相应的地位和影响力。

第四，其实现可能。左派论域中的所谓国家实际是党，因为它的基础是阶级论。确实，从历史发生学角度看，国共两党都以救国为立党初衷和目标，因此都不能完全按照西方政党理论来理解定位，尤其是不能与选举制和代议制背景下的，以特定利益诉求为宗旨、以执政为组织和活动目的的政党相混同。右派所谓国家实际是社会（社会代理人的活动）。实际上，中国人所面临或所需要解决的是在西方列强进逼下，固有领土、主权与人民这三者的维持，以及由此而来的能够带领国人寻求富强的政府。在这个基本诉求的追求中，制度的正义性问题进而被提及。从发生学上讲，前者是后者的基础。但是，当正义的问题凸显后，它成为逻辑在先的议题。以致自由主义者常常不仅将其与前者分离甚至将二者对立起来思考和处理。正是在与右派的对峙中，左派为党国论找到了正当性基础。从儒家角度看，明确兼顾二者的地位意义并力求在现实中求取二者的平衡才是中庸正道。

国家、民族代替个人和阶级是以中国梦为标志的新一代意识形态话语的基本特征。这是对近代主题的回归，是对儒家理念的回归，也是对共产党"救中国"之立党初衷的重新体认。在这样的背景下提出回到康有为，不只有理论的意义，实践的意义同样巨大深远。

二〇一四年

回归救亡主题 建构复兴叙事

—— 五四运动意义地位之反思

五四二字似乎变得越来越敏感。

这主要应该是因为它不仅是述指一段历史史实，更作为一个与救亡、启蒙、革命以及现代性甚至共产主义等与各种思想体系和意识形态勾连的思想概念和象征符号，与对现代迄今的历史和现实甚至未来目标的判定理解紧密相关。另一方面，虽然这些思想体系和意识形态在中华民族伟大复兴的目标下，在习近平总书记提出的文化自信的理论视野里显现出有待重新诠释整合之紧迫性和必要性，但各种思维定势、理念框架却并未得到系统的反思和清理。这种理论工作的滞后不仅影响着"文化领导权"的争取，对新时代作为中华文明之转折点的阐释也是一种制约和阻碍。

下面即以此为背景稍作梳理和厘定。

一、革命叙事和启蒙叙事: 对五四运动的理论建构

作为历史事件的五四包含新文化运动和反对"二十一条"抗议游行两个组成部分。它们都是属于一八四〇年以来近代中国救亡运动的环节内容。救亡所救之亡是指中华民族的领土主

权、民族生命和文化传统在西方殖民主义侵逼下陷入危殆；救则是指仁人志士"保国保种保教"的各种行为和努力。洋务运动以"变技"救亡，戊戌变法以"变制"救亡，"新文化运动"以"变教"救亡。至于一九一九年五月四日北京大学生喊着"还我青岛"的口号上街更是实实在在的救亡。此外，"科学救国""教育救国""实业救国"等等，莫不如此。

启蒙叙事和革命叙事，关于五四运动的理论建构，最早其实是由陈伯达等共产党人在一九三六年开始的。《关于新启蒙运动的建议》《论新启蒙运动》等文章率先将启蒙概念与五四运动联系在一起，认为"反封建"的五四属于资产阶级领导的旧民主主义运动范畴，是谓旧启蒙；无产阶级领导的以大众化为目标的文化运动才是新启蒙。毛泽东在纪念五四运动二十周年时宣布"五四运动表现中国反帝反封建的资产阶级民主革命已经发展到了一个新阶段"，到后来这种说法被嵌入由鸦片战争、辛亥革命等构成的中国革命史，救亡被转写成革命，标志着五四的革命叙事基本完成。

启蒙运动是十七八世纪发生在欧洲的思想文化运动。如果说毛泽东新民主主义起点说的五四革命叙事是立足于对新启蒙提法之"新"的挖掘，昭示着历史唯物论之阶级论的引入和运用，那么，反映自由主义价值取向的五四之启蒙叙事，则集中在新启蒙提法之"启蒙"二字上施展想象，体现着对自由、民主等所谓普世价值的追求。二者虽然在政治上呈现出矛盾紧张，但深层的思维方式和理论预设却颇多交集叠合：（一）都是把一个"欧洲事件"普遍化而套用于五四这一中国近代反帝、反殖和反传统的救亡运动进行解释赋值；（因此）（二）都属于西方中心的单线进化论，即将欧洲的历史发展形态认定为人类社会发展的普遍规律；（三）两种宏大叙事都极富意识形态色彩，是一个包含价值观、方法论以及发展动力和目标的完整的思想系统，具有建构历史的魔力。

应该承认这两种叙事的建构都具有某种历史和社会的基础。例如，客观存在的对"布尔什维克主义"的传播、对"德先生""赛先生"的呼唤以及对"礼教"的批判，以及国人对于以变革实现救亡图存的理论需求。但必须指出，这些事实本身并非偶然、零散的话语碎片，而是近代救亡运动的特定呈现方式，虽然从思想和理论的角度说尚不成熟，但其所欲达成的救亡图存的意志目标却是坚定明晰的。张耀曾追求《宪政救国之梦》，毛泽东说"只有社会主义能够救中国"。社会主义、宪政都是作为"救国的真理"用于救国而被引入。这充分说明，即使这些元素逻辑上虽可与革命话语或启蒙话语的系统串联相通，但实际上，实践中却是作为方案性、手段性工具和命题为我所用，服从救亡的主体需要与意志目标。"中学为体，西学为用"，情怀与话语、手段与目的的本末体用关系在任何情况下都不能动摇，不能错乱颠倒。

十分不幸，两种叙事的建构者以及前此的新文化运动领袖无此自觉，话语改变了情怀，手段变成了目的。结果就是救亡主题被覆盖遗忘，"保国保种保教"的初始目标被"个性解放"和乌托邦理想替代。

悖论或异化也许是这样产生的：在自己为什么打不赢的反思中，思维反转，问题被转换成为别人为什么能打赢？当新文化运动领袖从文化角度寻求答案时（陈独秀《吾人最后之觉悟》），对传统文化的否定批判和对西方文化的引进吸纳就变得顺理成章了。一番闪转腾挪后，作为政治经济和军事对手的西方也就转换成为文化上的学习榜样，俄国或法国人的路成为自己的前途，当初自己为何出发的初心就此开始遗忘。再后来，革命叙事和启蒙叙事所自带的价值原则和历史目标，在各种历史机缘中被见仁见智或别有用心地引用强调，其所主张的理念和价值在中国的实现被灌输为历史的应然或必然。于是，极左的无产阶级专政下的继续革命导致"十年动乱"，"人权高于主权"的荒谬口号变得理直气壮。

吊诡的是，政治上紧张冲突的左右双方，在思维上却互相支持强化。八十年代李泽厚"启蒙和救亡的双重变奏"和胡绳《从鸦片战争到五四运动》的关系和作用就是如此。原本属于近代救亡运动环节之一的五四就这样分别被革命叙事和启蒙叙事塑造为中国现代史的起点，被左右两派共同尊奉为自己的思想图腾，无人撼动。

二、超越启蒙与革命　挺立中华民族

问题的症结在对近代历史主体的中华民族之遗忘。

启蒙叙事和革命叙事都产生于西方国家特定时代内的特定处境，后者是对资本主义早期之残酷性的一种批判和替代方案。当救亡的五四运动被陈伯达等说成启蒙即资产阶级革命，其性质就由以中华民族为主体以反帝反殖为内容的民族竞争转换成为以无产阶级为主体以阶级斗争为内容的国内之阶级对抗了。实际从洋务运动到五四运动的救亡活动中，中华民族是一个利益和命运的共同体。戊戌变法中的帝党后党之争，甚至国共之争，也只是变法或革命的行政实施由谁主导的问题（所谓"操之在我"的问题），而辛亥革命则是清政府无力救亡的情形下以民族革命为号召发生的政权更迭。

有怎样的问题意识就有怎样的历史叙述。"保国保种保教"是救亡的内容，国、种、教是中华民族这一历史主体的存在方式或条件。但革命叙事以阶级为主词，于是阶级解放成为左派追求的目标；启蒙叙事以个体为主词，于是个性解放成为右派追求的目标。而作为整个近代救亡运动真正的主体、动力和目标的中华民族，则变得若有若无晦暗不明——"工人阶级无祖国""无产阶级只有解放全人类才能最后解放自己"；自由主义认为只有个体才是真实的存在，是社会的构成基础和发展目的。但从中国社会发展状况说，当时的工人阶级与个体意识几乎微不足道。新文化运动主体是知识分子，五四游行队伍是学生，然后是罢市的商人，再然后是工人罢工。中国共产党与中国国民党分道扬镳后是经由土地革命才确立起自己的基本盘，并经由农村包围城市最后夺得政权。这种被表述为马克思主义普遍真理与中国革命具体实践相结合的毛泽东思想，精髓在于对于历史和国情的尊重，在于对于中国真实问题及其解决途径的把握和正视。

将五四运动重新置入近代史脉络，从救亡的主题加以理解评估，是反思和超越五四以及整个中国现代史之启蒙叙事和革命叙事的起点和关键。最根本的一点，则是中华民族在五四以及近代各种救亡运动的主体地位与救亡目标的确立，从我们的内在性理解我们自身。其实，这个主体一直是"在场"的：黄埔军校校歌唱的是"以血洒花，以校作家，卧薪尝胆，努力建设中华"；抗日军政大学校歌唱的是"黄河之滨，集合着一群中华民族优秀的子孙"。邓小平晚年说"我是中国人民的儿子"；十六大修改党章增加了"中华民族先锋队"的表述。

理论的清理，一是区分手段与目的、情怀与话语，肯定宽容前辈工作。"变技""变制""变教"或者"走俄国人的路"以及"民主宪政"等,都是中华民族的仁人志士在特定处境里选择采纳的救亡手段或方案。美国汉学家曾用"寻求富强"概括严复的一生;周恩来"为中华之崛起读书"影响者一代代莘莘学子;社会主义核心价值观以"富强"居首,体现的正是当代社会主义者对教条主义的否定(贫穷不是社会主义),将今天和未来的发展与近代历史的救亡主题相衔接的自觉。即使过激言论偏颇主张如全盘西化等(陈序经、胡适),也因有中华民族主体性原则在而知所去取不致因言废人。

二是走出西方中心论的单线进化史观,确立多元文明论述,而不是按照别人的路线图亦步亦趋,把别人的今天当自己的明天。美国自诩山巅之城,其实我华夏也是"中央之国"。欧洲的民族国家,北美的移民国家,各有精彩。五千年文化绵延,清人入关建立起广土众民的帝国历经两次世界大战而幸运维持,过去没有像欧洲或奥斯曼帝国那样分裂解体,也不可能像北美殖民者那样消灭土著,今天自然也不可能照搬其发展模式与治理方式。这是巨大的挑战,也是巨大的责任,应该也意味着人类文明新的可能与荣光!

三、复兴叙事　继往开来

救亡是复兴的基础,复兴是救亡的升华。习近平说:"今天,我们比历史上任何时期都更接近中华民族伟大复兴的目标,比历史上任何时期都更有信心、有能力实现这个目标。"如果历史是民族生命的展开,那么,超越革命叙事和启蒙叙事,建立能够承接历史，把握现在，开创未来的复兴叙事就成为民族精神走向成熟和自觉的标志和当务之急。

复兴叙事就是以中华民族为主词和主体的历史理解、现实把握和愿景规划。

在革命叙事中，历史是断裂的：封建社会、资本主义社会与社会主义社会被压缩在一个对立的场域中，中华民族与殖民主义、帝国主义的这一主要的矛盾关系被弱化甚至遮蔽。在启蒙叙事中，未来是迷茫的：个人和个性的浪漫想象是无法兑现的美丽新世界。中华民族，文化道统肇端于尧舜禹汤文武周孔；中央集权的治理模式奠定于嬴秦的郡县制；主权范围则来自对清王朝开疆拓土之军事成就的法理继承。复兴叙事以中华民族为主词，内在地包含着它们的统一性，必然要求对革命叙事和启蒙叙事的超越。从认知上说，这是对历史事实的尊重。从效果来说，有助于文化领导权的掌控——启蒙、革命所关联的价值及相关论述原本就是作为救亡的手段而被引入我们的生活，自然也应以服从今天作为救亡之新阶段即复兴这一意志目标。从实践来说，有助于我们对国内国际关系与矛盾的准确把握——人民对美好生活的向往是日常的也是普世的；即使国际关系中的矛盾处理，也不致去以阶级划阵营、建同盟，将问题本质化，而会胸怀广阔、蓝海无限。

当然，超越并非简单否定。革命叙事建立起了高效的组织系统，这是从救亡到复兴必不可少的组织保障。共产主义理想用于社会治理经济建设或许事倍功半，但对党建却不可替代，它是克服地方主义、分离主义的对症良药。广土众民需要中央集权，中央集权需要超越性的意识形态统一思想。治党以治国比治吏以治国更方便有效，奥秘在此。至于启蒙叙事，其对现代性元素的吸纳、对世界的开放态度，都极大提升了民族和文化的素质和水准。没有对现代科技和管理制度的掌握，救亡和复兴都毫无可能。

习近平关于中国梦和文化自信的论述已经勾勒出复兴叙事的基本轮廓。将文化自信作为道路自信、制度自信和理论自信的基础，实际是将今天的现实与传统文化对接，即从五千年和一百五十年来今天理解后来在道路理论和制度上的发展，而不是以意识形态去切割和规划历史，替代甚至否定传统文明。这是执政党对自己与中华民族关系的重新定位，是对十六大党章修改的理论深化。而"中国共产党人的初心和使命，就是为中国人民谋幸福，为中华民族谋复兴"则表明，中共已经将自己作为救亡的仁人志士与近代史的救亡主题紧密结合在一起。

中华民族的伟大复兴不是狭隘的民族主义。中华文明的论述中，家、国、天下一气贯通。《礼记》所谓"圣人以中国为一人，天下为一家"，是中华民族命运共同体与人类命运共同体论述的共存共荣的根基与诠释。习近平对联合国秘书长古铁雷斯说，"我们所做的一切都是为人民谋幸福，为民族谋复兴，为世界谋大同"。世界大同，正是儒家民胞物与的一体之仁的目标理想。

在复兴叙事的脉络里定位理解五四，其所勾连关涉的观念价值和意识形态，就此在历史和现实的坐标里各安其位各得其宜。这样的提升和飞跃，是新时代之为新时代的标志，是其思想和理论的题中应有之义，因为这是中华民族真正走向自觉和成熟的标志。

周虽旧邦，其命维新。

二〇一六年

西方语境下的国学问题

二〇〇五年，中国人民大学成立国学院，中国社科院成立儒教研究中心，大陆官方和民间公开祭孔，再次使儒学成为各界关注的焦点。其中，因中国人民大学成立国学院而引发的"国学大讨论"，当为二〇〇五年最为重要的思想文化事件。这次国学讨论，在思想层面上是去年"读经大讨论"的继续，但在内容深度、参与广度、影响程度上，则较去年更进一层。

中国人民大学校长纪宝成于二〇〇五年五月发表《重估国学的价值》文章，宣布将组建国内高校中的第一个国学院，顿时引发媒体、网络、学界的热烈讨论，赞成者甚众，反对者也多。虽然此间因"脊续"、院长人选等问题引发激烈的言辞之争，但各方争论的焦点还是集中在国学的含义及其意义上。

因纪宝成宣称国学"主要指意识形态层面的传统思想文化"，并认为此乃今天所要认识并抽象继承、积极弘扬的重点之所在。对国学的这一定性和价值重估，招致袁伟时、徐友渔、薛涌等学者的批评和质疑。徐友渔指出双方的分歧出在"倡言国学时，其目的、宗旨、方向应不应该和一种保守主义的甚至复古主义的文化立场联系在一起，甚至让这种立场支配、主导我们当前的全部努力"。

辛亥革命前章黄学派开始提倡"国学"。章黄学派作为古文经学流派，是广义国学的组成部分，与邓实等人提出的国学概念虽不是完全没有关系，但可以肯定，它们在问题意识、学术路数和思想诉求上都大不相同。

邓实等把国学作为国魂之所系（所以有"国粹"之说），是在中西文化激荡中的中国性（chineseness）问题，跟文化认同等联系在一起，所重在"国"，故属于思想史序列。而章黄学派提倡的"整理国故"，集中在知识层面，所重在"学"（甚至只是乾嘉考据学），故属于学术史序列。

一九〇六年，章太炎在日本主编同盟会的机关报《民报》，刊登《国学振兴社广告》，谓国学讲授内容为："一、诸子学；二、文史学；三、制度学；四、内典学；五、宋明理学；六、中国历史。"这已经改变了所谓国学问题的发展轨道。实际他本人对于"中国性"问题并非没有意识——例如鼓吹排满等，只是学术话语与文化诉求之间尚未形成通透的了解与明澈的领悟。

在我看来，当一个民族遭受外来民族军事、经济和文化上的冲击时，其对自身文化的理解决不仅仅是个学术问题（当然，这不意味着对其知识层面意含的否认），其首先具有的乃是一种调动生存勇气和能量、自我确证迎接挑战的意义。汤因比说文明是在不断的"挑战—应战"轮回中产生的，应该就是这个意思。结合所谓软权力（soft power）概念，可以看得更加清楚。

今天当然首先应该从这样一个思想或者思想史的视角理解对待今天的国学问题。与邓实等的不同之处在于，他们的问题意识是"救亡""自卫"，因为当时民族处于全面性危机之中。他们意识到了国学与国魂之间的关系，希望通过国学的阐扬来维护"中国性"，而对国学本身的理解却沿袭着前人的思路、没有表现出因应时变的开放性和创造性。而我们今天所处的是一个全球化不断推进、现代性日渐深入的时代，文化认同、政治重建和身心安顿诸内外问题交织在一起。根据国学的精神，在对现实问题的回应解决中，继承国学、改造国学。对于邓实的"国学者国魂之所系"是一种更高层次的回归，对于现实，则是一种文化创造和文化复兴的运动。

现在那些国学的提倡者，基本都还局限在"国故"的层次。相对于五四运动"打倒孔家店"、"文革"的"与旧的传统观念实行最彻底的决裂"，这无疑是一种进步。但是，如果看不到"国学"的要义是"本国之学"、看不到今天的文化挑战对于"本国之学"的双重意义，看不到自己所占位置对于这一问题的责任，那么，他们的工作如果不是对于国学的糟蹋、伤害，至少也是对于人、财、物的浪费。

在我看来，儒家在历史文化中的主干地位是历史的选择是客观的事实；国学以经学为核心，也没错，难道还以佛典、敦煌学为核心吗？问题是在今天讨论国学时，我们应该对这一切作何理解。每个文化都有自己的基本经典。所谓轴心时代，就是作为人类生命和生活基本范畴诞生的时代，而它们就是记录体现在这样的基本经典里。强调经典的意义是必要的，但现在有些儒者似乎有些过头，譬如提出要"以中国解释中国"，按照古代的"师法""家法"解经读经，似乎少了些开放性。

"国学"的重要性并不在于它是教条教义，而是民族生命与生活意义的有效提供者，而生活与生命是发展开放的，所以它也应该是发展开放的。提"以中国解释中国"可以一定程度遏制那种把传统文本放置到西方学术框架里去彰显意义评估价值的流行倾向。但是，在我看来这样理解效果可能会更好一点：如果后一个中国是指古代经典的话，那么前一个中国则应该是指具体情境中中国人的问题和需要。儒家的东西是文化，而不是单纯的知识，而文化是一组解决生活问题、存在性问题的方案。它可以分解为"圣人之法"与"圣人之所以为法"。显然，更为重要的是"圣人之所以为法"。它不应该被理解为一个抽象封闭的概念原则，而应该理解为一种愿望情怀，以及由此而生发出来的责任感和创造力。"人能弘道，非道弘人"就是这个意思。况且，既然把儒学视为民族精神的表征和寄托，它就自然与民族的生命贯通、与现实的生活互动。与民族生命贯通，意味着对生命承担有塑造和表达的功能；与现实生活互动，意味着保持理论的开放性，在对世事的因应中与世推移与时俱进。

国学有知识和价值的不同层面。知识层面是可以交流的，而价值层面的交流则是另一回事。例如，我们跟西方，科学技术、甚至哲学可以也需要交流以学习提高或互相促进，但是神学、教义学就未必了。那是一个无法化约的"诸神"的问题、意义的问题，所谓的交流只是一种沟通、对话。有些情况复杂一点，譬如夏商周断代工程，我们说是历史研究，别人则说是民族主义，没法对话。但总的来说是"说起来很复杂，做起来很简单"。因为多少年来一直就这样过来了，能交流的交流，能对话的对话，该争论的就争论，如此而已。

在基于西方经验建立起的现代学术分类架构下，作为一个文明体之核心部分的国学确实在形态学上发育得并不完善。譬如，西方就有科学、技术、社会科学、人文学以及神学等，与人类生活的方方面面相对应，且都在近代以来获得了较为充分的发展。

对于我们来说，今天要做的并不是突破什么西方学术规范的制约，而是在确立中国是一个相对完整的文明体的前提下，从人性的相同相通出发，去寻找各个学科的功能对应物，上帝的归上帝，凯撒的归凯撒，展开对话交流；缺什么则补什么。这是一个必须搞清楚的大前提或方法论问题，否则眉毛胡子一把抓，就会出现鸡同鸭讲、张飞战岳飞的混淆和错位。

由于近代以来西方文明领跑，占有强势地位，国人在救亡图存的焦虑中，不仅对自身文明的完整性失去清醒认识，对西方文明的理解也十分功利、片面。在按照西方的学术分类和教育制度去理解经、史、子、集的时候，不加反思的将经部与哲学对接是其典型症候之一，并且后果严重。

实际情况显然不是这样，儒学的宗教功能和属性、意识形态功能和属性、伦理价值功能和属性等，均需要具体分疏其脉络、意义，而不能整体主义地将其全幅简化为希腊式的知识、希伯来式的宗教或者伦理学、政治学甚至某种哲学的某个流派。盲人摸象，以偏概全的结果是什么？用现代的说法叫意义遮蔽，用古代的说法叫"七日而混沌死"——中国文化整体性和内在性的丧失、消亡。

对西方学术架构简单排斥拒斥是不智的。但同时也必须清楚，其对于国学理论系统、研究方法、学术标准的意义只能是参考性的。这不是基于什么后现代理论的说法，而是因为国学的主要功用是帮助中华民族好好生活。东海西海，心同理同。孔子他们在把中原及"四裔"当成天下时所提出的思想同样有普世意义。

"本国之学"不是他者眼中的"中国之学"（sinology），所以国学绝非汉学。究竟有何不同？看看北美和欧洲对考古学的分类就清楚了：在欧洲考古学属于人文性的历史学，在北美却属于科学性的人类学。为什么？在欧洲挖出的东西属于自己的祖宗，在北美挖出的东西属于印地安人的祖宗。跟自己的骨血有没有勾连意味着的东西是很多很多的！简单说吧，就是一个内在视角和外在视角的区分。古人说，数典忘祖将无后。这一点，洋人似乎比我们做得要更自觉也更好一些。

在这次国学之辩中，自由派学者多持批评否定的态度，文化保守主义者们则在对国学院的成立表示肯定和期待的同时，也对国学院主事者的相应观点和办学方针表示疑虑和反对。

邓实在《国学讲习记》里说，"国以有学而存，学以有国而昌"。所以，国学绝非如国学院课程设计者所声称的辞章考据之学、诗词歌赋之学或者琴棋书画之技。按照经、史、子、集的划分，它应是经部之学；按照考据、辞章、义理的划分，它应该是义理之学。按照西方学术，它是人文学甚至神学！它所关涉的是生命意义的问题，民族文化认同的问题，政治价值原则的问题。

国学能热多久？国学院能走多远？从目前情况看，我不敢说乐观。

二〇一六年

中国精神、中国价值和中华民族：
基于文明论的理解

　　某种意义上可以说精神是一种文化气质，价值是一种生活方式，生活方式又是出自环境与政治——文化的共同塑造；中华民族则是具有中国精神、认同中国价值的政治共同体。近年这些概念被作为问题提出来，成为学界和民间的关注热点，是因作为主词的"中国"在意义内涵上变得不再如从前那样的不言而喻，而需要重新加以体认和阐释——后冷战时代世界秩序、国际关系尤其是中国自身变化深刻，原有的思维方式和知识范式已不足以容纳定位，很难提供令人信服接受的历史描述、现实解释和未来承诺。

　　过去的中国只是从属于某个意识形态或知识范式的具体事例或普通个案，其意义是被纳入普遍化的叙事体系里而规定赋予的。简单说，在革命叙事里"苏联的今天是我们的明天"，在启蒙叙事里"美国的今天是我们的明天"；至于历史，要么是东方专制主义，要么是偏离常态的"亚细亚生产方式"。二者虽然政治对立，构成冷战的双方，但西方中心的单线进化论方法和西方经验的普遍性预设的本质一脉相通。由于救亡急迫，五四时期它们被作为洋务运动的"变技"、戊戌变法的"变制"之后的终极方案引入中国，改变我们的文化以救亡图存被奉为信条，陈独秀谓之"吾人最后之觉悟"。

病急投医虽然效果上可能有所收获，如历史的狡计，但深层的矛盾仍然需要反思清理，那就是手段与目的或目标的矛盾或背离：启蒙叙事是以个体为中心，革命叙事是以阶级为中心，但由鸦片战争、甲午战争失败而前仆后继的救亡运动，是以国家、民族为主体和中心。

从救亡到复兴，虽然意义内涵不可同日而语，但历史和逻辑的衔接贯通毋庸置疑。从政治学的角度说，都统属在国家建构和国族建构的目标下。救亡是因为在西方冲击下旧有的政治组织系统无法进行有效动员应对内外挑战，仁人志士起而思有以为之；复兴则是中华民族在克服救亡危机后建立制度整合社会，自觉赓续传统再造辉煌。

但是，中华民族这个近代才提出的概念本身不是自明的。费孝通从民族学角度认为，中华民族作为自觉的民族实体是近百年来中国和西方列强对抗中出现的，但作为自在的民族实体则是在几千年历史过程所形成。

顾颉刚从民族政治学角度指出，从秦始皇统一中国开始，"中华民族是一个"即已萌芽。如果说费孝通那里的民族是 ethnic 即族群，顾颉刚处则是 nation 即国族。官方表述主要是描述性的，认为中华民族就是中国境内所有民族的总称，也就是将它理解为集合概念。需要追问的是，"增强中华民族共同体意识"究竟意味着什么？共同体意识增强的目标方向和本质显然只能是中华民族共同体本身，中华民族共同体则只能是在政治、法律和文化之确立、认可和共享基础上以五十六个族群为成员的国族。是的，这就是顾颉刚所说的，"中华民族是一个"！

族是人的群体，氏族是因姓氏以成族，基础是血缘；国族则是因国家以成族，基础是政治、法律和文化——在政治、法律基础上整合成型的国族必然也会有其文化的维度。先有法兰西共和国，然后才有法兰西民族；先有美利坚合众国，然后才有美利坚民族。意大利政治家阿泽利奥说，我们已经创造了意大利国，接下来应该开始创造意大利人了。换言之，民族虽是建国的推动者，但民族问题的解决、国族的真正建构又是在国家政治架构稳立后才真正开始。因为国家的形成意味着政府"对业已划定边界的领土实施行政垄断"（安东尼·吉登斯），意味着"国家对于社会权力的强化"（查尔斯·梯利）。而另一方面，"国家建设的中心文化跟地方的大众在种族、语言和宗教上的冲突"被政治学家李普塞特视为政治学四大矛盾冲突之首。因此，我们今天应该确立这样的观念，所谓民族问题并不是民族的问题，而是国家的问题。这不仅因为推动这一进程的正当性和必然性在于同质性建构为国家稳定、社会发展、经济繁荣所必需，是国家义不容辞的责任；也因为社会作为有机组织亦自有其内在结构和历史连续性，其中的族群更堪称社会系统中的"硬核""土围子"，在这一过程中释放呈现的政治意义十分复杂。其中"少数族群"因在语言、文化和历史以及区位等方面与主流社会的差异性，在这一国家—社会的互动过程中表现出矛盾性。由此触发的边界和认同意识，可能成为极端主义和分离主义滋生的土壤，对一些具有政教合一色彩和记忆的宗教和地区来说尤其如此。那种民族既是建国力量也是裂解因素的说法，原因盖即在此。

对于广土众民的中国来说，这一点尤其明显。欧洲的现代国家建构以威斯特伐利亚体系的确立为起点，表现为诸民族地区从神圣罗马帝国、哈布斯堡王朝的支配下脱离出来获得自己的主权，成为现代国家之别名的民族国家由此揭开篇章。即使在东方，由于族群构成相对简单，日本在被美国佩里号军舰敲开大门后，社会的应对是地方倒幕"大政奉还"于天皇，族群国族迅速无缝转换。但中国的情况与此完全不同。广土众民，社会多元，加之湘军淮军的崛起导致中央权力弱化，满汉畛域更使得行政效率下降，这是戊戌变法无法获得明治维新一样成功的根本原因。天佑中华！奥匈帝国、奥斯曼帝国均在随后的第一次世界大战中分崩离析，我们却幸运地跻身战胜国之列，帝国遗产得以完整保留，成为今天进行现代国家国族建构的基础和起点。但清帝逊位诏书中"合满、汉、蒙、回、藏五族完全领土，为一大中华民国"中之"合"只是政治和法律上的，其现实的落实，经济、文化等各种同质性建设、认同感塑造则未完成。由此角度不仅可以看到"藏独""疆独"乃至"台独""港独"等问题其来有自，也可以启发我们打开国家国族建设的思维窗口——既然西方经验无法照搬，那就把历史的挑战当作文明再造的契机，天命所在，唯有斯文自任，继往开来。

民族国家之所以被称为现代国家是因为它的契约理论：原子化的个体经由契约建立政府以保护自己的生命权和财产权，进行个体和民族的自我治理。革命叙事里的国家论则以阶级为基础，通过斗争和专政建立起社会和国家的秩序。这两种同质性想象理论逻辑严密，批判有力，却与现实脱节，并非放之四海皆准。韦伯说，"想以组织行动的目的来定义包含国家在内的政治性组织，是不可能的。……要去定义一个组织的政治性特点，唯有从手段的角度来考虑：亦即对暴力的使用。"自由主义那种以个体为基础的国家论述本质上是一种分离与对立的世界观和方法论，闪现着基督教一神论和末世论的影子。十年"文革"把斗争哲学极端化，撕裂社会。它们在本质上说都是一种分离与对立的世界观和方法论，隐约闪现着基督教一神论和末世论的影子。且不说苏联、东欧政治自由化后的各种分离,亨廷顿文明冲突论的预言其实在西欧和美国这些所谓标准的现代国家内部也几乎在逐步验证中。BLM 运动如火如荼,哥伦布、华盛顿这些极具政治和文化象征意义的雕像被斩首拉倒坠地,一方面当然可以说是政治正确极端化或种族冲突的表现,另一方面是不是也可以说是《五月花号公约》奠基的民族国家之制度设计与帝国性多元族群之社会构成的无法兼容? 果如是,则诉诸勒庞式的民粹主义或亨廷顿式文明冲突论显然只会导致矛盾的激化而不是问题的解决。君不见川普总统对黑人抗议者行为的回应: 推倒雕像并不能从历史中抹掉奴隶时代,如果不能吸取教训你们可能再次沦为奴隶……

国内一些学者不满民族国家论述,理由可能有反对西方中心论的方法论与自由主义价值观。另一些学者坚持民族国家论述,确实有普遍主义信仰与现代性价值坚持。但其实从自由主义的思想谱系看,到约翰·密尔之时,由于社会问题已经不再是与君主专制对抗,而是要解决大英帝国结构上的异质多元问题,他只能以"最大多数人之最大幸福"这个整体性目标替代契约论的个体本位立场。功利主义卑之无甚高论,却解决了洛克等早期自由主义话语"分"而难"合"的问题。如果说今天国内的自由主义者尚未意识到这一转换的意义,表现出右派幼稚病,那么文明国家论似乎只注意到了民族国家论的不足,而没有从历史与国情及文明目标出发,动态地处理中国由族群到国族的整合建构问题。这一描述和定位,存在将族群的多元性本身加以固化的问题,而忽略了二者之间的张力,忽视了国家特定的政治内涵与必然要求。至于那种将民族问题化约为阶级问题、把文化认同归结为意识形态的思维,则对文化之政治属性及其特殊性的认知造成遮蔽,对民族问题的真正解决十分有害。

由秦灭六国建立起大一统的中央集权政府开始中国就称帝国。"合"必有所以"统"。顾炎武说："封建之失，其专在下；郡县之失，其专在上。"三代行封建，最后以战国的诸侯力征作结；秦立郡县，二世而亡。到汉承秦制而接受董仲舒"罢黜百家，独尊儒术"的建议，终于成就起"霸王道杂之"的政治—文化结构。至此，郡县制的中央集权维持整体的政治秩序与稳定，儒家思想则作为社会价值表达、作为社会精英纵向流通依凭、作为主流文化象征体系，政教相维，刚柔并济，两千年文明从此绵延不绝。在处理各有其性的五方之民的问题上，早在《礼记·王制》中即有"修其教不易其俗，齐其政不易其宜"的原则。这里的"教"是社会主流价值（道统，或曰公民宗教、核心价值观），"俗"是地方习俗；"政"是国家权力组织；"宜"是地方行事方式。需要指出的是，"教"与"俗"、"政"与"宜"是一种有着位格层次的结构关系，"教"高于或先于"俗"，"政"高于或先于"宜"。这与现代社会国家认同先于文化认同、公民身份先于族群身份颇相契合。效率与秩序的稳定平衡、国家社会的良性互动，是所有执政者都重视追求的。中华政治文明这样一种整体性智慧及其优势，相对于左右两种分别以个体和阶级为中心的叙事可以看得更加清楚。

中华文明又称礼乐文明。借用现代政治学的概念，可以说礼代表秩序、理性，乐代表和谐、情感。"礼者天地之序，乐者天地之和"。它的背后则是乾父坤母、民胞物与、和谐共生、生生不息的宇宙观和人生观。

以此为基础讨论中国、中国精神、中国价值和中华民族，或许我们会得出许多不同的观点和结论。

二〇二〇年

湖湘文化杂谈

对文化问题的关注可以说是当代世界性的思想景观。在我的印象里，首先是发展社会学语境里传统文化与现代化的关系问题，然后是全球化背景下族群和个体层面文化认同的问题，从西方到东方次第升温。下一个热点在哪里？在中国，我想，应该是区域文化。因为文化作为"信仰、知识、习俗的复合体"，它是实践性的，并总是与特定的生活群体联系在一起。所谓的中华文化，某种意义上可说是若干个自成一体的区域文化的总和。

湖湘文化当然是其中十分重要的一块。

谈湖湘文化，搞清楚它的开端起始和发展脉络是重要的。但更重要的则应该是搞清楚现在生活在三湘大地上的湖南人，他们心目中的湖湘文化究竟是些什么？作为从事人文研究的学者和喝湘江水长大的长沙伢子，我觉得，自己心目中湖湘文化的理念和情愫主要是由近现代湘人及其业绩奠定成型的。或者说，是曾国藩、谭嗣同、毛泽东他们的立身行事建构了自己心底关于湖湘文化的记忆、想象和目标，并通过这些象征符号作用于自己的行为。对湖湘文化来说，近代这一段历史仿佛储水池，此前的一切汇聚于此，此后的一切导源于此。活态的湖湘文化因子，最突出的是两点，心忧天下的担当意识和勇于任事的实干精神。

谭其骧在《中国内地移民史·湖南篇》中说，"清季以来，湖南人才辈出，功业之盛，举世无出其右。"有非常之人，然后有非常之事。从文化人格的结构讲，湖南人的认知品格和信息储存应该比不上江浙人、两广人。江浙一带山清水秀物阜民丰，南北朝时迁徙过来的主要是一些受过良好教育的中原官宦世家。两广在近代以来作为通商口岸则得风气之先；由于气候和生活方式的差异，意志品格和情感情绪方面，相较西北、东北或其他地方，谈不上如何过人，既不特别细腻敏感也不特别粗犷豪放，而以坚韧执着见长。作为从江西过来的移民，对中原文化的保留不似客家和河洛即闽南人纯粹——华夏和天下的观念则蒂固根深；他们与湖南的土著在抗争中融合，不仅培养了开拓务实的精神，也吸纳了当地劲悍决烈的民风血气。

但综合起来看，它具有某种比较优势：认知上有岳麓书院长期的理学和经世致用思想的熏染；作为闭塞的稻作之乡，读经入仕几乎是其精英子弟唯一的进身之阶；作为广东近邻，能够强烈感受到列强侵略带来的危机冲击。凡此种种，加上一些因缘际会，终于，也只有在那个正常秩序无法维持，"上疆场彼此弯弓月"的时代脱颖而出，在中华民族的存亡续绝之交立下不世之功。

正是在这样一种心理背景下，杨度写出了《湖南少年歌》：

> 中国如今是希腊，湖南当作斯巴达。
> 中国将为德意志，湖南当作普鲁士。
> 诸君诸君甚如此，莫言事急实流涕。
> 若道中华国果亡，除是湖南人尽死。
> 尽掷头颅不足惜，丝毫权利人休取。
> 莫问家邦运短长，但观意气能终始。

楚人尚气。气是生命存在的本真样态，是一种发为行事的潜力与可能。沧海横流，方显英雄本色；乱世英雄起四方。它们的后面相同的是气，不同的仅在这酣畅淋漓的生命元气所与结合之文化理念。值得庆幸，书院的教化使这种方向不定，善恶不明的混沌意气被陶冶熏染成为与儒家文化价值理想互融互渗的书生意气。所以，当有人说湖湘文化是一种逆境文化时，确实道出了它的某种特征。

沧海桑田，星移斗转。这样一种逆境文化还有什么现实性意义吗？还能为今天的湖南今天的中国做些什么？"广东人革命，福建人出钱，湖南人打仗，浙江人做官。"勉强点说，革命可以对应改革，出钱可以对应经商，做官可以对应招商引资搞开发，那么，打仗呢？有人在摇头。

有本《湖湘文化精神与二十世纪湖南文学》认为，湖湘文化将政治作为人生的第一要义，人生价值取向单元化，在将政治作为社会运作终极目标的同时，便不可避免地导致了对自主型、开放型现代人格建构的忽略乃至轻视。"在市场经济的背景下，对自我主体意识的呼唤成为文化转型的根本标志。"这种政治本位思想已落后于时代，湖湘文化退出时代中心舞台、走向萎缩也就成为历史的必然。

也有人认为湖湘文化阻碍经济发展。

湖南既享受沿海地区的优惠政策，又有中西部地区优惠政策；湖南的人才素质之高，早已全国闻名；矿产资源丰富，交通便利。然而，经济停滞不前，症结到底在哪里？许多官员、企业家认为湖南的经济问题很大程度出现在文化方面，一千多年来潜藏在湖南人骨子里的湖湘文化始终与现代经济冲撞、磨合，阻碍了经济的发展。周兴旺先生说："现在有很多湘军，但是就是没有一支企业家湘军。"在一个经济日益商业化、政治日益民主化、文化日益世界化深入人心的今天，说句实在话，湖湘文化对湖南人的下代的影响是负面的，必然造成湖南发展的性格瓶颈。

这都是些似是而非的扯淡。

首先，没搞清文化和人的关系。文化固然制约行为，但并不具有绝对性，因为人创造出文化原本是要更好的生活，或生活得更好。文化在结构上是多元的，对应于人的多元需要。

其次，没搞清文化和经济、文学的关系——它是通过人这个中介连接起来的。这种关系逻辑太复杂，就举例说吧：徽州、温州都是商业最发达的，但同时也是最重读书尤其重视儒学的；广州、深圳个性市场化以及与国际接轨程度高于湖南吧，文学创作又怎样？《上海宝贝》能跟《曾国藩》相提并论同日而语吗？

再次，没搞清湖湘文化的精神内涵。"政治第一"？谁说的。以天下为己任并不一定要从政，更不必然意味着对经济的排斥。台湾经济奇迹的设计师尹仲容就是湖南人。至于讲现代化大生产所注重的规则、程序等等，主要是制度问题、教育问题。人是挂在符号之网上的动物，但这网却也是人一直都在编织着。在因时因地制宜，追求人生价值最大化的过程中，文化总是趋向于越来越丰富成熟。譬如，科技和宗教这两种似乎水火不相容的两种文化，在美国就都高度发达，和谐共存。

中华文化多元一体各有精彩，在不同的挑战面前，由不同的区域文化出来承担责任引领风骚，难道不正是中华民族五千年不倒的重要原因吗？明乎此，又有什么必要为湖湘文化不够温州化或深圳化而殚精竭虑、忧心如焚乃至气急败坏呢？退一步讲，我们现在所处的真是一个可以完全埋头搞经济、闷声发大财的时代吗？不说使馆被炸、海南撞机，台湾李登辉、陈水扁主导的分裂主义运动在二十世纪九十年代以来愈演愈烈，对民族复兴的伟大目标构成严峻挑战。

天下兴亡，匹夫有责。说这句话的顾炎武还说：意气之感，固士大夫之不可无也。意气是什么？我认为就是心忧天下的担当意识和勇于任事的实干精神。有此意气，是湘人之幸，国人之福。

前阵子，因湘籍官员在中国官场的几乎全军覆没而引起湖南人的群情激愤，慨叹"湖南人没落了"。但细心人转念一想就会发现，真正杰出的湖南人其实是难以在官场中生存的，他们的性格或者说意气之感太强，角色意识或秩序感却相对欠缺。这比较适合在乱世里做英雄豪杰，却不太适合在治世里为能臣干吏。

另一方面，湖南人在学术界，在教育界，在科技界，在公益慈善界，也包括在商界，正出现人才辈出的局面。而这些领域相对远离官场，沧海横流，需要知识、才情甚至拼命精神。就我熟悉的大陆新儒家的领域，湖南籍中青年学者正前赴后继，有一种"道南正脉"的担当，继承胡宏、张栻的天人之学，与理学的心性之学颉颃对峙分庭抗礼。可以说湖南人除了在官场上有些没落，在种田、读书、从商各方面一点不落后，甚至在某些方面还引领中国风骚。

学术界有"短二十世纪"的种种说法，意味着对历史主题的不同理解，或世界大战，或中国革命。我觉得兼综中国与世界或许可以抛一个"长近代史"的提法，就是一八四零年开始的中国与世界的交往紧张对中国来说仍在持续中，譬如台湾问题，譬如尧舜禹汤文王孔子的道统问题。这意味着中国救亡的事业并未完结，中国与世界关系的常态也没确立。对以天人之学为内容的湖湘文化，对　以道统自任，以天下为心湖湘人来说，这不仅意味着机遇，更意味着义不容辞的责任。

二〇二三年

汉武帝昆仑山命名的文化意义与政治影响

汉武帝以昆仑命名于阗南山，见《史记·大宛列传》："汉使穷河源，河源出于阗，其山多玉石，采来。天子案古图书，名河所出山曰昆仑云。"最后这个"云"字有点意味深长。它既可以理解为司马迁对武帝据河源之说而冠以昆仑之名有所保留，也可以理解为其对武帝求仙草草收场语带讥讽，甚至，从这个"云"字里还可以隐约看出汉武帝自己情绪的某种失落。

事件作为行为远比概念意涵丰富，有着更丰富的阐释空间。武帝所按之"古图书"究竟是《禹本纪》还是《山海经》或者别的什么只是问题的一个方面。它的另一方面是，这一命名给昆仑这一概念带来了什么改变？作为西域远方之自然存在的于阗南山在获得昆仑之名后，它的变化又是什么？这一切对于我们国家的历史与文化叙事又有怎样的意义？这才是这一事件背后更为重要的方面。

先有昆仑之名，后有昆仑之山；先有作为宗教-神话存在的昆仑之山，后有作为自然存在的昆仑山于阗南山。所以，讨论先要从昆仑这个词或这个概念开始。

《中文大辞典》昆仑条：物之区别不明也。一作浑沦。《太玄经·中》："初一，昆仑磅礴幽，注：昆，浑也；仑，沦也。"《经典释文》："混，本又作昆。沦，本又作仑。"王力曾考证昆、混、浑三字读音相近，意义相关，属同源字。（见《同源字典》）而混沦，在晋人范望对"昆仑磅礴"的注释中的完整表述是："昆，浑也，仑，沦也；天之象也。"

昆仑（混沦）被视为"天之象"，是与记录在《周易》中，为儒道诸家所共同接受而加以发展的宇宙之气化生成论联系在一起的。《老子·二十五章》："有物混成，先天地生，独立而不改，周行而不殆，可以为天地母。吾不知其名，字之曰道。"《列子·天瑞篇》："……气形质具而未相离，故曰浑沦。浑沦者，言万物相浑沦而未相离也。"这种"元气未分，浑沌为一"应该就是《周易·系辞》"天地氤氲，万物化醇"过程中天地之气鼓摩相荡，形而上之道即将转进为形而下之器的这一阶段。无论是道家的"道生一，一生二，二生三，三生万物"，还是儒家的"易有太极，是生两仪，两仪生四象，四象生八卦，八卦定吉凶，吉凶生大业"，昆仑（混沦）作为该宇宙生成过程中的一个环节，均占有重要的一席之地。

"氤氲"作为气之交合即是"壹"，由"壹"而"一"，正是"造分天地，化成万物"的起点，如《列子·天瑞篇》所说："一者，形变之始也，清轻者上为天，浊重者下为地，冲和气者为人；故天地含精，万物化生。"《道法会元》卷六十七干脆综合二说："夫混沦，道之体也；太极，道之用也。"

这样一种宇宙生成论既是人们对宇宙发生、世界图景的直觉想象与理性化，又反过来成为人们思维活动的参考框架和想象的根据。古希腊赫希阿德的《神谱》中，第一位神灵的名字卡俄斯，chaos，意思就是混沌，可见，昆仑的神圣性具有某种普遍性。与天、道紧密联系的昆仑（混沦），在人们的文艺、宗教和政治活动中自然也就成为一个重要的概念和意象，被赋予不同内涵。仙乡、帝之下都、天人通道、地之中央、黄河之源、权力中心等等,这样一个层层递进又一脉贯通的意义链条就在这样的过程中次第形成。据此,或许可以给丰富而凌乱的昆仑文献勾勒出一个从神话 - 宗教中心到地理空间位置再到政治权力枢轴的大致轮廓。

先看神话 - 宗教中心材料。

《山海经·海内西经》:"海内昆仑之墟,在西北,帝之下都。"

《穆天子传》:"天子升于昆仑,观黄帝之宫,而封丰隆之葬。"

《楚辞·天问》:"昆仑悬圃,其尻安在?"王逸注:"昆仑,山名也,其巅曰县圃,乃上通于天也。"

《禹本纪》:"昆仑其高二千五百余里,日月所相避隐为光明也。其上有醴泉、瑶池。"

《淮南子·地形训》:"掘昆仑虚以下地,中有增城九重。上有木禾,其修五寻。珠树、玉树、琁树、不死树在其西,沙棠、琅玕在其东,绛树在其南,碧树、瑶树在其北。旁有四百四十门,门间四里,里间九纯,纯丈五尺。旁有九井玉横,维其西北之隅,北门开以内不周之风。倾宫、旋室、县圃、凉风、樊桐在昆仑阊阖之中,是其疏圃。疏圃之地,浸之黄水。黄水三周复其原,是谓丹水,饮之不死。"

《周礼·春官·大宗伯》:"以苍璧礼天,以黄琮礼地。"郑玄注:"礼天以冬至,谓天皇大帝在北极者也。礼地以夏至,谓神在昆仑者也。""

昆仑作为混沦本应是形而上的存在。但因为天的人格化,而人格化的天帝必然有其居所,于是"天庭""紫薇垣"应运而生。中国神话 - 宗教中的天地、神人是可以相通的,因此,既有"天庭""紫薇垣"应该也就有"地都""紫微宫"。混沦向昆仑、天向山的演变正是如此展开。《楚辞·天问》中，昆仑还是山，但其巅峰悬圃上接于天。《淮南子·地形训》中，昆仑墟与"增城"以及天的关系已经浑然一体（有闾阖）。其背后的依据也许就是"天皇大帝在北极，神在昆仑"。或者如郑玄注《周礼·春官·大司乐》所云"天神则主北辰，地祇则主昆仑"。"北斗注昆仑"之说渊源有自，春秋钟离君柏墓葬形制就颇合昆仑之墟。

天帝所居的天庭是天之中央，与之相对的昆仑作为"帝之下都"自然也就是地之中央了。二者是互相贯通的，因为据说昆仑"去天不过数十丈也"。（《抱朴子·祛惑》）这也多少能够解释为什么庄子会说"中央之帝为混沌"。

昆仑在想象中呈现为山的意象之后，后人对这一神山的现实寻找也就开始了。《汉书·地理志》说金城郡临羌县"西北至塞外有西王母石室、仙海、盐池。北侧湟水所出，东至允吾入河。西有须抵池，有弱水、昆仑山祠"。《十六国春秋辑补》第七十卷称："酒泉南山，即昆仑之体也。周穆王见西王母，乐而忘归，即此山。"但认同者并不多。清人毕沅就已经意识到"昆仑实非一地，高山皆得名之"。但直到今天还有学人提出各种猜想，岷山说、祁连山、泰山甚至乞力马扎罗山诸说，不一而足。

如果把从属于宇宙生成论之哲学 - 宗教 - 神话的昆仑概念视为抽象的能指，把被认定为昆仑山的各种自然存在如岷山、泰山以及于阗南山叫做所指，那么 将二者对应结合的行为则可以叫做命名。可以，作为能指之昆仑概念的建构，作为所指的实体对应物之寻找都只是基础。权力体现在将这一概念具体与谁结合在一起，并被相关方面接受和认同才是关键因为命名乃是一种权力或权力使用行为。

文化与政治的结合，是文明的形成。昆仑概念原本就并不是起于某座叫昆仑的山，而属于一个文化或文明叙事，其所属的宇宙生成论原本就意味着一个文明体对于宇宙世界之起源与秩序及其与人们生活之关系的理解与建构。因此，由一位最高统治者决定将某个陌生遥远的地方命名为昆仑时，它的意义和影响就应该从文明的高度与深度来加以解读。

首先，是对昆仑文化本身发展的促进。前面所说的意义链条，仙乡、天庭、地中等都属于宗教文化的范畴。由于只停留在思想文字层面不能落地，其发展空间受到限制。当它被汉武帝指定为于阗南山，这一文化叙事落地生根于斯而开始了新的繁荣。《纬书集成·尚书纬》："北斗居天之中，当昆仑之上，运转所指，随二十四气，正十二辰，建十二月，又州国分野、年命，莫不政之。"《汉书·天文志》中，这一的政治意蕴更加浓烈："斗为地车，运于中央，临制四海。分阴阳，建四时，均五行，移节度，定诸纪，皆系于斗。"诚然，董仲舒的《春秋繁露》已经提出了类似的政治主张，如"以元之深正天之端，以天之端正王之正，以王之政正诸侯之即位，以诸侯之即位正境内之治"，但这是从《春秋公羊学》出发做的引申，偏于理论。《天文志》和《尚书纬》则是从星宿崇拜出发，易于实践。《四民月令》记载的汉人生活图景可说是这种信仰实际效应的一种证明。

其次，是对疆域的开拓与西域的内化。现代领土概念不是指一个自然地理区域，而是指政治法律的有效行使范围。这也是前面说命名意味着一种权力或权力的行使的缘由所在。张骞凿空西域本是武帝北击匈奴这一军事行为的组成部分。当于阗南山被命名为昆仑山，它就不再只是一个纯粹自然性的存在，而成为了一种文化上的存在，为其政治、法律地位提供支持，即大汉王朝领土疆域之宣示。

　　昆仑二字由于附着积淀了特别丰富的文化属性而有力体现了这点，不仅拉近了它与国人的心理距离，也强化了它在整个政治／文明体系中的地位。政治军事力量难免起起伏伏，西域控制因此而时断时续，但昆仑之名的文化之光永不磨灭，记载着历史，昭示着未来，成为国人心中永远的激励。

　　最后一点，山本无名，惟人所定；黄河有源，源于九天。武帝遣使寻河源很有可能是公私兼顾——公是寻找盟友共击匈奴，私则是就是寻找"饮之不死"的昆仑"丹水"。但不管有无"丹水"是否"河源"，汉武的决定都有着远远超出个人行为和文献学、地理学层面的政治、文化意义。地图的政治学告诉我们，地图不只是复制一个自然世界，还塑造建构一个政治世界，一种文化秩序。打开地图，腾格里沙漠的腾格里是蒙古语"天"的意思，祁连山的祁连是匈奴语"天"的意思。如果没有昆仑二字，中国元素在西域的缺失对政治世界和文化秩序的塑造无疑是难以弥补的损失。而有了与北斗贯通的昆仑，与黄河贯通的昆仑，则不仅使黄河之水获得了天上的源头，也使这一母亲和滋润的土地孕育的文化获得某种神圣性。这种文化意义的赋予不仅是当年行政治理的历史见证 也是今天进行文化建构的基础依据。《三国志》卷三《魏书·东夷传》中："汉氏遣张骞使西域，穷河源，经历诸国，遂置都护以，总领之，然后西域之事具存。"毫无疑问，据河源以定昆仑之名乃是"西域之事"中极为重要的篇章。

　　于此，我们对昆仑文化的意义也许又能获得某种全新的体认。

二〇二三年

序与跋

《原道》第一辑开卷语

士尚志，志于道。

今天的道是什么？

亨廷顿说，未来的世纪，西方文明将受到以中国为代表的的儒教文明的挑战。如果正大踏步向二十一世纪迈进的中国其文化确确实实是一个性格独具结构完整的系统，那么，它那五千年来一以贯之而至今仍然不可或缺的基本精神或价值拱心石，究竟是什么？或者说，应该是什么？

《原道》正是要向人们提出这个问题，把我们的思考和理解表达出来。中国特色社会主义是需要人们对此有所思考和理解的，因为中国最大的特色就在文化。

五四以来，西方文化成为我们观照自身的参照系。如果在认知科学领域乃是必然的，那么在人文学科领域这种必然性就并非确定无疑而需有所保留了。况且，西方学术界自身到今天也发生了深刻变化。所以，《原道》在学术史层面也有所追求，即唤醒学人的学术范型意识，对自己习焉不察的思维方式和话语系统进行反思。面对问题本身，解决真正问题，知识之树才会有生命的新绿。

二十世纪九十年代，经济和社会发展日趋走上正轨，时代对文化的需求也变得日趋明朗迫切。知识分子在此基础上重新萌生的对文化问题的关注，较诸八十年代思想解放之初的热情浪漫自应是冷静深刻许多。历史需要切实的建设和创造，作为通向未来的阶梯。

贺麟先生很久以前即曾指出，若把民族复兴问题单纯看成一个经济问题，不唯忽略了事实，也忽略了复兴的根本要义。我们希望自己的努力能与千百万中国人的努力汇聚一起，推动中华民族的腾飞和中华文化的复兴。

我们相信，人能弘道，非道弘人。

一九九四年

《浮生论学》自序

李泽厚跟我的关系是老师、老乡和朋友。

我认为他是我们学科里这五十年甚至这一百年来最重要的学者。他将自己上接康有为，并不是什么狂言。这中间还有哪些重镇横亘其间构成挑战呢？牟宗三先生当是最值得关注的一个。新儒家的事业意义非常大，但我认为它主要应该置于社会史文化史的范畴内去加以评估。他们漂流海外，守先待后，是中国文化慧命的守护者，而他们文本书写所择取的那种知识学进路，先天限制了其思想成就的获得。这是二十世纪的学术范式与中国社会的政治背景使然，没办法的。李泽厚则提出了许多东西，在世界历史发生深刻变化中国社会开始新一轮启动的时候。虽然他早已轰动一时二时，但那主要是由于转型初期理论界太过贫血。我认为他在本书中着意强调的许多东西并未得到世人的真正了解，也不会有兴趣去了解，但我相信它们会长久地影响后来的思考者，至少作为一个起点或作为一种参照。其作为灵感记录的论纲形式，知识学上梳理得不精不细，正说明它们尚属于智慧的初创形态。

古人云"非我而当者是吾师"。我称李泽厚为老师，并不是说我从他那里学到了什么接受了什么。我认为教我东西最多的是小学时的语文闵老师，教我拼音；再就是博士研究生时的导师余敦康先生，指示我为学方向。李泽厚这里呢，主要是我对他心存敬意——叫老师先得有几分佩服才行。同时，他有几句话，给我印象深刻。一是要我选择一二个较小的课题做透，成为专家。像他有了谭嗣同、康有为两个人物研究，就可以放言无忌、有恃无恐。除开心理上找个根据地，在一个地方下足笨工夫，得到的训练就像解剖麻雀一样，举一反三，做其他什么即使不势如破竹也胸有成竹了。这虽然是大道理，由他说出来分量就不一样。二是要我尽快明确自己的定位，做学问还是搞思想？最近写的几篇文章他看了说，既不像学术又不像思想。虽然对他的学问和思想的标准不以为然，因为我自己心里定位明确，也知道该如何用作品标明，但我还是非常感激他。我知道他对我的态度或心情跟余先生一样是寄以厚望的。三是他多次指出我不努力。这回在对谈间歇到未名湖散步，他突然冒出一句："你跟赵汀阳都难成大器。赵汀阳不认真，你陈明不努力。"不认真，是西方后学的重解构轻建设的嬉皮士；不努力，是传统庄列的逍遥放旷的文人味。赵汀阳是不是那样我不知道，反正说我，我认为是比较准确的。说者不是无意，听者自然有心。我会记着，到时候会努力的。

再一个就是他说我"天性淳厚"，在我人格结构的天平中，在善的那一端加了一个重重的砝码。他常说我聪明。这时我就说："听到说聪明，我高兴；听到说天性淳厚，我喜欢。"是的，人经常是你说他是什么样子，他就会成为什么样子。我天性中这样一方面的东西很少被人发现。实际上很小的时候就有人这么说过。有次过年，外婆从笼子里抓出一只鸡，一边拔鸡脖子上的毛，一边在嘴里念叨："鸡儿鸡儿你莫怪，你是人间一道菜。"看着鸡翅膀扑腾扑腾，想起它打鸣的样子，我就要抢外婆手里的菜刀。上屋的老太太见了就说，你这外孙伢子心好慈哩。

同乡三分亲，首先亲切的是口音。长在异乡为异客，一定的口音我认为是一个人有性情的标志。有的人到一个地方，路还没认全，就本地话咬得字正腔圆得如同念白，我听着总有戏子的感觉，跟那刚拿绿卡没几天就对着老爸爹地爹地叫的所谓华裔一样叫人轻视。李泽厚的长沙话还是蛮标准的。整理录音的两个小朋友说，十盘磁带听下来，他们的湖南话已达六级水平了。这大半应归功于李泽厚，因为我为减少整理的难度，说话时尽量注意，应该比李泽厚离普通话近一点。

再就是口味。湖南人最喜欢腊鱼、腊肉、腊鸭、腊鸡，李泽厚还不只如此。有次从长沙回来，老同学送他几瓶剁辣椒，他要往美国带，实在带不动的，就留在我这里。这剁辣椒确实好，每次吃饭没胃口的时候，只要打开瓶子闻一闻，不管什么菜，两碗饭下去是没问题了。他在美国应该也是这样。我跟他到长沙，他指定要住在司门口。为什么？到火宫殿、老照壁、杨裕兴都方便，那里有他读省立第一师范时所熟悉的面条、米粉、臭豆腐。当然这些也是我小学中学时的美好记忆，就跟我们常常说起的枫树叶、映山红、油菜花一样。

凡有所食，皆成性格。爱吃湘菜的李泽厚湖南人性格挺典型。犟、固执、或者叫霸蛮。曾国藩讲过"挺经"的故事，两个作田人过独木桥，在中间相遇，都不让，挑着担子挺了一天，这是霸蛮的生动写照。曾国藩挺出了事业，李泽厚也犟出了成就。那几十年，读书人要搞出点名堂，多不容易！自由之思想、独立之精神，既要有义理的导引，也要有气质的滋养。当然，今天喜谈巫史的李泽厚与湖南乡土说不定还有另一种联系，那就是他的灵气与楚文化中的巫风一样带着几分邪气。郑家栋说他是个异数，异数就是妖精。

最后讲朋友。他说我是自称忘年交，似乎他并不这样认为，其实他是不满足于我只把他当忘年交。他还希望我多两种角色，像学生啦，追星族啦。但要是我真的变成了那样（当然不会），他恐怕又会很失落的。他不缺少学生（聪明的、笨的），也不缺少崇拜者（男的、女的），他真正缺的是朋友。他那种性格决定了他不会有什么朋友，至少在年龄相近、专业相同和生活工作圈子重合的那样一些范围中。他是所谓人中龙象，需要的空间自然也就比较大，不免因挤压他人而引起拒斥反感。而人对朋友的需要又不可能没有。他说他在美国很寂寞，其实我想在北京也好不到哪里去，那种寂寞并不能说都是武打小说中独孤求败的那种。

我呢，跟他若即若离，因为我也属于身上有刺的豪猪。在一起的时候，追求时间的效率，什么都说，什么都干，但决不久待。兴致稍降，迅即离开。不知这是不是也可叫作君子之交淡如水，反正我认为是我们之间友谊可持续发展下去的唯一方式。当然，跟他在一起还是挺有趣的，因为他已是从心所欲的年纪，脑子反应又快。有次他向大他一轮的宫达非求取长寿秘诀，不知谁答了一句"不近女色"。轻松的气氛变得有些尴尬，李泽厚却笑着反问："哪个近？接近的近还是禁止的禁？"宫也不含糊："有时是接近的近，有时是禁止的禁。"举座皆欢。

他总是爱说我没晚辈的样子，我也不讳言他没长者的风度。比如打电话，他远在美国，中国电信收费又那么狠，一打就是几百块，他毫无同情的理解，总要我拨过去。我知道他不可能是吝啬钱，他要的是那份心理上的被尊敬感。我说老倌子啊，你可以让我打受付呀！后来，我就用 IP 卡，打完拉倒。五十或一百块钱走完后，哎，意犹未尽的他又拨过来了。

据我的经验，大学者可分两种。一种是学问大于生命：生命受学问支配，徐迟笔下那种"白痴天才"是极致。还有一种，生命大于学问：生命因学问的滋养而变得更加饱满丰富，乃至气象万千。李泽厚即是如此，既有美丽的羽毛，也有俗气的辫子。难能可贵的是，他摆弄起来都那么自然。

　　自然就讨人喜欢。

　　看看这本书就知道了。

二〇〇一年

《文化儒学：思辨与论辩》自序

儒学从来被视为文化；从曾国藩、张之洞到熊十力、牟宗三，近代以来认同坚持儒家思想理念的政治家、思想家也一直被视为文化保守主义者。这里的文化一词，前者是作为概而言之的共名，后者是指作为与政治、经济或宗教相并列的别名，均不难理解却又似乎都很难经得起推敲追问。而作为本书书名的"文化儒学"的文化则属于文化人类学意义上的概念，是指一个由人创造出来用以解决其生存生活问题、协调其与自然、社会及自己身心关系的符号性、工具性或意义性的系统。这既意味着作者对儒学之知识类型或属性上的定位，也标示出其对儒学本身的立场和态度。由前者，作者与那些将儒学化约成哲学、宗教或者伦理等的近代以来的儒家学者或非儒家学者相区别；由后者，作者又与那些原教旨主义者或文化虚无主义者（全盘西化论者）相区别。因为在文化人类学的视域里，文化在结构上呈现为一个包含知识、信仰以及艺术、习俗等等的复合体，在存在方式上则表现出遗传和变异或继承和发展之间的动态平衡。

文化人类学还有内在视角和外在视角（insider/outsider 或emic/etic）的区分。作者自认属于前者，即试图表达一种作为文化承担者对自身文化的认知，而不似后者是表达一种"他者"对"异文化"的分析。这使本书文字对儒学的论述流露出一种文化现象学、阐释学的倾向。如果确实如此，它的直接原因应该首先跟作者早年选择魏晋玄学完成博士论文这一经历联系在一起。跟魏晋一样，今天的社会结构也发生了深刻变化，儒学内部也必须面对一个如何在变化中传承的问题；它需要属于自己时代的王弼式的思想著述。

文化儒学、内在视角，意味着儒学与生命的内在关联。宋儒讲"变化气质"，牟宗三说儒学是"生命的学问"。他们那里儒学不仅逻辑上是"先在的"，价值上也是"优位的"。而本书作者认为生命与儒学是双向互动的关系，不预设什么"天"或"理"的逻辑"先在性"。作为意志与环境互动的产物，儒学既是生命的表达者又是生命的塑造者。作为表达者，它是可以选择的；作为塑造者，它是值得敬畏的。

如果"得意忘言""即用见体""公民宗教"可以视为本书的几大关键词，那么"得意忘言"具有方法论意义，凸显"用心"作为行为的动机及其效用评价者的意义。"用心"即是。一体之仁一以贯之，其显现发用，则因时制宜。"即用见体"就是为了解构宋儒以及新儒家的形上思维旨趣，通过将命题还原于历史情境，在对命题的历史合法性做出论证的同时，打开其向现实开放的可能空间。"公民宗教"则是为了超越以基督教为范型的儒教解读方式，在儒教国教化的所谓上行路线之外探讨某种基于社会心理意识和组织系统复兴的可能途径。

从五四的"打倒孔家店"到"文革"的"狠批封资修"再到二十世纪八十年代的"拥抱蓝色文明"，二十一世纪国学、儒学之受重视叫人感慨系之。这并不是什么"热"，而不过是社会趋于正常之后文化意识向常态的回归。并且，这个过程同样需要付出努力：一方面传统需要更新自己的话语形态，一方面思想界也有一些心态和认知需要调整纠正。从"思辨与论辩"的副题可以清楚看出，作者的工作实际也是贞定于此。跟学术、抽象的"思辨"紧密相关，国学院、《论语》和施琅诸论辨后面，所涉及的乃是政治重建、文化认同和身心安顿等问题。从那些出场的脸谱可以清晰分辨出当代中国学术界的各种流派在这些问题上的主张，以及主张后面的思想资源和价值诉求。作者的观点或许远不足以代表儒家，但绝对属于他自己。读者不妨像数罗汉一样试着对号入座，看看自己的好恶如何作者的论证又怎样？

智慧女神的猫头鹰要到黄昏才起飞。在这样一个过渡时期，希望产生什么宏大成熟的思想未免有些不切实际。在《儒者之维》出版三五年后推出这样一个论文集，作者可谓一则以喜一则以惧。喜的是出版社愿意出说明还有人对儒学和传统感兴趣，惧的是三五年过去自己还算努力的成果无论在哪种意义上都只能说差强人意。

但愿下一个三五年能做得稍好一些！

是为序。

二〇〇九年

《儒教与公民社会》自序

给这个集子取名颇费斟酌。

文章讨论的主要是三个问题，儒教特征、儒教经典和儒耶关系。儒教特征，既要试图证明儒教作为宗教可以成立，又要对它的特殊性有所强调，更重要的是要对它在当代社会中的功能定位与发挥做出具体把握和分析；儒教经典与前一问题相关，既然说儒教是一个宗教，那么就必须要回答它的神学论述为何的问题，并对它与历史上已经汗牛充栋的种种诠释以及在历史中深入人心的教条的关系作出说明；儒耶关系，宗教是一种实体化的社会存在，是我们今天真实面对也必须妥善出了的一大问题。儒耶关系应该是其中最突出也最重要的一个吧。其意义不只是文化性的，也是社会性的、政治性的。这些问题属于时代，但在我这里无论从方法角度到结论表述却很个人化。除开本人比较散漫有欠功夫火候，多少也与思想和学术正处于转型期有关。本来想用一些诸如探索之类的词表示谦逊低调，但终因累赘不利索而选择了现在这个大而化之或者有点赶时髦之嫌的名字。不过从文章应该可以看得出，我确实是把现代公民社会作为自己思考前述问题的出发点或立足处的。

儒教特征部分公民宗教是核心概念。

儒教之公民宗教说在二〇〇五年全国首届儒教学术研讨会

上匆匆提出，原本主要是为了论证儒教论——宗教是个麻烦的词，论证儒教具有公民宗教地位、意义和功能则相对容易许多，而既然它是公民宗教了，那么它作为一个宗教的存在不也就理所当然了么？后来修改文章发表的时候又悄悄萌生出了一个野心，以之作为儒教重振的策略或路线图——既然作为公民宗教的儒教其历史文化功能是正面的，那么说服社会接受它进而推动其作为一个宗教的发展应该也就会顺利许多。后来在与陈宜中、周濂等的交流中，他们的自由主义者的立场促使我去考虑这个儒教将要与之接榫的所谓社会在今天究竟是怎样一种样态？它有什么问题？它需要怎样的儒教？儒教又该如何与之衔接互动？在把问题的思考带入国家建构和国族建构的历史场域之后，我感觉"儒教之公民宗教说"在深度和质感上有所进步，问题节点的增多也使整个论述有了初步的轮廓。这个议题已经引起了学术界和思想界的关注，我希望自己观点看法能在这样的挑战—应战中继续得到发展完善。

儒教经典部分的文章虽然篇幅不多，但我觉得《易》《庸》《学》三典论的儒教神学建构还是十分重要的。蒋庆先生觉得应该对《诗经》《尚书》和《周礼》里面的材料加以重视。确实如此。不过相对而言，它们是直接的经验，是神之灵与人之行的叙事记录，也是"三典"得以成立的基础。水之积也不厚则其负大舟也无力。没有作为一个宗教的儒教作为社会基础，儒教的公民宗教地位是很难得到支撑保证的。兹事体大，万绪千头需要从长计议，但这些理论的工作是现在就要做的。从五经到四书，儒家思想系统的思想图景变化不可谓不大。今天，在数千年未有之变局确立百年之后，我们应该有勇气和责任去做这样的构想。

儒耶关系从曲阜教堂事件看比较紧张不容乐观。但也正是在对这个事件的调查中，我发现很多的矛盾其实主要是因为误解，而并非无法化解的所谓诸神之争。儒耶二教在神学和伦理上存在不同原则和叙事是自然正常的，理论和实践中存在某种张力也没什么大不了，由此引起的文化认同上的纠结冲突也可以通过公民文化平台来加以化解调适。我认为真正需要注意的是宗教作为一种组织系统的社会整合问题，这本质上是一个政治的问题或权力的问题。当年的礼仪之争、太平天国运动等都属于这一范畴。由于十分复杂的内外原因，体量和能量都十分巨大的基督教如何在中国实现本土化将是未来最重要的文化课题。儒教无疑能够也应该在这一过程发挥某种积极作用。基督教对儒教固然多傲慢，文章多有述及；儒教对基督教也多偏见，这里谨作某种提醒。

曾经以从宗教而非哲学角度理解儒家思想系统在历史上的地位作用、把握其与生命生活的互动联系、描述建构其在当代社会的地位功能区分大陆新儒家与港台新儒家或现代新儒家，获得很多认可，也遭遇很多质疑。大家应该记得前几年关于中国哲学合法性危机的讨论，论文发表、会议结束之后，一切似乎又重回从前。倒不是说儒家思想传统的伦理学、形上学研究已失去意义，而是说从宗教学、政治哲学角度的研究非常重要却非常薄弱，至于把它与当代社会转型中的问题结合起来的研究则更是少之又少。如果读者也承认书中涉及的问题现实性和理论性都很强值得深入探讨，那么我要说这与作者是从宗教的角度解读儒家、从儒教的角度切入社会有直接的关系。事实上这一切本就是儒家文化固有的文化内涵和历史存在形态。

儒教与公民社会的关系是一个全新的课题。文化认同、国家认同以及与自由主义关系应当为何与新左派关系又该怎样等等都需要大陆的新儒家群体审慎思考郑重对待。我认为自己的工作就是这样的初步尝试。非常期待从这一角度展开的讨论和批评！

是为序。

二〇一四年

《中华家训经典全书》自序

　　在中国的传统社会中，"家"一直都是个很重要的概念。

　　不过古人所谓的"家"，和今天不大一样。家字的古文，就是一间房子里养着一头猪——当然今天的文字依然这样。在古籍中，大夫以上方可称家——指的是卿大夫的封地。孔子说"丘也闻有国有家者"，指的就是诸侯与卿大夫们。在这个意义上，"家"与"国"的意思很接近，所不同者在于，国是四方执戈守御之城，而家只是一块土地，卿大夫们在那里建立起自己的宅第。

　　这个古老含义的背后，就是中国最古老的国家政治形态——封建制或曰分封制。这里所说的"封建制"，与我们现在所说的"封建制度"并不相同。古人所谓"封建"，指的是封邦建国。"封"，本意是在地上种树：古人在边境上种树以确定边界。"建"，许慎在《说文解字》中解为"立朝律也"，即确立法度之意，这与今天是基本一致的，只不过·为动词·为名词而已。既然这样，把"封""建"二字放在一起，就表示在大地上以种树的方式圈定一块土地，然后在那里建立制度。

　　这种封建制的代表，就是周代的分封制。其最小的单位即是"井田"：八户人家合分一块田地，地分九块，边界纵横如"井"字；八户人家各分一块为私田，中间一块土地为公田，八家共耕，用为缴纳赋税——这恰是今天我们所说的"家"。井田再向上，就是诸卿大夫的"家"了，家之上是诸侯的"国"，最高的，就是周天子的"天下"。如果这样看的话，周天子、各级诸侯与卿大夫就都变成了大大小小的家长，只不过"家庭成员"构成比较复杂罢了：除了由血缘联系在一起的家族成员外，还有大量的"管家""仆人"以及"佃户"；而这些"管家""仆人"以及"佃户"的"家"中，又各自有"管家""仆人"以及"佃户"，直至最小的一户——只以纯粹血缘为纽带的几口之家。

这是个自上而下，以"家"为单位，层层分封的政治结构；倘若把这个结构倒过来，则可以用来解释为什么会出现这样的制度。也许最初只是像神话中所说的那样，世上只有伏羲、女娲那么一对男女、一户人家；他们在一起繁衍生息，子孙多了，就形成部落；部落大了，就有人迁出去，寻找新的栖身之所，后来又变成新的子部落；如是不停，最后部落变成国家，国家又组成了"天下"。

这样一来，封建的另一重含义就开始变得重要起来了：要在土地上建立秩序。一如"家"这个概念一样，从血缘出发，最终形成超越血缘的公共空间；这个秩序和法度也是从血缘亲情出发，但最后落实却是超越血缘的公共层面，即由"亲亲"而至于"尊尊"。其实，在封建制的基本单位"井田"中，就可以窥见这一现象：八户人家同耕一地，八户人家各自因血缘而成立，但八户人间之间，却构成了一个小小的公共空间。在那个单纯以血缘维系的几口之家中，亲亲之爱可以是全部——一如今天的三口之家，但只要迈出家门一步，血缘的维系功能就面临着失效，因为失去血缘的联系，血缘的规则就难以展开，所以即便是与同属一块井田中的邻居，也要依照尊尊之义的规则来相处。

如果从井田再向上一步，到达卿大夫的"家"中，那么即使在血缘维系的家族中，亲亲之爱也是不能完全适用。在一个上有父祖，中有兄弟妻子，下有子侄的大家族中，如果只讲亲亲之爱，只会让这个家族陷入混乱：父母与子女都是一个人的至亲，但一个人难道能够像爱父母那样去爱子女吗？况且家中还有管理事务的官吏，如此复杂的大家庭意味着必须要依靠超越血缘、更为普遍的规则才能实现秩序。而在中国的传统社会中，多数时候所说的"家"，都是这种家族之家，既然叫"家"，那么这个秩序与法度就不妨称之为"家法"。

而这家法，就是今天所谓的家训，比如《尚书·无逸》。它本是周公教导自己侄子——武王之子成王的文字，内容也是讲述如何治理天下的——"无逸"就是不要放纵的意思。乍看之下治理天下似乎与家离得很远，但在上文所述的周代封建制下，所谓天下，就是天子之家，只不过在这个家中，血缘纽带几乎已经成为边缘性的，因为天下之中充斥的，是与周天子毫无血缘关系的陌生人，而那些原本血缘亲近的诸侯，几代之后，也差不多就是叔侄同岁、小儿作祖了，甚至可能天子家刚出生的婴儿，就是鲁国去世君主的堂弟。因此，《无逸》讲的虽然是治国之道，却不妨碍它被视为"治家格言"。一如上文所述，家训首先是规矩，是在规则层面，打通一个家族与整个社会的工具。

从另一方面讲，家又是传统中国最重要的教育场所。道理很简单，天玄地黄、一一得一这样的知识可以从外面的老师那里学到，而问候长辈、侍奉父母、招待客人这些立身处世的规矩，却是不能单单从老师那里学的。因为前者只需要知道即可，早学晚学问题不大，但后者却是一个人面对世界时所需要的基本素质——这是等不得的。假如一个古人在二十岁冠礼之后才开始学习如何侍奉双亲、招待宾客，那么等他学会这些，也许他早无亲可奉、无友可交了：他一定是要在家中，在与亲友、宾客的接触之中，一边学，一边做。这也正和上文提到的打通家与社会的说法相应，因此，家训还是一个人立身天地之间，最基本素质的学习教材。

既然如此，那么家训就必须得能传承下去，是家族代代相传的家法与家教，不能只是一是一代人的法与教。故此家训中最重要的内容一定要能够经受时间的考验，这些内容可能被溶解在那些琐碎的洒扫应对、养生送死之中，故而这些现实生活的细微内容，其中却蕴含着先贤们认为天地间最为宝贵的德行。颜之推作《颜氏家训》，只说不愿子孙靠学鲜卑语、弹琵琶，投北朝权贵所好而求官，言辞平平，而其六世孙颜真卿死不降叛，气节千秋尤盛。从这个角度说，家训更是一个家族的精神所系，立世之基。

以此观之，家训作为一家之法度、一家之学问与一家之精神，能于一家之私地，养成处世之公心，不可等闲视之。不过古今有别，不可不察：古人之家大而今人之家小，古人之家有公有私而今人之家有私无公，而最重要的则是，古人之家多有传承，而今人之家多无根基。所谓大小，古人聚族而居，几世同堂，而今人多为三口之家，三代同堂已属难得。所谓公私，如上文所述，古人家中有佣有仆，有族中公事有室中私务，而今人三口之家，即便雇用保姆，亦多为临时性的，自然谈不上家中有公事了。所谓传承，古人之家，代际相传，家中有学，今人之家，所有教育，均在学校完成，家中大多无学。

从这三方面来看，今人尤其是居住于城市中的，其家之形态，与古人已是天渊之别。然而古今之变中，自有其不变者。其实，文中开篇那些弯弯绕绕的文字，虽然是要说明，中国人的"家"并不仅仅今天所指的，那个小小的几口之家，而是拥有更广泛空间的"大家"，血缘、亲情只是其最基本组织形式，而非全部。但事实上，人们常常忘记，这古今之异中，却还隐藏着一个古今不易的现实：那就是无论是古人的百口之家，还是今人的三口之家，其起点处，都是一对彼此间毫无血缘关系的陌生男女——抛开洪荒时代的兄妹婚姻不论。所以，即便是最原子化的小家庭，其构成事实上也与那些五世同堂、一族成村的大家族一样，有公有私。其中关窍即在于，夫妻结百年之好，本质上就是在两个原本彼此毫无了解的陌生人之间，建立起如血缘般不可辩驳的牢固关系。既是陌生人，那么交往即属公事，然而最终的结果，却是二人之私情的成立——这当真是造化之奇事。

因此，今人之家虽小，却同样有公有私，只是家庭太小，私情常常会掩盖公心一面，况且，今人之家虽只三口，然而同样有父母，有亲戚，只是不居于一处而已，但这反而令彼此间的交往多了几分公共事务的意味。换言之，今人之家同样具备接受家训的基础，所不足者，只是在远离了传统的今天，人们已经快忘了还有家训这么个东西。今天种种所谓的中国人没有公德心，究其实质，无非是缺少了由私入公的过渡环节：其在小家之中，私情足以应付，以致公心不彰；及至广众之中，骤然难以自适，故而进退失据。况且公共空间，是人们践行自己公心的场所，不是培养人们公心的场所——现实社会不是教室，不会无偿的容忍试验，更不会等你去学。能够无条件地容忍我们，让我们培育自己公心的场所，反倒是以私情为重的家，而我们所需要的，也就是一本家训而已，换言之，家训在今天的主要功能，就是在以家庭为单位的私人空间内以培养人适度地表达自己情感的方式，学会基本的公共处世原则——这正是家训的基本功能。

可以说，家训在今天的作用，要比过去基础得多，也广泛地多。说基础，是因为古代的家训大多针对家族而言，规矩严整，负担着维持整个家族有条不紊运转的责任，而对今天的小家庭而言，维持一个家庭的运转，在规则层面的成本并不很高，故而在今天，家训只需承担为一个家庭确立基本规则的功能即可。说广泛，是因为古代由于整体社会风俗的关系，并不是所有的人家都需要一本家训，而今天的问题恰恰在于社会风俗本身仍有待培植，所以说得夸张一点，差不多所有人都需要先取法于家训。

当然，古今之变是不能忽略的现实。古代的许多规则、法度在今天并不适用，但是既然"家"的本质并无古今之别，那么以此为基石的家训，至少在基本精神上，是可以为今人提供借鉴的。况且人与人之间的关系，无非两种：一种是彼此持平的，如夫妻、朋友，一种是上下有差的，如父子、君臣（今天可能更多的是老板与雇员）。这两种关系，在家庭中都能找到，而家训说穿了，也不过是教人如何处理这两种关系，虽有亲疏之别，其根本处仍是一致的。如司马光在自己所著的《家范》之中，阐述所有的亲属关系时，核心观点就是一个"敬"字：夫妻之间要相敬如宾，父子兄弟也是同样。这种"敬"的精神，是可以应用于外的：与人交往、共事，莫不需敬，即便是对事，也需要有敬业的精神。如此一来，由私而公，自然打通，古今之别，于兹泯然矣。

基于上述的原因，加之一些因缘，于是便有了这本《中华家训经典全书》。这部合集，按照时间顺序，收录了从周至现代的历代家训名篇，第一篇即是上文提到的《尚书·无逸》，最后一篇为傅雷家书的辑录。其中包括被誉为"古今家训之祖"的《颜氏家训》，唐太宗李世民亲自撰写的《帝范》，北宋名臣司马光的《温公家范》，一代理学宗师朱熹的《朱子家礼》，还有东汉才女班昭的《女诫》、宋人袁采的《袁氏世范》与清初张英、张廷玉父子两代宰相写的《聪训斋语》《恒产琐言》和《澄怀园语》。

　　至于选编的基本原则，首先是尽量保证时代的完整性，即家训收录的范围应尽量囊括所有的朝代。由于宋代之前，家训的写作并不多见，因此只有《尚书·无逸》《女诫》《颜氏家训》《帝范》四篇家训入选，而从宋代起，宋元明清四朝，均有家训入选。好在《无逸》为周公所作，《女诫》出于东汉，《颜氏家训》成书于隋，《帝范》写在唐初，基本也涵盖了宋以前的重要朝代。

　　其次，是所选家训必须具备一定的篇幅，因为很多只有短短几百字的家训本身的历史影响很有限，能为今天的读者提供的内容也不多。除少数篇幅不大，但影响广泛的家训如《朱子治家格言》外，本书所选，均算得上是家训中的鸿篇巨著。

　　最后，是家训本身类别的完备性。《颜氏家训》言辞雅致，情意恳切，旁征博引，包罗万象，是一部百科全书式的家训。《帝范》作为帝王家训，着重于对治理能力的阐发。《袁氏世范》则简单明了，直接罗列治家条目，每条之下，附有简单说明。《曾国藩家书》则是从曾国藩一生所写家书中选辑的，言语很接近今天的口语，内容则包含了为人处世的各个方面。《女诫》作为专门写给女性的训诫作品，乍看之下，似乎略显严苛，但考虑到这是一部纠偏之作，读起来就不会那么排斥了。

　　除了编选家训之外，还有项更重要的工作，那就是家训的注释。有些家训如《无逸》《颜氏家训》等因为流传广泛——《无逸》本身就是儒家经典《尚书》的一篇，加以本身文字高古，故而历代多有注释。注解这样的家训,基本都是在参考已有注释的基础上,斟酌损益,并将那些古文的注释内容转化为现代汉语表达。至于那些缺少注释的家训,则主要参考通行的古汉语注释,加以个人的理解,进行注释,力求文字通顺。所有的注释,都尽量确保让读者在注释的帮助下,能够基本理解家训原文的含义。

絮絮叨叨地说了许久,相信读者已经对家训以及这本书有了个大致的了解。当然,作为一本以向读者介绍历代家训内容为主的通俗读物,并不期待此书能够对读者起到塑造精神、完善人格的作用。不过,假如读者对上面的琐碎言语有所认同,并从此书中有所心得,那么这本书的作用应该也就达到了。

此为序。

二〇一五年

《原道》第四十四辑编后

一九九四年到二○二二年，《原道》已经二十八年过去。

邓公南巡，改革开放重新启动。博士毕业后留在中国社科院的几个年轻人闲时聚在一起也做些编书卖书的工作，二十世纪八十年代的激情不减，挣的钱不分红，而是筹划办刊，让我牵头。

他们倾向《新青年》和《湘江评论》的风格，我则觉得应该回归传统，结果就是一拍两散，我带着书号自奔前程。原本只想把约好的稿子发出了事，没想到学界和书店都反响积极，后来虽然坎坷不少但摇摇晃晃也一直走到了现在。

二○一二年《原道》成为所谓 C 刊，在湖南大学岳麓书院时任院长朱汉民教授支持下签订协议：书院获得刊物所有权，提供出版经费；我负责编务，以客座教授身份每月领几千块钱工资，十年后退出。现在，第四十四辑就是最后一班岗了。

吴欢让我写编后，还坚持要我交一篇文章说是有始有终。记得创刊时我鬼使神差般写了篇《启蒙与救亡之外：传统文化在近代的展现》，以"中体西用"为其精神旗帜，而《原道》基本也就是把这个当成了自己坚持的方向。

这次同样属于急就章的《天人之学与心性之学的紧张与分疏》，基本可以说是对前文的一种呼应，间接回答"中体"之体乃文王孔子的"天人之学"，也隐约暗示传统文化的当代形态应该是超越理学，回归经学。建立儒家叙事，讲清楚中华民族是什么、中华文明是什么，一直就是《原道》的宗旨，在文化自信、文明自觉成为时代需要的今天，更是一种责任和使命。

二十世纪九十年代对儒家的认同主要基于情怀。十周年的纪念座谈以"共同的传统"为题，可见还是在思想流派之间定位自身。再后来，二十周年时提倡儒学的社会科学研究，以期拓展论域升级论述。

现在，则提倡文明论范式，关注儒学作为文明体诸规定性要素的理论系统性及其对公私生活的意义作用。这虽然看似是主编的一己偏好，实际却是三十年来思想界历史脚步的一种回响。

真正的个人性影响，是将稿源聚焦在年轻学者即博士博士后与青年教师群体身上——他们需要平台，他们可以塑造，他们代表未来。

一滴水只有放进大海才能永远不干。《原道》产生于北京的风云际会，最终回归千年学府接续道南正脉，总感觉冥冥中若有定数。那就默会心领，轻吟祝愿吧：

如月之恒，如日之升，如松柏之茂，无不尔或承……

二〇二二年

《儒家文明论稿》自序

　　二〇一〇年前，笔者的研究都以"文化"为视角，如博士论文《儒学的历史文化功能》和论文集《文化儒学》等。这一方面是因为研究生阶段阅读了不少社会学、文化人类学著作，另一方面也因为对从五四到二十世纪八十年代以来将儒学定位为封建意识形态的主流认知不满。从牟宗三、徐复观、钱穆等港台新儒家那里看到一种完全不同的儒学叙述后，觉得有必要从历史角度对儒学的社会功能进行考察验证。

　　由于我曾经对知识分子问题有过关注，就以士族为对象，在一个可称为国家—社会的分析框架里进行个案研究。这个分析架构暗含的预设是：国家与社会二分，关系紧张，社会相对于国家不仅历史在先，逻辑上也更重要。由此展开的书写，就是将儒家系属于社会，在国家层面以伦理价值约束政治权力，在社会层面以共同善凝聚群体，塑造认同。

　　许多的前辈和同辈学者都肯定这种论证和辩护的有效性，如陈来先生和杨阳教授。但是，随着冷战结束、中国崛起和自己思考的深入，主要是亨廷顿"文明冲突论"的印证以及对儒学宗教认知的强化，我开始意识到有必要做出改变，否则无法对儒学与历史和现实的意义关系做出更加深刻和全面的描述与解释。

　　问题的关键就在这个国家—社会的分析框架。作为基于西方历史经验的方法论，从洛克、黑格尔到马克思等，无不将二者的双向关系及其演化视为历史发展的基础与问题分析的逻辑。自然地，这一方法也随着这些思想巨擘的到来而被学界引入、接受。虽然无法否认孟子、贤良文学以及王船山等确实存在不同程度的社会本位论预设甚至反国家倾向与此遥相契合，现代新儒家的政统、道统分离说也隐隐与之呼应，但仍不能不指出，这种相似性后面存在某种基本的差异。

作为自由主义之社会契约论的衍生物，"国家—社会"框架与欧洲民族国家的产生方式相关。进一步向上追溯，它又与古代希腊城邦社会父权被财产权替代、城邦乡村二元对立的文明路径有关。

如果这两个节点具有历史考察的普遍意义，那么，我要说它在中国有着完全不同的内容：文明路径上，中国是在分封制中通过父权演变为王权而确立其文明形态，国是家的放大、王权是父权的延伸；所谓现代转型，则是带着古老帝国相对完整的地理疆域和族群结构开始其共和国历程的，迥异于欧洲帝国裂解分化为民族国家。

这促使我在国家与社会的积极互动的关系之中去重新思考儒学，尤其是其作为一种宗教的儒学在这一过程中的地位与作用。罗伯特·贝拉观察到的清代满族统治者在公共领域接受儒教（事实上天地君亲师信仰就是在雍正时期发展定型），即是这种积极互动关系的最好说明。另一个更为人熟知的例证就是孔庙及其春秋祭祀。

所以，我用"霸王道杂之"表述我们文明的内部结构——霸道是法家设计的中央集权的政治制度；王道是儒家传承的敬天法祖的教化体系敬天法祖的信仰；杂，按照《说文段注》，乃是五采相合的意思。这是孔子"春秋大一统"理念的董仲舒操作版。

什么文明多以宗教命名？按照宗教学和沃格林的说法，因为宗教为该文明建构了一个世界图景，由这个世界图景确立了一种存在秩序（order of Being），这一存在秩序又为人的活动提供了一种人生规划（order of human existence），使其生命活动获得意义与方向。

显然，这样一种文明论视域意味着儒家思想与中国社会历史具有更深层、更紧密的联系，意味着作为一种文化的儒学比其他文化如道家、佛家之类有着更大的文化权重和更普遍、广泛的社会渗透性和接受度。另一方面，它也提示我们，文明是有边界的，将来怎样无法预知，但至少迄今为止中华文明有着自己的节奏和轨则。中华文明绵延五千年，以自己的色彩丰富着人类文明的图谱。

所谓文化自信、文明自觉，我想就是对这二者的清醒意识与认知，以及由此而来的斯文自任和道统承担。这意味着，我们不应该只是从版本差异想象现代性的复数形式，更应由此出发去理解世界的多元性、中国的独特性及其未来前景，努力开创出中国的现代性形式，为日渐失去说服力的西方现代性或后现代性探索新的可能。这一切的前提，则是我们对自己被叫作儒教文明的世界图景、存在秩序与人生规划给出理论描述，并对它的现实说服力进行论证开拓。

这样的儒学文明论研究相对于文化论的研究，与其说是一种颠覆，不如说是一种拓展升级，由知识的变为实践的，批判的变为建构的。

这也就是我近些年的工作。现在，当这些工作记录结集出版，或可用"敝帚自珍"一词来形容我的心情：它们的学科性和完成度都不太叫人满意，这也是自己将书名定为"论稿"的原因所在。但是，我相信它们跟那些精致的平庸之作完全不是同一回事。梁漱溟先生说自己是问题中人，不是学问中人——曾经觉得是自傲，后又觉得是自谦，现在又突然感觉在两者之外似乎还带着几分自我调侃。

是为序。

二〇二二年

《易庸学通义》自序

　　我是从儒教神学建构而非易学研究的角度撰写此书。

　　如果"每一伟大文明的背后都有一伟大的宗教为之支撑"的观察可以成立，如果承认中华文明的宇宙图景、存在秩序与人生规划以及对"我们是谁？从哪里来？到哪里去？"的系统论述是由儒家经典所呈现和提供，那么，在汉代即享有"群经之首""大道之源"地位和赞誉的《周易》及相关经典也就自然成为我们这一工作的起点和目标。

　　所谓易学，汉儒专言象数，王弼说以老庄，由此形成象数、义理二派。两派六宗之外，"天文、地理、乐律、兵法、韵学、算术，以逮方外之炉火，皆可援易以为说，而好异者又援以入易，故易说愈繁"。(《四库全书总目提要·易类序》)这虽然在某种意义上可以说明"易道广大"，但必须指出，言卜筮的象数派和言老庄的义理派，其思想内容和品质从根本上说与《易传》的天道话语乃分属于不同体系，不可混为一谈。夫子晚年所定之《易》与《春秋》的精华要义乃是经由子夏传承至董仲舒而整合于《春秋繁露》者，经董氏"天人三策"由汉武帝采纳落实为经学政治，从而在两汉的实践中形成并确立了中华文明的基本格局和精神。

　　《说卦》的"乾称父，坤称母"在《春秋繁露》中被拓展为"天生、地长、人成"，到《白虎通》进一步具体化为"王者父天母地"。宋代，则被张载拓展为"乾父坤母""民胞物与"的生命世界体系，并为从胡宏、张栻到王船山的湖湘学者所继承、坚持，而与所谓理学相区隔。到清雍正年间，这一渊源久远基础深厚的思想观念和信仰形式被正式以"天地君亲师"的祭祀体系颁行全国并流行至今。

本书即是根据《郭店楚简》中"吾与史巫同途而殊归者也"的夫子自道，在王充《论衡·超奇》"文王之文在孔子，孔子之文在仲舒"的思想脉络里，从人类文明的轴心时期这一大背景出发，廓清易学史的种种繁芜遮蔽，揭示阐发《周易》中塑造了中华文明并且至今仍构成我们感知思考范畴和安身立命依据的概念命题与价值体系，为那些以各种形式弥散存在的思想理念勾勒出其相应的义理和逻辑结构。

如果说产生于巴比伦之囚的犹太教经典是作为被征服民族之复国意志的顽强表达，产生于雅利安人对印度北部之征服的婆罗门教经典是胜利者对其治理秩序的神圣论证，那么，作为儒教核心经典的《周易》则是华夏民族在其内部演进中完成的对自我生命与天地关系之体悟的精神升华。

《周易》包含《易经》与《易传》两个组成部分。《易经》六十四卦的组合系统是由文王编定而成。此前的六十四卦有着两个不同的编排系统，即以艮卦为始的《连山》和以坤卦为首的《归藏》。《周易》与它们一样均渊源于最原始的巫术占卜。这种巫术占卜可以理解为一种朴素的自然宗教形态，即预设有一种强大的支配性力量，可以对自身及世界产生影响作用，人们则可凭借某种具有神秘功能的媒介如蓍草之类打探其意志、好恶，从而调整行为趋吉避凶。《连山》《归藏》就是这种巫术活动记录的不同版本。

考古成果及研究已经表明卦爻起源于揲蓍所得之数。这意味着"人更三圣"所包含的伏羲画卦说并非历史真实。这为我们理解《周易》，诠释其超越《连山》、《归藏》而发展成为儒教圣典提供了历史支持：六十四卦本身并非因为伏羲圣人的参与而具有先天的普遍的神圣性，而《周易》之所以与《连山》《归藏》相区别而拉开距离，乃是因为文王羑里序卦所重组之《周易》的六十四卦系统，将世界表述为一个有机的生命整体，在为占卜活动提供更高效率或可靠性保障的同时，表达了一种对世界及自身生命性的直觉与认知。正是在这一文本属性的基础上，儒教思想获得了发展的起点和方向。

这一区别在卦系编排上的体现就是首之以乾。以乾坤为"易之门户""易之蕴"来"体天地之化"。这可以从以屯卦承接乾坤，以坎离为上经之末，以既济未济为全局终篇的安排得到证明。其所欲表述的是"天地交而万物通"，世界乃一以天地为起点、归宿和存在形式的大生命。泰卦象征天地相交，天地之交即阴阳相接，以三爻之经卦表达就是乾坤两卦之中爻位置互换而成坎离。因此，由此而来之坎离二卦具有特殊的地位与意义。这能够解释为什么文王会分别以坎离二卦以及由坎离（经卦）组成的既济与未济二卦作为上经、下经的结尾。离下坎上的既济和坎下离上的未济之意涵需与乾下坤上的泰卦与坤下乾上的否卦对读，然后可得其确解：否泰标示天地交合关系，既济未济则是在以坎离为体现形式的天地交合关系这一基础之上，标示天地交合之状态——既济表示交合业已完成，未济则表示天地之大生命生生不息。"终则有始，天行也"。

至于屯卦，震下坎上为云中响雷，天地相接阴阳相交之象，而卦名之屯，意为草木萌芽，破土而出，是即"万物出乎震"，是即"天造草昧"。

周公所作之《大象》乃周朝王室贵族子弟的政治教科书。[①]"小邦周克大国殷"这一王朝更迭事件促成了中华文明的"伦理自觉",标志就是"皇天无亲,惟德是依"命题的产生。"我生有命在天"的商纣被行善积德的文王、武王打败,使人们开启了对天意之伦理性的思考或信念,开始了对作为自然盲目力量存在的"血亲之天"的超越。体现在《周易》就是《大象》的产生。以象说卦,意味着六十四卦自身被屏蔽虚化为仅仅是作为"能指"的符号,天、地、山、泽、风、雷、水、火诸自然存在才是具有实质内容的"所指"。于是,人与卦的占卜关系就被转换成为人与世界的意义关系。在这种关系中,人所寻找追求的不再是那种能够影响其吉凶祸福的神秘力量或意志,而是"修身、齐家、治国、平天下"的智慧启示,并且,作者认为古代君子、先王的成功经验都是来自这种启发或领悟。

这样一种期待,显然暗含着对天及其所象征之外部世界的伦理性预设。随着国人精神世界的转向,文本中对世界的伦理性建构进程也就此展开。对《周易》来说,这是一个全新的主题和意义维度,意味着中华文化将在新的方向上开始自己的生长。当然,传统的卜筮内容并未就此歇绝,依然在实践领域维持其存在。但它显然已不再是《周易》以及思想界的主干内容。如果说文王建立起世界生命的整体性,周公开创其伦理的精神维度,那么,孔子则是这一事业的最终成就者。

文王所序之六十四卦系统的整体性与生命性是华夏先民之生活经验和生命体悟的朴素表述和总结。商代甲骨中干支纪年的甲乙丙丁即是以草木生长记录时间,换言之即是时间被理解为一种生命的存在。"皇天无亲"是"负判断",不能作定义;

"惟德是依"之德所指是外在对象。转折虽已开始,但天本身仍尚处于晦暗不明的状态。刺破混沌,开启光明的工作,是孔子在《彖传》《文言》和《说卦》中完成的。它包含了一系列命题,如"天地合德""天地之心"以及"乾父坤母"等。经此点化,六十四卦的系统不再只是一个自在的自然生命呈现,而具有了伦理和仁爱的品质,"天生、地长、人成",天地人三才因此整合升华为一个以生生为德的精神存在。

在《帛书易传·要篇》中,孔子对系统的卜筮性质和元素也给出了明确的高低分判和选择建议:"君子德行焉求福,故祭祀而寡也。仁义焉求吉,故卜筮而希也。"《周易》与卜筮这种"同途而殊归"的关系,在《彖传》《文言》对卦辞"元亨利贞"的解释处理上表现得淋漓尽致:将四字分拆,彻底解构其本身语义和语境,将分解后的断占之词用于对天地大生命之呈现描述;由此出发,始则以春夏秋冬为喻,将其作为生命形态之展开,继则以其为仁、礼、义、"贞"四德之源,使"天生万物"所蕴含的天人之联系,经由"君子体仁长物"而从人的角度加以复现与确认。由天而人,再由人而天,儒教系统的核心理论架构于焉底定。

德行、仁义与祭祀、卜筮的分判是明确的,也是含蓄的;仁、礼、义、"贞"四德的确立也是借道巫术文本而夺胎换骨;[2]对纣王"我生有命在天"之天,也只是加以伦理改造而并未彻底否定弃绝。这样一种思想的连续性发展是中国社会发展之连续性的反映。这种由连续性或常态性而来的特征及其文化思想意义,从与犹太教、婆罗门教的对照中可获得更为深刻的理解。

毋庸讳言,这里的论述是为了将传统《周易》文本"人更三圣"的叙事修正为从文王经周公到孔子儒教经典次第成型之三部曲。它的结论就是,《易经》文本虽然在文献学上居于"经"

的位置，但从思想史和文明论的意义上说，《易传》才是真正的"经"，即儒教之核心，[③]《易经》的准确定位应该是《易传》的"前传"。

明乎此，然后就是《易传》思想结构层次之厘定分判，即谁是《易传》的思想中心或者说哪一篇才是"大道之源"的"渊源"所在？如果将满足以下三个条件视为中心的标准，则讨论就可以理性展开了：相对《易经》的思想具有创造性与系统性；在与十翼其他诸篇关系中具有主导性——这又可以理解为主要作者与其他作者的关系问题；在中华文明中所占据之地位和影响力。《易传》包括《彖》上下、《象》上下（即《大象》和《小象》）、《文言》、《系辞》上下、《说卦》、《序卦》、《杂卦》七种十篇。其中：《文言》为"文饰乾坤两卦之言"，准确说是根据乾坤两卦之彖传精神，对乾坤两卦之卦爻辞作进一步阐释；《大象》是从八卦之象组合而成之卦象寻绎其道德和智慧上的意涵及启示，且作者为周公；《小象》为对爻辞的一般性解释；《说卦》与《文言》颇类似，即都是以乾坤二卦之彖传思想为基础，讨论卦之产生、作用及意义，区别只在《文言》集中于乾坤二卦，全面深刻，《说卦》则遍说诸卦，精彩迭出却又良莠不齐（可见非完成于一人一时）；《序卦》则从"有天地，然后万物生焉""有天地然后有万物"这一《彖传》思想出发，力图给六十四卦之排列组合赋予一种形式上的系统性，以致被有些人以"目录"视之；《杂卦》与《序卦》一样，重点在寻找卦与卦之间结构规律和特征，以及对占卜意义上之卦德作定性总结。如果将这些排除，剩下的就只有《彖传》和《系辞》了。

长期以来，《系辞》被视为《易传》的中心。但本书认为《彖传》才是《易传》的中心，甚至可说是"儒教的《创世纪》"。[④]

　　《系辞》中心论的理据之一是《系辞》乃"通论《周易》之大义，不是如《彖》《象》那样，逐句解经"。⑤欧阳修的《易童子问》虽质疑《史记》以来《易传》为孔子所作的观点，但他仍然肯定《彖传》《文言》《说卦》为"圣人之言"。至于《系辞》，则认为类似《尚书》、《礼记》之"大传"。这应该即是"通论说"之所本。"大传说"渊源久远，但仅只是就其在内容上涉及《易经》卦、爻、辞的各个方面这一点可以成立，而这并不能决定其思想史价值和地位的高低。《尚书大传》《礼记·大传》充其量只是"他人"编撰的教学参考书或工具书，岂有反客为主而成为思想典籍中心之理？何况有论者指出"系辞"之"系"乃"系捆"之意，《系辞》者，各种零碎片段系缚而成之篇也。⑥

　　《易传》之为"经"，就因为它并非《易经》之传解，而是孔子自出机杼的一系列命题将其点化升华"技而进乎道"。那么，《系辞》又有哪些思想命题意义独特支撑起其中心想象呢？最著名的应该有三："易有太极，是生两仪，两仪生四象，四象生八卦，八卦定吉凶"；"一阴一阳之谓道"；"形而上者谓之道，形而下者谓之器"。

　　三者中最重要的无疑是"易有太极"，因为它被认为是与"道生一，一生二，二生三，三生万物"并列的两大宇宙论之一。但这是一种想当然的误读和误判。首先，就其理论本质言，太极是一个外部概念，引入进来是为对"大衍之数"进行解释。太极即太乙、太一、泰一，它不仅有确定的内涵（为星宿名与神灵名），并且意味着一个系统，在《郭店楚简》的"太一生水"中被视为世界发生的起点。⑦其与"易有太极，是生两仪，两仪生四象，四相生八卦"虽有变形出入，但同根同源不难分辨。以此为媒介，其与"道生一，一生二，二生三，三生万物"的《老子》思想，亦可作如是观。其次，筮法所关涉者为卦之源起，这属于《易经》的范畴，其所欲证明或试图建构的，是卦的神圣性。而《易传》在《大象》的转折之后，其致思的对象业已转向卦符卦画所象征之天地万物，卦的产生方式，自然也就不再重要；在"大哉乾元，万物资始"和"至哉坤元，万物资生"之后，"太一生水"的世界发生论也不可能与之同时并存。因此，"易有太极"如果有什么意义，那也仅仅限于对"大衍之数"的阐释，体现的是作者"天官书"的视角与立场。最后，"太极"仅仅于此突兀一见，可知它与其它篇章并无多少勾连。其在汉代的流行，实际是其自身所属之气化宇宙论主导地位的体现，与《周易》本身关系并不大。儒家对它的重视，与周敦颐反转道教炼丹图以建立伦理道德的宇宙论基础有关，而朱子以"太极一理"之说进一步将其推向极致。

至于"一阴一阳之谓道"，源自阴阳家，用于对"乾父坤母"的解释既有所彰显，也有所遮蔽，即有助于对生化及制作抽象化理解。但这种抽象又存在对天（"乾父"）、地（"坤母"）之人格性和神圣性的解构危险。[8]当然，因为社会背景的差异，如王权发育良好，神权功能被弱化，因而其人格性和权力也就受到限制，导致存在形态和功能与犹太教中的至上神差别巨大。对于生生来说，重要的是其"大德"，而不是"道"（机制）或"正义"、"威权"（如耶和华然）。《象传》的"云行雨施""含弘光大"已经表达足够充分，"一阴一阳"不能与此相脱离，更不能与此相背离。《系辞》中接下来的"继善成性"正是如此。

"形而上者谓之道，形而下者谓之器"也有同样的问题。对于"天生万物"来说，这是一种外部描述，并且是基于一种"物"的视角。胡宏有见于此，提出"形而在上者谓之性，形而在下者谓之物"的命题，或可作为修正。(《知言·释疑孟》)从《彖传》和《文言》对"元亨利贞"的处理诠释来看，这显然更接近圣人之旨。

需要指出的一点是"天地之大德曰生"。它跟"生生之谓易"一样，可以视为对乾坤二卦之《彖传》《文言》思想的总结发展，是在吸纳复卦《彖传》"复见天地心"思想的基础上，对"大人者与天地合其德"所作创造性诠释。这一命题产生的时间节点虽然在后，其思想逻辑的位置却在最前。

凡此种种，说明《系辞》作者之不一，思想之多元。

与此相对，《彖传》《文言》的论述就十分紧凑集中，系统严密。《说卦》与《系辞》稍微有点相似，是《彖传》思想的展开与巫术资料的混合。六十四卦之《彖传》，超过半数都包含天的概念，如统天、承天、天造、天位、应天、天道、天行、天文、天命、顺天以及天地感、天地交、天地之情、天地之义、天地之心等，极富思想深义且互相关联，构成一有机系统。扬雄《法言·寡见篇》谓"说天者，莫辩乎《易》。"天，正是在《彖传》中得到充分阐述。

《彖传》作者为孔子，主题为天，思想已在其他诸篇从不同角度、在不同程度上得到发展演绎，这应该足以表明其作为《易传》十翼之中心的地位不可撼动也毋庸置疑。

圣人制《易》，"以通神明之德，以类万物之情"，"顺性命之理"，必然表现为一个完整的理论系统。所谓天地人三才之道，其实主要就是天人关系，地是从属于天的存在。《易传》虽然在"大德曰生"的前提下提出了"天地合德"的命题，但只是为天人之间的贯通连结提供了一个框架基础，其理论的重心在天于的生生之德以及由此而来的天与万物关系论述。在这一前提下，从人的角度如何实现其天命之性以实现与天的连结之类并没有展开论述。

这些理论论述是通过《中庸》和《大学》完成的。如果说《易传》的主题是"天道",提供了一个天人关系的理论架构,那么,《中庸》就是在这个架构内从人的角度对天与人或人与天之关系的理论阐述。具体来说,就是以"天命之谓性"为前提,以"慎独"为起点,以"中论"的"致中于和"为理论内核,以"诚论"的"成己成物"为践履方向,在"天地位焉"、"万物育焉"中"参赞化育",实现与天的"再连结"。

如果说《易传》的主题是"天道",提供了一个天人关系的理论架构,《中庸》是在这个架构内从人的角度对天与人或人与天之关系的理论阐述,那么《大学》就是承接《中庸》的"诚论",将"成己成物"的实践路径具体化为行动路线图。它的起点是"格物",即于天所生之物上感通领悟上天的生生之德和万物一体之仁,将其内化于心——所谓"致知"者也。遵循这一正念指导,然后就是修身、齐家、治国、平天下。《大学》这一理论是经由历史经验的阐释完成的。当然,说作者是将古代圣贤的事业视为这一理论的验证呈现也同样成立。实践与阐释,或理论与实践,而非"纲领与条目",才是"格物致知""正心诚意""修齐治平"与"明明德""亲民""止于至善"的真实关系。

"格物"跟"慎独"一样,是个体确立其与天之内在一致性的起点,"修齐治平"则是由这一内在一致性显发而成的实践行为。"平天下"的"平"是"成"的意思,本于《文言》"云行雨施,天下平也"。"天下平(成)"即是"万物育焉",即是"至善"。

《中庸》《大学》的作者一般认为是子思和曾子,但其内容应视为孔子思想的拓展。按照朱子《中庸章句》和《大学章句》

对文本的经传结构分解，"经"为孔子所作，"传"为子思、曾子的注解诠释，那么"中论""诚论"以及被朱子所说之"三纲领"和"八条目"均出自孔子之手。

这一理论系统或可以此图表示：

			天 ----------------→ 人 ————→ 天		
《易》	天—人 （天道论述）	大德曰生 元亨利贞 （形上：乾坤；坎离）	与天合德 自强不息 – 正位凝命 形下：时：帝出乎震、元亨利贞 物：屯、咸、未济		保合太和 （飞龙在天）
《庸》	天⇌人	天命谓性 诚者天之道 （慎独：起点）	致中于和 – 成己成物 中论 圣：率性之谓道；自诚明 凡：修道之谓教；自明诚	诚论 各正性命 成物 成己	万物育焉 – 与天地参
《学》	人—天 （实践展开）	历史呈现： 知止而后有定 人之活动： 格物（起点）– 致知	明明德 – 亲民 正心 – 诚意 – 修身 – 齐家 – 治国		止于至善 云行雨施 天下平也

这与孔子的思想逻辑一致。《论语·泰伯》说"唯天为大，唯尧则之"，并不只是对帝尧个人德性的一般性称道，而是对天道与人事内在一致性的强调。其删定《尚书》而"以尧为始"，显然即是"推天道以明人事"（《四库全书总目提要·易类序》）逻辑的实践操作。天道与人事的贯通就是天人的贯通，这不仅意味着儒教理论的完备，也意味着其实践维度的展开，意味着"为天地立心，为生民立命，为万世开太平"的统一。

而我们这里的工作，自然就是"为往圣继绝学"了。

是为序。

二〇二三年

【注释】

① 彭鹏：《君子观象以进德修业:〈易大象〉导读》第 7 页在罗列比较关于《大象》作者的五种说法后认为，"周公和周王室史官所作的观点，特别值得重视。"北京：九州出版社，2019 年。

② 四德说《左传》亦有记载，但这丝毫不能削减《易传》思想的创造性，它是一个完整的系统。

③《周易》一直存在经传关系之性质和地位上的争论，如《易经》作为巫术、卜筮是否具有哲学内容？《易传》是哲学是宗教？经传一体还是经传分离？等等。总的来说，象数派和义理派基本都持经本传末观点。象数派重占卜，自不待言。义理派因为要表达自己的个人理解，对《易传》的孔子思想表现出否定或忽视的倾向。最主要的代表就是朱子，其《周易本义》就是以《周易》为卜筮之书，以文王否定孔子，以伏羲否定文王。以《周易》为卜筮之书，实质就是否定孔子在《易传》论证阐述之思想的地位意义，像朱子就是为了以理代天而强调"太极一理"。所谓"天不生仲尼，万古如长夜"，离开《易传》的工作无法给出真正透彻的说明，因为没有《易传》的《易经》终只是一种自然宗教形态的文化，无关社会，也不具有德性。

④ 吴雷川先生在《基督教经与儒教经》的文章中曾将"《创世记》造人与《中庸》天命之谓性"对勘，认为"《创世记》与《中庸》所说的同是一回事"。"天命之谓性"以"大哉乾元，万物资始"为前提，因此，如果一定要对勘，并且将"创世记"视为关于世界的基础叙事的话，那么《彖传》在内容上显然比《中庸》更适合。

⑤ 朱伯崑认为《系辞》"通论《周易》之大义，不是如《彖》《象》那样逐句解经"。参见氏著《易学哲学史》第 39 页，北京：北京大学出版社，1986 年。

⑥ 王化平：《论〈系辞〉为集录之书及相关问题》，《周易文化研究》第一辑，北京：东方出版社，2009 年。

⑦《郭店楚简》有"太一生水"篇："太一生水，水反辅太一，是以成

天。天反辅太一，是以成地。天地相辅也，是以成神明；神明复相辅也，是以成阴阳；阴阳复相辅也，是以成四时。"其系统完整成熟，而"易有太极"与之相似。

⑧ 事实上道家道教正是这样做的，即以阴阳取代天地，兹不赘。

序卢国龙《宋儒微言》

　　中华民族的文化主体性之确立与重建应该是当代思想界,尤其是中国思想史研究者们必须正视并认认真真地"思有以为之"的重要课题。我认为,所谓文化主体性应该是指一种使民族的内涵变得充实,民族的生命变得成熟的自觉——意识到自己是什么? 需要什么? 又当如何去加以表述与实现? 因着这样一种自觉,个体才成为历史与未来之间的联结者、开创者;群体才能在民族国家间展开的博弈互动中成为享有尊严的一员。

　　虽然过去的几千年里我们做得不错,但今天的状况却并不叫人乐观。在所谓现代性的论域里,许多的学者在表达个体性的诉求时误把民族的所指当成压抑自我的对立面;在表达自由、民主的渴望时又误把传统的内涵当成先必欲以解构的对象。这一问题虽然牵涉很广,但与这篇序文的主旨有着内在关联,不妨从近代所谓中学与西学、旧学与新学的关系角度稍作讨论。从一般人的使用看,旧学、中学是中国传统文化或文化传统的代名词,新学、西学则是西方声、光、电、化、算以及政治诸学术的总称。如果说在先行者"以西国之新学,广中国之旧学"的命题那里,中国文化的主体性尚依稀可辨的话(虽然存在或强调伦理纲常,或强调政治制度,或强调民族富强诸层面的不同),那么,到五四时期,当陈独秀等先锋人物将中学与西学的区别判定为

"the difference of grade"——以印度和中国为代表的东洋文明属于"古之遗",而欧罗巴文明则是"近世文明",为西学对中学、新学对旧学的全面覆盖和替代提供合法性依据时,近代思想的最大迷思就形成了。[①]它的谬误之处有二:一是西方中心的单线进化史观,二是对文化所做出的知识性理解。如果说前者已受到方方面面的反思诘责,那么后者还远没被作为一个问题得到人们的重视。

诚然,文化包含有作为世界图景之反映的对象性知识,但这并不就是其全部内涵。其核心的部分乃是作为主体意志之表达与实现形式的"存在性知识",即价值、信仰与责任。[②]应该说在西方文化内部,这一结构是均衡的。简而言之,分别由所谓古希腊的知识论传统和希伯来的基督教传统支撑着。而在我们的诸子百家,无论在主观上还是客观上却均无此分工,此二者在各门派中可谓说一而二,说二而一。[③]因此,当我们不假思索孜孜矻矻地致力于以仅仅是知识性结构部分的"西学"来作为文化结构整体的"中学"之替代者时,它的结果就不能不是中华民族之文化主体性的日渐迷失沉沦。

"经,所以载道也。诵其言辞,解其训诂,而不及其道,乃无用之糟粕耳。"程颐这番话中对"学"(辞章、训诂之类)与"道"(意,在主体为意志,在文本为意义)的分疏颇适合于我们这里的语境。黑格尔在其《哲学史讲演录》中从哲学的角度对孔子的思想表现得十分的不屑,而对老子颇看重。但如果我们因此就设置一个本体论、认识论之类的框架出发去评估厘定孔子老子及其他思想家在中国文化史中的地位和意义,那就未免荒唐可笑了。孔子从未曾以所谓哲学家自相期许,其对文武周公之治的记录阐发固然可以作为哲学、史学或其他什么学科的对象纳入研究者的视野，但其根本的意义，却不是在这些学科框架中可以得到充分彰显或释放的。作为"存在性知识"，其在国人生活世界与意义世界中所占据的位置，才是首先需要我们做出体会与把握的。

本书作者卢国龙对此是有着十分清醒的意识的。作为他志同道合的朋友，虽然我早就知道他从事中国思想史研究的用心不同流俗，即不是汲汲于以坊间流行的话语形式将儒、墨、道、法诸家编入"×××百科全书"的最新版本，而是以继往开来的愿心，致力于塑造和确立作为中华民族精神生活表征的儒学在当代社会中的形象与位置。但摩挲着厚厚的一叠书稿，我心底仍充满了莫名的兴奋与欣慰：文化主体性的重建工作终于由此开始落实成为卓有成效的成果。

它的出版无疑对思想史的研究具有范导的意义，但愿因此范导的意义，它本身亦成为一个具有思想史意义的事件。

宋代思想的基本状况究竟如何？有人理解为伦理文化的高峰；有人命名为审美文化的终结；主流的哲学史教科书将它定位为唯物主义与唯心主义斗争的新阶段；新儒家则根据自己对道统的诠释对它做出了自己的划分与论评。凡此种种，虽然见识有大有小，启迪有少有多，但其所依凭的认知框架基本上都是"学科性"的。而所谓学科范式的形成，主要与认知主体所处的时代相关，因而不免与其所欲观照的对象间存在一定距离——思想者所处之情境、所欲解决之问题往往被忽略或淡化。中国的思想，尤其儒家的思想，很难说能与某种具体的"学"严格对应（梁漱溟就认为它仅仅只是一种"生活态度"而已）。如果说前述四种关于宋代思想基本状况的述说得不到今天的认可——因为在这种诠释中，作为一种传统，它们显然不足以帮助我们深化对自己精神生命和文化责任的理解,不足以为这一生命的生长提供动力和能量,不足以为这一责任的担待提供勇气和智慧,最主要的原因就在于这种认知框架与认知对象之间的"隔",隔膜或阻隔。

思想是行为的特殊方式。解读一种思想就如同分析一组行为,有必要了解与之相关的各种参数,尤其是主体意志与客观情境。《宋儒微言》的书名即表明,作者正是这样做的。宋儒先于宋学,这一逻辑次序的厘定似乎无足轻重、自然而然,在我看来却是打开宋代思想新景观的关键——它使研究者把眼光聚焦在"人"而不是"学"的上面。正是有此转换,作者才发现,"北宋儒学从本质上讲是一种政治哲学,它所代表的时代精神,是对文明秩序及其最高的体现形式——政治制度进行理性的批判和重建。批判是追索文明秩序的合理性依据,所谓天道性命之理,即由此发畅;重建是探讨文明秩序、政治制度的合理模式,于是需要推阐王道,作为最高的政治宪纲。"(该书《绪论》)

作为宋学主体的"天道性命"及"王道"诸论题于是乎在"政治变革"的历史平台归位,从而使得作者在对"无人身的理性"漫无边际的飞翔做出限制的同时,为宋儒活动之文化意义的释放或呈现拓展出一片广阔的空间。作者根据北宋政治变革的庆历更新、熙宁变法(王安石变法)、元祐更化三阶段,将北宋儒学的主流思潮与之对应,是即范仲淹、孙复、石介及李觏等人为先导的庆历学术、王安石为代表的新学派学术以及分别以苏氏父子和程氏兄弟为中坚的元祐学术。

庆历学术的基本精神是将师古与用今结合起来。师古即振兴儒学,通过阐释《六经》展开关于现实问题的理论批判,重建政治宪纲;用今即推行变革,以期克服三冗三费等积弊,将二者结合起来就是振兴儒学以扶救世衰。新学派学术的基本精神，是按照"由是而之焉"的理论思路推天道以明人事，批判君王自行其是的政治痼疾，批判自然天道之说所长期存在的价值虚化倾向，从而将自然天道作为最高的理性原则，建明宪纲，并按照"九变而赏罚可言"的政治哲学推行变革。元祐学术的基本精神是对熙、丰变法实践进行批判性理论反思，彰显人道的价值以对新学理论进行反正，从而摆脱由天道独尊而导致的偏重刑名律法的逻辑陷阱，并通过确立天道与人道双关并重的思想前提，重建政治宪纲，将熙丰变法转化为温和的政治改良。（《绪论》）

三派学术理论旨趣的追求不同，政治策略的选择各异，但共同之处更值得关注，即均与现实的问题遥遥相应，均与儒家"利民为本"的情怀息息相通。

在看到这种宏观把握得到丝丝入扣的微观分析的支持后，我不禁产生这样的疑问：这一切难道还能有什么更令人信服的说法吗？并为那些有得于学而不与于道的研究者们深深叹息：不追问先贤所以立言之意，拘执言荃而自以为高，其愚騃较之买椟还珠又何异之有？

作者的叙说使我们相信，"政治变革引发了儒学复兴的问题意识，反过来，儒学复兴又影响了政治变革的方向性选择。"而之所以有如此密切互动关系的关键处，我想应该就是这些思想者身份的二重性——士（儒生）加大夫（官员）。准此，则他们所进行的制度设计与理论探讨必然是具体而现实的，是对社会中各个利益主体间各种权力和利益的肯定与限制，从某种均衡中求取社会整体利益的最大化。这些儒者既是特定社会群体之一员，又对社会整体利益心存关注，故其所成就者与大学教授的学科讲义间存在区别应该是无可置疑的（《宋儒微言》的内在思路亦是如此）。所以，当我们对他们所留存的思想文本加以解读时，将其命名为政治哲学似乎显得匆忙了一点。即使作者认为别无选择，那么也应该对这种区别有所强调。

但是，在《宋儒微言》的绪论或其他地方我们并没有找到与此相关的文字。这应该是一种遗憾。

提起宋代思想，人们头脑中跳出的第一个名字肯定是朱熹，然后是程颢、程颐，再然后是周敦颐以及陆九渊、王阳明。这些名字很快又会被拼成理学、心学及其相互论衡颉颃的哲学图块。其上焉者以新实在论、新黑格尔主义格义；其下焉者以客观唯心论、主观唯心论标签。落实一点，人们联想到的则很可能是"存天理，灭人欲""吾心即宇宙，宇宙即吾心"这样一些似乎既不合情也不合理的命题。

问题真是如此简单么？《宋儒微言》从对历史语境的梳理重建中告诉我们，即使在朱熹的祖师，曾有"饿死事小，失节事大"惊人之语的二程处，问题也远不是如此简单。

某种意义上说程氏兄弟都属于具有强烈正义感和淑世情怀的所谓热血青年。在他们十七八岁的时候，曾上书仁宗皇帝呼吁改革；二十多岁时又再度上书于英宗皇帝，针对六大弊端，提出了"立志、责任、求贤"的匡救之策。这两封上书至少说明其性格的积极通脱和儒学的影响深刻。程氏兄弟中据说是"偏于心学"的程明道曾吟有一首《下山偶成》的七言绝句："襜裾二日绝尘埃，欲上篮舆首重回。不是吾儒本经济，等闲怎肯出山来？"经济者，经邦济国经世济民之谓也。怀有这种志向的儒生是不可能耽于玄思冥想的，即使有契于妙理，也只能是以之作为论证表达观念的话语形式而已。事实上，他总是这样提醒学生："不可穷高极远，恐于道无补也"。[④]

那么，为什么后人总是执着地要将二程等由儒生更改成所谓学者呢？清代学术空间逼仄，近代西学框架盛行，这是外部原因。内在的原因则是，中国古代思想者创作的文本常常兼具道与学这么两个层面的内容。这一点二程自无例外，而尤具有特殊性的是，在历时性上，二程的思考重心有一由重道向重学的转移。仕以行义。但儒者总不免一个遇与不遇的"时"的问题。在欲济无舟楫的尴尬中，他们的选择在人格上是"独善其身"，在行动上则常常是"以学存道"。二程正是如此。《宋儒微言》在介绍了二程政治生涯中的变故后，作者将由此而来的思想形象的转变凸显为如下问题："熙宁以后二程所甚谈的天道性命之学，究竟是早年改革主张的深化和延续，还是对改革话题的否弃或回避？"（该书第五章）并从三个方面进行了深入细致的讨论。结论当然是前者而不是后者。我们不妨反躬自问：倘若是"学愈繁而道愈晦"，二程又岂能成其为二程？

作者许多的结论可以说都是带有颠覆性的。阅读本书，对于许多读教科书完成学业的大学生、研究生来说恐怕都是在收获启迪的同时也体验到一种理论探险的紧张感。但在我，可谓快何如之——六经责我开生面，石破天惊逗秋雨。

所谓天理人欲之辨，首先乃是针对封建王朝的统治集团而为言："天下之害，皆以远本而末胜也。先王制其本者，天理也；后王流于末者，人欲也。损人欲以复天理，圣人之教也。"他们的伦理主张，也许不免带有小农经济的乡民色彩，但他们政治主张的精神，即使从哈耶克这样的极端自由主义者的立场来看也是可以接受的："为政之道，以顺民心为本；以厚民生为本；以安而不扰为本。"

提起道统，人们都知道"人心惟危，道心惟微。惟精惟一，允执厥中"的十六字心法，都知道程颐从天理与人心关系角度所做出的解释。实际上，这里人心道心之辨在二程的整个体系中不应被抽象成为一个伦理学的身心修养问题。这句话中真正值得关注的词是"允执厥中"的"中"字。这个"中"不是"中央"或"中心"之中，而是对于政治家来说所必须把握的特定情境中的"时中"（其客观义当为"公正"）。因为二程所传之道是有确定内涵的，那就是"三代莫不由"的所谓"大中之道"；其代表者首先是周公。程颢在解释其兄"明道"的谥号时说得很清楚："周公没，圣人之道不行；孟轲死，圣人之学不传。道不行，百世无善治；学不传，千载无真儒。"要之，道统即是王者之所以为治的传统，程氏以"大中之道"名之，意在表撖出其"博达公正"的特定内涵，以区别于自私用智之类的霸者之事。⑤

这些可谓发数百年未发之覆的洞见，从作者笔下流出却显得平平静静、从从容容。莫不是在为有心的倾听者等待？回响应该不会遥远。

如果说《宋儒微言》对我们以往关于程氏兄弟的研究是一个颠覆，那么书中对苏氏父子"杂学"的发掘则实实在在堪称一个贡献。我个人认为，苏轼"推阐理势"的方法论原则，对处于现代社会变局之亟中的儒学如何抖落因袭的重负，在对现代课题的应对中开启新局具有极大的启发性。

"圣人因时设教，而以利民为本"。时，大致相当于"推阐理势"中之"势"；教，则大致相当于其中之"理"。推阐理势，简言之就是在理（教）与势（时）的互动关系中求取"圣人之所以为法"之意——"利民"，然后据此"利民"之"意"，回到变化了的新时新势之中，探寻出与之相应能够确保利民之旨落实的理与教。

由于其价值基点是立足于社会整体而不是朝廷王权或其他什么利益主体，儒家主张的落实程度总是比较有限的。[6]这使得以学存道的儒门子弟较多地倾向于通过强调道的形上性、绝对性来推动其向现实社会运作过程的落实。道统论的提出更增加了对道的连续性的强调（其相对的合理性在于整个"封建时期"社会的基本结构变化不大）。但苏轼的"推阐理势"与此异趣。他明确指出，"夫道何常之有？应物而已矣；夫政何常之有？因俗而已矣。"道是要求用（"利民"）的，故理势当并重。事异自然备变，故理无常形。解构理念的终极性，对于统治者来说就是提醒"善为天下者，不求其必然"，要顺应人心，遵从自然生成的社会秩序；对于儒家学者来说就是提醒"三代之器不可复用"，所当仿以为法者，"制礼之意"耳。

《宋儒微言》揭示了蜀学与洛学各自的思想逻辑："蜀学是从个别到一般，从广泛的知识到抽象的原理；而程朱理学则从一般到个别，即首先树立或者确定一个形而上的理念，然后将它贯彻到形而下的知识中。"套用哲学术语，法圣人之法的二程近于唯理论；法圣人之所以为法的二苏则近于经验论。存在这种差异实在是儒门之福。文化是有生命的知识，生长就意味着与世推移，对于儒门内部，自然是继承与发展都不可偏废，就如同重本质、重"理一"与重现象、重"分殊"二者间有必要维持某种张力或均衡。没有继承则没有历史意义（无根），不成其为儒；没有发展则没有现实意义（无用），亦不成其为儒。

就儒学如何走出其近代以来所面临的困境来说，发展显然是一个比继承更显急迫的问题。因为困局的形成，除了客观原因（政治体制更迭，生活方式转换等）之外，儒门内部应对失据亦有相当责任。主要的一点就是心态保守，这种保守心态主要表现为理论上的虚骄和现实中的怯懦。而作为例外的港台新儒家，又陷入了以学证道的吊诡之境。把儒学哲学化，必然把道本体化了，而把道本体化，一定程度上就窒息了道向生活开放从而使自己与时俱进的可能。借用苏轼的一句话讲就是，"自许太高而措意太广。太高则无用，太广则无功。"

当然，任何人都不可能超越其所处之时代。凡事只能尽心尽力，顺势而为，至于最终能够成就几何，原本就只能委之于天数。主张"推阐理势"，像水一样"随物赋形"的苏轼自己，一生的遭际也是坎坷连连。直到晚年，仍不免琼州之贬。仿佛记得，当其孤舟渡海，在波涛间颠簸出没，其怀中所揣，并非为他赚取盖世文名的诗文，而是备受后人讥弹的几部经学著作。

也许，只有这种豪迈与执着，才是我们今天最为迫切的需要。

卢国龙、廖名春是当今国学研究领域里我最为推崇的两位同辈。他们共同的特点是写得多、写得好。我所谓好不只是指表达与论证，而是指有见识。因为他们能够将自己对生命经验的体悟自觉升华，作为通过文本与自己研究对象进行意义对话的基点。很难想象，一个对时代精神毫无所感，对自己的生命存在懵然无知的学人，能够沿波探源、以意逆志，写出有见识、抓到痒处的文字，担当起文化主体性重建的责任。

这一年他们二位分别又有新著推出，先后邀我作序。开始我颇感惶恐，但很快又觉得十分正常。大家志同道合，又都是性情中人，如果序对于一本书来说真要是必不可少的话，那不找这样的朋友来写又找谁呢？

但我还是要对他们说一声谢谢，为序，更为书。

二〇〇一年

【注释】：

① 但对陈独秀以及新文化运动仍应充分肯定，其救亡图存而又否弃传统的矛盾性格，可以理解为民族生命意志在窘困中寻求更加有效的文化表式的初期所不免的急切与忿懑。

② 德国哲学家李凯尔特对"文化科学"与"自然科学"的区分，以及李泽厚关于中西文化特征在"一个世界"（中国）与"两个世界"（基督教和希腊哲学的西方）的区分，均有助于理解笔者这里对知识与文化的区别。

③ 对此，最适宜于以新实用主义的有关理论去解说。参阅罗蒂在《后哲学文化》中的有关论述。上海译文出版社，1992 年版。

④ 当然，这并不意味着对学的贬抑。没有学，道的正当性可疑；没有学，道的实践性可疑；没有学，道的恒久性可疑。

⑤ 新儒家以陆王心学承接孟子，而谓程朱理学"别子为宗"。循此思路，指出二程道统之以政治为特征应该是论证其所以高下乎其间的方便法门。

⑥ 笔者《儒学的历史文化功能——中古士族现象研究》对此曾作讨论。上海学林出版社，1997 年。

序廖名春《中国学术史新证》

唐代刘知几认为，学人当兼具才、学、识三长，然后可言治史。才指天赋资质，学指学术素养，至于刘氏所最看重的识，是否即指某种洞幽烛微发覆起甄的理性思维能力呢？不是，至少不完全是。

据《新唐书》卷一百三十二之本传记载，刘知几"领国史且三十年。礼部尚书郑惟忠曰：自古文士多，史才少，何耶？对曰：史有三长：才、学、识，世罕兼之，故史者少。夫有学无才，犹愚贾操金，不能殖货；有才无学，犹巧匠无楩柟斧斤，弗能成室。善恶必书，使骄君贼臣惧，此为无可加者。"

刘氏所谓识，原来是指史家对于自己所从事工作之价值诉求的主观自觉，以及承担实践这一自觉的智慧和勇气。这种定义在知识学意义上能否成立当然见仁见智，这里也无须多加阐发，但就其强调研究者与研究对象之间存在某种内在关联这点，应该说确有所见，至少在人义学科领域，今天已成共识。按照公羊学的观点，孔子正是出于对"世衰道微，邪说暴行有作"的现实深感忧虑，才笔削《春秋》，"使乱臣贼子惧"。这种实践是刘氏三长说之所本，而孔子"为万世立法"说的成立，更证明刘氏对"识"的阐述无论在知识学或者价值论层面都有足够的合法性根据存在。

仅就对传统文化的研究而言，刘氏之"识"在今天有两点启发值得予以重视。其一是研究者对所研究的历史文本首先应作为一个蕴含有文化意义的事件来加以解读，同时应当设身处地，"对古人不得不如此之苦心孤诣表一理解之同情"；其二是将自己的研究视为由该文化所凝结之个体对此精神实体的反思、传承和创造，如陈寅恪诗"吾侪所学关天意"之所揭橥者。为什么陈氏能够对王国维的自沉做出不同流俗的说明？其对隋唐政治文化的研究又为什么能在贡献和影响方面超迈同侪？就因为他是一位以文化自肩、河汾自承的中华文化"托命人"，岂有他哉！

完全不必拉什么名角出来为廖名春站台造势，我确实认为在当代治国学的同辈学人中廖名春的成绩是最突出的，并且我也确实相信其所以有此表现，主要在于思想境界契近于古圣先贤。换言之，即是对刘知几三长说中的识有所体悟。这种判定可以从以下三点得到证明。

首先是他自觉将自己的研究领域锁定在对经学的释证上。学术分工本无高低贵贱可言，对个体来说研析经史抑或子集，多半都是出于误打误撞的外在偶然。廖名春不是，他硕士读的是训诂，但他并不满足于在章黄门下游走，而是力争较乾嘉诸老更上一层。他曾跟我说起，在追随金景芳先生做博士论文后，思想上有一觉悟，自此确定了自己的治学方向。他一度曾协助陈鼓应先生办《道家思想文化研究》，在刊物上以发表关于帛书周易的成果而为学界关注。后来就是因为在《周易》学派上的归属上持论与倡导道家文化主干说的陈氏不合，终至分道扬镳。揭示这点，不是要评论学术是非，而是想表明廖名春的学术立场的坚定，有"护道"的自觉。"从语言到历史，以考据求义理"，反映的既是其问学次第，也是其心路历程。

其次是他对经学的正面理解或肯定态度。这恐怕乃是其受惠于金老先生之最关键处。他认为经之所以为经是由于它们记载有先王之道。这种先王之道所包含的价值理念因其为全社会所认可接受，在相当长的历史时段内构成了整个社会的基本支撑，因而是中国文化的大本大根。这种理解在以前是常识，在今天却是洞见，因为五四以来的主流思潮倾向于对传统价值的否定。号称经学大家的周予同先生其毕生所致力者，即是"要把经学那纸糊的高帽子撕破给人看"！

最后是我隐约感到廖名春有一种"文王既没，文不在兹乎"的担待或气概。由于办《原道》的缘故，我们经常在一起讨论诸如怎样振兴传统文化研究，如何克服近代形成的对儒学的偏见这样一些问题。本书中对古史辨学派的清理就是这种讨论的结果。近来他又对国内学界存在的传统研究汉学化的倾向十分担忧。我们筹划着在《原道》上刊发一个类似于牟宗三、徐复观、张君劢、唐君毅先生二十世纪五十年代所撰的那种"宣言"，表达我们对于中国学术研究及中国文化对世界文化前途之共同认识，他答应由他来撰写第一稿……

当代学者中才高八斗的人很多，学富五车的人也不少，而才、学、识三长兼具者却屈指可数。所以现在也仍跟郑惟忠当时所见到的情形颇为相似，文士多而史才少，叫人唏嘘慨叹。其实，一个人追求的目标越崇高，其所具有的才华也就会发挥得越充分，其所取得的成就也就越能传之久远。我衷心希望我们这辈学人能够将自己的知识、智慧与中华文化建设的事业联系在一起，因为这是一个充满着机会和挑战的时代，在经历了百年忧患之后，我们的民族再也不容有失！尽管并不是亨廷顿那样的"文

明冲突论"者，但我相信，一个民族的复兴，虽然并不以文化的
复兴为全部内涵，但却绝对是以文化的复兴为其最高象征。

当然，我也希望自己在这篇序言中所表述的对廖名春其人其
学的理解，多少能够为本书读者诸君的阅读经验所印证。

谨以此为序。

二〇〇五年

序方朝晖《儒学与中国现代性》

作为一个对儒学意义深信不疑而对其理论发展和现实影响又忧心如焚的读书人，读完《儒学与中国现代性》这部书稿不禁精神为之一振。它让我感觉到，千呼万唤的大陆儒学已经不再只是作为一种文化姿态、一种信仰立场，以自话自说的方式标示着自己的存在，而是已经带着自己的命题、论证和风格直接楔入当代思想前沿，就各种既具理论性又具现实性的话题，与有着不同学术资源和价值诉求的各种主义派别展开直接的对话和交锋。应当说，传统文化的社会关注和学术积累达到一定程度之后，这样一种格局的出现是正常的，也是必需的。

追求伟大文明的儒家理念

《儒学与中国现代性》是在中国崛起这个举世关注的问题上发出了儒家的声音。外国人基于自己的利益关切，或者把"中国崛起"转换为"中国威胁"，或者危言耸听预言"中国崩溃"。国内的所谓自由主义者和新左派同样分贝甚高：自由主义者以挑剔的目光穿透繁荣景象，希望中国的崛起能够包含更多政治、文化上的普世价值；暧昧的新左派则用晦涩的理论为含糊其词的"中困模式"背书。由强大而伟大，意味着某种文明的视野和期许，但一个是以英美模式为人类文明的象征和典范，一个则以复数多元现代性有意无意地为种种不公不义辩护脱罪。如果说中国崛起问题的本质是如何评估中国社会发展的现状和如何想象中华民族的未来，那么任何的理论要证明自己的意义价值就都必须对此提出自己的论述。遗憾的是，这方面儒家的声音虽然不是完全没有，但却与其历史责任和理论抱负很不相称。还好，这本书的作者不仅看到"文明的重建是今日中国面临的首要任务"，还有意识地追求"从多元现代性到中国现代性"。

这意味着作者思考的参照系不是西方的或反西方的，也不是理论的或思辨的。该书开篇即点明其问题意识："二十世纪困扰中国人最深刻的问题莫过于中华文明理想的丢失。"根据《春秋》"夷夏之辨"的意蕴，他指出儒家文化的最高理想不是追求一个经济富国、政治大国或军事强国，"而是追求一个伟大文明的理念"。他用"保合太和""各尽其性"来表述这一理念。这一理解概括是否允当、以及将其普遍化是否可以获得他人认同等，均可以讨论，但从自身文化和历史的脉络来思考和回答这个问题，其意义对于儒学、对于中国乃至世界可谓既深且远。人类学家张光直先生曾从自己"连续和破裂"两种不同文明发生模式的比较分析出发，预言新世纪的社会科学理论贡献将在中华文明的复兴中诞生。所谓天命云然者，其此之谓乎？

跳出二元对立的反思清理

这本书是从这样一个平台和论域出发对五四以来的新儒家

的诸多论述做出了自己的反思清理。西方列强挟坚船利炮在使中国陷入救亡努力的同时,也给自己的启蒙价值赋予了不言而喻的合法性。当力量在心理和事实上成为评估一切价值最高标准,国人的文化信心也就开始动摇沦陷。西化派固然如此,新儒家也不例外。他们以宋儒的心性论为儒家的根本,用"良知的坎陷"这种在今天很难理解和接受的概念或命题调适其与作为当时现代性之主要内容的民主和科学的关系。这即便不是对现代性的误解,也是对儒家与现代性之关系的误解。因为科学诚然是一种现代性,但它并不构成对儒家的直接挑战。而民主,作为一种政治价值,它意味着扩大参与和自我治理;作为一种制度,它是实现公平正义等政治价值的方案设计。前者,儒家内部资源丰富;后者,需要因时制宜。前辈儒者如此处理,在作者看来完全是由于"缺乏自信"。而该书作者,在今天能够从容地思考这些问题,他的结论是中华文明"是一个本质上与西方现代文明不同的文明形态,体现在核心价值、组织模式、生活方式、行为样式等多个不同方面",而"法治、自由、民主、人权等价值是植根于西方社会历史和文化土壤的西方文化价值,并至少并不完全适合于中国文化的习性"。中西文化性质不相同,使用不合适,这样一种主张近代不鲜见,今天也时有所闻。但作者既不是出于自卑自傲的情绪,也不是基于特殊主义的逻辑。他跳出普遍主义与特殊主义的二元对立,从人性的共通性将价值的普世性理解为各种文化的共同具有和接受,讨论就可以进入具体的历史语境。无论是否定西方价值成为我们核心价值的可能性,还是主张"贤能政治""礼大于法",作者都是如此从经验出发进行理性论证。

这与作者对"儒学只有在不断地回答时代新问题、迎接现实新挑战的过程中才能获得复兴"的感觉是正相契合的。是的,儒学是"经"，是治国平天下之道，指向的是价值和意义、治理和秩序这样一些人文的问题。相应的，它的合法性也只能是"以言行事"而诉诸实践，所谓"道，行之而成"。服务于这一目的的儒学知识化及其讨论是必须和必要的，但如果以为将其疏解为西方学术范式内的某某主义某某学即是儒学的全部，那就是识小不识大的本末倒置、逐末舍本了。作者批评牟宗三"在见闻之知里打转而不自知"或许有失偏颇，但移用于当今汲汲于经学的哲学化训诂化风气，却还是符合实际的有的放矢。我很愿意强调作者对新儒学传统反思清理的方法论意义，希望它能为儒学的发展开拓新局，因为这实际是向孔子开创的精神方向回归。

实现儒学与社会的有机联结

作者提出了社会治理问题，并对其中国特色做出了自己的表述。近代以来，随着生产方式的改变，社会组织结构和人的生活方式、思维方式发生了巨大改变。这实际是对儒学真正最为深刻的挑战。正是由于没有对此做出积极有效的回应，儒学成为无体可附的游魂。如何重新实现其与社会的有机联结？康有为、蒋庆的国教说、陈明的公民宗教说都可以视为解决这一问题的理论尝试。该书第四、五章对"行业自治与儒学"和"市民社会与儒学"的讨论，则可以视为从社会治理角度在社会学和政治学层面展开的论述。作者认为行业的自治与理性化是儒家传统中尊重人的尊严且符合现代社会需要的重要内容，并借鉴国外汉学研究成果说明这一传统的现实意义。而市民社会或公民社会在现代性尤其自由主义的相关论述里，被赋予了极大的理论权重。作者别具只眼、同中见异，指出"中国市民（公民）社会兴起、道路与发展方式均会与西方的不同"；"未来中国市民社会的发展，不可能也没必要走西方式的、与国家对抗的道路"。这是儒家的机会与挑战："在非西方的中国文化土壤中建设市民社会的过程中，儒学在今天所面临的主要挑战和特殊任务，即如何为社会空间的自治与理性化提供服务"。挑战何在？古典社会的整合机制是"有机的"，现代社会的整合机制是"机械的"，这里面的差别意味着儒学需要做出许多的改变。我认为儒学自身的这种改变与儒学对行业自治及其理性化指导参与是同一过程的不同方面，就像中国的现代性同时也意味着或包含着儒学的现代性一样。这应该是我们的共识。

阅读中我感觉儒学的有效性在书中似乎是一个基本的预设。这种预设表现在或体现为作者基本上都是以（儒家）文化、文化心理结构或文化习性作为立论的前提。诚然，前提出于认定，不假论证。但是，如果对这种认定保持必要的反思意识，考虑到它可能面对的质疑，其结论也许会获得较多的说服力。这一点作者做得恐怕还不是很好。书中说，"中国文化的心理结构决定未来中国社会的理性化发展，不可能像西方那样以人权和个人自由为核心价值、走一条基于个人主义的形式主义道路"——类似表述还有多处。"文化心理结构"是什么东西？这么轻易地就可以支撑起一个如此重要的结论？思辨地说，文化对于人来说具有二重性，既是人格的塑造者，又是生命及其意志的表达者。换言之，它既是一种决定者即原因，又是一种被决定者即结果。对这种关系做历史的把握，或许会使这本书的写作变得更加复杂艰苦，却也会是这本书所欲证明的结论变得更加透彻坚强。这可以说是我要向作者请教的第一点。

第二点仍然与此有关，就是对夷夏之辨的理解问题。《春秋》之义，一是尊王攘夷说，一是礼乐中国论；二者并列，维持着某种张力，不可偏废。作者单取后者，强调"儒家'夷夏之辨'对于重铸中国文化的最高理想所具有的异常重要的意义"，实际是将一个兼顾政治立场与文化态度的论述化约为单一的文化叙事。这固然使得文化脱离血缘、地缘以及相关利益的纠缠而普遍化为普世价值，但也同时消解了儒学、礼乐与父母之邦的内在联系，使中国和礼乐仅仅成为一个作为能指的空洞符号，而作为所指之实体的地位与意义却大幅下降。这不仅使得孔子对管仲的称道变得殊不可解，也使得这个文化成为无源无根的绝对理念，而与文化这一概念和事实的内在属性相背离。私意以为，对于表达作者对于儒学的理解，对于伸张书中的理念，夷夏之辨并不是一个特别坚实的阿基米德点。《易传》的"天地之大德曰生"，《中庸》的"成己成物"，对于支撑"保合太和""各尽其性"，对于接轨自由、平等、博爱，对于参与文明对话寻求多元共识，都更加有力、顺畅也更富有理论的厚度与弹性。

退一步讲，即使礼乐也不能全部解作文化，它实际也是制度，具有政治的属性。而制度的正义性与有效性维持，都必须注意与情境相匹配，即所谓与时俱进。这些都需要后来者体会圣人制作之意，并在有所继承的同时有所发展。我觉得中华民族意识塑造与现代国家形态建构，是从中国崛起讨论中国的现代性的具体内容。实际上我对作者的欣赏和挑剔，都是以此为背景并有所期待的。

是为序。

二〇一一年

序王文锋《从〈万国公报〉到〈牛津共识〉》

　　基督教入华是中国社会和文化的一件大事。它既是中西关系和中国现代化进程的有机组成部分，也是透视这一关系进程的有效视角，因为它清晰而又集中地反映了这一关系进程的脉络和复杂性。

　　文锋的雄心是写一部完整的中国基督教思想史，虽然论文题目为"从《万国公报》到《牛津共识》"，但这二者在书中似乎只是时间节点，真正的内容要丰富许多。洋务运动、戊戌维新、辛亥革命，自由主义、社会主义、保守主义，近代以来所有重要的事件、重要的思潮，作者都从其与基督教（传教士以及神学理念）的双向关系做出了具体梳理。

　　科学技术、社会科学和意识形态对我们的影响是众所周知的，相对来说基督教却被严重低估。即使我自己也是在读了文锋的论文之后才倒吸一口凉气，真相居然如此！说鼎足而三会有许多人反对，其实这并不重要，重要的是就长远说这一力量的进入，其影响与效果方方面面如果不加以重视最终将会有何种呈现？个人颇不乐观，各种折腾伤害几乎难以避免。

　　近代来华的西方传教士存在两条路线，即戴德生的"直接传教路线"与李提摩太的"文化传教路线"。前者强调对个体"灵魂的拯救"，直接面向平民传福音；后者面向政治和文化精英，引导其"利用蕴含在自然中的上帝的力量去为他们的同胞谋福利",即通过影响上层人士来提升中国社会的文明程度,以此达到"福音更新中国"的目的——帮助中国不断地文明、强大、现代,以此来荣耀神的全能慈爱。"(李提摩太语)

对于这样的善意,作为中国人,我们实在找不出拒绝的理由。正是有此交集,关心"基督教到底能给一个国家带来什么好处"的曾国藩及张之洞等洋务派对传教士带来的"技术""器物"敞怀接纳,"尔爱其礼,我爱其羊"或可从反面诠释洋务派中体西用论的要义所在。

对中国社会有益,这应该也是基督教在中国生根或中国基督教发展的前提和基础。文锋在"前言"的注释里指出了中国本土基督教群体社会福音派和基要福音派与戴德生模式和李提摩太模式的关联。以赵紫宸、吴雷川、谢扶雅、诚静怡等人为代表的社会福音派提倡基督教与本土文化相融结合,以王明道、倪柝声、宋尚节等人为代表的基要福音派则强调基督教只能关注灵魂拯救和教会发展。与戴德生和李提摩太井水不犯河水不同,倪柝声、王明道等对社会福音派的攻击既是理论上的也是实践上的。而双方的命运也泾渭分明:一个成为三自爱国运动的开拓者、领导者,一个成为三自爱国运动的批判者并因此而被作为反革命集团被整肃。虽然他们的行为跟后来被删除的所谓反革命罪并无多少真凭实据(封建迷信会道门或宣传煽动两条?),其对社会福音派的现代性、自由主义的批评也有西方思想和神学之脉络背景,但从政府的角度看,其决策也不能说完全没有理性的考量或根据。

首先是中共建政之初,必然"稳定压倒一切"。其次从近代史主线看,救亡这个反抗列强的斗争是以国家竞争的形式展开,满清王朝无能，中华民族的仁人志士以党的形式进行组织，国共相争尘埃落定之后，中共开始国家建构，自然谋求社会和文化上的整合。

普芬道夫和卢梭都有关于宗教统一对于国家稳定之重要性的论述和谋划，那就是越来越受到重视的所谓公民宗教论题。这说明该问题并不只是与特定意识形态有关，而具有一般性的政治学意义。倪柝声、王明道作为基督徒也许是属灵的，但其肉身行走大地，教会作为组织更是社会性存在无法超然。他们反对圣俗二元论，将灵与肉、人与神、教会与社会之间的区别夸大甚至绝对化。这可以说是一种理想主义，也可以说是一种幼稚或狂妄。在特定时代、特定思维中被解读为搞独立王国的"反革命"也不能说完全没有逻辑依据。这显然是一个悲剧。

今天的社会福音派路径上也有左中右三种价值取向。当其以各种不同价值诉求参与到社会和思想进程之中，宗教就不再是主角，因而主要已不再是宗教的考察范围及研究对象。按照赵紫宸的社会福音派策略，即先是基督教做出本色化努力，入乎中国文化和社会之内，然后使命担当力争中国的基督教化。照说如此远虑深谋者才是基督教与中国政治、社会及文化发生大爆炸之源，为什么却又一直相安无事堂而皇之蔚为理论主流呢？

可能的原因就是，它认为"中国的基督教化与基督教的中国化，是一个运动的两方面"。而以中国社会之宏大、制度之强悍、文化之久远，在相当长的时段内，我们看得到的只能是"基督教的中国化"。

当然，"中国的基督教化"也成果丰硕，信教人口数量的爆炸式增长就是明证。什么是中国的基督教化我不是很清楚，什么是基督教的中国化，我理解至少应该包括认同国家、融入社会、尊重传统这三点吧。在这一前提下，圣俗二分，基督徒对上帝的信仰真正变成"个人的事情"。这是现代性原则，现代国家原则，也是社会福音派与基要福音派的分际所在吧？

现代中国是在清王朝的政治遗产基础上建立起来的，殖民主义的冲击，广土众民的帝国结构使得国家建构的过程特别艰难，目标也相对独特——诸多古老帝国在这一过程中都是崩溃解体了的，我们却维持着固有的疆域和族群结构。思考应对宗教和文化的问题，不能脱离这样一种历史处境——基督教之外，儒教、伊斯兰教等等同样都是需要认真处理对待的问题或挑战。

文锋组织的"牛津共识"活动，我就是带着这样的问题意识参与其中的。我在讨论时说的面对中国和世界的大变局，任何一家一派的思想都是有局限的，都需要意识到自己的边界，尊重他者的贡献。

现在，文锋要我写序，我也还是这样一种思维，只是问题意识更靠近国内，靠近近代史，也更靠近儒家本位的立场——谁要他说就是要让我作为儒家出场呢？

是为序。

二〇一二年

序袁灿兴《中国乡贤》

乡贤之祀始于汉末是有原因的。

三代分封,政教合一,国家(state)被包裹在社会(society)里;秦立郡县,以法为教以吏为师,社会成为国家整治的对象。汉武帝与董仲舒携手,确立起霸王道杂之的制度框架和思想格局,于是国家与社会实现了各有分际的良性互动,表现为立五经博士、察举选官以及标榜以孝治天下等等。于是,就有了庄园经济的繁荣,有了为人仰望的世家大族,有了"孔融为北海相,以甄士然祀与社",成为"祭祀乡贤之始"。

从开始时将地方乡贤"命配县社"到隋唐"营立祠宇",再到宋元明清整合于文庙,"诏天下学校各建先贤祠,左祀贤牧守令,右祀乡贤",看得出有关方面对乡贤的理解重视有一个从地方民间到社稷国家的整体文化—政治战略之构思,以及对其功能意义之认同接纳或利用的过程。某种程度讲,这的确可以说是一个双赢的局面。按照儒家的理论,"天下之本在国,国之本在家";"为政不难,不得罪于巨室"。这里的"家"与"巨室",基本可以作为社会的代表来理解,象征着哈耶克所谓的自发秩序。西班牙思想家奥尔特加在《大众的反叛》中的相关论述或许可以佐证儒家这种对社会之重视和强调的合理性:"社会是自发形成的,而国家不是——它事实上只是一个关于公共秩序及其管理的技术问题"，"从长远来看，维持、滋养并推动着人类命运的正是这种自发性"。乡贤的后面都有儒家的理念，但完全可以说，乡贤本身乃是传统社会内在的有机性、生命力或者说自发性的一种表现。从我们的历史看，光武中兴、同治中兴可以如是观，国民党、共产党又何尝不是在国已不国的危机中应运而生挺身承担起天下的兴亡的社会自发力量？！

体会这一点，不仅需要深刻的理性思维，也需要对历史的敬畏感。或许可以说，对社会的态度是衡量我们政治智慧、理性能力和情怀高下的标尺。在这样的基础上理解乡贤，那些兴学、修路、赈灾等当时只道是寻常的公益行为就有了本体性的意义，而"式存飨祀""以时致祭"的神圣性也就获得了足够充分的理性支持和说明。

是的，现代性的特征之一就是城市化。由市场和政府主导的各种基本建设和社会工程在带来经济巨大发展物质巨大丰富的同时，也带来了家园的丧失、精神的枯槁。面对患病的社会，思想界"师异道，人异论，百家殊方"，莫衷一是。我想，乡贤二字应该是一个难得的可以获得各方共识的交集点：右派可以看到尊重社会的价值取向；左派可以找到社会治理的有效工具；保守派则可以想象回归传统的文化认同。乡贤前辈泉下有知，一定会含笑回眸欣慰莫名吧。

曾写出《乡土中国》的社会学家费孝通感叹："忽略技术的结果似乎没有忽略社会结构的弊病为大！"感慨之余，费老提出了"文化自觉"的问题，认为中国和世界今天需要的是一个"新孔子"。十年之后，在执政党将自身定位为中华民族先锋队，在"中国梦"成为新一届领导人执政目标的时候，在历史上影响深远的"乡贤文化"又浮出水面，"新乡贤"成为基层干部的努力方向。果如是，则孔庙的激活、道德讲堂的充实将获得极大的资源和动力。贞下起元，斯文复振，其天意也欤！

"道之统在圣，而其寄在贤"。寄者托也、寓也、传也。儒家之道需要通过一代又一代仁人志士的实践在现实中落实呈现代代传承，"在朝美政，在乡美俗"。《中国乡贤》这里写的正是这样一些"在乡美俗"的旧人物、老故事，卑之无甚高论，但正是在这些好人好事的点滴累积中吾土吾民人文化成岁月静好。"崇德、报功、尚贤，古圣王所不敢忽也"。近年有句话在网络和媒体十分流行，说城镇建设的境界就是要"看得见山，望得见水，留得住乡愁"——如果还能"想得起乡贤"，岂不更好？

谨以此为序。

二〇一五年

序周伟驰《太平天国与启示录》

周伟驰著《太平天国与启示录》①的最大贡献就是论证了所谓太平天国起义其性质应该是一场宗教革命或战争，而作为其理论纲领的上帝教则是"在基督教的基础上产生的一个新宗派或基督教传统内的一个新宗教"，就跟"南方基督教"和美国的摩门教一样。

一

此前给太平天国定性的主要有民族革命论和农民起义说。

民族革命论反映的是清末"驱除鞑虏，恢复中华"的历史氛围，因孙中山等革命党人的成功，这样一种政治思潮在学术界的投影显现。虽然随着文献的考订和丰富以及五族共和思想成为新的政治正确，这一观点已经不再具有什么影响力。但因为简又文、萧一山的泰斗地位，代表这一观点的著作仍然如大山横亘不能视而不见，需要在文本解读的基础上做出学术性说明，伟驰的工作就有这样终结和开辟的意义。至于农民起义说，其对民族革命论的替代与其说是学术范式的自然递嬗不如说是意识形态乾坤大挪移的结果。在马克思主义的意识形态里，民族问题本身被视为阶级问题而几近取消。历史唯物主义是系统性的历史叙事。共产党的执政地位在使马克思主义成为主流的意识形态的同时，也使阶级论成为指导性的方法论。作为五朵金花之一的"太学"自然难逃这一咒语的法力；并且，因近代史需直接与现代、当代对接，这一观点被嵌入近代史所谓"三大革命""三大高潮"的官方话语系统，成为论证其权力正当性之叙事的重要环节。二十世纪七十年代末高考复习时记住的就是这一套，以致八十年代末在中国社科院研究生院读博士做这方面研究的夏春涛学长跟我讨论起宗教问题时，我根本就没想到他会把这些跟洪秀全联系到一起。虽然他知道这一方法论指导下的"太学"已现颓势，"在未来五年到十年的时间里将会更加趋于萧条和沉寂"，[②]他的论文也是扣住太平天国以宗教起事、宗教立国着墨，但总体上仍然是以"农民起义的最高峰"为立论基调，并将上帝教视为农民的宗教，即民间宗教或"近代民间宗教"。

伟驰该书不仅将太平天国运动作为宗教革命定性，而且将其明确判定为基督教的一个宗派。所针对的就是所谓上帝教之邪教说和民间宗教说。邪教说主要是一种政治价值的判定，并不能揭示其教之为教的内涵特征，因此宗教学者一般不使用这一概念。从农民起义多利用民间信仰作幌子的一般情况出发把上帝教往民间宗教上联想定性，既自然而然也大体能够自圆其说。一干外国传教士拒绝认同这帮把热脸贴过来的东方弟兄，某种意义上又为它增添了一个有力佐证。但是，伟驰开拓视野，引入基督教发展史、传播史（欧洲移民史或殖民史）的宏阔背景，对洪秀全接触基督教的具体过程、理解条件和思想文本进行了深入细致地把握分析，在对相关问题一一回应，尤其是对《启示录》与叙述洪秀全皈依上帝经历、受命于神的《太平天日》进行文本对照和分析后得出结论：洪秀全乃一体现"基督教国度千禧年式扩张"特征之"使徒的皇帝"。至于传教士之拒绝认同上帝教的神学和天国的制度等，那是因为他们对《圣经》的理解是新教式的，思维方式是启蒙后时代的，而洪氏情有独钟的是《旧约》。至于将其个人（客家的）生活经验带入文本诠释和（天国的）制度设计，那更是基督教经各类神魅人格在各地落地生根、开花结果的普通路径和寻常做法。我认为，这些分析判断后面不仅仅是学科背景及相关知识结构的差异，也有思想观念与问题意识的不同。如果说本土研究者是因为宗教知识储备的不足而导致理解的表面化，那么西方研究者则是出于神学正统的傲慢与偏见而拒绝与这帮东方弟兄相认。

虽然伟驰不是提出太平天国运动为宗教革命说的第一人（如简又文就有许多类似议论），但却是判定论述上最明确、最充分的第一人。

书中提到但没有具体回应的是赖利（Thomas H. Reilly）的观点。这位年轻的美国学者在《上帝与皇帝之争——太平天国的宗教与政治》中提出：太平天国是一场"文化革命"，旨在"恢复原始的中国文化"，"恢复传统国王制与上帝崇拜取代皇帝皇权"；"这场宗教运动并没有转变成政治运动"。[3]这里包含两层意思，其一是接近上帝教并非基督教而是中国本土宗教的判断。与民间宗教说的不同只在于，民间宗教说认为上帝教属于白莲教一类的民间宗教，而赖利认为太平宗教是三代上帝信仰的继承者。利玛窦（Matteo Ricci）认为三代信仰中的昊天上帝就是基督宗教的上帝（God），何光沪教授现在也仍然认定它们属于同一条根。从该书中文版序言"太平宗教比英国基督教更正统"的字眼，结尾部分"太平宗教……中国基督教"的说法看，[4]

赖利似乎有三代宗教就是基督宗教或中国基督教的意思。这虽然有些荒唐却也其来有自，姑且按下不表。确实，正如伟驰书中所述及的，受传教士影响的洪秀全也认为，中国在古代是认识并崇拜上帝的，只是后来经过诸如秦汉时期的异化，中国已不认识真神，反拜伪神，他来就是为了恢复真正的信仰，使中国历史重新回到正轨。但是，这充其量只能看作是洪氏接受基督教观念后形成的关于中国历史的一种叙事，而不应倒果为因，据此支撑起一个文化"复归"的大戏。实际演出的剧本应该是依循着这样的情节展开：（科举失败，听闻福音）天启—反孔—抗官—话语论证——上帝与皇帝的紧张关系在最后这一环节才被建构起来并用于政治动员。

问题的另一方面是，三代信仰这一古老传统经孔子之传承阐释成为儒教："唯天为大，唯尧则之""皇天无亲，惟德是依"的经典语句都是出自儒门人物；保存着清庙雅颂的《诗经》、记录着诸多祭祀礼仪的《周礼》全是儒教的基本经典。而洪秀全三尺斩妖剑锋芒所指正是儒教，不仅政治上打倒而且宗教上妖魔化。而赖氏却认为他是"更忠于早期原始儒教"——早到什么时候？超越宋明理学及朱子当然可以，但把孔子也打倒甚至妖魔化就叫人不知所云了。

上帝与皇帝之争在性质上是宗教的而非政治的，这个命题要成立的话，逻辑上讲皇帝必须是一个宗教概念，否则就属于关公战秦琼的隔空过招。按照基督教蓝图建国，显然具有宗教和政治的双重属性。建国计划与皇帝发生冲突，则只能是政治的，就像十字军东征必然首先是军事战争一样。从文化史角度说，在汉武帝用董仲舒策"罢黜百家，独尊儒术"后，法家霸道体制中儒教之天与国家之君的紧张关系就已经在相当程度上被缓解或者说重构。简单说就是一方面皇帝承认天的最高地位，另一方面天赋予皇权道德正当性。这种既紧张又妥协的动态关系一直对国家和社会的建构及运作的维持发挥着积极作用，功莫大焉。这也正是曾国藩《讨粤匪檄》立论的基础或前提。一定要笼而统之的说到传统国王制与上帝崇拜对皇帝、皇权的斗争，说到对周秦之变的复仇之战，如果有的话，那么首选也应该归于曾经分封十八诸侯的西楚霸王项羽，或者试图复井田的王莽或者行五等爵制的司马氏，无论如何也是轮不到怀揣使徒皇帝梦的天王洪秀全充主角的。换言之，存在许多误解、误读、臆测、预设甚至混乱的赖氏太平基督教之三代宗教说无论从哪个方面说都是难以成立的。

不知我这里的补充与伟驰的构思是否契合谐调？越俎代庖、狗尾续貂并非有所攀附，只是为了把开头提到的书中论断尽可能地做严做实。这样我们就可以把它作为讨论基督教与中国社会和历史文化关系的一个典型或起点。

二

我认为，成功论证太平天国运动乃宗教革命或更准确地说是一场基督教革命，对于"太学"来说也许是既具颠覆性又富建设性的巨大贡献。但是，作为一个关心当下、关心国家前途文化命运的思想家或学者来说，这不应视为问题的结束而应该视为真正工作的开始。最初对伟驰其人留下印象不是因为他写诗、译诗，或是我的湖南老乡，而是办公室主任孙波说的一件趣事。好像是从一九八九年后开始，新分来的员工都需要到基层锻炼或曰了解国情。从地方到所领导基本都是例行公事，迎来送往免不了茶话会之类的过场形式。临别，地方干部客气地要这些知识分子留下宝贵意见。一般人都是说几句客套话，打几个哈哈拉倒，伟驰却酒杯一放，郑重其事地说，这里什么都好，只是民主制度的建设还要加强！可笑的书呆后面是可贵的热情和责任感，对这样的同事自然不免要寄以思想家的厚望。

也许北大主要是有自由主义的传统和启蒙精神的传统，二十世纪八十年代的问题意识使得他在引进福泽谕吉对文明、半野蛮半文明和野蛮的三个世界理论，将基督教所属的西欧北美划归文明，中国划归半野蛮半文明，进而据以对洪仁玕的《资政新篇》加以简单肯定后就匆匆结束全书。从他一篇与此相关的书评的题目我读到了他如此肯定的理由："太平天国赶上了世界新潮流"。新，在这里显然不只是新与旧的新之意，而是蕴含有文明与野蛮的文明、进步与落后的进步之意。接下来他说，"为何不可以设想，太平天国由洪秀全建立起一个韦伯式的清教国家，而由洪仁玕将之现代化呢？如能落实，则太平天国将随着时间的推移，借由在'道'的层面与英美的相通，而对科学、民主渐进地接纳，避免法俄式的反宗教革命。"

这话有点思想家的意味，但这里的出场亮相不仅颇突兀甚至叫人生出莫名惊诧之叹。虽然知道他本色是诗人，知道他内心有一团火，但我还是要说这一步迈得真的太大、太过简单轻率了，甚至从全书文气看也显得颇有些游离甚至背离。上帝教的基督教论证瞬间被扭转为太平天国运动"选择宗教—反对传统—对抗朝廷—基督教建国"的现代化叙事——前面的知识性论述与后面的价值性判断不仅不相衔接而且颇相扞格。如果说在文化比较的视域伟驰对传教士、基督教文明观保持着可贵的冷静和清醒，那么在进入社会思考语境后对民主诸现代性的渴求就压倒了一切，几乎是饥不择食地把太平天国选择的宗教基督新教当成了召唤绿洲新世界的神奇法螺或魔杖。也许伟驰在此只是想借历史的酒杯浇现实的块垒，鉴于这种思维和观点在社会上还相当普遍的存在，这里还是有必要借题发挥、小题大做一下。

严格地讲，"韦伯式的清教国家"这个概念能否成立本身就大可推敲。同样强调基督教对资本主义意义的罗德尼·斯达克（Rodney Stark）即在《理性的胜利——基督教与西方文明》的导论中引用了许多专业著述指控"韦伯命题的学术主张是错误的"。布罗代尔（Fernand Braudel）更是说"所有的历史学家都反对这个贫乏的理论"。[5]史家指出早期北方资本主义中心信奉的是天主教；即使十九世纪欧陆新教地区也并未明显领先天主教地区。传记作家则发现，韦伯一生都被自己的祖国如何成为英法那样的现代国家而困扰，而这个德国正是路德（Luther）的故乡，新教的祖庭。韦伯如此思辨，并且十分夸张地把儒教、道教、印度教都拿去做反面教材，很大程度上乃是为了曲线论证德国的西方性甚至在西方的中心性。人云亦云甚至提高分贝鼓吹新教对资本主义、对现代化的影响作用，不仅是思想上的幼稚，也是历史观之唯心论和文化观之西方中心论的理论错误，同时也会提高中国的现代化事业的门槛，造成误导而在实践上有害。我就接触过许多的基督徒仍然坚持"无基督，不现代"，进而反传统、拒绝融入本土社会。如果大陆的发展没有说服力，台湾经验的事实却是现代化、民主化成功而基督教人口数十年几无异动，传统的儒释道三教则遍地开花、繁荣昌盛。

引入宗教视角，厘定其基督教信仰和运动的性质，不能也不应该把它编织成世界性圣灵降临叙事中土的版本,把似是而非的清教资本主义论述塑造成现代化或现代性的教条。是的,太平天国革命是宗教革命,但对其理解分析却不能只是将其放在基督教的脉络里展开完成。作为一个宗教,一种思想,它是外来的;作为一个历史事件,一个政治事件,它却是中国的。所以,无论是太平基督教还是正宗基督教对其在中国的存在、意义,其与社会、政治和文化的关系做出郑重其事的分析才是最为重要的。从这个角度看,民族革命说、农民起义说,反而揭示了这个运动许多的历史内容。也许因为对启蒙价值的热爱,因为对基督教与资本主义和现代性之虚构关系的服膺,在对太平天国的基督教性质认定的基础上,伟驰自觉不自觉地将其从中国的历史文化语境中抽离出来,进而情不自禁地在《资政新篇》上张开翅膀怀想起曾经错失的现代化道路来。

接受基督教,就是与西方在"道"的层面接轨(书稿中还有"西体西用"提法:"西体西用,上帝教渊源于英美新教,在对待现代化,包括制度与科学等的态度上,必定会逐渐取法英美"⑥),可见伟驰是反对洋务派的中体西用说的。且不说作为希伯来精神的基督教能否算作西方的所谓道体[例如罗素(Russell)就把古希腊视为欧洲的精神家园],即使是,接受基督教失去其内在性的中国又在何种意义上可以叫作与之相通呢?说成挥刀自宫的变性岂不更准确?再退一步,道成肉身成功变性,那又怎样?宗教取法欧美国家就能变成欧美?不妨以撒哈拉以南非洲检验之。图图大主教(Desmond Mpilo Tutu)的话是这样:以前,我们手上有黄金,他们手上有《圣经》;现在,我们手上有《圣经》,他们手上有黄金。这可比邯郸学步、淮橘为枳更叫人啼笑皆非、欲哭无泪!法俄式的剧烈断裂和英美式的温和改良传统二者的现代路径确实不同，但就像启蒙有英国、德国和法国的不同模式，其原因存在于诸多的社会历史条件，宗教传统什么的在这一过程中的影响作用和意义很难说是决定性的吧。真要以改良和革命的形式区分中国的现代化方案，英美式的温和式现代化道路的代表者显然不是太平天国的洪秀全天王，而是将其镇压的儒家士大夫曾国藩、李鸿章等洋务派。

这些似是而非的思想观念在二十世纪八十年代铺天盖地蔚为主流，因为那时的西方只是一个方向性的抽象符号，而我们自己除了满腔热情、头脑中尚几乎一片空白。今天，在早期发展社会学的传统与现代之二分的预设早已被抛弃，儒家与市场经济、民主政治不相容的神话业已被证伪，文化区别于意识形态的诸多功能日益显现并受到特别关注的后冷战时代、全球化时代，仍然抱持如此理念——也许有人会说这是现代化研究范式与普遍主义研究范式相结合的新思维，在我看来不仅是闭目塞听的故步自封，还可以说是一种别有用心的反动倒退，因为这已由自由主义滑向了信仰主义。

三

最近几个基督教学者就宗教自由问题在网上争论。谢文郁提出"宗教自由是一个假命题"[7]；杨凤岗质问"论据何在？如何论证？难道你是反对自由的？"[8]两人都是朋友。我理解杨的义愤，但十分认同谢的分析："宗教自由这个命题的背后是结社自由问题。结社自由是一个政治问题，而不是宗教问题。"[9]教会一词之所指，与其说是信仰团体，不如说是一种制度，一种机构。至于教廷，更有社会乃至政治治理的意义。有次美国学者要我谈对中国宗教政策的看法，我说从基本人权和个人信仰的角度我同意你的批评，但从宗教所具有的社会属性及其与历史、文化和族群所存在的复杂关系出发，我又对当局的某些忧虑和做法抱有一定程度的同情。当时"九一一"刚过，他们对我的回答似乎还能接受。宗教自由是不是全等于结社自由的问题姑且不论，但看到宗教在个人性、精神性之外还有公共性、社会性的一面却十分重要。在对伟驰的感慨表示不同意见之后，不妨由此出发，以太平天国运动为个案对基督教之于中国社会、文化诸关系谈谈我自己的看法。

　　宗教被伊利亚德视为人类学常数。中文"社会"一词意思就是"会于社"，社则是指土地神或祭拜土地之神的场所；"先有潭柘寺，后有北京城"颇可以看成一生动例证。基于宗教的组织对于社会和国家的建构具有基础的意义或巨大的影响作用。基督教作为建制宗教有自己的组织系统自是合情合理的。但这个系统虽是为宗教活动而设，但其功能却具有某种溢出效应，即具有潜在的世俗组织和政治动员的能力，尤其是在与相应宗教理念结合的时候。历史上大多数"农民起义"之所以都以宗教形式起事，不仅是借助了这种组织和动员能力，有时甚至是因为这种组织势力的扩展而使教首的政治欲望和野心随之膨胀。洪秀全开始时只是攻击庙宇、破坏偶像，发泄其因科场失败而累积的郁闷以及对儒家的怨恨（《原道救世训》里并没有苦天下苍生的仁者情怀，而是十分纯粹的宣教广告如"有大劫，惟拜上帝可免"）。麦都思（Walter Henry Medhurst）所谓的"革命之起源实由于宗教之迫害"，实际是地方士绅王作新带团练捉拿有谋反之嫌的上帝教诸君子。前面提到攻击传统宗教—遭受社会打压—开始组织抗争是洪氏兄弟的天国旅程，这里有必要强调王作新案的影响作用，它的有惊无险无疑使洪秀全对组织的力量有了深刻体认并获得了极大的自信，完全可以说它是洪氏由布道传教向建立天国奋力一跃的心理起跳板。因为此前的题诗多是指斥妖魔的宗教题材，此后我们很快就看到了这样直接以明太祖、汉高祖自比自况的豪迈句子，"明主敲诗曾咏菊，汉皇置酒尚歌风"！"天意启英雄"，只是信念的精神支持，组织及其所附着的信众才是"事业由人做"的社会基础。如果说《启示录》是潜在的革命话语，组织系统及其动员能力就是"应劫起事"把革命的话语转换为革命的行动的物质力量。宗教与政治的转换，只在一念之间。

这场宗教革命在"定都南京后变成了社会革命，连一切宗教上的遗传都用激烈手段彻底破坏。一切风俗都要加以改革，如禁止缠足、改用阳历实行共产"。[⑩]政治上政教合一；经济上废止商业、土地公有、财富集中"圣库"；文化上实行专制，"凡一切孔孟诸子百家妖书邪说者尽行焚除不准买卖藏读"。连传教士都觉得不妥："把西欧的社会状况和政治方式硬套在中国人身上，完全不顾中国文化、政体和西欧有巨大的差异，因而是根本不适当的。"[⑪]

所有这一切至少表明了两点：基督教与传统文化观念存在较大紧张；在白莲教被镇压之后，基督教是最具动员能力的一种宗教性组织力量，并且没有与社会实现其磨合整合（如儒释道三教一样）。两个问题都是需要正面面对并从积极的建设的角度加以解决的。儒教文化当然需要开阔心胸与时俱进，政府或统治者当然更是需要以民为本、以人为本推进宪政建设（毕竟，疏而不是堵才是解决问题的根本之图），但这里我只想强调基督教方面同样也存在一个真诚的化解文化紧张、社会紧张或政治紧张，建构与中国社会与传统文化和谐关系的问题。之所以这样讲，除开众所周知的政治原因，就是这种紧张本就是自外向内输入的，这不只是说基督教是来自外部，也是说因为它的教义就是进攻性的（如果不是侵略性的话）。解铃当然得找系铃人。

"传教事业的本质，决定了民教关系现状的不可维系"。狄德满（Rolf Gerhard Tiedemann）在《华北的暴力和恐慌——义和团运动前夕基督教传播和社会冲突》⑫中说的这番话有情境性，但将其普遍化似乎也能成立。新教的现代传教运动基本上都是把异教文化视为"撒旦国度"，而传教士则常常自觉不自觉地会将西方人自己知识甚至种族上的优越感带入传教过程，形成一种"基督教代表先进文明"的道德自负。虽然基督教传入中国已经历史悠久，中国基督徒人数已经十分可观，但是必须指出，它与中国传统文化的关系迄今并未得到很好的处理。即使这一过程一直有人推进，但只能说是夜正长路也正长。去年，部分基督教学者在中国神学论坛的波士顿会议上发表了一个"基督教与中华文化的关系——我们的态度"，⑬以尼布尔（Niebuhr）对宗教与文化的区分定位基督教与中华文化，将其说成"一种普世宗教与一种民族文化的关系"。那种傲慢和优越感叫人无法接受——中华文化不是儒释道么？凭什么佛教就不是普世宗教？儒教在日本、越南和朝鲜半岛的存在该作何解释？（依稀记得《宣言》起草者何光沪教授曾称赞李申阐述"儒教是教"的《中国儒教史》是"中国传统文化研究领域的哥白尼革命"⑭）。此外，对基督教传入中土的过程以及在近代史上的作用形象做了片面的描述或美化。我当即表示这不仅有欠公允也不够诚实。

简单说，儒耶文化关系处理上的态度大致可分为左中右三派：本土化或本色化，用孔汉思（Hans Kung）的话说就是"在当代中国的社会—文化环境里，在自立自养自传的教会框架里实现反映基督教的信念"⑮；井水不犯河水；"中国福音化、教会国度化、文化基督化"⑯。我当然是支持本色化方向的，并且从一些学者、牧师和教徒身上感受到了热情和力量。但总的来说，文化紧张的原因，基督教应该是矛盾的主要方面；并且，问题的解决不容乐观。

四

根本上讲我对二者在文化上的紧张并不是十分在意，因为它很难获得一劳永逸的解决，维持一种竞争的格局无伤大雅甚至利多弊少。令人忧虑的是，这种文化价值层面的紧张内在地具有向社会甚至政治层面渗透转化的趋势。所以真正需要做也必须做的是作为一种现实存在的基督教信众及其组织的本土化，即社会融入、国家认同诸问题。

随着《圣经》的传入，教会的建立就开始了，它既是神在人间的房子，也是人在社会里的集结，意味着不同的组织原则和价值秩序。托克维尔（Alexis de Tocqueville）在观察美国的民主的时候注意到它与以基督教为核心的社会自治系统的相关性，可见基督教对社会有机构成具有十分积极的意义。这当然有助于纠正五四以来知识界对民主与宗教对立或宗教认知落后、道德负面的肤浅认知。但是需指出，基层社会的自组织机构不等于宗教；宗教也不等于基督教——儒教的社会治理在更长的历史时期内同样成功（费孝通提出的差序格局、礼治秩序、长老权力诸概念正是对"乡土中国"的社会学描述）。所谓基督教的道德共同体，中国有其功能对应物，乡绅、书院、祠堂和宫庙更加古老同样有效。如果大陆因为特殊的原因民间社会几近荒芜，那么看看台湾，例如慈济功德会。

常言道，入境问禁、入乡随俗，但教皇克雷芒十二世（Clement XII）却禁止中国教友用中国礼节。孔汉思评论说，"敬仰祖先实际是中国社会秩序的根本大事，儒家伦理是中国价值观念的准绳。罗马禁令等于强迫想要信基督教做基督徒的中国人停止做中国人。"他甚至认为："传教活动，不论是天主教还是新教，都成为欧洲列强帝国主义扩张的深谋远虑的有机组成部分。这样一来，基督教化意味着殖民化。"[17] 可见基督教进入中国对中国社会造成的冲击作用。这种冲击与工业化带来的社会变迁不是同一回事，不能因其具有共时性就混为一谈，甚至据以将其正当化。当然，今天我们也不能将其妖魔化——它对现代社会的适应性以及在固有自组织系统难以为继的时候承担有许多积极的社会功能，值得高度肯定。只是想指出，这一组织系统对中国社会的嵌入须以不存在强迫为基本前提，并且对传统组织形态与价值原则抱持必要的尊重，争取能收一加一大于二的效果。狄德满注意到，"缺乏强势儒家精英，地方民众文化便由源于民间教门的异端、盗匪活动、世仇以及某些正统遗韵的各种亚文化杂糅而成。"[18] 这种社会脱序导致的暴力倾向是义和团非理性排外的原因之一。有趣的是，洪秀全起事前遭遇的对手是乡绅王作新及其团练，起事后遭遇的对手是士大夫曾国藩及其湘军。试想，如果不是挑战社会、与礼治秩序四书五经为敌，他踌躇满志的明主、汉皇之事或许也就大功告成了吧。

至少从人数上说家庭教会已成今日基督教主体。家庭教会中，在城市影响最大当为归正宗所代表的基要派，在农村则是循道宗为代表的灵恩派。众所周知，归正宗开创者加尔文（John Calvin）与信义宗开创者路德在教会行政上的一大区别是，路德准许政府过问教会，加尔文则不仅否认政府在教会中的任何权柄，甚至认为教会有权干涉政府，使国家基督教化，因为他认为国家属于教会，受教会差遣。中国归正宗的精神导师赵天恩追求的理想是"中国福音化、教会国度化、文化基督化"。如果说"三化"中的"文化基督化"将导致文化的紧张，"中国福音化、教会的国度化"则意味着基督教与社会和政治无解的紧张关系，因为"教会国度化"不只意味着教会的整合，还意味着整合的教会对国家的干预甚至接管。而这样一种理想在大陆不乏追随者。有位著名的长老就表示他的教会所领受的就是"中国福音化、教会国度化和文化基督化"的"三化异象"。一些身在海外的人士更是呼吁"一批基督徒站出来，不仅要处理教会内的信仰问题，更要作为先知回应时代的呼声，以基督信仰的价值为根基，提出建议、反驳及有效的引导，甚至提出实际的替代方案"。改革确实是全民共识，也是全民责任，但是估计不会有多少人会把这"三化"跟三十多年前的"四化"一样当作改革目标。因为它既不合国情，也不合政教分离之自由主义政治哲学的现代价值，对于中华民族的伟大复兴来说甚至还有点喧宾夺主的感觉。但是，永远也不能低估一颗被宗教情感鼓荡的心，追求结果的过程同样有可能天翻地覆、动魄惊心。

这样的一幕，还是不要出现为好吧？

冯友兰认为曾国藩和洪秀全领衔的基督教与儒教之战有"圣战"的性质。[19] 陈独秀、贺麟等从精神性、现代性角度高度肯定基督教及其对于中国及儒家文化开新的意义，但对教会、僧侣则比较忽视，评价很低。儒门内部有人质疑我对基督教怀有特殊好感？我的回应是：首先，己所不欲勿施于人，尊重人家的信仰选择是仁的要求；其次，基督教进入中国后一直有一些人在做本色化方向的努力，可贵可敬；最后，基督教人口数量、素质和组织都是国内各宗教中最好的，你儒教凭什么与之对抗？借助政治权力么？我知道，他们多少怀有"夷夏之辨"的思维和"多一个基督徒，少一个中国人"的偏见。

虽然他们的忧虑或许并非全无理据，但必须指出，当代中国既不是儒教可规定，也不是汉族可垄断；历史上也同样如此。中国性不是一个血缘或文化的本质主义概念，而是一个政治、法律的历史性概念、建构性概念。在它的文化结构里，儒教的份额和影响也许要高一些，但无论如何也只是多元组成之一。洪秀全及其弟兄信仰上帝，但面对洋人不卑不亢、平等相待。孙中山是基督徒，却是用尧舜禹汤文武周公的道统论述自己政治权力的正当性来源与价值基础。换言之，在私人领域皈依基督，在公共领域却把公民宗教的地盘留给了儒教（公民宗教与国教的区别笔者另有专文讨论）。这说明宗教信仰与文化认同、文化认同与国家认同、国家认同与政治认同之间虽有关系，但并不能简单地画等号。例如，新的欧盟宪法草案就不再把基督教视为"欧洲性"（Europeanness）的构成成分。我们不应也不能在文明冲突论的逻辑里把自己的共和国这个政治共同体用文明或文化切割得四分五裂。儒教应该也只能是在一个法律制度的平台上或框架中去寻求自己的角色定位和影响力发挥，例如努力争取公民宗教的地位。

太平天国运动绵延十数年、纵横万余里所过残破死伤两千万可谓浩劫！前面对伟驰书稿的研究结论如此借题发挥，是希望揭示基督教作为精神和物质、神圣性和世俗性的双重存在所具有的巨大能量和所可能造成的巨大灾难，希望提醒方方面面意识到基督教进入中国、融入中国的困难与必要，意识到这一作为新进的文化实体还处在与传统文化、与中国社会的艰难磨合过程之中，并且因社会转型、制度转型的历史原因而变得格外复杂，各方都应带着诚意朝着建设性的方向努力。作为个人信仰和情感之内在体验的属灵的方面无法沟通也不必沟通，付之两行可也。但对作为社会存在的教会教众之国家认同和社会责任方面达成一些基本共识却是完全可能且十分必要！我认为，所谓的本色化固然要体现在教义理论上，但首先也更重要的是体现在作为教会教众的运作活动上。这就是由太平天国这场宗教革命引起的对基督教与中国文化和社会之关系、意义和影响之思考所得出的结论。

二〇一六年

【注释】

① 周伟驰：《太平天国与启示录》，中国社会科学出版社 2013 年版。

② 夏春涛：《二十世纪的太平天国史研究》，载《历史研究》2000 年第 2 期。

③ 赖利：《上帝与皇帝之争——太平天国的宗教与政治》，上海人民出版社 2011 年版，第 6 ~ 7 页。

④ 同上，第 18 ~ 19 页。

⑤ 罗德尼·斯达克：《理性的胜利——基督教与西方文明》，序言，管欣译，上海：复旦大学出版社 2011 年版。

⑥ 同注 ①。

⑦ 见谢文郁：《宗教自由是一个假命题》，载《中国民族报》2013年 3 月 5 日，见中国民族宗教网，http://www.mzb.com.cn/html/Home/report/378276-1.htm。

⑧ 见《晚明的潮人》，庄秋水的博客，http: //yangfenggang.blog.caixin. com/archives/51589。

⑨ 同注 ⑦。

⑩ 王治心：《中国基督教史纲》，上海古籍出版社 2011 年版，第 156 页。为文句通顺，文字略有改动。

⑪ 呤唎：《太平天国革命亲历记》下册，王维周译，上海古籍出版社 1985 年版，第 356 页。

⑫ 狄德满：《华北的暴力和恐慌——义和团运动前夕基督教传播和社会冲突》，南京：江苏人民出版社 2011 年版，第 417 页。

⑬ 韩愈：《原道》第 19 辑，上海：华东师范大学出版社 2013 年版。

⑭ 何光沪等：《基督教与中华文化的关系——我们的态度》，载陈明、朱汉民（主编）：《原道》第 20 辑，上海：华东师范大学出版社 2013 年版，第 69 ~ 72 页。

⑮ 秦家懿、孙汉思：《中国宗教与基督教》，北京：生活·读书·新知三联书店 1990 年版，第 217 页。

⑯ 这是赵天恩的主张，见赵天恩：《迎向廿一世纪中国宣教的挑战》，载《名胜古迹三化异象与归正福音运动》，转引自豆丁网，http: //www. docin.com/p-406529617.html。

⑰ 同注 ⑮，第 207、209 页。

⑱ 同注 ⑭，第 414 页。

⑲ 冯友兰：《中国哲学史新编》下册，北京：人民出版社 1998 年版。

序杨莉《民国时期天津文庙研究》

美国政治学家亨廷顿在其《文明冲突和世界秩序重建》一书中提出了著名的"文明冲突论";稍后,他又在《我们是谁?》中强调了美国的基督教文化认同。这些著作的独特视角被"九一一事件"放大,基督教文明与伊斯兰教文明的冲突预言不幸而言中,而其关于中国为"儒教文明"的判断定性也在大洋此岸引起震动和思考。今天,在"中华民族伟大复兴"和"文化自信"的口号渐渐成为主流意识形态的时候,从文化和文明的角度对儒教与中国社会、历史乃至政治的关系进行梳理和研究就变得特别重要了。

如果说秦始皇与法家李斯携手确立了中国历史的政治结构,那么汉武帝则与儒生董仲舒携手确立了其文化结构。从"罢黜百家,独尊儒术"方略下的一系列制度安排,到"东汉功臣多近儒",再到昔日的秦人、周人和楚人被统一称呼为汉人的时候,儒教文明应该说就初步成型了。后来虽有佛教道教对儒教形成冲击,但宋孝宗"以佛修心,以道养身,以儒治世"的"三教论",基本框定了各教在中国社会中的功能和地位,"治世"的儒教文化权重显然远非"养身"的道教与"修心"的佛教可堪比拟。宗祠、书院和孔庙正是儒教与社会互动,实现或承担其功能的平台或组织系统。

关于孔庙的研究已有很多的积累,但以文献学、历史学为主,甚至建筑学等方面的成果也超过宗教学。十年前从台湾黄进兴教授处获赠《优入圣域》及《圣贤与圣徒》。因为二书暗含儒家思想乃宗教之系统的预设，当时聊的时间虽短，却十分投机愉快，有他乡遇故知的感觉。黄教授从国家宗教（state religion）和公共宗教（public religion）角度，谈论了儒教的一些特质，将孔庙研究推进到宗教学的论域或层次。我自从提出"儒教之公民宗教说"后，一直希望能带学生做些个案研究，将这一直觉判断加以验证、深化或证伪。杨莉曾说她想做孔庙的神圣空间（sacred space）问题，后来却由于各种因缘际会走到了宗教社会学的进路。现在，毕业多年之后她把这样一部书稿发给我，要我写序，应该也算是一种补偿吧？

匆匆浏览一过，对关于民初天津文庙三次修缮的章节印象深刻，不妨就此发些议论。这是她的观察和分析：天津文庙在民国早期大修背后的意义实际上是士绅阶层借助文庙这一文化象征，在其逐渐丧失文化权威的社会中重新构筑一个文化空间，并依此获得新的文化权利。然而，这种情况到民国后期在政府主导修缮时发生了变化。在政府将文庙的象征意义纳入自身的意识形态体系之中后，逐渐消解了其原本道统的象征意义。因此，即便士绅再参与到文庙的修缮过程中，也难以达到民国初期时的效果。所以，民国时期天津文庙的修缮不仅是士绅文化权利的体现，同时还可以看出在文庙修缮过程中社会和政府在承续传统文化符号过程中的博弈。

十分有趣！

我们知道，全国两千余座孔庙除开曲阜、衢州一北一南两座家庙之外，主要都是庙学合一的"学庙"或"庙学"。学庙或庙学就是以办学为宗旨，学习儒家经典的学校与祭祀孔子的庙宇结合在一起的特殊官方机构。从圣贤崇拜的角度看，"庙"无疑意味着宗教；但从"大成""至圣""文宣王"的封号颁自朝廷而言，"庙"同时又意味着国家权力的出场，意味着国对教的掌控。公元前195年，汉高祖亲临曲阜孔庙祭孔后，这一家庙就此开始过渡成为了国庙。而"学"，就其以儒家经典为内容来说其实就是作为"布衣"的孔子及其思想，但又因其设于"庙堂"而有着官学的地位或身份。

民间性质的书院，也是祠学合一。"学"几乎一样；"祠"与"庙"的区别在于，祠作为一种祭祀方式，"品物少，多文辞"，其祭祀对象一般为儒门圣人或地方乡贤。简单说，二者结构上高度重合，只是规模层次存在官方民间之区别，民间的"祠"不能跟官方"凡神不为庙""室有东西厢曰庙"的"庙"相提并论。

这种民间书院在宋尤其明时期高度发展，代表着社会组织的活力与活跃。到明张居正严禁私学，再到清雍正十一年下旨各州府官办书院，书院又开始在政府的组织序列里重新生长，庙学合一也渐渐成为书院的标准配置。成功失败？是喜是悲？至少长沙的岳麓书院就是在这样的背景下发展起来，为近代中国培养出曾国藩、左宗棠、魏源以及蔡锷等这样一批创造历史的文臣、武将、士大夫。

我认为，孔庙和书院的庙学合一仿佛一个隐喻，象征着国家和社会的结合、政统与道统的联系。所以，虽然从具体的过程看，政与教、庙与学存在摩擦，政府官员与地方士绅"尔爱其羊，我爱其礼"，围绕文化象征或文化权力的博弈争夺无有尽时、令人生厌，但各种怨憎的后面，最终仍是斗争后的妥协、矛盾中的平衡。而庙学合一的维持，与"霸王道杂之"的"汉家制度"遥遥相契。儒教文明云乎者，其此之谓也欤？

指出这一点，首先是希望提醒读者从这样一个大的背景和关系结构中去理解作者向我们揭示的那段历史事实。其次，则是希望给作者鼓鼓劲。杨莉观察深刻，但调子有点偏暗。文化权力争夺或博弈是事实的一个方面，但并非全部。即使均衡点有所偏移，也应历史地去看，其意义价值仍然值得肯定。论者注意到，天津卫学建立之前，民间"少淳朴，官不读书，皆武流"。但到明正统年间，已是"循循雅饬，进止有序"了。这种教化之功微小却不可小觑，积石成山、积水成渊，迟早会有兴风雨而生蛟龙的一天。民国时期政府疲弱，社会急剧动荡，且存续时间有限，各种转型未能完成。那些官员，那些士绅，却是那么的投入认真，某种程度上都可说是叫人尊敬的文化情怀党！

身为儒生，虽然我个人发心在私人书院建设，但却也不得不承认，儒学真正的复兴，首先还是要寄望于孔庙的激活，寄望于庙学合一的制度及其所隐喻的道统与政统的良性结合、国家与社会的积极互动。目前孔庙文物化、博物馆化的主要原因在于民间士绅这一源头活水没有被引入，之所以没有被引入的原因则在于国家和社会间互动不够良好。这种情况下，有心人士不妨学学书中严修及其崇化学会的"新庙学"经验，以"与祭洒扫社"这样的义工组织身份低调进入，或许可以就此拉开互信的帷幕。精诚所至，金石为开，何况有关方面早有优秀传统文化传承平台建设的指示精神打开了相关政策空间。

《阙里志》有云："孔子之教，非帝王之政不能及远；帝王之政，非孔子之教不能善俗。"政以施化，教以善俗，政教相维，天下以治，文明以兴。儒、释、道的整合已成过往，基督教、伊斯兰教的对话正在路上，中华民族的伟大复兴需要文化的支撑，文化的支撑需要孔庙的激活——有志者，事竟成。

是为序。

二〇一九年

序赵峰《四书释讲》

　　思想者意味着有自己的问题意识、思维方式和观点立场，并因此而与众不同。赵峰就是如此，这部书稿即是证明。

　　他对冯友兰、熊十力、牟宗三以及陈来等诸学界大佬对朱子理学的诠释一概不满。但与梁漱溟对熊氏本体建构一言以蔽之为"知识的把戏"不同，他并不一般性反对这种努力，而只是不满于"本体论构建越来越精巧，然将其用在解读经典时，却总不免有隔靴搔痒之感。原典中逼人的力道，在貌似巧妙的逻辑思辨中消失了"。这里的"力道"应该是思想与天地、与社会、与心灵的契合互动，以及由此激发出的"立心、立命、开太平"之追求与承担。我当然同意这才是儒家经典作为文化与吾土吾民在历史上的真实关系与意义所在，认为知识的梳理表述应对以此为灵魂也以此为基础和标准，而不是相反。

　　显然，力道的期待或寻找，需要建立一种关于宋明理学不同的描述和阐释。当今宋明理学的图景主要是由冯友兰等勾画的。这位毕业于哥伦比亚大学的海归博士主要是借鉴或者移用西方哲学概念和方法对中国古代思想文本进行解读。他不仅以当时美国流行的新实在论为模板理解朱子，将其定性为理性主义者，还更上层楼就此建立起自己所谓的"新理学"："在新理学的形上学系统中，有四个主要的观念，就是理、气、道体及大全。这四个观念都是我们所谓形式的观念，即没有实际内容的，是四个空的观念。"虽然冯氏声明自己是"接着讲"而非"照着讲"，"空"之所指在冯氏处与在释氏处也有着根本的不同，但如此这般将朱子据以对治佛老之"空"进而"贯本末而立大中"的"天理"定义为形式性的"空的观念"，仍难免釜底抽薪甚至欺师灭祖的嫌疑与后果，因为那客观上构成对其思想体系从理论到实践的双重解构。价值内涵被抽空，与人的关系变得抽象飘忽，应该就是让赵峰觉得力道消失的原因吧。

陈来教授以"理性主义"对"直觉主义"的超越定位朱子由"中和旧说"向"中和新说"的转变，并将其作为朱子思想成熟的标志，显然与冯先生处于同一言说语境，属于同一思维范式，即试图给出一个基于西方哲学史的知识描述。牟宗三的"三系说"虽是内部视角，但判教的性质决定了他在指出朱子理学之本体"存有而不活动"的问题后，仅仅以"歧出"之"别子"予以定位，另立五峰、蕺山为正宗后即开始批评批判，而不可能由同情的理解出发再去做什么建设性疏解和发明。

与这种抽离语境将文本作为概念的积木按照西方哲学学科范式重组、赋值不同，赵峰是从文本与当时社会生活及其问题的相关性出发进行意义解读。侯外庐的《中国思想通史》也十分注重观念与社会的互动，但其过于强烈的意识形态色彩不仅将这一关系简单化抽象化，基于阶级论的否定定性也使得文化的超越性及其与生活的精神联结被遮蔽忽视从而堕入真正的虚无主义。

作者则是把唐以来的道德堕落、皇权腐败作为问题的起点。他认为，三纲不正有一个理论原因，那就是三纲的"外在规范意味比较浓，还不能算是完全意义上的绝对伦理。……宋代将六纪概括为五常伦并进一步内化为五常德时，三纲的绝对要求也同时内在化了，三纲五常才真正成为绝对伦理"。同时，他也意识到，对问题的解决来说仅仅承认三纲为绝对伦理并不足够，还必须将其落实于人。"价值的绝对高度为天道，其无限深度在心性。理学家的贡献在于，从理论和实践上穷尽儒家核心价值的高度和深度，打造出天理与良心合一的绝对本体，从而使三纲五常的绝对伦理立于形而上之地，最终将整个中华文明推向完全成熟的阶段。"也就是说，"绝对伦理"的建构（三纲的绝对化）与落实（内化为政治精英和文化精英的人格结构）是宋儒工作的起点和目标；朱子的理学则标志着这一工作大功告成。

这是一个社会—历史问题的学术理解和表达——具体展开就是本书的主要内容，而作为这一问题之解决方案的理学体系也就此呈现出深刻的思想史和文明史意义。必须承认，作者提出了一个极富特色与洞见的理学描述，体大思精丰富多彩。阅读的过程有如思想的探险，在对习惯观念的挑战和超越中新的风景和境界次第展现引人入胜——读者朋友有福了。

作为最早的读者，我在领略到这一切的同时也有许多的问题想提出与作者商榷。

最重要的就是问题意识。以三纲为内容的道德重建似乎是作者的问题理解，但从朱子《大学章句》和《中庸章句》两部最重要著作的序言看，关键词应该是道统。它的渊源也在唐，是韩愈《原道》所揭橥的"夷狄之法"与"圣人之教"这一文化政治或文明冲突。余英时等从现代价值观念出发强调道统与政统的分离对峙，凸显文化对权力的独立性与制约作用，而实际上韩愈的"圣人之教"本就是中华文明治理体系内在的有机构成，《春秋》大义经过董仲舒的努力后，已经整合形成了可以叫作霸王道杂之的儒教文明结构。朱子三次上封事均是建言皇帝格物致知，以儒门帝王之学应对天下之务。目标是政治，着力在心性，对手为佛老，内涵十分清楚无可易移。

陈寅恪说中华文化至宋而"造极"，三纲六纪有类似柏拉图"理念"的地位，本书似乎接受了这些前提而予以展开落实。在我看来，陈氏之说存在内在矛盾。"造极"成不成立另说，其需要一个奠基作为过程前提则毋庸置疑。《白虎通》里三纲六纪的确立是汉武帝接受董仲舒的春秋公羊学付诸实施而产生的结果，它的理论基础正是"道之大原出于天"的天。朱子将经验性的伦理（三纲五常）提升到"天理"的地位，内置于心性，一方面固然是伦理的绝对化，对个体人格道德责任的强化，但"以理代天"却又何尝不是对《春秋繁露》和《易传》之天的放逐、对其创生、主宰之神性的遮蔽、对其绝对性基础性本体地位的瓦解？朱子《周易本义》将"周易"定义为卜筮之书，乃是对孔子天道之领悟的否定，而这种否定乃是其"以理代天"的逻辑必然。作者以"天之去神秘化"对朱子这一工作加以肯定，而今天来看，即使抛开学术史——孔子与周易的关系及其意义已为朱子所未曾见过的郭店竹简所证明揭示，仅仅从思想史文明史角度看其所得所失亦可谓殊难言之。在我看来，这一切，似乎只有从唐以来"夷狄之法"与"圣人之教"对立这一文化问题的政治化，并且"儒门淡泊收拾不住"的文明危机之拯救才可以获得理解——南宋作为偏安朝廷却要攀上中华文明峰巅，需要做出的努力需要疏解的难题会不会太多太多？

这实际是当今学界相沿成习的陈说了。作者较乾嘉诸老更上一层，做出了新的理论展开，也穷尽了这一主流话语可能的理论空间，从而促使我们去寻找新的方向。作者将"绝对伦理"的证成视为文明成熟的标志,可能的原因或疏失之一就是忽略了文明的政治维度。三代"治出于一"的礼乐制度是文化性的,更是政治性的。三代以下"治出于二",表现为"霸王道杂之"的二元结构,即法家设计的中央集权的郡县制与儒家论述的伦理道德有机整合。《白虎通》之三纲六纪则意味着这种结构关系的成熟定型。韩愈到朱熹所念兹在兹的"道统"问题,本质上即是儒家文化在这一文明结构中之文化权重或文化地位在遭遇挑战后的应对与维持的问题。

不管读者朋友在这些问题上认同谁,引入这种意识,书中的雄辩滔滔或饾饤考证相信都将会带来许多不同的观感体验——这也正是赵峰和我所共同期待的。

是为序。

二〇二〇年

《儒家经典十二讲》序

经典有一般和特殊两个含义，作为 classic 泛指优秀作品，作为 canon 则是特指具有实践准则和规范性质的文本。一种文化或文明中优秀的作品可能也可以有很多，但作为思想信念和行为规范的经典却不会如此，因为一种文化或文明本身就意味着某种世界图景，即对"我们是谁？从哪里来？到哪里去"的论证阐述，而这必然意味着一种体系，一种地位。"天不生仲尼，万古如长夜"就是因为孔子以"天地之大德曰生"照亮了我们的生活世界。

中华文明之所以又称儒教文明，是因为儒家经典在历史进程中被人们广泛认同接受，在伦常日用和精神伦理方面有着最深刻最广泛的影响。五四"打倒孔家店"口号的背后是对"国粹不能保存我们"的失望，而寄保存我们的希望于"国粹"这一思维心理本身又间接证明儒家的地位作用是任何其他一家思想所无法比拟的。"民主救国""科学救国""教育救国"某种程度上都可以视为对"国粹救国"失望后提出的新方案。救亡危机的本质是中华文明在西方世界挟工业革命带来的军事红利进行全球殖民的时候面临挑战陷入生存危机。因此，真正的应对之道乃是重组社会，发展工业。如果说制度上"走俄国人的路"是前者，那么科学技术上"师夷之长技"则可视为后者。事实上我们也正是这样一步一步走到了今天。

在"中华民族的伟大复兴"成为执政党的努力目标的时候，在"文化自信""文明自觉"以及"马克思主义基本原理必须同中华优秀传统文化相结合"成为时代主旋律的时候，我们不禁想起了毛泽东所说的"从孔夫子到孙中山"都要继承的表态，想起了孙中山所说的其与尧舜禹汤文武周孔的"道统"的联系，想起了张之洞"中学为体，西学为用"的著名主张。儒家文化固然不是优秀传统文化的全部，但它毫无疑问是这一体系中的主干和主体。

贺麟先生曾说，民族的复兴虽不以文化的复兴为全部内容，却是以文化的复兴为其最高标志。《儒家经典十二讲》由儒家网组织儒家学者编撰，显然怀有这样一种情怀和期待，而这意味着经典的canon理解。这是我理解的该丛书之首要特点，这是非常重要的。从五四的曲折，文革的极左，八十年代的西化，九十年代以来国学热中的鸡汤化营销和消费，甚至尔后以各种形式出现的"读经班"这样一种大背景来看，这种以儒生为自我期许的经典讲述以堂堂之阵集结出场可谓具有某种标志性意义。

第二个特点是系统性，回归经学的内在系统。朱子的《四书章句集注》是一个系统，且广为流传。但不能不指出的是，那只是一个个体德性培养的体现，《周易》、《春秋》这些孔子晚年思想的体现者，建构定义了我们文明基础论述的经典，都不在其思想范围之内。而这一切，都被《儒家经典十二讲》囊括其中。这样一个"乾父坤母"、"推天道以明人事"的天人之学大框架，是四书心性之论的基座。本末体用不能倒置混淆，今天有必要澄清这点。

浏览选目和内容，既不是学者的专门研究，也不是补习班的启蒙教育，可说介于二者之间。这些作者都是教育背景良好且术业有专攻的专业人士，知识的可靠性有保障，对于那些已经有了一定基础的爱好者来说，正好作为登堂入室的阶梯。这可说是第三个特点吧。

是为序。

二〇二三年

答问与访谈

废科举百年祭答《新京报》

把科举与国学的关系转换成特定选官制度与儒学的关系,虽然略有出入,谈起来却可以具体深入许多。简单地说,科举是国家政府的选官制度,而这个权力机构是以皇帝及其利益集团为轴心;儒学是文化道术,它反映代表的是整个社会的生活方式和价值原则。通过考试儒学出仕朝廷为官,实际跟"察举"一样,是封建时代"霸王道杂之"或曰"外儒内法"的政治格局下的制度安排或选择。这样一种制度,对于儒学来说,就像对于王权一样,具有某种双刃剑的性质。从这样一个视角观照可以比较清楚地看出科举制与国学的关系乃是多维立体复杂辩证的。

从历时性上说,它经历了一个二者由相对冲突对立到相对稳定统一的过程;从共时性上说,它一方面使儒学的政治功能、社会权威得到相当程度的实现和强化;另一方面又使儒学的道义目标、理论生机受到相当程度的限制和抑制。

先说第一点。作为制度性选官渠道,科举制所否定取代的是"九品中正制"。九品中正制是汉代察举制的极端化或变形。察举制是汉代实行的一种自下而上推选人才为官的制度。这与武帝听从董仲舒建议而"更化",标榜"以孝治天下"有关。这使得"儒宗地主"日益发展。到三国两晋南北朝,皇权弱小,不得不借重这一集团进行权力争夺和社会统治,于是"组织部长"的权力就被门阀世族所垄断了。隋文帝统一中国后，皇权重新获得对社会力量的控制权，九品中正制被自上而下的科举考试制度替代就成为必然。武则天强化推进科举，同样也是因其以"后党"柄国，需要在仍然具有相当影响的世族地主之外培养一支忠于自己的干部队伍。"重诗赋而轻明经"的科举制边缘化世族地主以及与其关系渊深的儒学之用意十分明显。著名的牛李党争，也有此深层背景在。唐代裴行俭说"士之志远，先器识，后文艺"，以及后来"进士专尚属辞，不本经术""读书当以经义为先"的议论，都是指向当时科举重才能技能轻德行境界这点。

黄袍加身的宋太祖从自己的经验出发定下抑武扬文的祖制，为儒学的复兴打开了政治空间。宋神宗熙宁时，王安石认为，"少壮时，正当讲求天下正理，乃闭门学作诗赋，及其入官，世事皆所不习，此科法败坏人者致不如古。"于是罢诗赋而课经义，确立了我们所知的科举与儒学的制度性结合。

再说第二点。儒学的理想是行王道，"士之仕也，行其义也"。但秦汉之后，"君子不器""志于道"的儒生不得不妥协降格为"器"或"技"以获得进入霸道体制的可能。公孙弘被讥为"曲学阿世"，董仲舒也不免。科举制使天下英雄尽入皇帝彀中，儒学自然更是不复孟子时代"说大人物则藐之"的浩然之气。这既不能怨儒生，也不能怪科举，而是莫之如何的历史必然。

另一方面，元、明、清均用王安石定下的考试方法，明清两朝的经义以"四书""五经"的文句为题，规定文章格式为八股文，解释须依朱熹《四书集注》等书。这使得儒学经典沦落成为读书士子的记诵文本。牵文拘义、循规蹈矩、重守成而轻创新，自然而然就成为思维和人格上的习惯和倾向，丰富的历史文化也被简单地解读为"十六字心传，五百年道统，圣人之学不外乎是"的僵化教条。儒学向生活世界的开放度越来越小,其因应时事与时俱进的生机和活力也越来越低。

儒学作为文化道术,其整体的文化功能因这样一个政治制度的搭载而有相对稳定的发挥实现,但并不能说没有科举就没有儒学。不要忘了废科举之议正是张之洞、康有为等儒士大夫为了国家富强民族振兴提出来的。在科举制废弃后,儒学的其他功能(如文化认同、身心安顿等)如何实现发挥? 这才是今天几年废除科举制度时真正必须面对的问题。

二○○五年

所谓"丧家狗"之争

学界王小波或者王朔：
我读李零《丧家狗：我读〈论语〉》

作家的文采加训诂学家的眼界加愤青的心态等于《丧家狗：我读〈论语〉》。对于刚刚拜读的李零先生这部近著，我只能用这样一个等式来加以概括描述。

先说作家的文采。上海有个叫江晓原的教授写过一篇文章专门称赞李零先生文章写得好，结尾好像是说"为什么现在看《读书》的人越来越少了？因为李零先生已经不给它写稿了"。他们专业有交叉，互相读得比较多，但我并不认为这属于戏班子里的喝彩。《读书》读者减少的原因不得而知，但跟"读书体"你可以不喜欢但很难说不好一样，李零先生的文章你可以说怪怪的但不能不承认它别具一格。跟苏东坡不同，对于已有《花间一壶酒》等博得天下文名的李零来说，应该还是十分受用的——甚至比夸他的简帛整理、巫术房中术研究更加受用！私下感觉，就学者和作家这两种身份，李零先生对后者似乎比对前者更在意一些——至于这究竟是时代之故还是天性使然就不敢妄加揣测了。这两种性向的冲突和平衡或平衡和冲突，或许是了解传统文化人心理的一个有趣视角。

再说训诂学家的眼界——这也许是重点。训诂就是识文断字。朴学强调"读书先识字"。惠栋说："经之义存乎训，识字审音，乃知其义。"我们做中国古代思想的，识字不多，知道必须站到训诂考据家的肩膀上把东西看清楚明白了，才有思考想象的材料和方向。像近些年蔚为大观的"郭店简""上博简"讨论，就主要是借助训诂考据工作者的文献整理才收获自己的成果的。我跟李零最近一次照面即是在上海听他讲《缁衣》《诗论》等。别的都忘了，但报告厅里的投入认真以及心底的钦敬和感激还十分清楚地记得。上海博物馆邀请李零先生主持整理工作，反映了学界对其专业素养的高度认可和信任。

但是，即使按照过去的说法，传统学术也区分为考据、词章和义理三个层面。训诂属于考据，专于也限于识文断字，所谓饾饤既是自嘲也是写实。我这里所谓训诂家的眼界，其特征简单说就是"只见树木，不见森林"。正如人不能还原成胳膊大腿或者猴子，一篇文章也不能还原成字、词、句，它还有脉络和意义。这应该也就是陈寅恪要争取"乾嘉诸老更上一层"的原因。虽然也有人立足字义阐释经义做出过成就，但那毕竟并不意味着考据之学即等于义理之学或可以代替义理之学。说过"由小学入经学者，其经学可信"的张之洞同样说过"由经学入史学者，史学可信"，但李零《丧家狗：我读〈论语〉》似乎是想沿袭当年古史辨学派的这一套路（参见该书"总结三"），相信可以用训诂的方法还原《论语》文本和孔子符号的"真相"，进而通过真与假、活与死的二元区分，用解构否定其义理内涵和文化价值。管窥蠡测，自然不免盲人摸象识小不识大之讥。

我们来看书中的几个实例。

该书第三四三页云："孔子是怎么变成圣人的？是靠学生。

他是靠学生出名。"且不说李零固执地将作为明哲之士的圣人与作为有道之君的圣王互训或混为一谈只是其一家之言,也不说孔子博闻多识,删诗定礼著春秋,继往开来金声玉振当世已获圣人之称,单就老师"靠学生出名"这一命题所预设的前提"学生吹捧能使老师名垂青史"能否成立就大可质疑:与之先后并称显学的墨家学派,子墨子的学生应该也不少吧?做官的也不少吧?组织得也更加严密吧?对于开创门派的"巨子"的宣传与效忠应该也不输于儒家吧?那么,子墨子怎么没有成为圣人?为什么不仅没有成为圣人而且很快归于歇绝?虽然情感、见识不同,但论者一般都还是从墨家的思想主张与社会结构以及其与生活需要的关联度或契合性去探究原因,认为关键是"其道太酷",实践中缺乏可接受性(对老百姓)或可操作性差(对统治者)。汉武帝"废黜百家,独尊儒术"对于孔子地位的形成具有关键性是不错的,这是因为统治者意识到"攻守异势"需要"偃武修文"了。由"焚书坑儒"到"独尊儒术"的变化后面,实际反映着朝廷与社会的博弈以及执政者平衡内政外交课题的需要。这些内容关节以李零之才、学、识应是不可能不明白,不可能不知道。如果董仲舒可以勉强说成孔子学生,汉武帝也是么?即使你像赵本山一样有才,恐怕也说不圆通吧?也许有人要说,李教授这里本就是拿古人杯酒浇自己心中的块垒——今天靠学生出名的老师多么可恶!是的,这些我也觉得可恶,可是这种骂法难道深刻?难道有趣?难道不很有些阿Q?该书第三二四—三二五页对"仕而优则学,学而优则仕"的议论同样属于"批判现实,歪曲传统"的例子。前面清清楚楚说明"仕而优则学,学而优则仕"的原意是"当官如果有余力,要学习;学习如果有余力,要当官",接着笔锋一转描述了现在"学问大了"则当官,当了官学问就变大的情况，再然后祭出点睛之笔："谁说中国传统中断了？"情绪宣泄得倒是很爽，可这一板子抡向古人屁股的同时，自己脸上应该也是火辣辣的才对吧——这二者挂搭得上么！？

李零认为存在"活孔子和死孔子，真孔子和假孔子"，"汉以来或宋以来，大家顶礼膜拜的是人造孔子……孔子也要打假。"活孔子是"丧家狗"，死孔子是"道具、玩偶"；真孔子是"教书匠的祖师爷"，假孔子是"历代统治者的意识形态"。（第十一、十二、十三页）这里涉及的东西很多，难以说深说全，但并不复杂：只要想想汉宋以来关于孔子的政治文化活动是否可以用"造假"二字概括、否定和抹杀就可以知道其是非对错了。"道具、玩偶"的一个意思是"符号"和"象征"，一个意思是"被操纵"和"被利用"；二者的义涵是不尽相同的。简单地讲，"死孔子"应该是同时具有这二重意义，并且，之所以"被操纵"和"被利用"，前提应该是其本身具有某种"符号"和"象征"的意义——要知道，汉承秦制，是在"纯用霸道"力不从心的情况下才稍稍妥协，将对立公家私门"屈天下从己私"调整为"与民休息"与三老及孝悌、力田等社会有机力量结合共治天下。正是这样一种"改革""更化"，才使春秋战国以来分裂的中国在秦的政治上统一后，进一步从社会和文化上凝聚为一个有机体，成为今天民族和国家的基础。明乎此，则将孔子、儒学以"历代统治者的意识形态"视之的偏颇之失也就显而易见了。至于说假孔子"替皇上把思想门，站言论岗"，也许；但同时也应指出，这个"假孔子"同时也是皇上思想言论的调控者，虽约束力有限，却是一个口头上必须承认的价值标准——看看"汉诏多惧词"就知道的。由此把"从乌托邦到意识形态"当成知识分子的宿命，既不全面也不是事实——他自己本身就构成一个小小的反例。

“去政治化，去道德化，去宗教化”（第十一页）是李零用训诂考据“打假”的方式、目标和成果。也许汉儒、宋儒、“近儒”围绕“治统”“道统”和“宗教”的建构“都是意识形态”，李零可以拒斥，但另一方面，政治、道德、宗教无疑是《论语》最基本的思想架构和意义维度，因此必然构成我们接近和解读的进路和法门。把它们“去”掉，剩下的还有些什么？或者，我们还能看到些什么？真这样的话——相信不可能完全做到，面对教室求知的眼神，唯一的招数就只能六经注我古为今用郢书燕说了。李零试图用一句“不在其位，不谋其政”证明孔子是政治冷漠者，实际这句话完全也可以做政治学的解读，而且更合适（如局长就干局长的活，不要琢磨部长的事）。因为对于古典思想家来说，政治是其最基本的存在方式。

训诂学主求真，做减法，某种程度上可以如奥康剃刀般删汰一些无根浮辞；人文学重会意，做加法，以对经典与生活和时代的互动及其价值生成做出阐释和说明。孔子、《论语》这样一种基本经典不仅在结构上具有层次性，在时间上也具有开放性。因此，“人造孔子”不仅不是如他说的“特没劲”，反而是极富价值：历史为什么不造墨子、韩非而选择孔子？如果不造孔子，历史社会又会呈现怎样一种图景？近代为什么不造了？今天，现代性深入全球化扩展的语境里怎么又有人（如费孝通等）重提再造孔子？海外教汉语的学校为什么以孔子命名（德国在海外建的类似机构叫歌德学院）？包括李零自己在内的人反对，难道真只是出于学术打假的真诚而没有其他或真或假的深刻考量？等等等等。

有人或许要问：聪明如李零，怎么会有如此荒唐的想法主张？难道训诂学误人竟致如斯？当然不是。实际本书并非严格的训诂学著作，因为训诂学疏通字义只是为读者阅读原文提供方便，而李零不仅要当导师告诉读者如何读，甚至还要通过"导读""总结"颠覆历代注疏甚至文本本身！如此这般的真实原因，我认为就是——愤青心态！这在我读《放虎归山》《花间一壶酒》时还只是一种直觉，这本《丧家狗：我读〈论语〉》把它坐实了。所谓的尊重文本、还原真假、区分死活，本质上不过是为愤青心态的表达抒发建立支点挂上幌子而已。该书第四页说："我的态度，回想起来，和如今的'八〇后'有程度的不同，无本质的不同。"他认为安乐哲"帮孔子说好话"是"挖空心思"，属于"西人的流俗之见"；而对一幅调侃孔子的洋人漫画则引王朔"你譬如孔子，搁今天就是一傻×……"为之佐证。（第四三页）也许"三人行，必有我师""己所不欲，勿施于人"在王朔们看来确实是卑之无甚高论，但苏格拉底的"我唯一知道的就是我自己一无所知"岂不同样弱智？《圣经》的"神说要有光于是就有了光"岂不更是疯狂？要知道，猴子变成人不只是因为直立行走，还因为先圣先贤创制立教人文化成。而孔子、苏格拉底和《圣经》，就是那最初的"文"和最基本的"化"。

"八〇后"等于反传统？未必。反传统的"愤青"或者源于五四，或者源于"文革"，从书中文字看李零先生二者得兼，但主要应该还是后者，因为他承认自己"文革"受过刺激，跟王朔、王小波一样。虽然据说愤青还有"左愤"和"右愤"，我想"愤"的基本心理结构应该相近，即情结支配思维，表现为行为就是为愤恨而愤恨。这个 complex 的主体或为怨恨逆反，或为自卑自傲，或为压抑迁怒，至于发泄指向或左或右或洋或古则取决于各自早期经验。钱理群拿李零的解构孔子（有位"自由主义"作家在表达其自己的欣赏之后，也认为该书"解构"得有些"过头")与鲁迅相比,实际二者是不相伦类的:鲁迅的反传统是基于"哀其不幸,怒其不争"的愤激,体现着民族魂的精神光辉;李零的解构(实际从书中你根本看不清作者对孔子究竟持怎样一种态度,一会表示要学点什么,一会又说敬不敬孔子是个人爱好并引王小波、王朔为同调)则是对一切"宏大叙事"的质疑与嘲弄,其情绪是个人性的,其尺度也是个人性的。这点由二人的行文以及行文中流露出的情绪可以看得很清楚:鲁迅的文字后面有一股力道撕开黑暗使你不能不面对并在面对中变得坚强;李零的文字后面则只有他自己,一个以调侃为幽默以亵渎为勇敢,似自谦而实自矜似超然而实偏执的"老八〇后文人";一个用传统资源否定传统价值的"新五四"学者!鲁迅笔下的"过客"孤独而坚定,是穿过黑暗去迎接日出。而本书封面上的"丧家狗"三个字跟这一切毫无关系——那从台北流浪狗延伸出来的意象又跟什么样的精神家园扯得上呢?(第一页)我看到的只有失意、无聊以及若干莫名其妙的洋洋自得。出版座谈会上刘军宁也表示不理解李零"怎么会把一个心底坚持理想的人说成丧家狗"——不知为什么,他还认为五六十岁年龄段的人,相对最缺理想主义。我说,于丹把《论语》熬成一锅心灵鸡汤,反映的是她自己的理解能力;李零将孔子描述为丧家狗,则是把自己的心态和心量当成了孔子的精神和事业。

不由想起苏东坡和佛印的故事,想起故事中苏小妹的一段话:心头有尊佛,看到的就都是佛;心头有堆粪,看到的就都是粪。王朔、王小波最近很红火,从报纸到电视到网络挺热闹——把李零教授称为学界王小波或王朔,不也是很适合的么!只不知他会不会也像孔子听到郑人说自己像丧家狗时的表现一样,"欣然笑曰:然乎哉然乎哉"?

李零是要颠覆儒家价值系统——答《南都周刊》

问：你在博客里批评李零的《丧家狗：我读〈论语〉》是"作家的文采、训诂家的眼界和愤青的心态"，是"指桑骂槐策略导致的扭曲文本，厚诬古人的思维和心态"，为什么要这么说？后两者具体是指什么？

答：愤青心态是指情绪支配理智，言语只为情绪发泄而不顾实情。指桑骂槐，具体说就是指着文化骂政治，或者指着古代骂现实。

因为本书对孔子的定位完全不符合事实，对文本的解读或许通顺，但却把与其毫不相干的现实往上面附会——这点我已经举过例，这里说第一点。在接受《南方周末》记者采访时他提到自己这本书的三个"新意"，第一点就是"孔子并不承认他是圣人"，"只承认自己是丧家狗"。确实，孔子说过"若圣与仁，则吾岂敢"，但这只是一种自谦，就像听到郑人说自己是丧家狗时他说"是啊是啊"是一种自嘲一样。据此推论孔子"只承认自己是丧家狗"，如果不是亵渎神圣也绝对是厚诬古人。因为真正的夫子自道是"天生德于予"的豪迈自信，是"文王既没，文不在兹乎"的道义承担。从历史的发展和人们的认知看，这才是孔子之为孔子的精神和本质。

本书封面上那句"任何怀抱理想，在现实中找不到精神家园的人，都是丧家狗"纯属哗众取宠，因为它完全不能成立。首先，精神家园与现实世界本来就不是一回事，精神家园哪能到现实中找？其次，孔子是怀抱理想，并力争在现实中实现其理想的奋斗者。古往今来，这样的英雄数不胜数，无论成败，他们的努力都使人类历史获得一种尊严和光彩，又与 homeless 何干？

指桑骂槐这种策略有时是一种机智，有时是一种怯懦。我认为在本书中是一种怯懦，因为他表面上要批评的那些东西，实际完全可以公开发表。而他心底想否定的东西，孔子及其创立的儒家文化在历史上的地位和作用，却又不愿、不能或不敢摆出阵势举证讲理加以论述证明。古人说 "中心疑者其辞枝"。你看李零闪烁其词，搞得他的 "粉丝" 也不清楚丧家狗三个字到底是褒还是贬，多么可笑！

问：在你看来，孔子是一个什么形象，该如何评价他？

答：孔子是真实个体和文化符号的统一。二者既有区别又有联系：前者是后者的基础，后者是前者所蕴含的思想、价值与社会互动过程中的积淀、升华或流变，各有其意义效应。例如，《论语》中的孔子是一个人，这是历史；谶纬中的孔子接近神，同样也是历史。我们既不能以后者否定前者，也不能以前者否定后者。对于前者，我们主要要作历史的分析，对于后者主要则是意义的阐释。李零对阐释似乎很不以为然，好像知识就是知识，假的就是假的。这实际就是我讲的 "训诂学的心态" ——耶稣的生、死和复活是真是假？对这个符号的阐释是不是毫无意义？

孔子不是神。但他在历史进程中的不同面向是各个时代各种政治、文化和学术活动的结果，需要具体分析的。你可以给出或肯定或否定的评价，但是，以《论语》中的 "真实个体" 为标准，将后来的符号以 "假的" "人造的" 理由一笔抹杀，是不是一种幼稚？试图以此达到解构整个儒家文化的诉求发泄自己的情绪，是不是有些狂妄？

问：你如何评价《论语》在儒学中的地位？今天看来，《论语》实际上是孔子及其弟子有关生活细节、言行的零碎记录，为什么会成为儒学经典？

答：《论语》在儒学中的地位当然是非常突出重要的。但我个人认为至少《周易》和《周礼》跟它一样重要。孔子自己则认为自己的志向体现在《春秋》里。

我不同意你说的"《论语》实际上是孔子及其弟子有关生活细节、言行的零碎记录"，这是西方一些学者的看法，表现了一种西方中心主义的傲慢。像"己所不欲，勿施于人"这样的原则，就被近些年开始的宗教对话奉为金规则（golden rule）。再一个，即使是一些生活智慧、日常训条，也不可等闲视之。它的意义不在认知理性的层面，而在实践理性的层面。作为哲学家维特根斯坦够了不起了吧？他说：伦理学不是科学，不能增加我们的知识，但它是人类内心倾向的一种证明。我个人对这种倾向深怀敬意。

要知道，作为文明基础的，不是什么高深的知识复杂的技术，而是这样一些基本的伦理训导。

问：除了你批评李零的著作外，蒋庆评价李零是"此人玩世不恭、轻辱圣贤，末世此类人甚多"，康晓光说李零"不是一个好鸟"，作为大陆新儒家的几个代表人物，你们给人的感觉是对李零和其著作是"群起而攻之""气急而败坏"的感觉？

答：这些话我是赞成的，因为它基本符合事实。私下我也会这么说！当然，文章不能这样写，它要给更多的人看。我相信他们有自己的道理，我写的正是这样一些道理。但是，我不赞成你这里使用"你们……大陆新儒家"这种表述。因为我们并不是一个什么团体，我跟他们联系很少，对儒学以及其他许多问题的看法不尽相同。我感觉他们好像武侠小说中的名门正派，像天山派什么的，而我喜欢杨过那样的独行侠。

群起而攻之——从何谈起？除开我，好像还没有谁写什么东西出来——我也只是随手把白天的发言整成了一篇文章。气急败坏——我看这本书才真有点这个味道，在他的书里只有一种隐藏得很深却十分强烈的怨毒和憎恨。

最近李零自己出来公布了书中的三点新意。第一点前面已经将过了，下面就再讲讲第二第三点吧。他说，“大家都认为，仁是《论语》里最高的德行，其实在孔子论人的品级里，它还不是最高的，圣人才是最高的。什么叫圣人？生而知之，手里有权力，贵族。孔子的政治理想有不同的层次，他最高的理想是‘圣’。”这个是有点新意。但是，他仅仅从权力、“生知”理解“圣”，只看到了表面。《周易》说“圣人之大宝曰位”，所以，“圣”与政治、职位的关系是自然而然的，儒家从不讳言。但是，孔子那里的圣人之“圣”，更主要的是指一种政治行为，即“博施于民而济众”，这是权力、“生知”最终旨归和落实。

第三点，他说，“再比如‘恕’，很多人认为，‘恕’就是宽恕，不对。我说‘恕’是‘仁’的另一种表达，即‘如心’，将心比心，拿自己当人，也拿别人当人。”

先要搞清楚：从汉到清，通行的版本里有谁把“恕”解成了“宽恕”？又有几个人不是把“恕”解成“如心”？为烘托自己的孤明独发，想当然地给自己虚构了一个弱智的对象、陪衬。《说文》把恕解作“仁也”。全祖望《经史问答》记载颜子答“一言而有益于仁”时说“莫若恕”。至于仁与恕的区别，“仁者爱人”不言而喻。而恕，王弼说“恕者，反情以同物者也”；《正义》谓“恕，忖己度物也”；朱子亦曰“推己之谓恕”。再至于“如心为恕”的拆字为解，以“不欲勿施”给出的进一步说明，均见于《论语集释》“夫子之道，忠恕而已”条。既未给出新说，也不是在众说纷纭中对某说做出新论证，所据之王逸“以心揆心为恕"、阮逸"以己心为人心",都是工具书里可找得到的,却郑重其事地宣称为三大新意之一,作为吃"三古"饭的北大教授,真真叫人莫名惊诧之至!

他抱怨我的批评"根本不就书论书"——就这些,怎么评才好呢? 借用钱大昕的话送他吧:不读注疏,其陋如此。

问:于丹对《论语》的解读,去年也成了畅销书,并由此引发了普遍的讨论,但却没有引起你们的批评,这是为什么? 李零和于丹对《论语》的解读,在你看来,有何不同?

答:二者根本的不同在心态和目的上,于丹是把《论语》熬成心灵鸡汤送给需要的人,虽然谈不上什么学术性,却对传统抱持着温情与敬意;李零是把自己对传统的厌憎情绪用学术的语言影响他人,虽然有几分学术含量,却是要解构颠覆儒家文化的意义系统。学术性差点,人家是讲心得——有了需求,知识可以慢慢积累。学术性强点,却是给自己的情绪进行包装——对不明就里的人更有蛊惑性。

我曾说自己最气愤的是他说新儒家四先生的"为中国文化敬告世界人士书""空洞、滑稽"——尤其是滑稽! 这里还可以补充一点,那就是作者招式邪门阴损,以为天底下别人都是傻瓜就他聪明——开始说孔子是"找不到精神家园的"丧家狗,到《南方周末》就成了"一条狗",再下面呢——一条疯狗?

问:有一种看法将你们的争论归于是义理和考据之争、自由和保守之争。

答:不对。这本书不是考据学著作。某研究员这样给他论证,看来马屁拍到马腿上去了。从李零自己的意思看,是属于"文化批评"——这也是给这本书的正确定位。原来以为他的志向是做文人,现在看来是做文化批评家。至于自由与保守之争,更不是。古典自由主义者对传统充满敬意；中国的自由主义者身上则充满一种理想主义精神。

我说这本书是愤青心态，李零则说愤青就是批评现实，纯属偷换概念以博取同情——差不多同时他还声称自己"特别反对影射史学，也从不考虑理论联系实际"呢。刘军宁在会上就说一本书有没有价值关键要看承载有精神家园的价值理念。我愿再次强调，李零的同调是王小波与王朔，王朔的东西他已经引在书里，王小波的"我看国学"，跟那一页的内容非常接近。

问：有人认为，在对孔子和《论语》的解读上，分歧是"价值与信仰问题，不是学术问题，表明态度就是了"。你是否也认为你与李零的分歧主要是价值立场上的？

答：既有价值上的，也有知识上的。有人说，"孔子者，中国文化之中心也。无孔子则无中国文化。自孔子以前数千年之文化，赖孔子而传；自孔子以后数千年之文化，赖孔子而开。"孔子这个象征有多层次的含义，需要从史学、哲学、甚至宗教学等不同角度分析阐释。同是从《论语》看真人，李零根据孔子对郑人讥诮的反应不仅断定孔子是丧家狗，而且说孔子自己也"只承认自己是丧家狗"，就完全没有考虑"天生德于予"和"文王既没，文不在兹乎"，知识学上也属于不诚实。至于符号的层面，他以所谓"假的""人造的"理由完全抹杀，在知识的意义上也是不成立的。

问：有一种看法认为，李零以"平视"而不是"仰视"和"俯视"的视角，来解读《论语》，并还原了一个活生生的孔子，作为一种多元声音而存在，实际上是一大贡献。

答：这是钱理群先生在一篇文章中的说法，不妨引一段"往复论坛"的回帖作答：丧家狗的说法其实一点都不新鲜，西方学术界给学生讲孔子，丧家狗是最经常被采用的例子之一。如果照钱理群的说法这是一种"平视"，那么这种"平视"早就存在了。

谢谢这位网友，他让我知道，丧家狗的灵感不只是来自台北的流浪狗，还来自西方的汉学界。我想补充的是，这根本就不是平视，而是蔑视，是对整个中国文化的调侃戏弄！

问：有一种尖锐声音认为，李零剥夺了孔子作为一个符号，在各个时代被附加上去的各种微言大义，客观上是砸了你们新儒学的饭碗，压缩了你们的话语空间？

答：秦始皇焚书坑儒，汉代不久就独尊儒术；"文革"搞决裂，现在又兴国学。儒学如果是一个饭碗，恐怕也不是他李零砸得动的吧？压缩言论空间——开什么玩笑？

如果逆取也算的话，蒋庆、康晓光、李零和我这四个人，他肯定是唯一一个从儒学身上挣钱的！

问：网上流传你的一句对李零的批评是"这样说孔子，这不明显欺我儒门无人吗"，求证一下，这话是你说的吗？

答：是的，在一个朋友的婚宴上，我半开玩笑半当真地说了这句话。半当真，是因为这书太肆无忌惮；半开玩笑，是因为现在并不存在什么儒门——即使有，我也不会加入，我说过我喜欢独行侠。

问：你、蒋庆、康晓光等人，因近年来在儒学研究领域的活跃身影，而被冠以"大陆新儒家"的称呼，你反对这种称呼吗？在你看来，你们的共同点在哪？不同点又在哪？

答：因为感觉自己离儒家的标准还差得太远，因为意识到自己与蒋、康差别还挺大，所以我既不自称儒家，也不接受"大陆新儒家"的称号。当然，我愿意为一个可以叫作大陆儒家的学术流派的形成做工作——办《原道》就是暗暗以此为目标。

我跟他们的共同点是相信儒学作为传统文化的主干,在历史上意义是正面的重大的,对于今天文化问题的解决,它的意义仍然是积极的不可替代的。不同点在于,如何理解这种作用,今天应该如何激活——具体点说吧,我认为儒家文化需要重建,需要接纳宪政、自由、民主诸观念,适应时代,以很好地承担起其所应承担的社会功能。

问:从历史上看,儒学与权力一直保持一种剪不断、理还乱的关系,而儒学一旦被统治者所利用,被定位一尊,成为官方意识形态,往往就从当了为政权涂抹粉饰的作用,这也是儒学饱受批评的地方,你如何看待这样一种关系以及儒学在中国政治、社会和文化演进中的作用?

答:"剪不断,理还乱",这就说明问题复杂,不能简单化。首先要搞清楚,儒家对于秦始皇的专制政治结构是反对的。在董仲舒的理论里,"屈民以伸君,屈君以伸天",这是一个循环,因为天心即民意,用天的神性制约王权。这当然很脆弱,但要知道,当时我们只能在"脆弱制约"与"毫无制约"之间选择,而不是在"脆弱制约"与"有效制约"之间选择。要发挥这点作用,就得承认并论证统治者的合法性,这是"必要的妥协"。在这有限空间发展起来的儒学对于社会的凝聚、生命的安顿以及政治的合理化,发挥的作用主要都是正面的。

问:近年来,康晓光、蒋庆等构建了宏大的儒学系统,也想借权力之手,将儒学定位国教,成为官方意识形态,渗透到中国的政治语言和系统中。而历史表明,如果一种学术一旦成为国教,往往就天然地排斥异己,压制其他不同言论,这样的一种宏大建构和入世期盼,是否与现代公民社会提倡多元、共存的文化潮流相背离?你如何评价?

答：我不做评价。

问：儒学讲安身立命，讲伦理道德，与中国传统的农耕文明相适应，现在中国要提倡建立现代公民社会、法治社会，儒学里面有哪些资源与现代公民社会相契合，可以为其所用？儒学为应对现代社会的挑战，该做出何种回应？

答：儒学作为一个文化的系统，它所赖以发生发展的环境已经发生了巨大变化，因此它的复兴必然表现为一个根据新问题、新需要来调整重建的过程。我们今天面临的主要问题是政治重建、文化认同和身心安顿。从政治重建看，宪政制度需要通过与传统的勾连获得其具体的历史的形态——这里的传统，只能是儒学；在文化认同上，儒家的地位尤其无法替代；身心安顿比较麻烦，基督教如火如荼，发展下去必然影响到国人的身份认同，如果基督教的中国化是一种选择的话，那也只能是依托儒教进行。

问：一种批评声音认为，大陆新儒家"于民生毫无建树、却冲撞人民自由选择权，是为不仁；在网上到处煽风点火，树敌过多，是为不智；不去争取言论信仰自由，却妄图坐享权利成果，是为不勇"，你如何看待这一批评？

答：这人是谁？他以为自己是谁？个顶个他又可以拿谁来比谁？

一场乱战——答《文化广场》

《文化广场》：现在回过头来看，一个多月来围绕《丧家狗：我读〈论语〉》而进行的争论，其实质究竟是什么？是否争论的双方存在着重大误解？

陈明：性质就是一场乱战。媒体不再只是媒体而具有了舆论操控的能量，各种似是而非的东西自话自说使得争论几乎失去意义。

这与李零自己的修辞和心态有关。他究竟想说什么？他自己也不清楚。你看看他的"粉丝"，有的把丧家狗当褒义词有的当贬义词就知道了。很多人以为李零的名字就是学术的保障。如果按照他跟记者宣布的那三点——孔子不是圣人而是丧家狗、他发现"恕"当作"如心"解、圣是最高概念等，几乎是一个笑话。这应该是学术问题吧？我一直在等待他对此作进一步回应。另外，网上有篇《心平气和看孔子——试评李零〈丧家狗：我读论语〉》，是从纯粹知识角度提出的批评，他也没有做答。

《文化广场》：一种比较普遍的观点认为，这是人文主义与科学主义之争，"新儒家"与自由主义之争。确实能上升到这样的高度吗？李零就一定是自由主义吗？他的训诂学方法就一定是科学主义吗？"新儒家"是否就一定要划归到文化保守主义的阵营中？

陈明：这都是一些不懂装懂故作高深的批评家们制造出来的无聊噱头。关于前一点，陈壁生在《南风窗》写的《孔子的双重符号化——评〈丧家狗〉及其争论》已经作了很好分析。关于后一点，需要澄清一下，这本书在他自己看来属于"文化批评"，他的追求"较乾嘉诸老更上一层"，从这个角度给他解套还行，拍马屁的话就拍到马腿上去了。至于新儒家是不是可以划归文化保守主义阵营，答案应该是肯定的。需要说明的是，文化保守主义对现实的不公不义同样持批评的立场，因为政治上的现代性和文化上的现代性不是同一回事。那些以自由主义者自诩的人，脑筋还是多转几道弯的好。

《文化广场》：另一种观点认为，虽说李零未必把自己归入自由主义阵营，但他从文本读文本，从文本读孔子的方式，他欲去历来加诸《论语》的政治化、道德化、宗教化意识形态"咒语"，无不具有自由主义的精神气质。更重要的是，他这种解读可能伤害了"新儒家"的文化立场和情感，而"新儒家"对李零的批评更多是急于维护自身的合法性资源，进而维护其合法性地位。您认为这种说法是否妥当？

陈明：这些东西构成自由主义的精神气质？我不懂。伤害感情？我也不懂——我只是要求对事实的尊重。抢饭碗？我只觉得好笑——他把这个问题吵得更热，"蛋糕"难道不是更大了？"去政治化，去道德化，去宗教化"是李零用训诂考据"打假"的方式、目标和成果。实际这三点无论从哪方面说都十分可笑。政治、道德、宗教构成《论语》最基本的思想内容和意义维度，把它们抽干，剩下的还有些什么？为反而反、为去而去，难道不也是一种政治态度而是一种学术立场？

《丧家狗：我读〈论语〉》的训诂方法实为"盲人摸象"

《文化广场》：鉴于您在《学界王小波或者王朔？》一文中的评论，是否您对李零解读孔子、《论语》甚至儒家的这种训诂学的学术方法本身是有质疑的？

陈明：对书中的方法、命题、具体"成果"，以及之所以如此如彼的心态，我都作了评论，或者说调侃。有人说李零是哗众取辱，从那些文字里可以看出确实如此。

我曾说过，作家的文采加训诂家的眼界加愤青的心态等于

《丧家狗：我读〈论语〉》。古人说“读书先识字”。但是，我这里所谓训诂家的眼界，并不是反对这一点，而是指一种“只见树木不见森林”的训诂学的僭妄。因为训诂学的对象是字、词，而文本的语境、意义是远远超出于字、词范围的。因为正如人不能还原成胳膊大腿或者猴子，一篇文章也不能还原成字、词、句。李零《丧家狗：我读〈论语〉》似乎是想沿袭当年古史辨学派的套路（参见该书“总结三”），相信可以用训诂的方法还原《论语》文本和孔子符号的“真相”，进而通过真与假、活与死的二元区分以解构否定其义理内涵和文化价值。管窥蠡测，自然不免盲人摸象识小不识大之讥。

该书第三四三页云：“孔子是怎么变成圣人的？是靠学生。他是靠学生出名。”汉代“废黜百家，独尊儒术”，就是因为统治者意识到“攻守异势”需要“偃武修文”了。变化的后面实际反映着朝廷与社会的博弈以及执政者平衡内政外交课题的需要。以他的脑子理解这些玄机应该没有困难，但他偏偏那样说，我只能说他是心态有问题。

“人造孔子”不仅不是“特没劲”，反而极富价值

《文化广场》：通过真与假、活与死的二元区分以解构否定孔子与儒学的义理内涵和文化价值并非恰当，那么您又是怎样看待孔子和儒学的？

陈明：李零认为存在“活孔子和死孔子，真孔子和假孔子”，“汉以来或宋以来，大家顶礼膜拜的是人造孔子……孔子也要打假。”总之，活孔子是“丧家狗”，死孔子是“道具、玩偶”；真孔子是“教书匠的祖师爷”，假孔子是“历代统治者的意识形

态"。这里涉及的东西很多，难以说深说全，但并不复杂：只要想想汉宋以来关于孔子的政治文化活动是否可以用"造假"二字概括、否定和抹杀就可以知道其是非对错了。

"道具、玩偶"的一个意思是"符号"和"象征"，一个意思是"被操纵"和"被利用"；二者的意思是不尽相同的。简单地讲，"死孔子"应该是同时具有这二重意义，并且，之所以"被操纵"和"被利用"，前提应该是其本身具有某种"符号"和"象征"的意义。要知道，汉承秦制，是在"纯用霸道"力不从心的情况下才稍稍妥协，将对立公家私门"专适天下以从己"的霸道政策，调整为"与民休息"与三老及孝悌、力田等社会有机力量结合共治天下的"霸王道杂之"的政策。正是这样一种"改革""更化"，才使春秋战国以来的分裂中国在秦的政治统一后，进一步从社会和文化上凝聚为一个有机体，成为今天民族和国家的基础。

明乎此，则将孔子、儒学以"历代统治者的意识形态"视之的偏颇之失也就显而易见了。至于说假孔子"替皇上把思想门，站言论岗"，也许，但同时也应指出，这个"假孔子"同时也是皇上思想言论的调控者，虽约束力有限，却是一个口头上必须承认的价值标准。孔子、《论语》这样一种基本经典不仅在结构上具有层次性，在时间上也具有开放性。因此，"人造孔子"不仅不是"特没劲"，反而是极富价值、值得深思深挖！

国学的问题并不在于"太热"

《文化广场》：从此役我们开始反思当下种种文化思潮看待"儒学"的视界与心态，包括"新儒家"自身的使命和归宿问题。有观点认为，现代新儒家宗旨在于复兴儒学，实现其"现代性转换"，然而动不动就抬出"儒家王官化"路线，势必无法与现代社会接轨。在您看来，真的有这种悖论存在吗？

陈明：儒家王官化路线？我既不了解，也不是这样。说这话的人，偏见太深，书读得太少。

《文化广场》：抛开这本书的是非不谈，它的大背景是这两年来迅速兴起的"国学热"。一些学人认为，"国学"太热并不是好事情，也不应该只有"国学热"这一种声音，您的看法是什么？

陈明：国学的兴起有内在的根据和合理性。首先改革开放后思想界更开放了；其次在全球化的背景下民族国家的交往互动频繁，文化的认同意义得到凸显；最后人们在经济的基本需求得到满足后，对生命意义的追问也自然萌生。我们能选择什么？当然只有自己的传统。它原本就一直存在于我们的伦常日用之中，用张明敏的歌词说就是"我的祖先早已将我的一切烙上中国印"。时机一到，它就会发芽生长。

它的问题也不是什么"太热"，从大的方面讲，由于意识形态的桎梏，人们对它的精神、方向缺乏通透的理解和清醒的自觉；在小的方面讲，激情有余理智不足，出现了极端民族主义、原教旨主义和伪民俗化的现象。

《文化广场》：在"国学热"的大背景下，有许多概念需要我们厘清。这里有三个问题。一是儒学真的能代替"国学"的全部、中国传统文化的全部吗？二是《论语》在儒家学派中的地位问题。三是儒家作为一个被政治集团所选择的对象，它的思想精髓过去未曾、今天果真就能解决中国的信仰危机、人文精神危机等一系列问题吗？

陈明：儒学毫无疑问是国学的主体和灵魂。《论语》在儒学中的地位当然重要，就跟《周易》《周礼》一样。作为一个思想体系，儒学是中国早期历史传统的集大成者；作为一个学派或知识群体，儒家是立足中国社会，以社会不同利益集团的利益均衡点作为自己论述的起点和目标。中国的信仰危机、人文精神危机过去、现在和将来永远都会存在，不会有任何一种理论能够一揽子解决。但是，过去承担这一切的是儒学，现在和将来，儒学仍将是应对这些问题的有价值的资源。

我主张从"公民宗教"筹划儒学的复兴

《文化广场》：今天在解读和阐释传统文化的过程中，越来越强调我们独特的传统文化，那么，过于强调对传统文化的倚重，甚至以儒教为"国教"，无论从学理上分析，还是从大方向的选择上来看，是不是非常合适呢？

陈明：我不认为儒教过去是国教，也不赞成今天建成国教，我主张的是公民宗教。从公民宗教角度理解儒教，意味着强调其功能的社会、法律意义，强调其理论的历史、文化色彩，强调其组织形式的社会性质，即在组织上、情感体验上，淡化其宗教属性；在价值上、实践上，强化其对精神和行为的塑造指导作用。它的展开，依托于血缘、地缘，祠堂、孔庙；它的升华，寄望于清明、中秋，慎终追远。文化认同、组群凝聚，就是在这样的过程中实现。它对政治的作用，只能是间接的，即通过对社会的组织发挥对政治或权力的影响。"任何一个自成一体的社会，都会通过某种形式的宗教象征表达自己。"我认为，在当今的文化课题中，儒学儒教最具竞争优势的是对文化认同问题的解决，这是民族复兴所需要的。

否认儒学的宗教性和将儒学定位为体制化宗教，是目前学界的两个极端。而我之所以走一条中间路线，是因为我认为，儒教的天理良心、中秋团圆、清明祭祖，有着极为深广的根基，本就具备公民宗教的意义和可能。同时，这一切的弱宗教性和弱组织性，也说明儒教现阶段只适宜往公民宗教定位发展。目前将儒教过度描述和设计的探索太多了点，政教合一、国教化、全等于基督教等等说法是其症候。我希望探讨低调进入的可能。

二〇一〇年

重拾回儒精神，推动中华民族
文化体系整合——答端庄书院

问：在开发传统文化方面，很多人付诸实践，比如您也创办了"原道书院"。最近十年国内儒学发展出现了波澜壮阔的气象，从书院、祭孔等活动来看，儒学确实发展得很恢弘、很蓬勃。但与此同时，媒体对儒学的报道立场，以及知识分子对这样一些与儒家相关新闻的评论，有时候又是持批判立场的。您怎样看待这样一个现象，儒学真的迎来黄金发展期了吗？

答：近二十年，儒学确实存在感比较强，主要表现在：教育层面开始读经，政治层面开始强调对传统文化的认同，学术层面开始探索儒家思想的解读新范式，以及其与生活和生命联结的新形式。但我不认为这就可以叫作儒学发展的黄金期。思想的大发展既与历史大问题的出现相关，也与对这些问题的解决不设任何外在局限相关。可能性已经显现，但究竟是真的发展还是虚的泡沫，乐观悲观我可以说是一半一半。至于媒体的报道和一些知识分子的评论表现出批判的倾向，我觉得非常正常。一方面现代社会本就多元，另一方面由于五四思潮的惯性依然强大。儒家在政治哲学上倾向于建设和秩序，属于所谓保守主义，这在历史和现实中都难免成为批判话语的对象。当然，儒家传统本身在巨大的时代变迁中也尚未完成相应的自我清理和更新，也是被说三道四的原因。这都说不上是坏事，甚至也不是很重要。大家都是在路上，要走的路还很长。

问：二〇一五年十一月，端庄书院在北京成立，我们以回儒精神为根基，谋求以中国传统文化为本位，以期回儒思想在现代乃至未来中国能有一个大的发展，您怎么看这个现象？

答：太好了！太有必要了！中国是一个多族群国家，过去叫帝国，现在叫共和国。它的稳定和发展需要族群关系的和谐，需要有超出族群（ethnic groups）的国族（nation）之建构成型。以前我们主要是靠意识形态来进行整合凝聚，现在它的能量下降，而市场化、全球化在使得经济互动、信息交流提升的同时，各种差别矛盾也被激活激化。国际的不说，国内的分离主义和恐怖主义活动也可以从这一视角理解把握，即在政治经济的问题之外，文化也是一个重要因素。文化认同虽然不等于政治认同，但却对政治认同有着重要影响。当局似乎意识到了这个问题，所谓"大陆新儒家"某种意义上说，也正是在对这些问题的关注中形成了自己的论域和特征。我也愿意从同样的角度来看端庄书院的成立，希望回儒精神在你们手中得到传承，并取得更大更重要的成就。

问：您是从何时起开始关注明清回儒的思想的？您如何评价明清回儒的思想史意义？

答：说实话，我是在读了你给我的采访邮件之后才开始关注明清回儒思想的。以前在宗教所工作，知道金宜久老师他们研究刘智，但只是当成思想史范围内的一种理论而已，没有从宗教对话、文化整合、国家国族建构这样一种历史的、社会的、政治的角度解读评估其意义价值——现在我仍然所知甚少。但在文明冲突论向现实演变、IS巨浪滔天、国内恐怖袭击不断以及习近平主席重提中华民族伟大复兴的"中国梦"这样一种时代背景下，对这个问题论域的意义与重要性，我有了全新的理解。

　　回族规模的扩大应该在元朝，元时，"回回遍天下"，与成吉思汗家族军事上的胜利有关。元朝有等级制，但历史很短，明清时期回儒就出现了。可见这是一种与政治的、社会的、文化的融合过程相伴随的思想潮流。这应该又与他们"大散居小聚居"的居住形态相联系。大散居，决定了必然与大环境维持某种协调，在文化价值、政治认同方面做出选择；小聚居，决定了内部必然维持某种连续性，即维护伊斯兰教的核心理念。回儒的基本特征应该：一是以汉语文布道宣教，二是"以儒诠经"。从内部来说，这可以解决许多的问题，如母语遗忘，如理论紧张等；从外部来说，则开启了文化整合、认同国家的方向选择。

　　从我个人角度看，这一过程不仅政治正确，而且理论意义也十分巨大。这里我想说的是，儒教也是有自己的信仰体系的，如《诗经》中的"昊天上帝"以及后来的"天地君亲师"。王岱舆、刘智他们在会通回与儒的时候，提出了"真宰"的问题。在我看来，这对程朱理学以太极代天和"太极一理"的命题主张是一种挑战和否定。对于儒学儒教本身的反思和发展是极有意义的。相对于清代"以礼代理"的反思，那种所谓回归汉学的取向完全不同，引向了三代、孔子，引向了汉代的董仲舒——汉学在一般的意义上说，其代表应该是董仲舒，而不是郑玄，他们一个讨论天讨论制度讨论整合，一个关注章句训诂，不在一个数量级上。其实，《尚书》《诗经》《周礼》中的礼其主要属性均是在宗教和政治上，有种政教合一的味道。今天我们重提儒教论，超越四书，回归五经，应该可以从回儒诸贤的这些论述里获得许多的启迪。

　　问："认主独一"是伊斯兰的核心理念，而通常人们对儒家学说的印象是"敬鬼神而远之"或者是"子不语怪力乱神"。但是回儒集大成者刘智却说"天方之经大同于孔孟之旨"。您是如何看待这种表面上的对立以及刘智的阐述？

答：这里是不冲突的。鬼神和怪力乱神，与主不是一个层次的存在。怪力乱神是巫术意义上的东西；鬼神跟生化论和灵魂观念结合在一起。这些虽然复杂，但理论上并不是特别难以分疏。真正紧张的是主与天，它们位格相应，有诸神之争的意味，但也没到真主与基督教的上帝那样的程度。儒教不是一神教，天的所谓人格性不强，不是某种部落神或祖先神的绝对化，没有谁可以独占，各个部落的祖先都可以与之相配，"在帝左右"。孔子说"天何言哉？四时行焉，百物生焉"，是以"行与事"示之于人。这表明儒教的天比较开放包容。也许正是因此，回儒对"诸神之争"并不感到特别紧张，而是特别强调天的生化意义，以表明回教与儒教理论一样。这说明当时的时代氛围不错。他们是幸运的，也是正确的，所谓的诸神之争，其实根本上是来自现实政治经济上的纠纷。宗教理论形态的相同相异，不仅正常，也可以化解，付之两行也无不可。

史称刘智"谒孔林，心怆然有所感，遂辞而归。盖至是而涉猎之富，登览之远，足以尊所闻而副所志矣"。多么愉快多么美好！我特别喜欢他的这段话："今夫见草木之偃仰，而知有风；睹绿翠之萌动，而知有春；视己身之灵明，而知有性；参天地之造化，而知有主，必然之理也。"

问：回儒的思想谱系肇始于明朝中后期，而盛于清初。在差不多同一时期，天主教耶稣会进入中国，代表人物利玛窦同样采取"以儒释耶""以耶补儒"的方式来会通天主教和儒家文化。以天主教的经验作为参照，您认为，回儒与利玛窦的思想范式，是否在形式类似的表面下存在着什么不同？

答：用徐光启、李之藻这些本土知识分子来与回儒对照，应该才更合适。利玛窦是传教士，是带着"猎头"使命来华的，"利玛窦规矩"手段柔和，但目标却仍是"以耶化儒""以耶化华"，是要使"中华归主"。这怎么能够跟"以儒释经""以回补儒"的回儒相提并论呢？今天的情况更加不同了。一个跟耶稣会关系密切的朋友跟我说，它们现在对新教在国内的传播势头和方式也有点不能理解。当然，伊斯兰教中的有些思潮在国内也表现出强劲影响，并且与政治势力结合勾连，这些是需要方方面面共同关注的。中华民族是一个近代概念，也是一个尚未实现完成的政治目标和社会目标。在这样的建构进程中，文化是一个重要维度。现在提外来宗教的中国化，我认为就与此密切相关。仔细品味，中国化与在地化是存在巨大差别的：在地化是指外来宗教采取当地合适的形式进入；中国化则是要化入中国，化于中国，成为中国的一部分。我觉得刘智他们的工作、徐光启他们的工作可以从中国化的角度理解——是要"补儒"，使传统的文化系统更加丰富丰盈，而利玛窦的工作则需要从在地化去定位——他们是要"化儒"，将儒家文化系统纳入他们的宗教系统评估处理。今天，中国的基督徒和穆斯林应该充分意识到这二者之间的区别，从徐光启、刘智他们身上学到一些东西。徐光启的贡献主要在科学技术上，这很好理解接受，刘智的贡献在文化思想的融通整合上，这一点现在特别重要，需要好好琢磨思考！

问：我们知道，"回儒对话"这个命题真正被提上国际视野，是得力于港台新儒家代表杜维明先生，当时引起世界瞩目。在"文明对话"框架下的伊斯兰教与儒家关系以及"回儒"群体的研究，多少修正了"影响—接受"模式下那种文化流动的单一方向，使得两种文化以平等的身份进入彼此的视野。作为大陆新儒家的代表人物，您是否有对这一路径有相应的思考，它的前景如何？

答：杜先生是在全球宗教对话的潮流中涉及这个问题的。那是一个国家和国家之间、文明圈和文明圈之间的对话，比较高大上，但内容却有点空洞轻飘。"影响—接受"或"冲击—反应"模式，是暗含着西方中心主义和单线进化论理论预设的历史哲学的，是近代以来西方处理基督教文明与非基督教文明间关系的思想范式。我十几年前就曾提出质疑。现在也必须指出，这与一个政治共同体内的文化建设及其所包含的文化认同、政治认同诸问题是没什么关系的。就是说，搁这里讨论有点跑题。你们端庄书院推动的回儒对话，承接的是刘智、王岱舆的传统，这是一个国家内部不同族群间的文化理解，一个国家内部的文化系统的建构整合的问题。在今天，需要放在"中华民族"概念以及国家建构和国族建构的问题脉络里来定位。我想说的是，虽然现代社会政教分离，个人的信仰选择是私人领域的问题，但是，私人领域的问题也是具有扩散性而溢出外化为公共领域问题的。正是因为这一点，大陆新儒家才表现出与现代新儒家或港台新儒家不同的问题意识和思考范式，才可以对王岱舆、刘智的工作做出新的阐释和评价。

问：我们知道，回儒不否认伊斯兰教与儒家学说的不同之处，回儒先贤认为儒学只重现世，缺乏"先天原始"和"后天归复"的思想。回儒除了"以儒释经"外，另一个重要工作是"以回补儒"，其目的在于完善儒家学说，接通"先天"与"后天"，最终安顿人的生死问题。您对此作何评价？

答：我从这里得到一些启发。"先天原始"和"后天复归"的问题，基于"六合之外，圣人存而不论"的谨慎，文献不多，但逻辑基础我认为还是很坚实的，只是缺乏阐释，而论述的方式可能与基督教、伊斯兰教或佛教不太一样。我现在正在做这方面的工作。当然，生死问题则确实是一大短板，我也很困惑。

问：忠孝本是儒家核心范畴，阿文并无应对概念，但有近似伦理，先贤王岱舆所提出的新概念"真忠""至孝"：既忠于真主，又忠于国君（国家）；既要孝敬真主，也要孝敬父母双亲。这种二元忠孝观，成为回族穆斯林的伦理核心，也成为当代回族穆斯林国家认同的重要基础。您觉得这个观点能否"以回补儒"，对当代儒家的复兴有何启示？

答：这应该是"以儒补回"吧？我想听听你思考出来什么启示呢！

问：明清回儒思想的终极目的是彰显伊斯兰传统的优越性，但对开创"中伊传统"之对话，促进伊斯兰教在中国之本土化，影响深钜，值得深入探讨。请问明清回儒所尝试建构的"中伊传统"之对话，对当代东西文明的对话（或冲突）具有何种时代意义？

答：彰显伊斯兰传统的优越性是没有问题的，因为每个人都会认为自己所选择的生命问题解决方案具有最高的优越性。但是，"以儒释经""以回补儒"的回儒思潮本身的目标，所促进的是回与儒的对话融通，是两种文化自身的丰富充实，是中国社会政治有序性和和谐度的提升。我想这也是王岱舆、刘智他们真正要解决的问题、真正要实现的目标。你这里"中伊传统之对话"一语有点含混，"中"是国家概念，"伊"是宗教名称，并且当时也不只是一个对话的问题。这些，我们可以在今后的书院对话、会讲中去讨论。

问：拜先贤所赐，伊斯兰教与以儒学为主体的中国传统文化融合互补，形成的中国伊斯兰教文化，已成为中华文化的重要组成部分。而今天重提"伊斯兰教中国化"是因为深感伊斯兰教

"中国化"出现了一些问题，在您看来，明清回儒的文化遗产，能否弥合人们对当代中国伊斯兰教发展的困惑与裂痕？

答：你说得对，重提外来宗教的中国化问题是因为基督教和伊斯兰教进入中国上千年了，但中国化显然不如佛教做得成功。这里面的原因非常复杂，有教义的问题，有环境的问题，我觉得很重要的一点就是，佛教在其母国已经趋于式微，而基督教的后面则是现代化最早最成功的西方，伊斯兰教则具有政教合一的性质，与特定的族群结合在一起，而境外的伊斯兰地区在种种因缘际会下极端主义发酵，这就使得宗教的问题附着了大量的政治元素，使得问题超出了单纯文化的范畴，变得更加复杂难解。

问：所谓"道不虚行，待乎其人"。明清回儒作为一个历史群体出现，最后由刘智集其大成。人们通常评价刘智，说在他手里，伊斯兰哲学完成了由阿拉伯源文化到中国儒家本土文化的转型，形成了有中国特色的伊斯兰教神学思想体系。他本人也被后世赞誉为"圣教功臣"，在他之后涌现了一大批回儒知识分子，在今天的历史条件下，我们是否可以期待一个"新回儒群体"的出现？这个"新回儒群体"，面对的历史问题是什么？要完成什么历史任务？

答：明清回儒的发心和执念都是不错的，理论成就也不低。但是，当时这些政治元素或问题的政治属性并为凸显，所以，今天我们在承接赓续这一思路的同时，还要面对新情况处理新问题。我甚至希望，在今天的中国能够产生出属于伊斯兰教的宗教改革家，在通过解决中国的穆斯林与中国社会文化的有机整合的同时，为世界穆斯林实现与现代社会的有机融合提供借鉴和启发。虽然这有点太过乐观，但我想这是应该努力的方向，并且我要说主动比被动好。

问：关于明清回儒的思想范式，通常的说法是"以儒释经""以回补儒"，您站在儒家立场上如何评价回儒的思想范式？在今天的状况下，回儒的思想范式对我们有何启发意义？

答：我不知道这样概括是否完全允当。如果真是这么回事，我想是很好的。"以儒释经"和"以回补儒"这八个字，我看到的是回儒对儒教作为主体文化的地位的尊重和接受，对整个中华文化文化建设的自觉和责任承担。这跟徐光启、李之藻等人"以耶补儒"的初衷、目标都是一样的，带来的成果和影响也是相当积极有意义的。只是徐光启他们的事业一直有延续，回儒却似乎有点后继乏人。"以回补儒"，也有积极意义，作为对儒教问题一直关注的学者，我就从刘、王的作品中受益匪浅。

今天你们终于有人出来，赓续这一传统，我觉得这八个字还是值得坚持。本土化不是化为尘土，而是作为种子在这块土地上开出新花。开出新花也有两个意义层面，一是作为整体的中华文化结构之一部分做出自己的贡献，二是对伊斯兰教传统本身也应有开出新局。社会变迁那么大，当今中国伊斯兰教界却没有什么重要的思想家出来做出应对调整。当代新回儒的处境有所不同，是否能够有所作为呢？我觉得应该有气魄和担当去想一想。

佛教进入中土，在唐代形成"以儒治世、以道治身、以佛治心"的三教合一格局，三者之间虽然存在边界，但整体上就是一个文化系统。回，还有耶，在中国也已经存在千年，为什么就不可以整合成一个新的更大更有活力的文化结构服务于我们呢？当然，这里的原因很复杂，但我想，今天的基督徒、回教徒以及儒教徒，应该也能够形成这样的共识，去实现这样的目标。

二〇一六年

韩国将祭孔申遗不是坏事——答《新世纪》

问：您觉得韩国将祭孔仪式等申遗对中国来说是件好事，能讲点有利之处吗？

答：韩国将祭孔仪式等申遗对中国文化来说如果不是一件好事，至少也不是一件坏事。因为首先这说明人家认为儒家文化这些东西是有价值意义的好东西，并且要保护它。其次有利于儒家文化的跨区域发展——基督教是亚洲文化东方文化吧？西方人接受后将它普世化，对曾经孕育并珍视这个文化的人来说，有什么不好呢？这又不是排他性的专利注册资源争夺。每个民族都把孔子说成是自己民族的人才好呢！再次，这对于转型期思想观念尚处于模糊混乱之中的中国社会来说，是一种很好的冲击刺激，使我们关注文化的问题；对于执政者来说，由革命党定位转向执政党定位，斗争哲学自然就要转向和谐哲学，哪里还有比儒学更丰厚的资源？哪里还有比采纳儒学更直接方便更有说服力更有综合效益的手段方法？

我承认这些说法后面有我个人的经验感受在。《原道》推动儒学的工作已经做了十几年，但收效甚微。从《商道》《大长今》等可以看到韩国把传入的儒家文化已经当成了自己的传统，在保护传承方面做得比中国好。尤其他们的社会已经完成了经济现代化、政治民主化的过程，在这样的基础表现出这样的文化意识，一方面说明儒家文化的生命力，一方面也说五四以来知识分子那种将儒家文化与经济发展政治改革对立起来的观念实际是不成立的。

上个月韩国 KBS 来访，问到类似问题。我说文化就像一棵大树，有土壤、根权、枝干和花叶。虽然近百年来儒学的处境不好，花果飘零，但在根系的再生力和发展的可能性上仍然超过韩国。当然，这需要全民族和全社会的努力，需要知识分子创造的智慧和勇气。

问：您是否持"只要能有利于儒学的发展，谁来发展都是好事"这一观点？

答：应该说，首先是政府、社会和知识分子义不容辞。如果我们自己一个一个都不承担，那就要对境外的保护传承心存感激。必须清楚的一点是，内外之间不是反对排斥关系。

问：韩国申遗可能对儒学来说是件好事，可以将儒学发扬光大，但中国人担心的是以后人们谈起儒学就想起韩国，儒学的发源地中国反而会被忘记？

答：如果被忘记，那一定是因为中国人自己早已把儒学忘记了。聪明的儒教徒应该一方面努力实践圣贤教诲，一方面尽量淡化这些教诲的中国色彩。

问：中国民众对待此事的反应表现了他们怎样的一种心态？

答：从网上对这个事的议论看，说明国人很有文化情怀，但也看得出他们对情况不是很了解——上次所谓端午节之争基本就是个误会，看得出对这事想得不够透彻。你义愤填膺，愤从何来？义又何在？你是热爱传统认同儒学么？那人家也热爱认同，有什么不好？如果中国人要将佛教申报为非物质文化遗产，你说又没有根据？印度或尼泊尔网民跳出来咒骂，你又会如何思考应对呢？即使要怨恨，也应该找准对象吧？我认为责任就在每个人自己身上，而责任的承担靠骂是不行的。

二〇一七年

炎黄祭祀答儒家网

儒家网：每年清明节，全国各地祭祀黄帝、炎帝活动越来越多，层级越来越高，并且不断呼吁要上升为"国祭"，以促进祖国统一、国家认同。您对此有何看法？在今天，说中国人是炎黄子孙、龙的传人，是否恰当？

陈明：黄帝祭祀虽然历史久远，但炎黄信仰、炎黄子孙的概念却是近代建构的结果。这跟近代史的反清排满、跟抗日战争国共两党寻求共识的特殊情境和事件有关。革命党人以民族革命的口号反对清政府，这实际是一种文化中国观，即把中国当成一个文化共同体。

这样一种视角在当时有一定的作用和根据，但主要从文化的角度理解国家显然是不够的，是有问题的，是会出麻烦的。

历史上儒家主要持这样的观点，但那是特定时代特定政治情形的反映。国共两党同祭黄帝陵，是西安事变后第二次国共合作共同对付日本侵略者，抛开政治主张，在文化上寻找共识的结果。

换言之，就是在政治和国家的理解上存在分歧，那就退后一步，从文化血缘上找共识，因为炎黄二帝被视为祖先神，有"炎黄之裔，厥惟汉族"之说。

国民党主政的民国时期，有国族建构意识，非常值得肯定。

但是，它们在理念上深受以反清复明为旗帜的革命党思维影响，主要从血缘和文化上理解中华民族，政策节奏上似乎也有点操之过急。

傅斯年、顾颉刚讲"中华民族是一个"，这是对的，意思是中华民族不能理解为五十六个民族的总和，而应该是五十六个民族在新的国家认同和新的文化认同基础上生成的政治共同体，即所谓国族。梁启超提出中华民族概念是希望以国内诸族"组成一大民族"，这个民族当然首先应该从政治共同体的角度去理解。而其中的文化内容，自然就不能简单将属于某种族群的文化符号升格推广，那样必然陷入诸神之争，与中华民族建设的目标背道而驰。

但是，如果没有文化的维度，单纯的政治共同体不仅脆弱难以维系，根本就不可能存在。这样，它的文化建设就变得至关重要，需要郑重其事了。

二〇一七年

祭祖问题答《新京报》

问：最近几年全国各地举办的大规模祭祀活动，大多是祭伏羲、黄帝、大禹等神仙或者传说人物，有人认为因为这些人物是否存在都难以从学术上证明，所以这些祭祀活动实际上是"祭神"，但也有人认为祭祀所代表的祖先崇拜不能与神崇拜画等号，是古代为了团结部落的形式之一，你如何看待这个问题？

答：学术上能不能得到证明不是可不可以祭的理由。上帝、佛祖也不是学术可以证明的，不照样虔诚信仰行礼如仪？祖先与神灵，分属不同的祭祀系统。当今祭祀的主要应该是祖先意义上的吧？古代的部落、族群需要凝聚力，今天的社会也需要凝聚力。涂尔干认为所有形式的宗教都是出于这样一个社会目的，至少在发生学意义上；我比较赞成。文化认同、社会乃至世界整合是重要的政治议题。这些现象的出现与此有关。当然，它与意识形态、与其他宗教或类似活动是一种怎样的关系，还需要观察探讨。

问：如果承认公祭是祭祖，那么从历史研究考证的角度看，把炎帝和黄帝确认为中华民族的祖宗是否站得住脚？如果站不住，这种说法存在哪些漏洞？

答：站不站得住脚，没有绝对的。谁也没见过自己的远祖，但谁也不会怀疑他曾经存在。传说人物的形成是历史选择的结果，说明他得到某种程度的认可，符合某种价值理想。"祖有功，宗有德"。这是一个象征性的意义符号，信的人多了，也便成了祖或神，无所谓漏洞的。

那些找漏洞的人，或者是书呆子——基因追溯最后悔找到猴子，或者是对这样的文化符号怀有厌憎心理，我都不能理解。

问：司马迁在《史记》里，并没有尊黄帝和炎帝为祖宗，儒道两家都没有把黄帝、炎帝当作始祖看待，现在怎么普遍地把炎黄视作祖宗？

答：《史记》虽没明确这样说，但炎帝、黄帝他们作为两个主要部族首领的地位及其关系还是说得很明确的。说他们是活动在中原地区汉族的血缘祖先基本是可以成立的。它的流行是比较晚近的事，可能与汉族与其他民族间的矛盾冲突有关。现在中国是多元一体的民族结构，炎黄子孙和中华儿女的内涵和外延是不尽相同的，处理的时候应该注意把握一个合适的度。

问：现在有一种倾向，就是由于历史久远很多确切的地点也不可考，所以造成几个地方争抢公祭祖宗或者名人，有观点认为地方为了争夺名人，而大搞研讨会来论证名人与本地的关系，好像变成了谁搞的研讨会级别高，专家多——特别是外国专家多，就听谁的。这样影响了学术研究的严肃性，你是否认同这一说法？

答：这是没办法的事。

问：现在不少大规模公祭活动都有地方政府的主导，甚至时不时冒出国祭、国家级这种说法，地方政府组织操办是否妥当？政府对这种公祭活动介入的限度在哪里？

答：政府有关部门出面是正常的，因为社会不可能举办这样的活动。当然，以行政等级规定表述这类活动则有些荒唐。政府

介入的限度？不如改为政府介入的方式吧！我觉得最好的就是
法律，开放祠堂、孔庙及其类似机构的社团法人注册，自由活
动，规范管理。改革的方向据说是"小政府，大社会"，这就是
一个切入点。

问：一些特大型公祭活动都有央视参与举办、传播，央视作
为国家电视台，它这种参与是否不妥？

答：只要是观众想知道的，媒体就应该传播。央视参与，没
什么不妥。至于国家电视台什么的，是另一回事。

问：它参与的限度又在哪里？

答：我没看转播，不知道你们认为的限度在哪里？它是否超
越了？当然，央视的特殊性可能会使转播本身具有某种暗示作
用。个人觉得这种暗示比许多它曾经做过的暗示要好很多。

问：公祭活动是不是应该严格控制在民间自发行为、民俗的
范围内？

答：是的，但前提是民间具有系统的组织机构和组织能力。
在民间社会成熟以前，政府的参与应该肯定。

问：公祭有不少场面搞得很大，很热闹，甚至邀请娱乐明
星，你觉得那种大规模公祭是不是娱乐和作秀成分比较多？

答：这是技术问题，不难解决。祭祀应该严肃，但娱乐化是
世俗化的表现之一，全世界都一样。

问：有人认为大规模公祭就是面子工程，你是否赞同？

答：我不了解具体情况，应该不能一概而论吧。

问：有人认为公祭活动应该着汉服，或者呈现一些古代祭祀
礼仪等，是否有必要？

答：还是技术问题。我不是这方面的专家。

问：你理想中的公祭活动形式应该什么样？

答：没想过。我希望有这样的活动，又觉得肯定很难搞好。

问：有人认为这种公祭毕竟还是以较大的社会影响力传播了传统文化，也有人认为这是对文化更严重的破坏和糟蹋，你怎么看？

答：应该还是正面影响大于负面影响吧？

问：推崇公祭者的一个观点是大型祭祖可以增强凝聚力，你觉得公祭这种形式对于加强认同有多大作用？

答：因人而异吧——"百姓以为神，君子以为文。"

问：现在看来，公祭实际上的最大作用还是给经济搭台，帮助地方发展旅游产业和经济。从文化策划的角度来考虑，多个地方都宣称本地是和黄帝、炎帝有关的祭祀文化地，是否并不利于明确清晰的定位？现在甚至出现了类似各种五花八门纪念古代名人的大型活动，比如纪念诸葛亮出山一千八百年、纪念武则天入葬等等，这些活动对地方经济发展能起到多大推动作用？

答：我不知道。

问：公祭有什么积极作用？

答：强化社会的文化自觉和认同意识。意识形态话语转型的力度也在加大——在向现代靠拢的同时，向传统回归。

问：有人认为，从性价比来衡量，公祭活动规模越搞越大，付出的成本也就越大，加上各地公祭活动太多，相对分散了关注度，对经济的推动作用值得怀疑，搞大规模公祭其实是一种并不合理的模式，你怎么看？

答：需要具体分析，但我不懂。节约和反腐，什么时候都要注意。

问：你觉得像河南、陕西这些有丰富的历史文化遗产的地区，应该怎样合理利用历史文化资源，对自身进行定位，而不是一窝蜂地陷入争抢古人和公祭热中？

　　答：一窝蜂地陷入争抢古人和公祭热？提问好像包含了对这一切的否定性回答。能告诉我你的答案么？

二〇一八年

李泽厚的重要性及与余英时异同

儒家网：众所周知，您与李泽厚先生是忘年交，交往甚密。李泽厚先生逝世的消息，您是如何得知的？您第一感受是什么？

陈明：我是在去外面吃中饭的路上，唐文明打电话告诉我的。说实话，有点不知所措。一方面九十多的人了，他自己都说，八十以后过一年是一年，九十以后过一天是一天。另一方面，又觉得太突然了，因为半个来月前，他转来一篇稿子要我交儒家网发表。后来我听说他又摔跤了，电话过去无人接听，然后又是他的电话过来，我有没听到。打回去吧，又见他留言，说是拨错号了，并没什么事。既然这样，那就再说吧，结果……真是太无常了！

界面文化：能否请你谈一谈和李泽厚的交往？

陈明：在上个世纪八十年代，李泽厚先生很热门。那时候我在湖南一个中学教书，想要考中国哲学的研究生，就把自己的一篇文章寄给了他。没有想到，他给我回了信，这也鼓舞了我。后来我就去考研、读博了。

九十年代初我博士毕业后办了一个叫《原道》的儒学刊物，邀他写稿。当时言论不是很宽松，他也需要发声平台，支持力度很大，唯一一个要求就是他的文章要"放在头一篇"，"气一气某些人"，非常率真。

二十一世纪初，盛洪想组织一些中老年学者对谈，于是就有了《浮生论学——李泽厚、陈明二〇〇一年对谈录》，这里面亦庄亦谐，谈了各种各样的思想、学术，乃至还有人生、八卦，颇招惹了一些是非。

到了二〇〇六年前后，方克立提出"大陆新儒家"的群体已经出现，又是一阵骚动。名列其间的我也确实由此对自己的思想观点有了某种自觉性，意识到自己坚持的中体西用与李泽厚的西体中用，确实存在某种性质上的不同甚至对立。李泽厚对大陆新儒家不认同，也不是很愿意倾听别人说的东西，比如说他会把我和蒋庆等人观点完全看作一样，实际上我们几个的个体差别是很大的。

界面文化：李泽厚对大陆新儒家主要不认同的地方在哪里？

陈明：一个是大陆新儒家在学术范式上倾向从宗教的角度理解儒家；而他们会倾向于从哲学角度理解儒家。第二点是，他倾向于把五四的民主科学作为价值标准去看待儒学的现实意义；我们则对这种标准的正当性比较怀疑，我们觉得儒学的理解与评价首先要回到历史中，从儒学和中国人的安身立命、社会的整合凝聚以及国家国族与文明的建构这个角度，看它做了些什么，做得怎样。简单说他们是一个现代性视角或外部性视角，我们则是一个文明论视角、内部视角。

界面文化：在我看来，一般人观点不一样就很难再交流下去。

陈明：没错。一般人观点不同就会觉得话不投机半句多，观点不一样心理上就会疏远。但我们不是。我们虽然观点不同，关系还是非常好。原因之一是他虽然持自由主义立场，但并不是恨国党，他像鲁迅那样，对国家、对民族有很多的反思和批判，但深层还是有一种家国情怀。再一个就是我们的气质之性比较接近，都喜欢直来直去，说什么评什么经常所见略同不谋而合。

心理上讲，他名气太大了，觉得我们后生小子不足畏。我也会认为，你是长辈，思想属于那个时代。既然是思想史意义上的紧张，那就自有后人评说，不必影响我们的交情。所以后来我们就多谈人生，谈饮食男女、风花雪月了。譬如给他当司机去看望他的师友，像任继愈、何兆武、乐黛云等。

界面文化：也会谈到死吗？

陈明：我们经常会谈啊。他经常说父母死得早，担心自己活不长。在上个世纪九十年代，有次孔子基金会请客吃饭，他七十岁不到，就问比自己长一辈的宫达非长寿的秘诀是什么。我过年给他打个电话一般都会祝他健康长寿。八十四岁那年他特别担心，我说没问题，过了八十四，一马平川。他说一马平川是什么意思，我说直接奔九十啊。他说，那也很快啊。

九十一，很高寿了。他教过我两个养生的秘诀，一个是睡好觉，"吃安眠药没问题"。他四十来岁就开始吃安眠药，五十年把全世界的安眠药都吃完了。还有一个就是"多吃菜，少吃饭"。我们都是湖南人，湘菜重口味，我一般都是几个钵子饭。他说，你一看就是苦孩子出身，现在不要这样了，这是不对的。后来我看了一些书知道他说的是对的，所以我现在也在跟他学。

其实我们讨论死都是很随意的，比如说讨论怎么死比较好，都认为自我了断比较好，可能是搞哲学和宗教的缘故吧。对肉身朽坏比较在意，可能跟他的情本论有点关系吧？他留下来很多的文字，这是比石头都要长久的存在呢。

儒家网：二〇二一年去世的余英时先生和李泽厚先生，在华人思想界都极具影响力，您认为二者的异同是？

陈明：二人很值得拿出来比一比，除开都生于一九三〇年，学界地位也都属超重量级。

好像有人说起过，如果在国外，余英时的地位会不会是属于你的？他的回答是，就是现在，我也没觉得不如他！

在我看来，李泽厚是思想家，余英时是思想史家。虽然都比较推崇西方，但李泽厚的主体意识比较强，西体中用是说把西方的东西拿过来为我所用。余英时则是把西方的东西当作普世规范，或者把中国的说成那样，或者把那些东西当成我们的标准、我们的未来。

李泽厚还有国情意识，有家国情怀，譬如说能够理解几千年的中央集权体制，高度肯定秦始皇、邓小平，强调吃饭或发展经济头等重要。余英时的中国则是抽象的，虽然也有山川、文化，但对历史和亿万百姓的生活需要却缺乏体认同情。这可能与他的意识形态偏执、中国生活经验缺少有关。

学术上，李泽厚讲巫史传统，重在辨析中西差异——乃至认差异为本质在我看来很有问题，但这还是延续五四以来的西方参照系。余英时讲哲学突破，讲轴心期，则是将西方的学术范式用于对中国历史和文明的阐释——他的著作几乎每一本后面都有一位洋人的影子。

还一个差别就是，余英时对传统尤其儒家传统感情上似乎比李泽厚更深，李泽厚受历史唯物主义影响更大。

当然，这只是大概言之。

儒家网：有人认为，李泽厚先生的逝世宣告着一个时代的结束，您认同吗？

陈明：认同。我在一个纪念庞朴先生的座谈会上说过，李泽厚、余英时、余敦康以及袁伟时、资中筠他们都是"五四下的蛋"。那种对科学和民主的激情和崇拜，对于救亡、对于改革开放的态度十分正常，也十分应景。但是，由这二者构成的西方想象其实是不真实的。

科学是普世的，民主是一种政治现代性。科学已经被全面拥抱，成绩也很大，至于民主，作为一种价值与作为一种制度是不完全一样的。建立国家不是为了实现什么价值，而是为了生活得更好，而不是实现什么乌托邦理想或抽象价值。

现在把中华民族的复兴当作发展目标，它的意思应该就是中华民族能过上更好的生活。这是社会整体的一种成熟，从救亡到复兴，可以说是一种时代转换。

在这个背景上可以说李泽厚的逝世是一个时代的结束。

他对我离开北京回湖南不太赞同，其实我对他离开中国去美国也一样不赞成。这些年中国的变化很大，主要就是救亡到复兴的转换。这是一种转换，也是一种回归——救亡和复兴都是以中华民族为主词，是对中间曾经具有主导性的以阶级和个人为主词的革命叙事和启蒙叙事的某种扬弃。这是我说的转变内涵之所在。也许因为远隔重洋，这些没有在他的作品中有所反映。他跟我聊的，主要是伦理学，对人肉炸弹的解释。当我说对这些我不太关心时，他很失望，甚至生气。

儒家网：对李泽厚先生的以下几个学术观点：一是"儒学四期"说，特别是其中关切到的"实践—外王"问题，二是中国思想起源的"巫史传统"说，三是"举孟旗、行荀路"说。您如何评论？

陈明：四期说九十年代他曾在给我的信中完整表述过，不知那是不是第一次提出。港台新儒家的三期说我不赞成，汉代确立的"霸王道杂之"这一治理结构具有文明论的意义，虽然李先生只是从荀学的角度阐述。在我看来，汉代不是荀学，而是经学，荀子的东西要放到春秋学脉络里去理解定位。

再就是当代的展开，他的语境还是五四或后五四的，也就是现代性的，我觉得需要转为文明论。因为五四的地位和意义被严重夸大高估了，在它被与启蒙联系在一起的时候，它就被从原来所属的历史脉络或救亡语境中抽离出来了。事实上它原本只是救亡的一个环节，现在需要重新摁回去，重建救亡和复兴的整体性，这也是今天从文明论理解儒学理解历史的前提。

所谓的实践外王，也需要从这个框架里去理解。

至于巫史传统，根本不成立，中国这么大的一个文明，基础、精神或本质怎么可能是巫史？孔子自己也清楚说他与巫史是同途而殊归——你说一个思想的性质应该是由发生的起点决定还是由它追求的目标决定？ becoming 区分于 being，他是从巫术角度去理解，其实从"天地之大德曰生"，从"成己成物"角度去说，它的后面或根据是"天"；这才是究竟义。

可以进一步说，李泽厚这样的认知存在方法论上的错误，那就是把差异当本质，把差异的寻求当作自己研究的目的。这是五四时期中国人把西方当作参照系的影响的当代遗存。文明是有差异，但同才是基本面，那些差异可以理解为某种共同本性与需求在一定历史环境中的历史表现形态。因为人性是相通的。这是可以理解的基础，也是可以互补的根据。

至于"举孟旗，行荀路"，这还是内圣外王的某种翻版。社会有其自身的逻辑，儒家可以自己想象一种理想的方案或形态，但最终的落实，必然是思想与社会互相选择的结果，并表现出某种有机统一性。董仲舒与汉武帝达成合作，是有所调整的，是互相妥协的结果。从儒教或儒家角度说，你讲"举孟旗，行荀路"，那我要问，孔子在哪里？董仲舒的工作怎么解释？

儒家网：坊间有所谓李泽厚先生"有学生，无弟子"之说，您怎么看待？在李泽厚先生逐渐淡出学界直至逝世的当今时代，如何传承他的学术思想遗产？

陈明：这个很有意思。他的学生也不算少，但走他那条路子却找不到，可能是一般的学生学不来，太好的学生又不愿学吧——他自己曾说，他从不强求学生做什么，但说这话的时候又有点可惜。像他最欣赏的赵汀阳，做的东西他并不很认可。他曾说你们按照我的路子走可以走得很远，但你们偏不，迟早会后悔的。赵汀阳已经自成一家，不可复制。我这个忘年交则是回归传统——张之洞、董仲舒、孔子、文王。这实际是一种时代转换或代际变化。其他学生，也听过他的评点，网上也可以多少搜到，很难说有谁克绍箕裘。学生很多，是因为八十年代他提的一些东西被各界广泛接受，美学热之类的，现在看，本身应该属于社会现象而不是学术或思想现象。

他实际从未淡出学界，只是影响力不如从前。这主要是时代转换的必然。从这次刷屏的情况就可以知道，主要是八十年代记忆激活。他身上集合了儒家、自由主义和马克思主义多种因素，这种综合性对我们的提醒也许是非常重要的吧？这三种传统都已在中国社会生根结合为一种生态，也都有其不可替代的价值意义，但是，在今天三者已经彻底裂解了——这其实是好事，因为不如此则没有成熟和深刻的发展可能。

儒家网：您对李泽厚先生的历史定位是？

陈明：私下里我也问过这个问题，以前就把他与牟宗三并列。但据一位跟他聊得多的朋友说，他自己是把自己承接康有为，后来又更上层楼接到朱子。别的不说，我觉得他还是在儒家的坐标里找自己的位子，而不是往休谟或者葛兰西那边靠，这就挺好。

只是，从刚办《原道》的时候起我就问他是不是儒家？愿不愿意成为儒家？他一直回避。去年通电话的时候他说了一句自己是儒家，但马上又改口——你看他内心其实到生命的最后岁月还在纠结。

八十年代多重要李泽厚就多重要。八十年代某种意义上说是国家社会的青春期。青春充满躁动，意味着多种可能性。现在的模样，很难说是李的思想逻辑之展开、那种现代性的展开。二者之间的紧张为许多的刷屏提供了动力，但只有对这种紧张进行理解诠释，才可以把他的著作从个人记忆与情感内重新嵌入思想史，在这样的坐标里进行评价讨论。这应该才是对一个思想家最好的纪念和尊重。

二〇二二年

儒学、儒家、儒教：一个人的文化复兴 *
（代后记）

牛仔裤，T恤衫，头发纷乱，嘻哈中透着深沉，疑惑中带着执着。

讨论学术，固执己见，不让于师；立身行事，荷戟驱驰，不遑宁处。

一九九四年创办《原道》辑刊。

二〇〇〇年组建儒学联合论坛网站。

二〇〇六年编发电子杂志《儒家邮报》。

如今正砸锅卖铁要建一个都市书院。

这就是陈明。他说，儒家文化如果要复兴，就必须建立自己的社会平台。书院作为可欲可求的选择，必须在北京落地生根，而在北京，他最有条件去做也最有责任去做。

一个现代人鼓捣着古老文化的复兴呵！

当人们从自由主义、保守主义和新左派的思想光谱中分辨出他的文化保守主义成色时，他迫不及待地宣称自己是一个儒者；当人们以"南蒋北陈"定格他为大陆新儒家的代表人物之一时，

---

* 这是学生陈彦军为《传记文学》约稿写的，发表在该刊二〇一二年第五期。十多年了，用作"代后记"的原因主要是能为这里的文字提供一个性格和事件的背景，再就是"笑而不语"的"城市书院"计划在顺义失败后今天仍未放弃。

他匆匆分辨蒋庆的顽固和自己的革新,表白自己是一个自由主义者;而当自由主义者认真端详他这个自称的小伙伴时,他时不时要暴露一下自己民族主义的根底。

他是谁?他自己能否说得清楚?谁又能真正说清楚他?

一个频频接受媒体访谈,却满嘴之乎者也修齐治平的陈明;一个满嘴之乎者也修齐治平,却总是活跃于最现代文化平台旋涡里的陈明。

——湖南人氏,知天命之年!

儒学:《原道》

李泽厚先生说我办《原道》,却没原出一个道来。我的老师余敦康先生也经常问我同一个问题:"陈明,你原了一个什么道出来没有?"我哪能去说他们?李先生一半期待一半调侃,余先生一半期待一半责怪。但我真的无言以对。

(《中国青年》二〇一一年第十三期陈明访谈)

二〇〇四年十二月十八日,《原道》创刊十周年纪念暨"共同的传统——'新左派''自由派'与'保守派'视域中的儒学学术"研讨会在北京燕山大酒店召开。与会学者和嘉宾有陈来、何光沪、秋风、康晓光、刘军宁、韩德强等三十多人,个个声名显赫。与会媒体有《凤凰周刊》《联合早报》《南方周末》《社会科学报》等十五家,家家影响广大。

一个前无接引,后无大树,仅凭陈明个人独力支撑的辑刊,坚守十年,确属不易,但能造成这样的声势,就不是一个坚守所能解释的了。

一九九四年前后，政治迷茫中下海扑腾的知识分子，陆续有洗身上岸的。他们在体制内外办起了不少书刊，如《原学》《学人》等，继续二十世纪八十年代的寻路探索。分化也渐渐由此彰显：当一些知识分子惊讶地发现另一些知识分子开始反思改革、思考前三十年的意义，马上贬称他们为新左派的时候，自由主义和新左派的分野表面化；八十年代对传统文化的反思，到了九十年代，竟然生出了一群回归传统的保守分子——当代思想界左派、右派、保守派的鼎立三足确立成型。

自由主义和新左派贴近当代中国现实，有着种种可资借鉴的近代中西思想资源和可以倚重的中外现实力量。唯独文化保守主义，迂远之思，现实中找不到自己的依凭支撑。一个蒋庆，自我发配到贵阳龙场，陪伴先儒王阳明的孤魂，风雨如晦；一个陈明，苦苦支撑《原道》，十年间被迫换了七家出版社，不绝如线。然而，到二〇〇四年，先是七月蒋庆以"儒学的当代命运"为题邀请陈明、盛洪、康晓光等召开"中国文化保守主义峰会"，会讲于贵阳龙场的阳明精舍。然后在十二月，十岁的《原道》邀请新左派、自由派和保守派的代表于北京燕山大酒店话说"共同的传统"。媒体惊呼"文化保守主义浮出水面"！

十数年的《原道》路到底是一个怎样的旅程？它又是如何见证了传统文化的一阳来复、记录着新一代儒家学人的出现成长？从陈明的身影，也许能够窥见些许端倪。

一九六二年，陈明出身在湖南长沙城乡接合部的一个普通人家。上小学时是全校最好的学生，毕业时老师给了他"百尺竿头更进一步"的评语，以至初中分班时，很多老师都想看看到底是怎么样一个人。但高中时，他因为一个冤假错案落了记大过处分，分到"慢班"跟一些所谓问题少年混在一起。被父亲一棒子打醒，准备进来水厂学电工。高中的语文老师罗松武说这孩子是块读书的料，建议参加高考试一试。于是拿着一套复习资料在家自学，考到了株洲师范专科学校中文大专班。他虽然喜欢划拉朦胧诗，却不喜欢文学和汉语专业，上课看得最多的是《哲学辞典》和《政治经济学辞典》，下课则爱踢球、溜冰，甚至时不时和人打打架。毕业后到一个军工厂子弟学校教书，和几个文艺青年办了一个诗社，出了一本名为《九星》的诗刊。"反精神污染"中挨批后就想着离开，于是一九八六年到了山东大学。这回倒是哲学系，但吸引他的却是魏晋南北朝的动荡时局以及时局动荡中知识分子的清言玄谈、风度风骨。或许时世相近，或许性情相通，"其言玄虚，其艺控实"的玄学就此成为他思想的底色，嵇康阮籍、王弼郭象这些历史人物也成为他人生的楷模和生命的慰藉。也正是经由玄学，陈明结缘余敦康先生，并在一九八九年进入中国社会科学院研究生院跟余先生读博士。

王国维的"可爱者不可信，可信者不可爱"，道出了传统知识分子面对西方文化冲击时理智与情感的冲突与二者不可兼得的纠结。陈明觉得可爱者之所以可爱，必然曾经是可信的，只是时空转换，条件变化，可爱者的有效性出现问题，才变得难以叫人置信。他重建二者之统一的思路是跳出单纯学问视域，将以"为生民立命，为万世开太平"为诉求的作为治国平天下之道的儒家论述还原到历史语境中，以呈现其历史文化功能即有效性，正视时移世异提出法圣人之所以为法，提出因应新问题的新方案。在不加反思的把儒学定位为哲学并按照西方学术范型描画其知识形态、评价其价值意义为主流的中国学术界，这一思路十分另类甚至叛逆。

在陈明看来，港台新儒家的作品虽然可以破除大陆教科书对传统文化的歪曲，但其哲学进路却难以为其现实有效性提供证明或开出实践通道，而这才是问题更为本质也更为重要的方面。硕士阶段，他尝图用心理学和文化学解说儒释道文化符号与传统士人的人格结构，运用文化人类学方法阐发中国文化发展路径相对于西方文化的独特性，论证《易经》天人合一思维和文化传统的来源与合理性。博士阶段，则进一步以中古士族为个案，从政治和文化的维度对儒学与社会的联结及其意义加以论证说明。也许由于二十世纪八十年代的主旋律是反专制争民主，他比较关注道统政统之间的关系，强调道统对政统的优先性，凸显儒家的反专制立场。

如果这样一种思考脉络具有相当普遍性的话，那么《原道》的创办则相当的偶然。一帮下海的朋友挣了钱要办刊物，推陈明主持，但他们想办《新青年》或《新湘评论》那样的时论，陈明则觉得那没有可能，而同人刊物中存在"重学术轻思想"的偏颇或空当，主张"较乾嘉诸老更上一层"，由"原学"而"原道"。双方都不妥协，结果是投资方撤资，而已经按自己理念组稿的陈明霸王硬上弓。就这样，一个文化保守主义者随着对一份文化保守主义杂志的艰难持守而诞生。是的，文化保守主义的出现偶然后面有必然，那必然就是传统文化内在的生命力和中华民族体天制作、与时偕行的创造精神。

《原道》出刊，得到了著名学者李泽厚先生的大力支持，期期供稿。两个湖南人，一老一小，因为《原道》而结成了亦师亦友的忘年交。但这一老一少在一起总是火药味十足，李先生说陈明聪明而不好学，对自己的东西领悟不够；陈明则干脆把自己的书斋命名为"半学斋"，一半学一半行。不满李先生把《原道》

英译为 *Chinese logos*——中国的逻各斯，陈明另作英译，翻译过来是"寻找中华文化的精神"，因为在他《原道》的"原"就是寻找，是一个动词，而不是李泽厚先生概念中的形容词，动词和形容词的根本区别就是"行"的内涵，这是陈明的认识，也是陈明的坚持。至于"道"更不等同于 logos，道是开放性的，是历史性的，它只能即用以呈现，"原道"本身就是一个寻找和建构的过程，人在寻找道的过程中道就呈现出来了，所谓道行之而成。在《原道》创刊号，陈明发表了《中体西用：启蒙与救亡之外——传统文化在近代的展现》，对李泽厚先生以"启蒙与救亡的双重变奏"概括统摄下的中国现代史进程边缘化中国传统文化表达了质疑，将张之洞、康有为因应时变提出和实践的"中体西用"方案作为自己新儒学致思和行动的起点。

按照陈明的论证，"中体西用"是士大夫群体在面对西方文化进入的时候，处理儒家传统与西方文化二者关系的一个问题解决方案，它主要就是明确以中国文化为主，以西方文化为辅，服务于主体的意志与需要。面对外来的挑战，抛却自家无尽藏，自然是懦夫；闭塞视听，顽固守旧，无疑也是愚夫。张之洞，特别是康有为，是要做中国文化的大丈夫，为保国，提出并实验多种建立稳定而有力的政治架构的方案；为保种，组强学会，推动移风易俗；为保教，提倡读经，践行孔教。虽然他们的方案因种种原因未能成功实施，但这样一种努力方向却仍是今天需要也可以坚持的。陈明觉得"中体西用"最为可贵的就是有一个意志主体的预设和坚持，他将它拈示出来并加以强调，进而将一个讨论中西文化之关系的命题转换为一个人与文化之关系的问题，一个人与文化符号、儒者与经典的关系的论题。因此，他提出"即用见体"来继承和超越"中体西用"。他说"即用见体""作为一个命题，是指在人们的具体历史情境中，通过实践性、创造性的活动，把生命存在的内在可能性表达实现出来，建构起新的生活形式和新的生命形态。"

具体历史情境中的人，如果不是一个儒士，实践和创造会导向什么方向，是不是一切皆有可能？在二〇〇四年五月四川大学的一个座谈会上，有纯粹的儒家质疑："你哪是什么即用见体？你是即用灭体！你是什么儒家？你是伪儒！"陈明则用这样一个故事回应：

约翰的爷爷做了一把斧子，因为他们一家住在山里，不得不依靠伐木为生。到了约翰的父亲的时候，斧子的手柄坏了，于是约翰的父亲就换了一支手柄。到了约翰的时候，斧头也坏了，他就换了一个斧头。于是问题出现了：这把斧子还是原来爷爷的那把斧子吗？在物理上来讲，斧子当然已经不再是原来的斧子了。但是，作为他们一家维持生计的工具，从斧子与约翰家族的结构关系上讲，两把斧子在意义上是一以贯之的。假如有一天，生活发生了变化，比如约翰后来移居湖边，靠打渔为生，作为谋生工具的斧子，已经失去了原先一以贯之的意义，但斧子仍然可以作为一个符号具有认同和激发创造力的意义。不知调整是愚蠢的，但将斧子与渔网对立起来甚至责怪咒骂爷爷没有为自己积累传承打鱼的知识，也是愚蠢的。 但陈明的故事讲得再生动，也没能解决大家的疑问：如果约翰的子孙不以斧子为认同怎么办？固然作为圣人之所以为法的"圣贤之心"不可训，但历代圣贤总是训出来一个"体"，作为圣圣相承、收摄此心、因时设教的依凭，否则何足以为圣贤？

"此身合是儒生未？"面对来自儒家内部的质疑，陈明借抒写"一生三变"的晚清儒宗曾国藩来浇心中之块垒。

儒家："所谓大陆新儒家"

> 因为感觉自己离儒家的标准还差得太远，因为意识到自己与蒋、康差别还挺大，所以我既不自称儒家，也不接受"大陆新儒家'的称号。当然，我愿意为一个可以叫作大陆儒学的学术流派的形成做工作。(《〈原道〉与大陆新儒学建构——怀柔答达三问》)

二〇〇五年，时为中国社会科学院研究生院院长的方克立先生，在提交第七届当代新儒学国际学术会议的一封公开信上说，中国的现代新儒学运动，从五四至今三代人薪火相传，以甲申（二〇〇四）年七月贵阳阳明精舍儒学会讲为标志，已进入了以蒋庆、康晓光、盛洪、陈明等人为代表的大陆新生代新儒家唱主角的第四阶段；他建议在继续推进对前三代新儒家思想研究之同时，还要开始重视对第四代新儒家所倡导的"大陆新儒学"的研究。事实上，教育部的社科研究规划中已经有不少以蒋庆、陈明等为对象的研究课题立项。

说"薪火相传"，从其中师承的含义看，对于大陆新儒家的兴起，实际是不确的。中华人民共和国前三十年，大陆上的儒家基本上消失殆尽，在二十世纪八十年代文化热和寻路的探索中，从研究儒学与儒家的知识分子中，开始出现了归宗儒家的群体，蒋庆是突出的代表。在蒋庆看来，近代以来的一百多年，中国走了一条西化的路，一条"以夷变夏"的路，解决亡教的办法，只能是复兴政治儒学，重建儒教社会。陈明也是由研究儒学而归宗儒家，但他为之工作的大陆儒学却与蒋庆存在着较大的差异。

　　二〇〇六年初春，央视一套播出电视剧《施琅大将军》，引起了文化界的热议，而陈明在儒学联合论坛的一个跟帖上说此剧创作是由他提议的，顿使陈明成了台风中心，成为左、中、右各派的靶标。在陈明眼里，施琅收复台湾，是个大英雄，是国家英雄。而在传统的历史话语里，施琅是个叛明归清的贰臣，在正统儒家思想里，施琅是以夷变夏的帮凶，武力克台则违背了"修文德以来之"的王道。所以，当蒋庆明确表示"施琅是明之贰臣而非英雄"，"施琅降清于文化上是弃夏归夷"，而"施琅统一台湾，实与文不与而如其仁"时，其经典版的儒家立场获得一片喝彩。如此，而在很多人眼里，对陈明的伪儒质疑更得确证。

　　儒者认同在陈明那里的兴起，除了人格的感召和理性的探索，更多的是源于一种忧患意识、爱国情怀，而湖南人的宁折不弯的性格和陈明自己对不断加深的现代性的深刻体认，使他在论战中面对四面来敌，威风八面，见招拆招，坦然镇定，一骑绝尘。他承认自己已经改动了传统儒学关于人性和世界图景的描述，但他相信，契千古圣贤之心，通过即用见体及其内含的即用证体、即用建体的努力，一定会开创中国儒学的新阶段。他的思考写作、与人论战以及出辑刊、办网站，正是践行即用见体的实践性、创造性活动。对于因称颂施琅而落得的"汉奸"的骂声，陈明说自己很早就关注中国的海上战略，编辑《钓鱼岛风云》出版，组织《海权论》翻译，丹心可鉴日月。策划施琅的电视连续剧，乃是这一关注和思考与台海现状相结合的必然产物。对于依凭传统儒学话语和传统史观而指责自己是"伪儒"的人，陈明提请他们关注历史细节，区分施琅与明末大儒，并要树立起现代中国意识，不要将汉族等同中华民族，也不要以儒学定义中国这个政治单位。现代儒家用什么样的视角和方法去看待历史上的人和事,关系着用什么样的视角和方法去看待和解决今日中国的文化认同、身心安顿和政治重建等大问题。而对于质疑自己称颂施琅反映出民族主义劣根的自由主义者,陈明指出自由主义首先就是与民族主义勾连在一起的,传统儒学体系同样存在一个国际政治的论域（如孔子对管仲的称道）,将这一点加以演绎,从政治哲学或政治学的角度处理今天的问题,不是对儒家义理的背叛,而是对它的完善和回归。

二〇〇七年,应联合国教科文组织的《第欧根尼》杂志之邀,陈明撰文论述大陆新儒学,有机会对自己与蒋庆、康晓光的区别做一个分梳。

在陈明看来,蒋庆关心的是"中国性"的丧失与重建问题,作为一种由儒学定义的文化性,"中国性"的本质在人性上表现为三纲五常之道德,在政治上是王道,它们都来自圣贤的教诲和启示,有着绝对性和永恒的有效性,因此,蒋庆不可能从历史发展和社会变迁的角度理解儒学或儒教,不可能从社会变迁和需求变化的角度看待自由、民主、理性化等现代观念。对于蒋庆的这种原教旨主义的儒学,陈明认为它"意义很大,问题很多",意义在于为深陷现代性的人们认识儒学传统的丰富性和人类文化的多样性打开了一个全新的思维维度,确立了一个有力的批判方式,问题在于对基本事实的牺牲与对现代价值的否定虽使这样这样一种政治哲学获得惊世骇俗的批判效果,但在现实社会中的落实变得异常艰难。

而陈明自己,是从人类学意义上的文化视角展开儒学论述,关心的是面对当代生活中的文化认同、政治重建和身心安顿等问题,儒学提出怎样的方案才能有效。陈明认为,因为时代变化和社会变迁,传统儒学的符号系统本身效用下降,从生命和环境的互动关系出发，中国人的文化符号系统需要重建，而新儒学与新文化符号系统的统一，不是像蒋庆认为的那样是先在的、自足的、本质的，而是既是外在的、理性的，又是内在的、神圣的，根本取决于从中华民族这个既是历史的又是现代的特定民族的生命意志和现实需要出发的现代情境中的创造性活动。陈明将自己的儒学创造概括为即用见体和公民宗教，前者提供了一种方法论，后者则是一整套立足现代政治和文化话语平台又不乏文化自觉和主体性的解决方案。陈明认为，公民宗教的方案，不仅接续了康有为的中体西用，还消融了五四以来推动中国前进的自由主义的现代价值和新左派的平等诉求，是一个有操作性和有效性的方案，他正不断努力论证和实践。

在陈明眼中，康晓光是一个经验主义者和爱国主义者。他直接从对现实政治的剖析入手，希图革新政治，建立现代仁政以解决政治合法性和社会秩序稳定等诸多现实问题，建设文化中国以增强国家软实力，应对国际新挑战。陈明认为，康晓光没有注意到亨廷顿以文化代替政治而化约国家的理论陷阱或策士用心而受其误导，而排斥宪政民主，对传统儒学的现实有效性盲目推崇，不可能真正有效解决当代中国的现代国家形态建构和中华民族意识塑造这样的根本问题。陈明对比遭遇启蒙语境的犹太教，说"从蒋、陈、康身上我们约略看出儒学正统派、保守派和革新派的影子"。但在别人眼里，他怎么看都是一个革新派，甚至是一个革命派，革掉了儒学的传统价值，成为"最极端的西方主义者"（秋风语）。

新儒家把与民主、科学等现代价值的对接作为表述儒家的价值立场、建构其知识系统的目标。蒋庆在后"文革"时代试图以重建中国性来代替中国社会政治上的西化。康晓光则是在后冷战时代从文化中国出发应对与与西方世界的"文明的冲突"。与这些问题强烈的西方色彩不同，有着更深厚的问题意识的陈明，所关心的文化认同、身心安顿、政治重建等，主要是中国社会的内部问题。随着思考深入，这些问题进一步落实为现代国家形态建构和中华民族意识塑造这样的现实问题。问题及其解决的现实性使得"默罕默德走向山"，使得陈明与蒋庆、康晓光在思想光谱上的距离越来越大。

"始则若乖相，终实相发。"在有人质疑陈明离经叛道的时候，有人这样说。

儒教：复其见天地之心乎！

在现代性深化、全球化拓展的时代，在基督教、伊斯兰教蓬勃发展的时代，"儒教对于我们的社会意味着什么"已经成为知识界、思想界面临的问题。文明冲突、宗教对话，文化认同、国家认同，这些重大问题纠结在一起，强化着儒教认知及其开拓重振的重要性和紧迫性。

复亨，刚反，动而以顺行，是以出入无疾，朋来无咎。反复其道，七日来复，天行也。利有攸往，刚长也。复其见天地之心乎！

这是复卦的彖辞，陈明似乎很喜欢，因为他的儿子就叫天心。陈明不喜欢宋明儒者的静以修身，居敬穷理，他欣赏嵇康的峻才放达，喜欢左宗棠的豪杰狂傲，他同康有为一样，希望迎来一个更加灵动的儒学新时代，但他也懂得阮籍的从俗逍遥，深味曾国藩的圣贤气象，他理智地在现代人文社会科学的框架内推动重建儒教的理论探讨和实践行动。董仲舒说"霸王之道，皆本于仁；仁，天心"，认为《春秋》之道，大得之而王，小得之而霸，皆本天心，陈明在推动儒学复兴上，不像蒋庆那样高标王道，也不像康晓光那样立足霸道，而是可王可霸，复见天心。也许，陈明有一天会把他那个流弊日多的开放性的"体"训为"天心"，训为"仁"吧。

二〇〇七年，在学术超女于丹掀起《论语》热之后，著名文献专家李零先生推出《丧家狗：我读〈论语〉》。与肯定于丹对普及儒学有功迥然不同，在以嘉宾身份出席的此书发布会上，陈明大声呵斥李零是"学界王小波或者王朔"，用"作家的文采、训诂学家的眼界、愤青的心态"给该书定性。接着在接受《南都周刊》等媒体采访时痛批"李零是要颠覆儒家价值系统"，讥讽李零是"荆轲刺孔"。这一次，大陆新儒家立场出奇一致，蒋庆称李零之书为"末世之书"，康晓光称之为"垃圾"。是什么让陈明这个被儒门同道批评为"即用灭体"的"伪儒"突然高调批评别人在"颠覆儒家价值系统"呢？是什么让大陆新儒家蒋、陈、康一同发声呢？是李零对孔子的"去政治化，去道德化，去宗教化"的解读。陈明视儒学为中华民族的文化系统，任何文化系统都离不了政治、道德和宗教。他的"即用见体"是希望创造一套适应时代的新的儒学话语系统；他的现代理性表达方式是为了让现代读者更好地理解文化中的政治、道德和宗教。他从来也没有要革掉儒家价值系统，要去圣、去宗教。恰恰相反，他希望重建儒教，重构流行伦常日用间的儒学的神圣维度，复见天心。而重建儒教，正是蒋、陈、康共同的追求，只是各自的理解和方略不同而已。

约翰祖孙相传的斧子如何在急剧变化的生活下仍旧在约翰后人那里保持认同和激发创造力的意义？宗教化是一可行的途

径。当年，面对保国保种保教的压力，康有为毅然走出儒学宗教化的一步，孔教运动在民国初年曾经风起云涌；但基督教和启蒙知识分子的围堵以及康有为本人策略上的瑕疵使孔教运动黯然失败。儒教在大陆销声匿迹一甲子后，任继愈先生重提儒教，不过在他那里，宗教本身是个负面概念，儒教则是批判的对象。但阴差阳错，从宗教角度解读和设计儒家文化系统由此开端并渐成声势。二十一世纪初，蒋庆提出重建儒教社会以回归中华正道，并在随后发布《关于重建中国儒教的构想》，设计了一条上行加下行的重建儒教的路径。陈明则在《中国文化中的儒教问题：起源、现状与趋向》一文中追问"今天儒教问题的关键不在于儒学过去是或不是宗教，而在于，对于儒学的复兴来说，对于民族生命与生活的健康和健全来说——如文化认同、政治建构以及身心安顿等问题，我们是不是需要一个叫作儒教的文化系统或单位来应对解决"；随后，则在区分 ethnic group 与 nation 的基础上，接受政教分离的现代政治原则的前提下，借用贝拉的"公民宗教"概念，从现代国家形态建构和中华民族意识塑造这样的问题出发对儒教的理解评价和重建定位进行探索。

区别于蒋庆的上下行路径，陈明认为儒教的发展只能自下而上，从基层社会重新生长出来。所谓的上行路线，理论上不成立，操作上无可能，效果上没好处。历史上，儒教作为汉文化的一个宗教（并非基督教意义上的宗教，更近似于犹太教）存在，上层有国家祭祀礼仪为主的制度架构，下层有依托宗族和地域社会的弥散性礼俗和群祀，对中间圈少数族群有着强大的辐射力和向心力。承接满清帝国版图而来的共和国，民族林立、文化多元、众神喧嚣，要解决政治认同和文化认同的问题，不仅急迫，而且复杂麻烦。相对于国教论方案的大汉族主义倾向和与政教分离原则的紧张,公民宗教论则在充分考虑到现实条件的复杂性的同时意识到了作为政治共同体的国家之国族意识塑造的重要性或问题。也就是说既要重视文化对于政治正当性、社会有机性的积极作用,又要反思、超越夷夏之辨及其相关的文化民族论、文化国家论,从基层努力,促进五十六个民族带着它们各自文化背景形成基于宪法原则的认同凝聚。从这里可以看到,陈明对文化意义的强调并不是无限制的,而对文化的意义边界加以厘定并不是意味着对儒家文化理论范围的缩小,而正是为了找到扩大这个系统论域的起点与方向。政治哲学上,对夷夏之辩就必须有所超越,宗教理论方面,则要走出宋儒,回归《尚书》和《周易》对天的神圣性论述。

从二〇〇六年起,陈明就一直集中精力为这个公民宗教而努力。推动中秋节等传统节日成为公共假期,发起以孔子诞辰为教师节的签名活动,联署关于曲阜建耶教大教堂活动,还有孔庙维权,等等,背后都有着陈明和原道同人的影子。他相信人能弘道,非道弘人,他感到六经责我开生面,所以他要把《原道》一直办下去,现在还要砸锅卖铁去办书院。传统书院有讲学论道、教化乡里、祭祀圣贤和赈灾助学四大功能。现在的书院主要以讲学论道为主。陈明的书院想办成什么样子?

他笑而不语。